观乎人文,意义之美。

文学×思想
译丛

文学×思想
译丛
———
主编 张辉 张沛

讽刺的解剖

The Anatomy of Satire

〔美〕吉尔伯特·海厄特 著

张沛 译

商务印书馆
The Commercial Press

THE ANATOMY OF SATIRE
by Gilbert Highet
Copyright © 1962 by Gilbert Highet
Simplified Chinese translation copyright © 2021
by The Commercial Press, Ltd.
Published by arrangement with Curtis Brown Ltd.
through Bardon-Chinese Media Agency
ALL RIGHTS RESERVED

译丛总序

"文学与思想译丛"这个名称，或许首先会让我们想到《思想录》一开篇，帕斯卡尔对"几何学精神"与"敏感性精神"所做的细致区分。但在做出这一二分的同时，他又特别指出相互之间不可回避的关联："几何学家只要能有良好的洞见力，就都会是敏感的"，而"敏感的精神若能把自己的洞见力运用到自己不熟悉的几何学原则上去，也会成为几何学家的"。(《思想录》，何兆武译，商务印书馆，1995年，第3—4页。)

历史的事实其实早就告诉我们，文学与思想的关联，从来就不是随意而偶然的遇合，而应该是一种"天作之合"。

柏拉图一生的写作，使用的大都是戏剧文体——对话录，而不是如今哲学教授们被规定使用的文体——论文；"德国现代戏剧之父"莱辛既写作了剧作《智者纳坦》，也是对话录《恩斯特与法尔克》和格言体作品《论人类的教育》的作者；卢梭以小说《爱弥儿》《新爱洛伊丝》名世，也以《社会契约论》《论人类不平等的起源》而成为备受关注的现代政治哲学家。我们也不该忘记，思想如刀锋一样尖利的维特根斯坦，在他的哲学中讨论了那么多文学与哲学的对话关系；而桑塔亚纳（George Santayana）干脆写了一本书，题目即为《三个哲学诗人：卢克莱修、但丁和歌德》；甚至亚当·斯密也不仅仅写作了著名的《国富论》，还对文学修辞情有独钟。又比如，穆齐尔（Robert Musil）是小说家，却主张"随笔主义"；尼采是哲学家，但格外关注文体。

毋庸置疑，这些伟大的作者，无不自如地超越了学科与文体的规定性，高高地站在现代学科分际所形成的种种限制之上。他们用诗的语言言说哲学乃至形而上学，以此捍卫思想与情感的缜密与精微；他们又以理论语言的明晰性和确定性，为我们理解所有诗与文学作品提供了富于各自特色的路线图和指南针。他们的诗中有哲学，他们的哲学中也有诗。同样地，在中国语境中，孔子的"仁学"必须置于这位圣者与学生对话的上下文中来理解；《孟子》《庄子》这些思想史的文本，事实上也都主要由一系列的故事组成。在这样的上下文中，当我们再次提到韩愈、欧阳修、鲁迅等人的名字，文学与思想的有机联系这一命题，就更增加了丰富的层面。

不必罗列太多个案。在现代中国学术史上，可以置于最典型、最杰出成果之列的，或许应数王国维的《红楼梦评论》和鲁迅的《摩罗诗力说》。《红楼梦评论》，不仅在跨文化的意义上彰显了小说文体从边缘走向中心的重要性,而且创造性地将《红楼梦》这部中国文学的伟大经典与叔本华的唯意志论哲学联系了起来,将文学(诗)与思想联系了起来。小说,在静庵先生的心目中不仅不"小",不仅不只是"引车卖浆者之流"街谈巷议的"小道",而且也对人生与生命意义做出了严肃提问甚至解答。现在看来,仅仅看到《红楼梦评论》乃是一则以西方思想解释中国文学经典的典范之作显然是不够的。它无疑启发我们进一步思考文学与更根本的存在问题以及真理问题的内在联系。

而《摩罗诗力说》,也不仅仅是对外国文学史的一般介绍和研究,不仅仅提供了比较文学法国学派意义上的"事实联系"。通读全文,我们不难发现,鲁迅先生相对忽视了尼采、拜伦、雪莱等人哲学家和诗人的身份区别,而更加重视的是他们对"时代精神"的尖锐批判和对现代性的深刻质疑。他所真正关注的,是如何通过召唤"神思宗",从摩罗诗人那里汲取文学营养、获得精神共鸣,从而达到再造"精神界之战士"之目的。文学史,在鲁迅先生那里,因而既有其独立存在的价值,也实际上构成了精神史本身。

我们策划这套"文学与思想译丛"主要基于以下两个考虑。首先以拿来主义,激活对中国传统的再理解。这不只与"文史哲不分家"这一般说法相关;更重要的是,在中国的语境中,我们应该格外重视"诗(文学)"与"经"的联系,而《诗经》本身就是经的一个重要组成部分。正如刘勰在《文心雕龙》中所揭示的那样,《诗》既有区别于《易》《书》《春秋》和《礼》而主

"言志"的"殊致"："摘《风》裁'兴'，藻辞谲喻，温柔在诵，故最附深衷矣"；同时，《诗》也与其他经典一样具有"象天地，效鬼神，参物序，制人纪，洞性灵之奥区，极文章之骨髓"的大"德"，足以与天地并生，也与"道"不可分离（参《宗经》《原道》二篇）。

这样说，在一个学科日益分化、精细化的现代学术语境中，自然也有另外一层意思。提倡文学与思想的贯通性研究，固然并不排除以一定的科学方法和理论进行文学研究，但我们更应该明确反对将文学置于"真空"之下，使其失去应该有的元气。比喻而言，知道水是"H_2O"固然值得高兴，但我们显然不能停止于此，不能忘记在文学的意义上，水更意味着"逝者如斯夫，不舍昼夜"，意味着"弱水三千，我只取一瓢饮"，也意味"春江潮水连海平，海上明月共潮生"……总之，之所以要将文学与思想联系起来，与其说我们更关注的是文学与英语意义上"idea"、"thought"或"concept"的关联，不如说，我们更关注的是文学与"intellectual"、"intellectual history"的渗透与交融关系，以及文学与德语意义上"Geist（精神）"、"Geistesgeschichte（精神史）"乃至"Zeitgeist（时代精神）"的不可分割性。这里的"思想"，或如有学者所言，乃是罗伯特·穆齐尔意义上"在爱之中的思想（thinking in love）"，既"包含着逻辑思考，也是一种文学、宗教和日常教诲中的理解能力"；既与"思（mind）"有关，也更与"心（heart）"与"情（feeling）"涵容。

而之所以在 intellectual 的意义上理解"思想"，当然既包含着对学科分际的反思，也在很大程度上，是对过于实证化或过于物质化（所谓重视知识生产）的文学研究乃至人文研究的某种反悖。因为，无论如何，文学研究所最为关注的，乃是"所罗门王曾经祈求上帝赐予"的"一颗智慧的心（un coeur intelligent）"（芬基尔克劳语）。

是的，文学与思想的贯通研究，既不应该只寻求"智慧"，也不应该只片面地徒有"空心"，而应该祈求"智慧的心"。

译丛主编 2020 年 7 月再改于京西学思堂，时在庚子疫中

前 言

1960年春季，我接受戈欣（Goheen）校长的邀请，在普林斯顿大学做了四场关于讽刺的讲座（由斯潘塞·特拉斯克[Spencer Trask]讲座基金赞助），此即本书之缘起。

感谢普林斯顿大学的美意；感谢斯潘塞·特拉斯克讲座基金给予我这个机会，分析本人长时间以来思考的一些想法；同时也感谢很多朋友，我与他们在谈话和通信中探讨了讽刺文学的问题。

特别感谢哥伦比亚大学詹姆斯·克利福德（James Clifford）教授、克里夫顿·法迪曼（Clifton Fadiman）先生、艾伦·赫伯特（Alan Herbert）爵士、我的儿子基斯·海厄特（Keith Highet），哥伦比亚大学威廉·杰克逊（William Jackson）教授，《地平线》（*Horizon*）的埃达·佩辛（Ada Pesin）小姐，哥伦比亚大学沃尔特·希尔兹（Walter Silz）教授和哥伦比亚大学图书参考部的康斯坦丝·温切尔（Constance Winchell）小姐及其工作高效和服务殷勤的团队。

目 录

I. 导论 *1*

讽刺并非最重要的文学形式,但却是最有活力和最令人难忘的文学形式之一

讽刺之例:

  独白:朱文纳尔论道路交通

  戏仿:蒲柏论"黑暗世纪"

  叙述:伏尔泰论乐观主义

以上是讽刺的三种主要类型

如何判定一部作品是否为讽刺:

  作者命名他的写作类型

  作者援引某个讽刺流派

  作者选用某个传统讽刺主题

  作者援引某位前代讽刺作家

  写作主题是具体的、个人化和话题性的

  语言凌厉,笔法多变

  使用了典型的讽刺手段

  具有讽刺的情调

II. 攻讦 25

1. 讽刺作家的独白 25

> 罗马讽刺文学的开端：
> > 卢基里乌斯与贺拉斯
>
> 希腊的讽刺精神：
> > 旧喜剧
> > 波律斯铁涅司的比翁
> > 哲学批评
> > 个人攻击
> > 社会讽刺
>
> 讽刺：作为讽刺作家的独白
> > 罗马：卢基里乌斯、贺拉斯、佩尔西乌斯、朱文纳尔、
> > 克劳狄安
> > 希腊：卢奇安、背教者尤利安
> > 黑暗世纪与中世纪
> > 文艺复兴和巴洛克
> > 现代：拜伦、雨果、坎贝尔与当代作家

2. 讽刺独白的变化类型 56

> 讽刺：作为受害者的独白
> > 伊拉斯谟、勃朗宁

　　　　讽刺：作为反讽的独白

　　　　　　　斯威夫特的《一个小小建议》

　　　　讽刺：作为书信

　　　　讽刺：作为预先布置的对话

　　　　　　　内向型的和外向型的独白

III. 戏仿 73

1. 戏仿与模仿 73

　　　　戏仿因其意图和目的而异于歪曲和模仿

　　　　有时可能区分形式上的戏仿和实质性的戏仿

　　　　　　　豪斯曼的《希腊悲剧残篇》

　　　　　　　彭斯的《威利长老的祈祷》

　　　　　　　佩格勒的《我的一天》

　　　　　　　《致联合国的标准发言》

　　　　　　　亚伯拉罕·阿·桑·克拉拉

　　　　　　　拉布歇尔的《上帝保佑女王》

　　　　　　　华兹华斯与自我戏仿

2. 对形式的戏仿和对内容的戏仿 89

　　　　大多数上乘戏仿作品内容和形式相互渗透

　　　　《蛙鼠之战》

　　　　拜伦的《审判的幻景》

　　　　提香的《拉奥孔》

　　　　音乐的戏仿

3. 作为戏仿的恶作剧 **104**

　　　　蒙哥马利的替身

　　　　克珀尼克上尉

　　　　"无畏号"战舰骗局

　　　　拉伯雷的预言

　　　　斯威夫特与帕特里奇

　　　　海尔辛斯·马格拉诺维奇

　　　　《光谱》

　　　　儒勒·罗曼的《伙伴》

4. 文学戏仿的类型 *116*

　　戏仿英雄体和低俗戏谑

　　对不同文学形式的戏仿

　　　　史诗：

　　　　　　卢基里乌斯和朱文纳尔

　　　　　　动物的战争

目录

　　布瓦洛的《经台吟》

　　德莱顿的《押沙龙与阿齐托菲尔》和《麦克·
　　　弗莱克诺》

　　蒲柏的《夺发记》和《群愚史诗》

　　斯威夫特、德·卡利埃尔、菲尔丁

　　乔伊斯的《尤利西斯》

　　塔索尼的《争桶纪》

　　斯卡龙的《乔装的维吉尔》

　　伏尔泰的《奥尔良少女》

传奇：

　　佩特洛尼乌斯的《萨蒂利卡》

　　拉伯雷和阿里奥斯托

　　塞万提斯的《堂吉诃德》

　　巴特勒的《胡迪布拉斯》

戏剧：

　　阿里斯托芬

　　拟剧

　　菲尔丁的《大拇指汤姆》

　　雪莱的《俄狄浦斯王》

　　比尔博姆的《"萨沃纳罗拉"·布朗》

　　莎士比亚的《特洛伊罗斯与克瑞西达》

　　盖伊的《乞丐歌剧》

　　吉尔伯特与萨利文

"迈拉·巴托"的《斯威尼纪》

教育诗：

帕里尼的《日子》

抒情诗：

阿里斯托芬和青年维吉尔

乔叟的《托巴斯先生的故事》

斯威夫特

《反雅各宾周报》

《被拒的征文》

卡尔弗利和斯温伯恩

威尔逊的《麦克利什的煎蛋卷》

散文：非虚构性作品

柏拉图的《美涅克塞努》

《无名者信函》

《梅尼普斯式讽刺》

诺克斯的《讽刺文集》

詹森的《艾森豪威尔语版葛底斯堡演说》

散文：虚构性作品

菲尔丁的《约瑟夫·安德鲁传》

哈特的《压缩小说》

比尔博姆的《圣诞花环》

费迪曼论沃尔夫

德·弗里斯论福克纳

IV. 扭曲的镜像 171

1. 讽刺与真理 171

叙事是讽刺的第三种主要形式

讽刺的近邻：

 谩骂与讥诮

 "对骂"

 喜剧和闹剧

讽刺叙事的形态

2. 此间世界之外 182

殊方异域：

 斯威夫特的《格列佛游记》

 让·德·欧特维尔：《极度悲伤的人》

 巴特勒的《埃里汪》

 莫罗亚的《阿提科勒人国土游记》

 莫尔和拉伯雷

其他世界：

 梅尼普斯

 阿里奥斯托和弥尔顿

 拉伯雷的爱彼斯特蒙

    塞内加的《克劳狄乌斯变瓜记》

    尤利安的《会饮》

    克维多的《幻视》

天外来客

    伏尔泰的《米克罗梅加斯》

未来的景象

    贝拉米和威尔斯

    奥威尔的《一九八四》

    赫胥黎的《猿与本质》

    赫胥黎的《美丽新世界》

    马雅可夫斯基的《臭虫》

奇异的旅行

    拉斯佩的《吹牛大王历险记》

    卡罗尔的《爱丽丝漫游奇境》

    卢奇安的《真实的故事》

3. 动物故事 201

    《列那狐的故事》

    奈杰尔的《愚人之镜》

    《逃狱记》

    阿普列乌斯的《变形记》

    斯威夫特的慧骃们

目 录　　　　　　　　　　　　　　　　　　　　　　　　　　　　xv

　　　　法朗士的《企鹅岛》
　　　　奥威尔的《动物庄园》
　　　　阿里斯托芬的《鸟》和《马蜂》
　　　　恰佩克兄弟的《昆虫喜剧》
　　　　尤内斯库的《犀牛》
　　　　皮科克的《猩猩爵士》
　　　　柯里尔的《猴妻》

4. 此间世界的扭曲图景 217

　　　　福楼拜的《布瓦尔与佩库歇》
　　　　伊夫林·沃的《衰落与瓦解》
　　　　刘易斯、皮科克、赫胥黎
　　　　麦卡锡和贾雷尔
　　　　戏剧讽刺
　　旅行和探险故事
　　　　狄更斯的《匹克威克外传》
　　　　伊夫林·沃的《司各特-金的现代欧洲》
　　　　塞万提斯的《堂吉诃德》
　　　　格里美尔斯豪森的《痴儿西木传》
　　　　拜伦的《唐璜》
　　　　贺拉斯的布伦迪西之旅
　　　　林克莱特的《唐璜游美国》

伊夫林·沃的《黑色恶作剧》和《至爱》

孟德斯鸠的《波斯人信札》

5. 讽刺故事和戏剧的结构 235

分景式:《捣蛋鬼提尔》

匪夷所思:儒勒·罗曼的《诺克医生》

令人震惊:拉伯雷的巴汝奇

喜剧性:佩特洛尼乌斯的《萨蒂利卡》

6. 历史和传记 242

吉本的《罗马帝国衰亡史》

斯特雷奇的《维多利亚时代名人传》

勒萨日的《吉尔·布拉斯》

莫利阿的《伊斯巴汉的哈吉巴巴》

菲尔丁的《大伟人江奈生·魏尔德传》

7. 讽刺描写 249

可怕的聚会

佩特洛尼乌斯的《特利马乔的晚宴》

雷尼尔和布瓦洛

目录

狄更斯、伊夫林·沃、普鲁斯特
人物漫画
  勃兰特的《愚人船》
  薄伽丘的《乌鸦》
  卢克莱修、布瓦洛、斯威夫特笔下的女人
  霍加斯的《金酒巷》

V. 结语 *265*

1. 名称 *265*

"讽刺"一词的含义

2. 功能 *268*

讽刺讲述真理。但是哪种真理？
两类讽刺作家

3. 动机 *273*

讽刺作家的动机
  发泄私愤
  感到自卑或不公
  希望革除邪恶和愚昧

意欲创造某种美学范式
　　理想主义

注释 *281*
简要书目 *317*
索引 *321*
译后记 *357*

I.

导论

讽刺（Satire）并不是最重要的文学类型。尽管一位讽刺文学大师有雄心勃勃的说法[1]，但它无法与悲剧和史诗相比。不过，它仍是最富创造力和挑战性、最值得铭记的文学形式之一。写作过讽刺作品的有思想活跃的才子，如伏尔泰、拉伯雷、佩特洛尼乌斯（Petronius）、斯威夫特；有圆熟老到的文体家，如蒲柏、贺拉斯、阿里斯托芬；也有偶一为之的伟大天才，如卢克莱修（Lucretius）、歌德、莎士比亚。它描绘真实的男女众生，大多浓墨重彩，却又总是纤毫毕现，令人难以忘怀。它使用自己那个时代大胆和生动的语言，摈除一切陈词滥调和僵化的成规。在其他文学类型有时力求正式和保持距离的地方，讽刺显得无拘无束、平易近人和直截了当。当前者使用精心摆放的模特、在巧妙安排的灯光布景下工作时，讽刺作家大声疾呼："我是一台摄像机！我是一台录音机！"即便他提供的结果并不总是符合完美艺术的要求，即便最后呈现的色彩并不和谐，但是它们至少拥有真实生活的直接性和紧迫感。在最精妙的讽刺作品中，最少清规戒律，而有最多的现实生活。

要发现什么是讽刺、讽刺有哪些类型，最好的办法是观察对一些我们认为的重要话题有所论及的优秀讽刺作家。

首先，想一下大城市中的交通问题，罗马诗人朱文纳尔（Juvenal）对此曾有描述。对于今天的大多数人来说，人流充斥和车辆堵塞的街道不过是我们可厌生活的又一不便之处，也是我们为购买都市生活这一奢侈品所必须付出的代价。我们很少意识到交通带来的狂乱挫败折磨我们的情绪，损害我们的健康，而大量机动车排放的有害气体正在缩短我们的寿命。朱文纳尔生活的时代还没有内燃机车和汽车喇叭，不过他知道大城市的交通问题并不只是不方便而已；因此，尽管是以冷幽默的语气，他从慢性病开始谈起，最后却说到了暴死。下文选自他的第三首讽刺诗，诗中一个将要永远离开罗马的人讲述了各种交通陋习，正是这些陋习将他驱赶出了罗马（一些细节的翻译用了现代说法，以再现原文紧贴时事的特性）：

  这里大多数的病人死于失眠——尽管他们最初得病是因为消化不良，食物堵塞了他们滚烫的肠胃。谁能在租住的房间里入睡呢？在城市中安睡花费不赀。这是我们生病的原因：沉重的公交车艰难地穿过狭窄曲折的街道，仿佛栏中困兽一样的司机骂骂咧咧，声音之大能把一个聋人从梦中叫醒，或是让一头海象不得安眠。为了参加一场晨拜，百万富翁坐在他的加长版豪车里，轻松地穿过人流，一边阅读报纸，或是写着什么——对了，也许是在睡觉，因为关闭的车窗和暖和的室内空气都诱使他打个小盹儿；不过他会早到。我奋力前行，但是前方巨大的人流挡住了我的去路，后面的人群推搡挤压着我的臀部，我这里被推一肘，那里被挡泥板剐蹭一下，这里碰到一根木梁，那里又撞上一个酒桶。我的腿上沾满了泥，一连串粗制滥造的鞋子接踵而来，而一只军靴牢牢地踩在我的脚趾上……卡车上颠荡的一根原木一下子划破了我新修补好的外套；接着是悬挂在一辆拖车上的沉重桁架，它的摆放预示着可怕的灾难；如果运载花岗岩的车轴断裂，这些沉重的货物冲向涌动的人群，他们还能剩下什么呢？他们连骨带肉都会化为齑粉。这些可怜的遇难者的身体将和他们的灵魂一道彻底消失！²

一幅恐怖的画面。然而也很黑色幽默。当救护车赶到时，实习医生会写下 D. O. A.，代表的不是通常所说的"到院前死亡"（Dead on Arrival），而是"消失-消除-消灭"（"Disappeared. Obliterated. Annihilated."）。虽然言过其实，但这一讽刺不无道理。交通很快让我们的生活变得不堪重负；它侵蚀我们的神经并破坏我们的健康；而且除非我们逃离，它终有一天会碾碎我们。在这个样本中，我们发现了讽刺的典型特征：它谈论时兴的话题；

它以现实主义自诩（尽管它总有夸张和扭曲）；它语出惊人；它行文不拘一格；还有就是它（尽管常常是以一种诡异或令人难受的方式）具有喜感。讽刺采用的典型形式之一，就是一个人——他或是作者本人，或是作者的代言人——几乎没有间断的独白。

另一位讽刺作者以一种不同的、更有抱负的方式处理了一个更加重要的主题。人类的历史是一个明暗相间的奇特连续体。光明的时代总是短暂而激动人心，晦暗的岁月则往往漫长而难以摆脱。西罗马帝国覆亡之后被无知和野蛮笼罩的黑暗世纪是我们这个世界最阴暗的时代之一。图书馆被毁灭。学校和大学减少或消失。知识被人遗忘。艺术退化为基本的技能或原始的工艺。城市萎缩为村庄的集合，而城镇成了肮脏的乡村。人口持续下降，却愈发粗鄙。相互为敌的部族、独孤的定居点和无助的流离失所者构成了这个世界，在此文盲和迷信大行其道。君主们不会写字；几乎所有非教会人士都没有阅读能力。在长期繁荣和高度文明化之后，西欧重新陷入了五百年的贫穷、愚昧和压迫之中，直到12世纪才无比艰难地挣扎出头。今天，当我们反思第二次世界大战造成的巨大破坏，并恐惧地意识到下一次大战将带来更大的毁灭时，我们不难想见——可以太容易地想见——我们孙辈的孙辈半野蛮化，在废弃荒芜的世界中苟延残喘，被迫回到原始人"孤独、贫穷、肮脏、野蛮和短促"[3]的生活。

亚历山大·蒲柏（Alexander Pope），像大多数18世纪的聪明人一样，不无反感地回顾早期的战乱时代。在其最富雄心的讽刺作品《群愚史诗》（*The Dunciad*）中，他甚至预言即将到来一

I. 导论

个新的黑暗时代，其黑暗并非来自战争，而是来自人类间相互传染的骄傲、自私和愚蠢；当"无知"再次耀武扬威于罗马和不列颠的往昔想象中，蒲柏让"光荣"成为体现所有这些陋习的主要受害者：

> 看呐！罗马自己如今不再是艺术的骄傲主人，而怒斥它们是异教徒的谬种流传：她的头发斑白的教士们诅咒那些无人阅读的书籍，而培根为自己的厚颜无耻簌簌发抖。帕多瓦眼睁睁看着她的李维被焚烧，连声叹息，而就连我们的对跖人（antipodes）也在哀悼维吉尔的命运。看吧，圆形剧场圮败了，失去廊柱的庙宇摇摇欲坠，英雄毙命道路，而诸神的尸体壅塞了台伯河：直到彼得的钥匙装点了受洗的宙斯，而潘把他异教的角借给摩西使用。看吧，维纳斯变成了毫无风韵的少女，菲迪亚斯（Phidias）的建筑被拆毁，而阿佩利斯（Apelles）的画作被焚灭。看呐，朝圣的香客践踏着你的岛屿，这些留着小胡子、秃顶、戴着修士帽兜或者不戴修士帽兜、穿着鞋或者赤足、脱皮、身穿补丁衣服的人，以及那些身穿杂色混纺衣服的修士们，严肃的哑剧演员！一些人身穿无袖上衣，一些人未穿衬衣。那就是不列颠。[4]

尽管蒲柏是一名罗马天主教徒，他的说法却预示了吉本（Gibbon）的名言"野蛮和宗教的胜利"[5]。不过这番话并非讽刺作家本人所说，而是一名已故诗人——其人为愚神（Dulness）的捍卫者——的灵魂在想象乐土世界（Elysium）时向诗歌主人公发出的部分预言。了解古典作品的读者都会马上看出，这番话是对拉丁诗歌中最伟大的一段发言的戏仿：乐土中的安喀塞斯（Anchises）向他的儿子埃涅阿斯讲述的预言。二者的核心思想是一样的：预言一个世界性的帝国，而英雄主人公将在神灵护佑之下，借助强有力的支持者——他们正等待降生，此刻排成壮观的队列在他面前走过——之手实现这个帝国。一项项特征都令人想到《埃涅阿斯纪》的第六卷：英雄主人公被一名女先知所引领；他看到许多未出生者的灵魂像蜂群一样在冥河边来来往往；有人向他传授了转世的神秘学说；在一个山巅上他被指点看到了本族的英雄人物。然而，这两段文字的主旨大相径庭，其实是背道而驰。《埃涅阿斯纪》中预言的主题是罗马文明的兴起；而《群愚史诗》中预言的主题（至少一部分主题）恰好相反：愚昧势力对文明——首先是对古典文明，然后是对现代文明——的侵入。前一主题由一个高贵的形象、埃涅阿斯的父亲的灵魂（他现在拥有超自然的智慧）讲述，而后一主题由一个可笑的人物、三流诗人以利加拿·赛特尔（Elkanah Settle）讲述，后者

> 因其宽厚的肩膀和耳朵的长度而闻名。[6]

尽管如此，《群愚史诗》中的这段话语气庄严，时而欢欣鼓舞，虽然它的主题荒诞不经并令人反感。此即讽刺性写作的第二种主要类型——戏仿的一个上佳样本。

I. 导论

让我们从深受堵车之苦的城市和人类难以抑制的愚蠢转向第三个问题,一个更加古老和可怕得多的问题,一位最伟大的讽刺作家对此曾有专门论述,这就是天意(providence)的问题,即这个世界的构成和管理问题。无论望向何处,我们在生活的每一天都见识和经历着邪恶。痛苦和苦难似乎已内植于这个世界。请通过显微镜观察那些最微小的生物:它们就像鲨鱼、猎豹或人类一样凶残和狡猾。凝神回望我们这个星球的自然历史,它看上去就是一长串无意义的灾难。再想想人类的历史吧:人类始终相互为害,而即便是现在,他们又正准备干出怎样的罪行来呵。再看洪水、饥荒、地震、疫病等自然灾害,它们经常出人意料地降临,仿佛《启示录》中的四个骑士(Four Horsemen of the Apocalypse)一直在我们的星球上驰骋。我们能自信地宣称这个世界是好的吗?我们能轻易相信它被创造出来就是为了让我们在此幸福地生活吗?我们能把几乎无处不在的罪恶仅仅称为消极的、偶然的或是虚假的吗?对于这些问题,以信仰为基础的宗教自有其答案。但是哲学家们也在试图回答这些问题。其中有一位哲人想到了一个机智的解答。戈特弗里德·莱布尼茨(Gottfried Leibniz)无法证明这个世界是完美无缺的,但他亟欲表明这个世界是一种系统的、理智的建构,于是论证说:尽管我们可以想象[存在着]其他类型的世界,但我们居住的这个世界,即便它有种种一望可知的缺陷,却是所有可能世界中最好的一个。一个无所不能的造物主本可使诸多其他种类的世界成为现实,但是可以想见它们势必出现更多和更严重的过失。

只要人类生活平稳前行，其痛苦不过是常见的现象，那么这个说法最多只会引起困惑的微笑或寻章摘句的辩论。但在这一理论发布大约四十年后，爆发了一场极其惨烈而且显然无法解释的灾难。一场大地震以及随后发生的洪流和火灾几乎将整个里斯本城夷为平地。成千上万名无辜群众瞬间失去生命、被活埋或烧死。这为讽刺作家提供了机会——不是幸灾乐祸地嘲笑受难者的遭遇，而是指出那个声称他们在一个最好的可能世界中生活并死去的哲学家的理论是多么可笑地难以自圆其说。1759年，伏尔泰的《戆第德》(*Candide*)出版了。

故事说的是从前有个为人正派的小伙子，他受一名形而上神学宇宙论痴呆学（metaphysico-theologocosmolonigology）专家教导，相信世界的秩序是可以理解的、逻辑的和（用哲学的话说）一切可能世界秩序中最好的。这个年轻人叫戆第德，意思是"率真"，所以他相信这个说法。他在一个德国城堡中出生，不过二十岁时便被流放，从此再未回到故乡，而是成了一个"漂泊者"，最终定居在土耳其的一个小农场，自食其力地生活。在此期间，他游历了半个世界，忽而腰缠万贯，忽而一贫如洗，一度被捕入狱，遭受严刑拷打，受到上百次的死亡威胁；他看到自己年轻可爱的恋人变成了一个丑老太婆，而当年教授他乐观主义的哲学家几乎不成人形，就像刚从德国集中营解救出来的幽灵般的囚犯一样。但是直到最后，戆第德仍然坚持相信"这个世界中一切都是最好的，而这个世界也是一切可能世界中最好的"这一形而上神学宇宙论痴呆学理论。

I. 导论

我们没有必要概括这篇精彩的讽刺故事,不过其中几个片段足以展示它的特色。在一次外出经商途中,戆第德遭遇了海难。(放到今天,他就会在乘飞机时遇到一名乘客,这名乘客携带了一只沉甸甸的并且嘀嗒作响的旅行箱。)他抓住一块木板游上岸,登上了葡萄牙的土地。又累又饿的他一路走到里斯本,正赶上那场地震。他侥幸逃脱,但是由于被人听到他关于灾难不可避免的哲学讨论而被宗教裁判所抓捕入狱,并在赞美诗的乐声中接受了鞭刑。这时又发生了一场地震。戆第德意外地被一名老妇人搭救,后者原来是他恋人居内贡(Cunégonde)的女仆。听说居内贡已经不再是处女,并被两名情夫——一名是犹太银行家,另一名是宗教大法官——共同包养,他将二人杀死并逃到了南美。不久之后一个印第安部落抓获他,并准备吃掉他。(他看到两只"猿猴"〔apes〕追逐一对印第安少女,于是将它们射死,但这两只猿猴其实是少女的情人。)此后不久他又来到了黄金国(Eldorado),离开时带走了数量惊人的黄金和珠宝(它们在黄金国被视为土石瓦砾);但是很快他的财富被一名荷兰船长盗走而化为乌有。和戆第德的经历相比,远走他乡、见多识广的英雄奥德修斯的冒险事迹也显得平淡无奇了。

《戆第德》的故事情节并无固定模式(pattern),除了不断有大起大落的变故发生之外,而这几乎不能称为模式。的确,如果这本书有新的手稿发现,其中有六七个章节讲述了戆第德在非洲或中国的冒险经历,那么我们一定会马上认为它是真品。真似性(probability)被忽略;从来没有什么逻辑和体系;偶然——

伏尔泰《戆第德》插图

仁慈与残忍并具的冥顽偶然（idiotic chance）掌控着一切。不错，它是有一个主导性的主题——乐观主义哲学，以及一个基本情节——戇第德爱居内贡并最终和她结婚。但是除此之外，故事被设计得毫无逻辑可言，前后矛盾、异想天开并且（在存在主义的意义上）荒诞不经。一部非讽刺性的浪漫故事或许包括狂野的、出人意料的冒险经历，但是它们会遵循一个只要前提成立即可视为合理的模式。《所罗门王的宝藏》（*King Solomon's Mines*）中的艾伦·夸特梅因（Allan Quatermain）和《战地钟声》（*For Whom the Bell Tolls*，又译《丧钟为谁而鸣》）中的罗伯特·乔丹（Robert Jordan）在奇思异想的世界中经历了机关重重的险境，但是他们的冒险组成了一个链条，而这些链条形成了一个整体设计。在《戇第德》中并不存在任何整体设计。作者隐含的意图否认生活中存在整体设计。正常的存在进程随时被打断或改变，于是任何事情，无论是好是坏，都变得不可理喻。在该书最长的两段故事中，戇第德来到虚无缥缈的黄金国和几乎同样虚幻的狂欢节期间的威尼斯。他在黄金国发现钻石不过是石子沙砾。在威尼斯六名萍水相逢的游客原来都是被废黜的国王：一个俄国的沙皇、一个英国的王位觊觎者、一个科西嘉人、一个苏丹，当然还有两个相互为敌的波兰人。当四名背井离乡的王子在晚餐后出现时，没有任何人关注他们。在讽刺小说的世界中，几乎任何事情都有可能随时发生。讽刺作品有时看待现实"如同痴人说梦，充满着喧哗与骚动，却没有任何意义"，对此人们只能报之以苦笑。

不可能和意料之外的事一再闯入。哲学家潘格洛斯（Pangloss）

被宗教裁判所当众绞刑处死；但在二十四章之后，他又出现了，说是因为绳子潮湿，套索没有把他勒死，他在解剖台上又活过来了。居内贡的兄长被一伙抢劫他们父亲庄园的斯拉夫军人杀死了，但是他又在巴拉圭出现，说是那场灾难之后一名神父看到他眼睛和心脏还有生命的迹象而救活了他。过了不久，他的身体被刀刺穿（戆第德就在另一边）；但是又过了十二章，我们发现他在土耳其成了一名奴隶桨手，说是他并未被伤及要害。

　　这些冒险经历中的几乎每一段本身都很恐怖。《戆第德》中的四个主要人物几乎遭遇了所有人生苦难，他们皮实的身体和精神几乎经受了人和神施加的各种不公和暴行。尽管如此，当所有这些骇人听闻的苦难和残暴行为构成一整部刺耳的赋格曲后，最终的效果并不是悲剧性的。它甚至不是悲哀的。它是——讽刺性的。我们很难称之为喜剧性的，但是它并不让人伤心恸哭或毛骨悚然。这本小书通过三十个并无必然联系的章节讲述了四个人的生活的可耻失败，而我们读后既不会潸然泪下，亦不会开怀大笑，而是表情古怪，有时还会情不自禁地发出微笑。只有非常勇敢或非常绝望的人能够微笑面对死亡。但是讽刺作家，也只有讽刺作家，能让我们笑对他人的死亡。戆第德一踏上朴次茅斯（Portsmouth）就看到一个人蒙着双眼跪在一艘船的甲板上，然后被行刑队开枪打死。戆第德问这个人是谁，人们为什么要杀他，他得到的答案是：此人是一名英国的舰长，他被杀是"为了鼓励其他人"[7]。

　　这也正是朱文纳尔在半是好笑、半是愤慨地描述不幸的行人刹那间被一车大石砸成肉泥时所表现出的复杂情感；这也是蒲柏在《群愚史诗》中兴高采烈地呼唤那个野蛮的时代——这个时代已经忘记如何雕刻原创性的作品而将古典塑像改造为表现宗教虔诚的纪念碑，或是将其作为无价值和有伤风化的东西扔到河里或碾成铺路的碎石——时表现出的复杂情感。这种情感（emotion）[13]即是我们所谓讽刺类作品最真实的产物和最根本的标志。

研究文学形式的最佳方式之一，是亚里士多德使用的方法。这是一种归纳的方法。首先，尽可能多地搜集某一特定现象的范例；其次，通过观察它们之间的异同分合，从这些个案中提取出若干描述性原则。亚里士多德在流传至今的《诗学》一书中分析悲剧时即运用了上述方法。当我们将此方法运用于西方文学史中从古希腊罗马经中世纪至文艺复兴再到我们这个时代的讽刺作品（无论它们是有意识的创作还是后来被理解为讽刺作品）时，我们会发现几乎所有作品分为三类。一部讽刺作品通常具有[以下]三种主要形态（shapes）中的一种。

有些是独白（monologue）。在这类作品中，讽刺作家通常或是亲自出马或是借助某个几乎不加遮掩的面具人物而直接向我们发言。他陈述自己对某个问题的看法、援引例证、嘲讽对手，并努力把他的观点灌输给公众。朱文纳尔在谴责交通问题让大城市的生活不堪忍受时就是这样做的。

另有一些是戏仿（parody）。在这里，讽刺作家选取一部现成的具有严肃旨趣的文学作品或是某种拥有成功范例而被人称道的文学样式。然后他通过羼入不相称的观念或是夸张其艺术手法而使这一作品或样式显得滑稽可笑，或是通过不恰当的形式表达这些观念而使其显得愚蠢，又或是双管齐下。蒲柏让赛特尔的鬼魂歌颂黑暗的中世纪即为其代表。

第三大类讽刺既不包括经常由作家现身说法的独白，亦非使用假面代言的戏仿，而是采取作家本人一般根本不会出现的叙事形式。它们有的是小说，例如《戆第德》；有一些则是戏剧作品，即讽刺的表演，如《特洛伊罗斯和克瑞西达》(*Troilus and Cressida*)。叙事作品，无论为小说还是戏剧，似乎是讽刺中最难的一种——作家最容易失误，而读者最不容易理解和判断。如果成功了（例如《戆第德》和阿里斯托芬的《蛙》），它很可能会成为一部杰作；但即便是最优秀的作家也会在选择构思方法、背景和目标时犹豫不决，而经验较少的作家经常完全搞砸而毁掉一个本来可行的讽刺观念。

必须承认，人们会批评说这个分类并不是一种真正的三分法。尽管独白一般说来不同于叙事，于是二者构成两大对等类型，但在独白和叙事中显然都有可能出现戏仿。例如，有一篇可爱的讽刺作品通过让塞缪尔·约翰逊（Samuel Johnson）的鬼魂讲述开篇献辞而戏仿了他的鲸类风格（cetacean style）[8]；再如佩特洛尼乌斯的《萨蒂利卡》(*Satyrica*) 大可视为对浪漫小说的一个戏仿（而《戆第德》则非是）。为了谨慎和精确起见，我们应当将讽刺类型划分为戏仿、非戏仿性虚构（包括戏剧或叙事）和非戏仿性独白（及其各种变体）；但是为了论述方便，我们将采取更简单的说法。

如果说这三种讽刺类型各不相同，而它们的素材（我们将在下文看到）又多种多样，那么它们的共同点是什么？是哪种/哪些特性让我们将一首诗、一部戏剧或一篇小说视为讽刺？哪种/哪些特性让我们仔细观察一首诗、一部戏剧或一篇小说后宣布其中有讽刺的成分，但在总体上或就其大端而言却非讽刺作品？哪种/哪些特性让我们比较风格相近的作者（甚至有时就是同一名作者）创作的两部外表相似的作品，断言一者为讽刺而另一者则非是？这些问题并不总是很容易回答。一名讽刺作家如果在他的戏仿作品中细致入微地再现其讽刺对象的创作手法，或是严重依赖反讽（irony）技巧，或是他的揶揄过于含而不露、幽默过于波澜不惊，甚至显得是在讲真话——发自肺腑、不折不扣的真话，那么他很可能就会被误当作一个冷静的评论者、一个可亲的喜剧家、一个性格直爽的人，或是在真诚地赞美他的戏仿对象，甚至他本人便是这方面的行家里手。爱尔兰有一名主教读了新出版的《格列佛游记》，却完全不能领会其中的讽刺意味，说他一个字也不相信（至少斯威夫特这样告诉了他的同道蒲柏）[9]。柏拉图——我们知道，他憎恶和鄙视民主、雅典人和他们的爱国主义——戏仿写作了一篇哀悼雅典战争阵亡者的讲辞，这篇讲辞紧密贴合当时正统的爱国主义情感和常规使用的演讲方式，结果古代有些优秀的批评家对此竟当了真，而有些现代学者依然相信这是一篇诚挚的写作，尽管柏拉图本人说它类似一个黄色笑话[10]。

尽管如此，我们仍有一些可靠的检验标准。如果一本书符合其中若干或大部分条件，那么它很可能就是一篇讽刺作品。

首先，作者给出了一个概括性的讽刺定义。当朱文纳尔目睹腐败的罗马城而喊出"很难不写讽刺"[11]时,我们知晓了他将要使用的[写作]模式,尽管他实际上会大胆改变和扩展这一模式。有数以百计的诗人写作史诗、戏剧和哀歌(elegies),而(如其所说)"我的领域是讽刺诗";接下来他便开始通过长篇大论的抨击来论证自己选择的正确性、描述他的素材并概论他的特殊方法。

其次,作者提供了一个世系(pedigree)。当伊拉斯谟(Erasmus)通过《蛙鼠之争》(*The Battle of Frogs and Mice*)、塞内加(Seneca)的《克劳狄乌斯变瓜记》(*Pumpkinification of Claudius*,即 *Apocolocyntosis*)和阿普列乌斯(Apuleius)的《变形记》(*Metamorphoses*)等前人著作来为他的《愚人颂》(*Praise of Folly*)正名时,他即宣布了自己与古典讽刺作家的一脉相承[12]。

第三,前代讽刺作家选择的主题和使用的方法。这经常是一种改头换面的世系陈述。布瓦洛(Boileau)二十四岁时发表的第一部讽刺作品是一篇文丐诗人的独白,他发现自己在巴黎难以维生或出人头地,除非跟着一起堕落,于是他决定永远离开巴黎。它的主题以及许多后来的衍生变化都来自朱文纳尔的第三篇讽刺诗。于是,尽管连朱文纳尔的名字都没有提及,布瓦洛却自称是强硬和严苛的朱文纳尔派讽刺作家中的一员。

同样,通过引用某位著名讽刺作家的原文,作者不必直接承认即可说明他写作的是一篇讽刺作品。皮科克(Thomas Love Peacock)至少在其四部小说的开篇部分都征引了讽刺作家塞缪尔·巴特勒(Samuel Butler)的话。拜伦则在《英格兰诗人和苏格兰评论家》(*English Bards and Scotch Reviewers*，1809）一文中化用了朱文纳尔第一首［讽刺］诗的开篇诗句。

　　作品的主题（subject-matter）一般不足为凭。人们写作讽刺诗，既有最严肃、最庄重、最神圣、最微妙的主题，也有最轻浮、最放荡、最亵渎神灵、最令人作呕的主题。几乎没有什么题目是讽刺作家驾驭不了的。尽管如此，我们可以说讽刺总是有具体偏好的主题，它往往是热门话题，并经常指向个人。它涉及实际情况，指名道姓地提到真实的人物或明确无误地（而且经常也是不加奉承地）描述他们，谈论当时当地的生活，以及那种特别的、最近和最新的腐败现象，它散发出的气味此时仍在这名讽刺作家因为不适而皱缩的鼻孔里挥之不去。这一事实导致了讽刺作家必须面对的一个重要问题。为了写好讽刺作品，他必须描述、谴责、抨击此时此地发生的事情。五十年之后，当他死去时，他谈论的话题难道不是也会死去、枯萎和被人遗忘吗？假如是这样，他怎么能有希望创作一部永恒的艺术作品呢？请看德莱顿（Dryden）的《麦克·弗莱克诺》(*Mac Flecknoe*)，这是他最有名的讽刺作品之一，热情洋溢而富于感染力，充满了高明的笑话。可是它的目的是什么？它讽刺的对象是谁——沙什么来着？注释说他是沙德维尔（Shadwell），可是现在有谁知道或是关心沙德维尔何许人也？称他为"麦克·弗莱克诺"——把一个无名之辈和另一个无名之辈联系起来——有什么意义？现在这一切都已湮灭无闻而完全无关紧要了。再看蒲柏雄心勃勃的《群愚史诗》，他在其中说道：

闭嘴，你们这些狼群！当拉尔夫（Ralph）向着辛西娅（Cynthia）嚎叫，并让夜晚变得恐怖时——回答他，你们这些鸱鸮！感觉、言辞和韵律，活的语言和死的语言，一切都让开——这样也许会有人读莫里斯（Morris）。流淌吧，韦尔斯特德（Welsted），流淌吧，就像激发你灵感的啤酒一样，陈旧而不醇厚，虽然细微，却永远浑浊不清。[13]

他们到底是什么人？蒲柏自己意识到他们即使在当时已少为人知，而且很快就会被人遗忘；他显然感到了自己与其他讽刺作家作品中隐含的悖论，即他几乎是在浪费自己的才华让无关紧要、昙花一现的人和事物永垂不朽；但他无法抑制讽刺作家最强烈的一种冲动：憎恨。不过这段话所揭示的不仅是讽刺的一个主要缺陷，也是它的一个主要优点，即这种风格的活力和原创性。今天我们都不大了解拉尔夫、莫里斯和韦尔斯特德是谁了，但我们依然能够享受这些辛辣的反讽：一名拙劣的诗人比狼嚎还要起劲地向月亮放歌，一群猫头鹰为之伴唱的独唱者；韦尔斯特德苍白诗篇的浑浊细流。我们仍然能够欣赏"让夜晚变得恐怖"这句妙语——它来自《哈姆雷特》，以及关于啤酒的俏皮话——它戏仿了德纳姆（Denham）在《库珀山》（*Cooper's Hill*）中对泰晤士河的著名描述。蒲柏戏仿庄重的语气呼唤这些籍籍无名的人物，对此我们可发一噱；我们如果格外钟情于讽刺，也可以把拉尔夫、莫里斯和韦尔斯特德替换成今天其他鬼哭狼嚎、无病呻吟、胡言乱语的作家的名字。[14]本质上固然是关注流行话题，优秀的讽刺作品却也正是以这种方式成为了一般的和永恒的。

讽刺的主题多种多样，但是它的语汇和笔法（texture）不难确认。它们有时也见于其他文学类型，但是在讽刺作品中它们得到了最为集中和有力的使用。绝大多数讽刺作品都含有残忍和下流的语词；所有讽刺作品都含有轻浮和滑稽的语词；几乎所有讽刺作品都含有口语化和反文学性的语词。讽刺的拉丁文"*satura*"原意为"混合"（medley）、"大杂烩"（hotch-potch），最好的讽刺作家对此或是心知肚明，或是预示了这一点。在情节、话语、情感基调、语汇、句法结构和短语模式等方面，讽刺作家都努力制造出人意料的效果，让他的听众和读者煞费思量并惊奇不已。

绝大多数讽刺作家在试手前都读过前人的讽刺作品，因此他们易于欣赏此前已经发明的讽刺技法。任何一个作家，只要他经常而且有力地使用一些具有代表性的讽刺武器，如反讽、悖论、对立、戏仿、口语表达、反高潮、时髦话题、黄色和暴力描写、生动和夸张的叙述等等，都有可能是在写作讽刺作品。如果他只是在自己作品的某些章节中使用这些技法，那么这些章节可以恰当地单独称为讽刺；但是如果它们无处不在，那么该作品几乎定属讽刺无疑。在差不多所有的优秀讽刺作品中，有两种特别的方法或态度必不可少。

首先，是尽可能逼真地描写一种痛苦或荒谬的境况，或者是某个愚蠢或邪恶的个人或群体。讽刺作家相信大多数人是盲目和迟钝的，也许因为习俗、冷漠和顺从的心理而变得麻木不仁。他希望让他们发现真相——至少是他们习焉不察的那部分真相。我最近一次阅读朱文纳尔对大城市恐怖生活的讽刺时，想到了一位作家——他的名字很少和讽刺联系起来——出于同样的精神并且至少部分是为了同样的目的而写的一段话。1870年，约翰·罗斯金（John Ruskin）在牛津大学发表关于雕塑的系列讲座时引入了对于伦敦市区中心新建泰晤士河堤设计和装饰的尖锐批评。在高潮部分，他描述了从滑铁卢桥到河堤一段的阶梯，以维多利亚时期的庄重典雅风格提醒听众"从这座英格兰大都市的中心到这条英格兰第一大河的下降"：

> 这些阶梯……下降进入了一条隧道，夜间有一盏破旧的汽灯照明，白天则什么都没有。阶梯上覆满了无数双脏脚留下的腌臜灰尘，并混杂以碎纸片、橘子皮、污浊的稻草、破布以及雪茄的烟头和烟灰；所有这一切都或多或少地和着风干的痰液而结成了滑腻腻的斑块，或者（如果沾得不是那么牢的话）被充满煤烟的风凄惨地吹向各地或迎面吹向在此上下经过的路人。[15]

在上下经过这里的人当中，想必有上百万的人看到过这一令人反胃的景象，但是他们视而不见，心中也无触动。罗斯金因此以无情的清晰笔触描绘了这一景象，以便他们乃至更多的人可以第一次看到并理解他们所见的事物。尽管罗斯金是一名细腻敏感的作家，他通常喜欢描述优雅可爱的场景，但是这里的用词和援引的细节都令人厌恶：破布、烟头、烟灰、风干的痰液。这正是讽刺作家使用的直接方法，即描述他们的读者未能看清或透彻理解的事物。与朱文纳尔对罗马肮脏街市的描述相比，这段话只是少了那种嬉笑的语气而已。

其次，当一名讽刺作家使用无比清晰的语言来描述令人不快的事实和人物时，他并不仅仅是要陈述一件事情。他意在震撼他的读者。通过迫使读者去看他们错过或避免看到的景象，他首先让他们意识到真相的存在，继而让他们产生抗议的感觉。绝大多数讽刺作家通过精心选择的语言进一步强化了这种感受。他们不仅使用精准描述的语词，而且运用容易让普通读者感到震惊和沮丧的语言。直言不讳的说法、违反禁忌的表达、令人作呕的意象、冷酷无情的俚语，这些是几乎每个讽刺作家的语汇。例如在《戆第德》中，伏尔泰通过命名那个人所共知的、必不可少的、有时（例如在古希腊雕塑和布歇［Boucher］绘画中）还起美化作用的、然而在文学作品甚至日常谈话中都很少提到的人体部分而取得了最强烈的讽刺效果。当戆第德的恋人悲叹自己年纪轻轻就不得不在这个一切可能世界中的最好世界上忍受苦难时，一个丑老太婆偷听到了她的话，于是走上前谴责居内贡的抱怨，说她的遭遇和自己比起来算不了什么。她接着又说："假如我给你看我的后面（behind），你就不会那么说了。"[16] 她原来是一名年轻美丽的公主，因为一连串的不幸而变成下贱的奴隶，被卖给土耳其禁卫军中的一名军官。在一次围城战役中，这名军官和其他土耳其士兵决定，不吃掉所有非战斗人员，而只吃掉他们身体的一部分。于是这名公主失去了她的半个臀部。饥饿和吃人是骇人听闻的。通过着意

21 使用一个令人震惊的语词，伏尔泰增强了惊悚的效果，同时也改变了这一效果。"后面"一词蕴含了某种喜剧性。假如这个老家伙失去的是一条胳膊或乳房，这将是悲惨的事件，一桩惨案；然而（此处）是她的"后面"的一部分！

与之相似，下午时在自己家乡城市的一条街道上死去是悲惨的；然而，就朱文纳尔描述的那起交通事故而言，在死者离世与其家人的浑然不觉之间存在着某种令人忍俊不禁的对比：

> 与此同时，他的家人正悠然自得地洗盘子、吹火、拍打刷子并放好他的香皂和毛巾准备他晚上的洗浴。他的仆人都在忙碌各自的事务，而他这时正坐在[冥]河岸边，望着那个面目狰狞的船夫瑟瑟发抖：可怜的新来者，他嘴里没有含着一枚作为渡资的硬币，无法指望渡过浑浊的湍流。[17]

在阴间，这个鬼魂赤身裸体、孤独无助地坐在冥河（Styx）边。（他必须等到他的尸体被重新拼合在一起并体面下葬后才能进入冥府。）而在阳间，他的家里炉火熊熊，盘盏叮当作响，厨房传来饭菜的香味，晚餐已经做好，洗浴的热水也已经备好，只等他回来享用了。这很可笑，而可笑的原因即这一切都是那么的格格不入（incongruous）。

这便将我们引向了检验讽刺的最后一个标准，这就是作者感受到并希望在读者身上引发的那种典型情感。这是一种逗笑和鄙夷的混合。在某些讽刺作家那里，逗笑的成分远远超过了鄙夷的成分。在另外一些讽刺作家那里，逗笑的成分几乎完全消失不见：它变成了尖酸的冷嘲、无情的嗤笑，或是对生命无法被视为合理或高贵的苦涩自觉。然而，无论是以一场开怀大笑还是那种典型的不由自主的鄙夷中表达出来，胎死腹中的笑声、一声无语的唏嘘并伴以下颌回缩的动作，这些都与讽刺密不可分。即使讽刺作家的轻蔑有可能变成强烈的憎恶，他仍然会通过适合［表达］鄙夷而不是深仇大恨的语言来表达自己的憎恶。一味的仇恨可以通过其他文学形式来表达；表示蔑视的大笑或微笑也能做到这一点。讽刺作家的目的是结合使用它们。莎士比亚无法用一声冷笑打发掉伊阿古（Iago）。仅仅鄙视这种邪恶是不够的：伊阿古是一个"人形恶魔"（demi-devil），这种人只适合在悲剧中出现。但是对于《特洛伊罗斯和克瑞西达》中的潘达洛斯（Pandarus），我们就只充满了纯讽刺性的鄙夷：

　　滚开，下贱的龟奴！丑恶和耻辱追随着你，永远和你的名字连在一起！

潘达洛斯本人则唱了一支小曲，并通过向剧院观众喊话，说他们和自己一样都是吃力不讨好的"马泊六"，而将［人们的］鄙夷不屑化作了一阵嬉笑。[18]

　　讽刺总包含一些发笑的因素，无论是多么苦涩，正因此当时和现在都很难卓有成效地讽刺阿道夫·希特勒。查理·卓别林在电影《大独裁者》（*The Great Dictator*, 1940）中因丑化模仿希特勒而成功一时。戴维·洛（David Low）创作了一些出色的讽刺漫画，强化他的奇特外形与其邪恶品质之间的对比。不过，当希特勒征服了大部分欧洲并推行其奴役、酷刑和屠杀等等可怕政策之后，就不可能［仅仅］是不屑了。斯威夫特说得好："讽刺被认为是所有巧智中最容易的一种，但是我认为它在其他方面日子都不好过：好生讽刺一个罪恶昭彰的人与好生赞扬一个德行出众的人同样困难。但要讽刺或赞扬一个资质平常的人就比较容易了。"[19]

如果没有鄙夷不屑，恐怖、畏惧、憎恨和愤慨都不可能产生讽刺。假如莱布尼茨的乐观主义理论不只是一种无非导致愚蠢和最终幻灭的肤浅、可笑假设，伏尔泰是不可能写出一部关于它的讽刺作品的。对于那些无法引起人们不屑笑声的骇人主题，他采用了一种完全不同的语气和方法。在《戆第德》出版六七年后，他发表了《论宽容》一文，开篇阴沉严肃地描述了因宗教信仰而对让·卡拉斯（Jean Calas）施加的审判和死刑，而其结尾（附记不算）是对宇宙造物主的一段庄严祷告。没有人能就阿提拉（Attila）、成吉思汗或将人头堆成金字塔的旭烈兀（Hulagu）撰写成功的讽刺作品。没有人能讽刺麻风或癌症。戈林（Hermann Göring）、墨索里尼乃至那个险恶的妄想狂约瑟夫·维萨里奥诺维奇·朱加什维利都有无能和可鄙的一面，因此强大的作家或艺术家能对其进行讽刺。但是有些恶行过于可怕而无法讽刺。对此我们只能瑟瑟发抖，而后恐惧地转过脸去——或是努力写一部悲剧。对于这样的罪行，讽刺几乎是无能为力的。但是对于其他一切较小的罪行和所有愚蠢行为，它都是一件强大的武器。

II.

攻讦

1. 讽刺作家的独白

　　一般认为，总称为讽刺并具有自身连续历史的这一独特文学类型始于古罗马时代。有完整作品保存至今供我们阅读的最早讽刺作家是贺拉斯（Horace，前65—前8）。他给我们留下两卷讽刺诗，其中第一卷有10首，第二卷有8首，另外还有一些离他所理解的讽刺不远的诗体书信。

　　然而，贺拉斯声称在他之前有一位用拉丁文写作的重要讽刺作家[1]。这名先行者的诗歌已经佚失，只传下一些辑录的零散断章；但是通过这些断章和贺拉斯等人的评述，我们多少能重建他的生平与创作成就。他是一名光彩照人、富于魅力的绅士，如果生活在19世纪早期大不列颠帝国的辉格党社团中，他一定会如鱼得水：我们不难想见他会和悉尼·史密斯（Sydney Smith）相互戏谑玩笑，甚至可以想象他和汤姆·麦考莱（Tom Macaulay）交谈并占据上风——至少在半个钟头内。这个人就是卢基里乌斯（Lucilius，前180—前102）。在大约三十卷诗歌中，他用欢快生动、自出机杼的语言把整个世界变成了诗：当时的政治和人物、他自己的爱好和冒险、他的友人和仆从的性格、社会流行的风尚等等一切他感到有兴趣的东西。他甚至尝试去做一件几乎不可能完成的工作：教罗马人学习拼写他们自己的语言。[2] 贺拉斯称他是讽刺文学的真正发现者、发明者和探索者，因为正是他——卢基里乌斯——对这个文类提供了指导和目标。在卢基里乌斯的诗中，讽刺随心所欲、不拘一格，对人生一切活动都能加以评论；但其评论主要是批判的、嘲弄的和毁灭性的。尽管如我们所知，他并不是第一个使用韵体抨击当代大人物的罗马诗人（那个胆大妄为的平民奈维乌斯［Naevius］即因此而受苦蒙难），但他却是第一个手法精妙地长篇攻讦权贵并显然未受惩罚的诗人。即便在零星可数的断章中，我们仍能发现若干嘲讽，当时它们一定让那些被讽刺的人咬牙切齿并痛苦呻吟。自卢基里乌斯以降，讽刺诗歌始终蕴含了这种锋芒。[3]

　　罗马共和时代的每一个诗人都懂希腊文，而且都——懊恼地、羡慕地或崇敬地——赞叹希腊文学的优雅和力量。无论如何具有独创性、自成一家或天马行空，他必然都有一个最喜欢的希腊作家作为自己模仿竞争的对象。现在一般认为希腊没有讽刺文学。希腊语中并没有明确表达"讽刺"的术语，也不存在写作讽刺文学的传统——例如，可以和抒情诗或演说相提并论的传统。但是讽刺是一种自然的行为，而希腊人总是善于表达憎恨并从鄙视的笑声中获得乐趣。因此我们有望在希腊文学中发现此后启发了罗马人的那种讽刺冲动。关于这一点，罗马人自己怎么说呢？

在卢基里乌斯的 *disiecti membra poetae*（诗人断肢）中，他没有提到任何一个希腊作家是自己的榜样和灵感来源。但是他的后继者贺拉斯说到两位帮助他塑造了罗马讽刺文学的希腊作家。

首先，他非常明白地、毫不含糊地说到卢基里乌斯的讽刺"完全依赖于"雅典的旧喜剧（Old Comedy）[4]。他在另一处还将自己那种特殊类型的讽刺作品说成是以哲学教师"比翁（Bion）的方式，拌了黑盐的谈话"[5]。现在我们就来看看这两组渊源关系。

阿里斯托芬及其同时代人的喜剧——或者我们应称之为滑稽歌剧？——是用诗体撰写的幻想戏剧，常有高远美好的抒情想象，常常是粗鄙不文，有时纯粹就是胡闹。这里有大量的音乐和舞蹈，并且使用了很多舞台技术。卢基里乌斯的讽刺作品是仅供阅读的非戏剧诗歌。这些作品中包含了生动活泼的对话，但是它们很难在舞台上表演出来。那么贺拉斯强调说卢基里乌斯"完全依赖于"阿里斯托芬等人是什么意思呢？他主要是指卢基里乌斯写的不是虚构的或神话中的人物，而是真实的当代人物，而且他是以嘲弄批评的精神这样做的。在阿里斯托芬的《云》中苏格拉底从他的"飞行器"中观察太阳，《骑士》中的大众政客克里昂（Cleon）和一名卖香肠的小贩比拼骂街功夫——这些都是卢基里乌斯笔下嘲讽的浮夸政客、花花公子一类人物的嫡系祖先。不仅如此，两名诗人的动机也完全相同。如果你仅仅是因为恨一个人而攻击他，这不是真正的讽刺。你是在讥诮（lampoon），或者有时候是在写一种特殊意义上的讽刺短诗（epigram）。（希腊人通常以其韵律形式"iambics"［抑扬格］命名此类攻击文字，罗马人也如法炮制。）讥诮仅仅是想伤害或毁灭某些个人或群体而使整个社会受益。讥诮是投毒者或枪手，而讽刺是医生或警察。阿里斯托芬在其讽刺对象身上倾注了巨大的轻蔑和忍俊不禁的笑声：他让聪明智慧的苏格拉底看上去傻头傻脑，让心地柔软的欧里庇得斯看上去萎靡不振、颓废堕落，让胆大妄为的克里昂看上去像是一个卖香肠的游商小贩。他之所以这么做，是因为他觉得这些人正在通过腐化青年、败坏女性、使社会涣散解体而损害他挚爱的［雅典］城邦。虽然粗鄙荒诞，虽然经常有不上档次的笑料或狄奥尼索斯（Dionysiac）式的胡思乱想，阿里斯托芬却是一个道德和政治的改革家。我们不好说卢基里乌斯是否明显效仿了他的巨大效果[6]，但是了解卢基里乌斯作品的贺拉斯让我们确信他正是效仿阿提卡旧喜剧的社会功能而实现了［发挥］讽刺的社会功能这一伟大革新。

　　但是在形式方面又如何呢？我们正在探究讽刺的形态。卢基里乌斯在勾勒讽刺诗的发展历史时，是否从希腊喜剧中获得了形式方面的启示？

　　他显然没有采取阿里斯托芬等喜剧作家的戏剧结构。[7] 我们没有看到任何证据表明他曾希望自己的讽刺作品搬上舞台，被一群载歌载舞的演员表演出来。尽管如此，他的一些诗歌中包含轻

II. 攻讦

松愉快的喜剧对话场景,让读者想到了阿里斯托芬笔下对手人物间栩栩如生的争执吵闹[8]。另外他显然欣赏并且模仿了旧喜剧行云流水、自然而发的风格。古希腊悲剧在形式上颇为严谨:对于一种展现大难临头而在劫难逃的文学形式来说,这是很自然的事情。但是阿里斯托芬的喜剧惊人地不可预料和结构失衡,显然是信马由缰的即兴创作。它始终提醒我们其最初来自酩酊大醉的狂欢;的确,现存的一些[阿提卡]喜剧都结束于起始之处——狂放的宴会、美酒、女人、发疯般的舞蹈和欢乐喜庆、半通不通的歌曲。以同样的方式,而且以此为榜样,罗马讽刺诗也是变化多端并且——不同于几乎所有其他文学类型——经常看上去像是即兴发挥、难以自已、毫无章法结构的创作。

卢基里乌斯和旧喜剧的相同之处还有一点,而且是重要的一点。阿里斯托芬的戏剧有若干主要人物、诸多次要角色和一支庞大的歌队(chorus)。歌队本身是一个集体性的角色:一群化装为马蜂、尾巴装有尖刺的陪审员,或是在空中建立了自己国家的一群鸟儿,抑或是一群造反闹事的女人。在大部分戏剧时间里,歌队成员关注事件进展、发表评论并参与其中。但在接近剧情中间的一个关键所在(这时剧作家已经控制了观众),歌队开始改变风格。它不再伪称自己是一群黄蜂或一片浮云。它让舞台行动暂时停顿下来。它从此刻空无一人的舞台转向观众,从剧作家手中的一组傀儡变身为剧作家本人。在这一特殊的戏剧插曲(它有个特别的名称叫"*parabasis*"[出位前行])中间,歌队出离剧情而直接向观众致辞。它使用的是人人都能感受和欣赏的喧闹嬉戏的抑抑扬格诗句（anapaests）和欢快奔放的扬抑格（trochaic）韵律。通过跨越演员和观众之间的鸿沟，它完成了一件最不易完成的戏剧工作。大多数古代喜剧都至少会有一次在剧终时分吁求观众给予鼓励的掌声（莎士比亚就经常这样做）。然而阿里斯托芬及其竞争者也在戏剧中间向观众发言，却不是为了获取他们的掌声，而是让他们关注戏剧中传达的核心信息。这时歌队长面向观众发言，他和歌队道出了剧作家本人的想法。莎士比亚有时也在他写的戏中扮演好人，不过我怀疑阿里斯托芬是否会戴着面具、化身为剧中人在他的戏中出现，用他发明的一些喜剧手法引导歌队，并向观众说出他本人事先写好的想法。不管怎样，正如他和他的对手经常在剧终时分邀请观众共同加入欢庆的队伍一样，他们也在每部喜剧剧情发生转折之处——这时大家都情绪高涨、喜气洋洋，但是还能听得进去话——向他们的公民同胞发言，正面讲述自己深思熟虑的想法，让他们在酒劲和欢庆烟消云散之后还能长久铭记这些金玉良言。因此，当这位罗马讽刺作家大胆出位向公众喊出"听着！"、现身说法并督促听众批判和反思当下发生的重大问题时，他正是效仿了雅典旧喜剧中歌队和剧作家直接向观众致辞的传统做法。

在阿里斯托芬的喜剧和罗马早期讽刺诗之间还存在着更多的相似：丰富的、一反常规的、混合了诗歌想象和口语活力的语言；对严肃诗歌的经常性戏仿；存心制造惊人效果的下流描写；灵活多变、富于画面感的韵律节奏；不拘一格、自我作古的句法结构。不过，很多并非总是一本正经的作者都在使用诸如此类的技巧，

II. 攻讦

要说出谁第一个使用它们、它们见于何种文学类型并非易事。

因此，贺拉斯说卢基里乌斯"依赖于"阿提卡喜剧作家并没有错。去掉舞台和化妆演出的歌队，保留欢快的气氛和伪装的悖谬、时断时续的节奏和不够雅驯的语词，让一名小丑壮胆（with a great heart）向大众公布真相，直言不讳地点名批评和嘲笑坏蛋与蠢人，这就是我们在卢基里乌斯的作品中所见到的罗马讽刺。贺拉斯继承了卢基里乌斯的工作，由此而开创了一个长达两千年而不衰（尽管在中世纪一度中断）的传统。[9]

当贺拉斯说卢基里乌斯依赖于阿里斯托芬的喜剧时，他还只是一名新手：一个锐意精进的年轻讽刺作家，刚从讥诮类型的写作中毕业而急于批判自己最负盛名的前辈。他本人从未宣称自己效仿那位旧喜剧的天才，尽管他通读了旧喜剧和新喜剧的传世名作。[10] 他为自己的作品指定了一个颇为不同的先驱原型。在他垂暮之年创作的一封诗体书信中，贺拉斯抱怨说［作家］难于取悦每一个人：

> 甲倾心抒情诗，乙中意讥诮文，而丙则喜欢口味粗糙的比翁式言谈。[11]

这些正是贺拉斯本人写作过的三种诗歌类型：（我们误称为"颂歌"的）抒情诗；讥诮或抑扬格，即长短句（Epodes）；以及家常谈话（sermones），这个词涵盖了他的讽刺作品和诗体书信。"口味粗糙"即贺拉斯所谓"［拌了］黑盐"的另一种表达：对古希腊人和罗马人来说，文学语境中的"盐"意谓机智和幽默，因此"黑盐"意指粗粝、尖刻的幽默[12]。但是比翁——他是谁？贺拉斯为什么说他的讽刺作品（以及书信）是"比翁式的言谈"呢？

希腊哲学起步于若干"独自航行于陌生的思想海面上"的严峻和热忱的思想者。他们在书中写下了像神谕一样晦涩难懂的学说，或是口头讲述给少数菁英弟子。在他们之后出现了智者（sophists）。后者自称能向任何人传授智慧，但是他们实际上只教授中产阶级和上流社会成员。尔后产生了诸多伟大的哲学流派：柏拉图的阿卡德米学园（Academy）、亚里士多德的吕克昂学园（Lyceum）、廊下派、伊壁鸠鲁派。总的说来，他们主要只教授那些因为感兴趣才去探究理论而且已经有一定知识储备的学生。但是任何哲学信条，如果脱离了大众和大众［关心］的问题，都有可能变成无源之水或神神道道的自说自话。（我们最近在维特根斯坦及其信徒身上就看到了这一点。）因此，在希腊哲学的第四阶段，传教士开始外出讲授和宣传哲学，但他们不是面向希腊文化中心地区有闲暇并有接受能力的听众，而是面向市井大众或边远地区的居民，以及希腊语地区各个小国的君主和官员。亚历山大大帝灭掉波斯帝国并将其治下的大多数国家纳入希腊版图之后，世界的范围大大地扩张了。在耶稣诞生前的三个世纪以及此后很长一段时间内，哲学的传道者们在希腊化（Hellenistic）地区的土地上纵横交错，致力于将人类从麻木状态中唤醒，并传授给他们一整套立场坚定的生活原则。部分是由于希腊教化的枯竭，部分是由于古代奥林匹亚宗教的崩溃和地方信仰的解体，这一传教活

II. 攻讦

动变得必不可少。在哲学家的道路上行走往来的也有其他人：各个神秘教派的使徒，他们赶着满载神圣物件的毛驴，四处讲经说法、演示神迹和聚敛钱财[13]。当圣保罗踏上《使徒行传》中描述的行程时，他其实加入了一个已经有三百年甚至更久历史的传统。[14]

在最著名的哲学传教士当中，有一个叫比翁的人很是引人注目。大约公元前325年，他出生在黑海边上（今［乌克兰］敖德萨［Odessa］附近）一个偏僻遥远的希腊殖民地奥比亚（Olbia）或波律斯铁涅司（Borysthenes）。他的父亲曾是一名奴隶，后来获得了自由；他的母亲是一名妓女。因为他父亲的一次诈骗行为，他们全家重新被卖作奴隶。不过比翁被一名修辞学教师买下，后者临死前赠给他一小笔钱并解脱了他的奴籍。他去了雅典，向最好的哲学流派学习，此后投身于旅行和说教。不过"说教"（preaching）这个词并不准确，"讲学"（lecturing）也一样。比翁发展出一套独特的风格来吸引和抓住听众的注意——后者厌恶说教，也从不会去听讲；他们的教育程度很低，对哲学不感兴趣，无法缜密地思考，但是他们仍有能力理解道德问题并改变自己的生活。[15]

比翁传达的信息是现实主义的。他鄙视天真幼稚的宗教和理想主义的哲学，像犬儒派哲人那样不抱幻想，又像昔兰尼学派哲人（Cyrenaic）那样注重感官享受。他是一名道德虚无主义者。

他的风格生动而不简单。他说笑话。他语带双关。他使用平实的语言、大众俚语、粗口、荤段子和多利亚方言。他引进了华丽的修辞。他引用著名的诗人（特别是荷马和他最心爱的悲剧作家欧里庇得斯),尽管他经常开他们的玩笑,故意不恰当地使用或歪曲戏仿他们的诗句。他在谈话中穿插了寓言、轶事趣闻和片段的民间智慧。据说他第一个为哲学穿上了花哨的妓女服装。[16] 也许最重要的一点是,他并不按部就班、老生常谈地讲话。相反,他仿佛是现场发言。他会从一句随意的评论或警策的俏皮话开始;他也会直接切入主题;他会在自己和假想的对手之间展开讨论;而他的听众,由于从不知道他接下来会讲什么,将一直认真倾听他的讲话。这也许听起来像是一种愚蠢可笑的教授哲学的方式。对严肃的学者来说,这种方式自然是很不恰当的。但是它有效地吸引和打动了那些若非如此就永远也不会敞开心灵接受一个一般观念(general idea)的听众。

除此之外,比翁的教学根植于一种哲学方法的传统:苏格拉底的传统。在苏格拉底的学生柏拉图的对话录中,我们一再看到其他哲人(即所谓"智者")通过巧妙布置、紧密包裹的正式演说进行教学而遭到贬损。苏格拉底宣称这类演说也许会让听众羡慕演说者的口才、赞叹他对主题看似娴熟的把握,但那不会教给他们任何东西。苏格拉底本人极少进行长篇大论的演说。相反,他会从某个偶发事件或某个熟人的言论开始,然后几乎不知不觉地从提问转向反驳而重启考察,并由此进入对话过程。他反复声明自己不是在宣讲已经考虑成熟的学说,或是发表事先准备好并熟记于心的演说,而只是"随着论证[把我们]带到任何地方"。根据苏格拉底,正式的论述拘谨、僵化而了无生气;但是真正的智慧是灵活多变的。将苏格拉底出现其中的几部大型对话简化为传统样式的哲学论文是极其困难的。因此，比翁继承了苏格拉底而非智者与后来体系化哲学教师的做法。[17]

比翁还有一位几乎同样著名的前辈典范，即靠行乞为生的犬儒派哲人第欧根尼（Diogenes）。据说第欧根尼同时写过哲学对话和诗剧讲授自己的哲学，但是这些作品即便在他生前也没有产生多大影响。让他在生前得享大名并且永垂不朽直到今天的，是他借助精辟和出格的言辞、极端反社会的行为［而践行］的大胆、活泼的教学法。他的一个核心原则是绝对的坦率（παρρησία）：他无视一切谈话惯有的礼数（convention of speech），总是直抒胸臆，而且从不避讳粗野的语言。这种坦率是最佳讽刺作品的特征。另外，每个人都知道，他如何住在一个空桶里，向大家展示他们过于关心不必要的舒适；或是他如何大中午点着灯穿行市场，寻找一个诚实的人。单是一个令人值得铭记的动作，或是一句拌了黑盐、含义深远的话语，经常比精心和熟练阐述道德原则的论文更能够有效地发挥教导作用。

后来一代又一代的希腊-罗马和希伯来道德学家都反复阐述了比翁在非正式谈话中论及的道德主题。斐洛（Philo）、"金嘴"狄翁（Dio［n］Chrysostom）、穆索尼乌斯（Musonius［Rufus］）、爱比克泰德（Epictetus）以及塞内加都一再谴责和嘲笑其同时代人错误地理解了生命的真正标准。例如，他们最心爱的话题之一就是高贵能否遗传的观念。他们指出：正如盲人无法受益于他父母的敏锐视力，邪恶或愚蠢的人也不能因为他祖先的杰出而被称为高贵；高贵无非就是智慧和美德。他们还经常攻击希腊-罗马

34

世界的奢侈浪费。他们惊呼说：当我们吃面包和盐就可以活下去时，为吃到鲜美的鱼而遍搜海洋的各个角落，何其乖谬乃尔！用陶杯饮水就可以解渴，但是人们要用精雕细刻的银杯，何其荒诞乃尔！假如一间简单的房屋即可为我们提供温暖和庇护，我们为什么还要用来自殊方异域的珍稀大理石装饰墙壁并覆以深红的帷幕呢？[18] 不仅是诸如此类的主题，还有一些辅助说明的逸闻趣事、朗朗上口的格言隽语，都构成了这一连绵不断的大众哲学宣教传统。显然，比翁正是这一传统风格的最杰出的代表。

因此，当贺拉斯将自己的谈话体讽刺［诗］和书信称为"比翁式谈话"时，他的意思是这些作品是具有严肃内容、用妙语和其他动人手法加以点缀的轻快独白，表面上看并无一定的章法，其幽默偏于粗暴而非优雅。同时他还指这些作品涉及重大的道德和社会问题，这些问题关系到每一个有思想的人，但他并不想诉诸满篇术语的复杂论证。相反，他宁肯冒着将问题过分简单化的危险，也要让它们变得易于理解和记忆，从而弥合哲学与普通大众之间的鸿沟。[19]

贺拉斯提到比翁，是因为他是［当时］最著名和最极端的哲学传道者。事实上早在罗马第一个讽刺作家开始写作之前，就存在着一个伟大的希腊讽刺（包括诗歌和散文）写作和谈话传统。虽然比翁确切说不能算讽刺作家，但他的确运用了希腊正宗讽刺作家创造发明的许多技巧。他们的著作几乎全部佚失了。他们不常被罗马作家模仿，而曾经模仿他们的许多罗马作家的作品后来也都失传了。因此他们在希腊-罗马文学史中并不经常出现。今

II. 攻讦

天大多数人往往认为讽刺文学的历史始于罗马共和时代,而后延续了三个世纪,主要见于拉丁文学,希腊语作家只有卢奇安(Lucian,又译琉善)一人。这一看法过于简单了。

在戏剧之外,希腊讽刺文学主要有三种类型。

首先是哲学批评。它始自杰出的伊奥尼亚人塞诺芬尼(Xenophanes,前570—前475)。塞诺芬尼写过一首生动活泼的六音步诗(hexameterpoem)《斜视集》(Σίλλοι),他在其中批评了大众流行的神人同形同性论宗教:

> 如果牛、马和狮子有手,而且能像人那样用手画画、雕刻塑像,那么它们会赋予神灵类似的外形:马的神灵长得像马,而牛的神灵长得正和牛一样。[20]

这首诗似乎采用了独白的形式,意在说教,但是显然也具有批判和幽默的意味。哲学流派形成之后,犬儒派和怀疑主义者——他们都乐于指出其他[哲学]派别的荒诞和不一致之处——接手了这一特殊的讽刺类型。第欧根尼本人似乎只写过严肃的诗歌,但是他的学生克拉特斯(Crates,前365—前285)写有批判对手的抑扬格、哀歌对句体和六音步讽刺诗,其中多含戏仿成分[21]。另一位犬儒派哲人科尔基达斯(Cercidas,前290—前220)曾以最常见的形式写作讽刺抒情诗反对财富和奢侈的生活。更著名也远更有影响的例子当属犬儒派哲人梅尼普斯(Menippus,前340—前270),他是一名叙利亚的奴隶,后来获释并最终成为高贵的希腊城邦——忒拜的一名公民。他显然是第一个在作品中持续搞笑（而非仅仅加入一些冷嘲热讽）的非戏剧体讽刺作家。他被称为"σπουδογέλοιος"，即"严肃笑匠"的典型，而他的许多作品的确效仿了阿里斯托芬的喜剧[22]。他也因发明了一种新的讽刺类型而闻名于世，这种讽刺杂糅了散文和诗歌片段，但更可能源自闪米特而非希腊传统[23]。在他之后出现了怀疑主义者费留斯的泰门（Timon of Philus，前320—前230），他写有荷马六音步体的讽刺史诗（mock epic），以塞诺芬尼为主人公，内容关乎职业哲人之间的冲突；和塞诺芬尼一样，他也将自己的作品命名为《斜视集》。

从这些人（特别是杰出的梅尼普斯）中产生了拉丁文学的第二种讽刺传统。战士、政治家和博学者瓦罗（Varro）写作了大量梅尼普斯式散文体（同时也点缀以诗歌）讽刺作品；从它们的标题、声誉和现存一些少得可怜的残篇来看，这些作品博学、富于创意并充满机趣。其中许多最好的作品看来并不是散漫的独白，而是以第一人称讲述的奇幻冒险叙事。它们的语言中充满了方言俗语、古语新词和大胆的意象，其中的诗体插话（metrical interludes）富于技巧而变化多端，甚至使贺拉斯和朱文纳尔直来直去的讽刺诗显得颇为平淡和单调。属于这一传统的还有塞内加的《克劳狄乌斯变瓜记》、佩特洛尼乌斯的《萨蒂利卡》（二者均为奇幻叙事）、希腊语作家卢奇安某些最具雄心的讽刺作品以及古代世界最后一位哲学家君主、背教者尤利安（Julian the Apostate）的一篇讽刺[24]。

II. 攻讦

在剧场之外，还有两类实际具有讽刺效果的希腊诗歌。它们虽然不是真正的讽刺，却使用了讽刺的武器。

古希腊人自视甚高，因此常怀嫉妒。他们鄙视其他的民族，但是也憎恨其他希腊人，于是有始自《伊利亚特》开篇并活跃至今的争名夺利和背叛变节的悠久传统。正如性活力是［今天］许多意大利人生存的主要原因一样，对于许多希腊人来说，和其他希腊人竞争是一切生活的驱动力量。一些强有力的古希腊诗人在他们的作品中宣泄了这种欲望，但是这些作品仅仅表达了作者本人对其敌人的憎恨而缺乏法官（或至少是警察）式的客观立场，因此很难称之为讽刺。

阿尔齐洛科斯（Archilochus，公元前700年前后）是一名雇佣兵。他没有为自己的爱恨曲意辩解，而是直言不讳地谈论它们。他为他的"憎恨诗歌"选用了最接近日常语言的格律——抑扬格，效果十分明显。在此之后，纯粹出于个人怨恨而创作的谩骂类诗歌通常都采用了这种格律而被统称为"抑扬格体诗"。希波纳克斯（Hipponax，公元前540年前后）的诗歌更加苛刻，他的讽刺对象曾因不堪其辱骂而自杀。为了宣泄仇恨，他发明了希腊诗歌格律中最丑陋的"瘸子体"（*scazon*）或"跛腿抑扬格"（*choliambic*），即每一行有五个抑扬格的音步，然后以一个扬扬格结尾，这样整句诗的节奏在最后一个音步重重跌落。很久之后，到了亚历山大里亚时代，才华横溢但是性情乖张的卡利马库斯（Callimachus，前305—前240）出版了《抑扬格诗集》，其中他假作希波纳克斯再世，富于机趣地诋毁了他的敌人。很可能该书的复杂多样为初涉讽刺诗坛的卡利马库斯提供了灵感。贺拉斯早年结集出版的《长短句集》也将阿尔齐洛科斯和希波纳克斯视为自己的先驱而加以引用[25]。此外，讽刺文学在罗马比在希腊更加发达，同时也更加大胆恣肆。

讽刺的激情也出现在希腊人就一般主题而作的娱乐性或表达怨毒情绪的诗歌中。希腊人崇尚狡黠（cleverness），对于愚钝则毫无同情。《奥德赛》的主人公［奥德修斯］固然勇敢果决，但他的主要特点是狡黠，其狡黠甚至达到向爱他的人编造和讲述不必要的谎言的程度。于是有人反其道而行写了一部喜剧诗，诗中的主人公异常愚蠢，甚至数不清五（也就是五个指头）之外的数字，并且他因为害怕妻子向她的母亲抱怨而不敢向妻子示爱：

> 他通晓很多技能，但是总是出错。

39 他以《伊利亚特》中自命不凡的忒耳西忒斯（Thersites）为原型，在此被称为"马吉特斯"（Margites），意即"疯癫的人"[26]。该诗格律欹危，六音步体中混杂了抑扬格，希腊人听来会觉得别扭，就像马吉特斯本人一样荒谬可笑。在古典时代它通常归在荷马名下，但是除了一些残缺的诗句和笑话之外已然全部佚失。我们甚至无法确定它是一部叙事诗（人生故事或一系列冒险）还是一篇人物素描。当然，它并没有被视为严格意义上的戏仿，而更多被视为一篇加长版的笑谈（protracted pleasantry）[27]。除了树立了一个"完美傻瓜"（如痴儿西木［Simplicissimus］和戆第德)的文学典范之外,它对后世文学的直接影响几近于无。更重要也更具持续影响的是一篇针对军事荣耀和史诗豪言壮语的讽刺史诗——《蛙鼠之战》,该诗用荷马式的语言描述了两种渺小生物在一天时间内发生的冲突。男性从来不倦于批判女性,于是我们有(显然来自公元前7世纪)阿莫尔戈斯的西蒙尼德(Simonides of Amorgos)创作的一部抑扬格体诗:他在此审视了不同类型的妻子,将一类妻子比作猖猖狂吠的母狗,将另一类比作懒惰的母猪等等;只有一种即蜜蜂型的妻子受到了赞扬。这是漫长的厌女主义讽刺传统的开山之作,目前这一传统仍未有走向结束的迹象。食物始终是另一个大众喜闻乐见的讽刺主题;因此在公元4世纪,我们看到一篇作品首开对好的、坏的、滑稽可笑的饭局予以讽刺的先河。拉丁文学的第一位大诗人恩尼乌斯(Ennius)通过他的《赫迪法哥提卡》(*Hedyphagetica*)即《熟肉店》直接将此主题引入了拉丁文学。[28]

不过,我们现在讨论的是采取独白形式的讽刺作品,但并非所有的希腊讽刺诗或兼用诗体和散体的讽刺文章都是独白。无论其为何种形式,贺拉斯——现存拉丁文学中的第一位讽刺独白作家——从未提到它们,尽管他很可能从中汲取了养料[29]。他或许认为有些作品太过特别、太具有哲学辩论色彩,有些过于粗朴和幼稚,而有些(如科尔基达斯和卡利马库斯的作品)则过于野心勃勃和追求讽刺效果。他选择的楷模作家是波律斯铁涅司的比翁,后者通过机智、散漫而直言不讳的讽刺文章对社会和哲学进行了批判。

比翁的论说被称为攻讦（diatribe）。"攻讦"今天意指刻毒的论战，但它在希腊文和拉丁文中没有任何"刻毒"或"敌对"的意思。希腊语"攻讦"（διατριβή）意谓"消遣"，绝对是一个中性词。到了柏拉图时代，最值得一提的消遣是智力性的，这时它开始意谓"研究"和"论说"。根据柏拉图的说法，苏格拉底在为自己申辩时声称他为雅典人提供了"διατριβάς και λόγους"，也就是"论说"和"交谈"[30]。比翁的论说（尽管意在批判）正是这一意义上的哲学讨论。贺拉斯将自己的讽刺作品称为"谈话"（sermones），他的意思就是这些作品比［罗马本土的］"satura"（混杂）更为正式，它们笔调轻松，但是具有深思熟虑的意图和希望人们铭记的用意。

此即第一种主要讽刺类型的起源。它是一种仿佛即席创作的非正式独白，通常为诗体，但也经常以散文或诗散结合的形式写作。它看起来是完全自发的产物，没有固定的逻辑结构，而是源于当下的冲动，好像是一次偶发事件、一番随意为之的谈论。它的特点是主题不一而语调多变，同时凭借机趣、幽默、戏仿、悖论、文字游戏等修辞手法而［使文字］显得生动活泼。它当然是非虚构性的。它处理的是人们普遍感兴趣的话题，但它通过个体指涉、时事征引和性格描写来解说题旨，并在轶事和寓言的形式中引进了虚构的成分。它的语言有时是崇高的，但更多时候是散文性和喜剧性的，一般使用口语，甚至是下流语言。它的语气并非一本正经，而是轻佻、嘲弄、反讽和语出惊人的，往往与其严肃的主题不相匹配。它不是讲演。它不是布道。当一名作家开始在逻辑严密的标题下统筹思考、删去一切节外生枝的说法并始终保持严肃认真的语气讲话时，他就不是在写讽刺了。他可能是在创作更重要和更实际有效的东西，但是读者不会认为这是讽刺，而它也不会产生讽刺的效果。即席创作的语气——即便这只是一个假象——对于这类讽刺文学来说是不可或缺的。它源自那些雄浑有力的古代作家，阿里斯托芬的旧喜剧及其佩戴假面狂欢作乐的歌队和苏格拉底信马由缰的哲学谈话。我们回顾历史时会惊奇地发现，有那么多曾经打动我们一代又一代的前人并且今天仍然打动我们的思想、那么多我们喜爱的艺术形式——雕塑的、诗歌的、戏剧的、思想的——都来自雅典那个小小的共和国，它只存在了几十年，但那时人们的趣味、才智、自由和旷达的乐观精神一起活跃起来并共同走向了繁荣。

　　独白型讽刺的历史漫长而辉煌[31]。它被恩尼乌斯以诗体形式引入拉丁文学，之后又经过了卢基里乌斯的润色加工。天性温厚的贺拉斯进一步敛其锋芒，改进它的风格，并注入了更加丰富的道德内涵。佩尔西乌斯（Persius）从贺拉斯手中接过这一体裁后加进了社会宣传的内容，并发展出一种奇异、扭曲、皱缩的风格，就像萨堤尔（satyr）的面具一样做着鬼脸。对一个廊下派哲人来说，这尤其显得奇怪，因为廊下派哲人不大考虑风格的力量，而且从来表情严肃。朱文纳尔扩大了它的规模和视野，力图使之与史诗和悲剧并驾齐驱，并且谈到了前人未曾触及而程度更甚的诸种恶习。不过在他生活的时代，绝对君主治下的讽刺作家要畅所欲言是太危险的事情。[32]在朱文纳尔之后，我们也听说过其他拉丁讽刺诗人的名字，但是他们的作品几乎都湮灭了。然而，在西罗马帝国陷入无政府状态和混乱状态后，出现了一位具有惊人力量和气势的独白型讽刺作家——克劳狄安（Claudian）。此人是西罗马帝国具有一半蛮族血统的军事统帅斯提利科（[Flavius] Stilicho）的桂冠诗人，曾写过两篇咒骂斯提利科的政敌鲁菲努斯（[Flavius] Rufinus）和尤特罗庇乌斯（[Flavius] Eutropius）的文章；这两篇文章的语气以严肃为主，但在嘲弄讽刺对象时展现出足够多的活力和不协调感，已去讽刺不远。在这个方面，它们的先驱原型是朱文纳尔的第四首讽刺诗，即对图密善（Domitian）皇帝及其奴性朝臣的讽刺；不过它们也将朱文纳尔对讽刺和史诗的混合提升到了一个新的高度[33]。

同在罗马帝国时代，希腊有一名作家用散文——相当出色的散文，因为他的母语并不是希腊语——撰写了更加温柔敦厚的讽刺作品。他就是出生在叙利亚（或者是亚述？）幼发拉底河畔的卢奇安（活跃于公元160年前后）。我承认我总是在他的作品中发现陌生的因素，因此永远也无法真正理解这位作家。当我试图阅读他以一名宣传无神论的新手的敏锐（subtlety）破除古往青铜时代的宙斯与奥林匹亚诸神神话、为丰富自己有限的阿提卡-辞典语汇而"之乎者也"地引经据典的那些讽刺作品时，我感觉自己仿佛是在品味一个聪明的印度人用乔叟诗体撰写的讽刺中世纪基督教遗迹崇拜的作品。说实话，卢奇安说到的大多数问题都已经成为过去，而且在他写作的时候就已经不成其为问题了；他的语言是苍白黯淡的拼凑；而且他几乎全然放弃了讽刺最主要的一个特点，即话题性和现实主义的、充满紧迫感的、战斗性的笔调。作为一个外国人，他希望比希腊人还像希腊人。因此，他以早已消逝的古典时代的希腊作家作品为范本来创作他的讽刺对话和喜剧，而他的散文作品中多有过时的习语和最常见的典故引用。

然而，他有几篇讽刺作品今天看来仍具有现实意义和批判的锋芒。这就是他关于"文人的穷困"这一常见主题的独白。在他那个时代，穷困文人大都是希腊人，而头脑愚钝、没有品味的有钱人大都是罗马人，于是有反对罗马的各种论战。他的《修辞学教授》、他对一名"无知的藏书家"的遣责、他对"雇佣伴侣"所受羞辱的记述以及他的《尼格里努斯》（Nigrinus）——在此他通过一名在罗马生活但用希腊语思考的乞丐哲人之口，描述了罗马的亿万富翁和他们的谄媚者——均属此类作品。这些作品和他另外几篇独白所描绘的生活场景与朱文纳尔的讽刺（除了他干巴巴的散文风格和不愿点出具体人名之外）如出一辙。卢奇安和朱文纳尔，一个是反罗马的希腊人，一个是反希腊的罗马人，相互构成了出色的讽刺对手；他们会发自内心地憎恨对方，而任何想了解公元2世纪帝国时代罗马的人都必须同时阅读这两位作家[34]。

一个令人惊奇的人物终结了古典讽刺传统，这就是背教者尤利安皇帝。他被称为"背教者"是因为他早年受洗为基督徒，后来却皈依了异教。他公开发表了一篇抨击基督教的文章，但是早已失传，因而我们无法确定它是否属于讽刺作品。不过我们有他向安条克（Antioch）人发表的一篇讲话，这是一篇奇文，也是相当不错的讽刺独白。正是在安条克，"信众首次被称为基督徒"，因此那里的人不会对异教的皇帝产生热爱。他们嘲笑尤利安的简朴服装和职业哲人一样纷乱的胡须,而尤利安撰写了一篇妙趣横生的文章《憎恨胡须者》(*The Beard-Hater*,361—362)为自己进行申辩,同时驳斥了他的那些骄傲自大、无法无天的臣民。

但是随着基督教的到来,讽刺独白几近销声匿迹。当时还有许多抨击邪恶和愚蠢行径的独白作品问世,但是没有一篇具有讽刺的微笑,没有一篇具有讽刺的大胆个人风格,也没有一篇具有讽刺的多样性、对不一致的喜爱及其或欣然自得或愤世嫉俗的独立精神。在这个时代,基督教为求生存发展就必须不断和异端外道做斗争,没有任何信仰者能取笑真理,因为真理是神启的;没有任何教士能满足于笑对(即便是讥笑)有罪的世人。在德尔图良(Tertullian)、圣哲罗姆(St. Jerome)和其他基督教卫教士的论战文章中,有很多地方都具有讽刺的意味,但是随着论辩的深入,它们总是变成大声疾呼的演说或言辞激烈的攻击[35]。在教会改变西方世界信仰的漫长世纪里,我们几乎找不到一篇讽刺独白,无论是诗歌还是散文。

中世纪也没有多少这种特殊的讽刺作品。希望抨击反常现象和[道德]恶习的中世纪作家通常选择了独白之外的样式。如果他们尝试写作独白,他们经常过于冷峻和真挚,结果他们笔下的文字无法像真正的讽刺那样诡谲多变。他们实际上是在咒骂或说教。莫瓦尔的伯纳德(Bernard of Morval,生活于1150年前后)的《蔑视尘俗》(*On the Contempt of the World*)即是如此。这是一篇慷慨激昂、才华横溢的拉丁语诗歌,它充满激情、风格多

变，有时精妙异常，足以感骇古典时代的罗马人。但是，除了栩 45
栩如生的精确再现之外，它还以无法抑制的激情向我们反复宣讲
了人生的大道理。它所有的不是机趣，而是激情；不是多样性和
现实主义，而是一名禁欲主义教士的阴郁热情。³⁶ 不过，也有几
名了解经典拉丁文学的中世纪讽刺作家，他们通过阅读［古代］
罗马作家而窥见讽刺的精髓，并由此写出了很好的讽刺独白。他
们当中最年长（并且可能也是最出色）的一位，是某个来自莱茵
兰地区的神秘人物，他在1044年前后创作了四部关于道德主题
的《谈话录》(*Sermones*)，它们以生动的日常谈话语气写成，对
古罗马讽刺作家（特别是西塞罗）多有引用。（他自称为 Sextus
Amarcius Gallus Piosistratus，［但是］没有人知道他为什么叫这
个名字。）

倒是还有几首用俗语写作的独白抒情诗。例如在14世纪的英
格兰我们听到男性抱怨女性美丽服饰的无数回响之一：

> 每个泼妇出于骄傲的心理都想有一件寿衣，虽然她连件
> 掩饰自己丑行的罩衫都没有……她们将和挂在自己下巴边上
> 的珠宝首饰一起待在地狱里。³⁷

如果一首牢骚诗是这样的怪异搞笑，同时具有尖刻的锋芒，那么
它也不妨称为讽刺了。

当然，讽刺的冲动并没有消失。它只是被引向了讽刺独白
之外的渠道。讽刺的素材几乎和今天一样所在多有。在一部名为

《英国中世纪的文学与讲坛》(*Literature and Pulpit in Medieval England*,剑桥大学出版社,1933 年)的博学(但有时未免焦躁)的著作中,奥斯特博士(Dr. G. R. Owst)给出了宗教改革之前的几个世纪中诸多指责邪恶和愚行的拉丁语和英语说教样本。这些神父和修道士无疑是真诚地告诫人类反对自身的腐败,但正是他们的真诚使他们未能将自己的说教变成讽刺。奥斯特博士引用的这些材料大多近于顽固的严肃而富有条理。不过,我们还是能在其中发现一些可以称为讽刺的写作技巧。其一是用作例证的逸闻,即用来阐发道德寓意的一个奇特或有趣的故事(至于它是虚构还是真事并不重要)。其次是寓言(fable)。再有就是含有取笑或鄙视意味的生动活泼的人物素描。我们时不时看到一小处真正的讽刺,在此作者实际上冒着风险暂时玩味一个严肃的想法:就像圣伯纳德(St. Bernard)那样创作了一系列语带双关而词锋犀利的文章,批评那些关注烤肉馅饼甚于基督受难、更多留意三文鱼而非所罗门的教会大佬;或是像多明我会的若望·伯迈亚(John Bromyard)那样以咄咄逼人、自相矛盾的反讽将金钱称为比上帝的力量还要强大的神灵,因为它能让瘸子正常走路、让囚犯获得自由、让耳聋的法官审案和让哑巴律师开口说话。[38]

中世纪布道者使用的道德主题和事例(如奥斯特博士所示)经常被教会之外的诗人采用。在沃尔特·马普(Walter Map)、查蒂隆的沃尔特(Walter of Châtillon)、科尔贝的吉勒斯(Gilles de Corbeil)、吉勒贝图斯(Gillebertus)的社会和教会讽刺中,有一

魔鬼将僧侣、贵妇、主教、王侯和公主塞进沸腾的地狱大锅。
布尔日大教堂的哥特风雕塑,图片摄影来自吉拉顿(Giraudon),巴黎。

些简短而有趣的独白,有时甚至被称为"布道",实为对讲坛演说的戏仿写作。例如叛逆的"哥利亚"游吟书生(Goliards)笔下最令人印象深刻的诗歌作品之一《哥利亚抗婚》(*Golias Against Marriage*)即是通过三名教会圣徒之口发出的一组厌女主义独白。[39] 我们有时也会在更大作品的致密基层中发现讽刺性的独白,就像嵌在炭石中的纤细化石一样。乔叟《坎特伯雷故事集》中《巴斯妇人的开场白》(*Wife of Bath's Prologue*)从女性角度对婚姻所做的欢乐讽刺即是如此;[40] 在《农夫皮尔斯》(*Piers Plowman*)中随处可见的半神秘主义半现实主义的冗长说教里也有小段的犀利讽刺;另外在《玫瑰传奇》(*The Romance of the Rose*)高耸入云的扶壁和卷叶浮雕装饰的尖顶中,也隐伏着一些讽刺性的攻讦,就像体量巨大、结构复杂的哥特式大教堂顶上那些面目狰狞的滴水兽一样。

随着文艺复兴的到来,强大的个人可以更加自由地通过抗议或嘲笑(或兼用二者)表达自己的意见和主张:"通过玩笑讲述真理"的艺术再次被开发。古罗马的讽刺作家被更加细致地研究和解读,而古希腊的讽刺作品也逐渐为人所知。在卡索邦(Casaubon)于1605年出版了他阐述讽刺的论著之后,时人终于认识到了讽刺类(genus)作品的全部力量和意义。当即涌现出许多优秀的讽刺写手,其中不乏一些天才作家。意大利语作家有文齐盖拉(Vinciguerra)、贝尔尼(Berni)和阿里奥斯托(Ariosto);法语作家有沃盖林(Vauquelin de la Fresnaye)和雷尼尔(Régnier);英语作家则有斯盖尔顿(Skelton)、怀亚特

II. 攻讦

(Wyatt)、邓恩(Donne)、霍尔(Hall)和马斯顿(Marston)。所有这些人都喜欢独白形式——它也出现在拉伯雷的前言和一些长篇发言中。还是在这个时代，喜剧和现实中也出现了讽刺的观察者这类人物，即某个独孤的个体，他站立在世界舞台一侧观察舞台上的表演者，但对其中任何一人都没有格外当真，而是以冷峻的幽默从旁评论生活这部光怪陆离的戏剧。莎士比亚《皆大欢喜》中的杰奎斯(Jaques)即是如此，他像一个真正的（尽管态度乐观）讽刺家那样发言说：

> 那些最被我的傻话所挖苦的人也最应该笑。[41]

在巴洛克时代，讽刺家有了更伟大的后来者。他们同样使用（虽然并不总是首选）独白形式：布瓦洛、奥尔德姆(Oldham)、杨格(Young)和蒲柏。1677—1709 年间神圣罗马帝国皇帝的宫廷牧师亚伯拉罕(Abraham a Sancta Clara)，尽管深怀宗教热忱并为十足真挚的道德情感所激励，仍然创作了一些与比翁式讽刺攻讦几无二致的布道文，其中充满了隽语、戏仿、谚语、逸事、双关语等修辞手法，而其快速、爆炸性的行文节奏更是变幻莫测。他专用幽默的笔法讽刺人类的愚蠢和脆弱。他最著名的先驱（在相对晚近的时代）是《愚人船》(*The Ship of Fools*)的作者塞巴斯蒂安勃兰特(Sebastian Brant)和《愚人颂》的作者伊拉斯谟。与他［风格］最接近的后来者是在维也纳首演《潘趣和朱迪》(*Punch and Judy*)的约瑟夫·施特拉尼茨基(Joseph

Stranitzky）。施特拉尼茨基随意引用亚伯拉罕的布道文和著作，而且他的一个主要角色，"杰克·布丁"或"汉斯乌斯特"（Hanswurst），也运用了传统上赋予"小丑"的自由权利，像亚伯拉罕在讲台上一样在木偶戏舞台上大胆地批判奥地利人。[42]

拜伦勋爵以一首讽刺独白诗开始了他正经的诗人生涯，这很合适，因为他是一个尖刻的愤世嫉俗者、一名冷酷无情的幽默作家和才思敏捷的即席诗人。由于被《爱丁堡评论》对其《闲暇时光》（Hours of Idleness）的恶意评论所激怒，拜伦从温和的抒情诗转向朱文纳尔风格的激烈讽刺，模仿后者的第一首讽刺诗写作了《英格兰诗人和苏格兰评论家》：

> 我还要听下去吗？——菲茨杰拉德在酒馆里嘶吼他那刺耳的对句，我却不能放声歌唱吗？

就此类讽刺诗而言，拜伦最杰出的现代传人是抨击专制君主（所谓"小人拿破仑"）的维克多·雨果。他很适合做这项工作，结果也令人惊叹：他几乎所有的作品听上去就像是一部鸿篇巨制的独白。在雨果之后，这一特殊［文学］类型的历史产生了断裂。不过在第一次世界大战之后，南非诗人罗伊·坎贝尔（Roy Campbell）又以熠熠生辉的活力和最大的轻蔑复兴了这类写作。其中他最寄予厚望的作品，即《乔治亚特》（The Georgiad，1931），在一定程度上就属于愤怒的独白，而且时不时地滑向了戏仿。语调驳杂不纯是它未能完全取得成功的一个原因，但是其

II. 攻讦

中也有一些文笔出色的段落。下面是他对19世纪20年代晚期英国文坛的一段描述：

> 现在春天——乔治时代诗歌的甜美泻药——加速了文学脉管中墨水的流动。英格兰的巍峨家宅向尖声细气的娘娘腔和横冲直撞的海啸敞开了大门，文字的拾荒者们周末聚集在此以咀嚼更优秀者的油脂：莎士比亚被放进了汤里，华兹华斯和鲽鱼、比目鱼一道被捣碎，弥尔顿曾经如日中天的辉煌此时随着卤汁而销声匿迹，雪莱被橘子皮撕裂，而拜伦被一名温顺的绿帽丈夫的角所触伤。

再如他呼唤里顿·斯特拉奇（Lytton Strachey）——后者因写作贤淑的维多利亚女王的传记而在19世纪20年代初声名鹊起——消瘦而阴郁的形象：

> 而在这里，丑陋的君主制——她依附一个更丑陋的人——感到心烦意乱，于是向她的坟墓大喊："还有什么话要说吗！我活着的时候肥胖和哮喘确实让我呼吸不畅，现在我已经死了，勋爵，就把我从那个绦虫手中放走吧。"[43]

两年之后，也就是在1933年，温德姆·刘易斯（Percy Wyndham Lewis）——他之前寄予厚望的讽刺小说出版后反响一般，并未给他带来预期的名声——发表了他平生唯一一首讽刺诗，这就是由一系列独白构成的《单程曲》(One-Way Song)。在这里他吹嘘自己的一些理想，愤然抱怨那些抵制他并让他陷入贫困的阴谋，并让"敌人"这个人物说出了人们对他的某些指责。这是首劲爆的诗，但是充满了他爱说的那些廉价过时的俚语，有时因过多纠缠于个人的爱恨情仇而模糊了主题。1934年，一位更彪悍的散文讽刺作家发表了他的首部独白作品。这个人就是亨利·米勒，而这部作品就是《北回归线》(Tropic of Cancer)。此后他在1939年又发表了《南回归线》(Tropic of Capricorn)。这两部作品在形式上属于自传体小说：它们都遵循一定的时间顺序，同时包含了一些反复出现甚至可以说是在发展变化的人物。[44] 但是米勒或者说这时的米勒是一个滔滔不绝的说话者和信件作者。这两部书中最强烈持久的部分是一些沉思和宣言，在这里作者使用可怕的语言暴力和令人震惊的污言秽语声讨了整个时代及其大部分构成要素。他对淫秽表达的热情很像阿里斯托芬和拉伯雷；事实上，他引以为傲的许多业绩都与巴汝奇（Panurge）如出一辙。不同之处在于：阿里斯托芬和拉伯雷仍然热爱人类，虽然他们行为荒谬而虚伪；而米勒则和斯威夫特一样，相信人性是一桩龌龊的罪行。

讽刺独白也在现代美国生根发芽，并得到了迅速（尽管并不总是文雅的）发展。美国人一直喜欢听幽默的、幻想破灭的旁观者讲述他们眼中的富人和权贵，并用几句刻薄的点评把他们说成是窃贼和小丑。芬利·彼得·邓恩（Finley Peter Dunne）不仅以其"杜利先生"（Mr. Dooley）的方言独白娱乐了大众二十年，而且多少影响了大众对［一些］严肃问题的看法，至少和他真心实意、不苟言笑的宣传发挥了同样的作用。一代人后又出现了一位独白作家，即菲利普·威利（Philip Wylie），他在1942年发表的《蛇蝎一代》(Generation of Vipers)销售了20多万册。这本书批评了美国人的幻想和恶习（特别是"妈宝"现象［momism］），用词激烈，同时使用了大胆尖刻的幽默笔法。这是出色的讽刺，其成功在很大程度上来自于它那自由随意的语言以及严酷的事实与大张旗鼓宣传的理想之间的相映成趣。

20世纪50年代末，一种既老且新的讽刺家开始在美国的夜总会和剧院中出现，而且——令他们自己也大感意外的是——被人们兴高采烈地倾听和欣赏。他们并不发表任何作品，而是发表独白讲话，这些讲话往往的确是而且始终看上去是即兴发挥。尽管几乎可以肯定，他们对希腊的攻讦文学和现代讽刺的罗马先驱一无所知，但他们还是使用了许多相同的技巧：时事性的话题、令人震惊的语言、诡异的悖论、残忍的戏仿、小段外语（特别是意第绪语和意大利语）、使用最新俚语的口语风格，以及松散、看似没有章法的体例。其中最著名的一位，莫特·萨尔（Mort Sahl），登台时总在手里拿着一份当天的报纸，作为人生无常的象征；[45] 另一位代表人物，谢力·波曼（Shelley Berman），则现场表演和一个假想对话者的冗长而怪异的通话。尽管他们和古希腊的攻讦高手一样都有若干心爱的、在作品中一再出现的讽刺评论话题（比方说他们都憎恨儿童），但是他们中最出色的人从不二次使用同一段独白，另外他们所有人都是现场即兴发表长篇大论的讲话并加以大胆泼辣、风趣幽默的评论。粗俗而絮叨、丰富而不确定、敏感而鲁莽，他们正是比翁的现代传人，也是［古代］怀疑主义者和犬儒这些强大哲学家族的最新成员。现代和古代攻讦文作家之间最相似的一点是他们都憎恨唯物主义，不过现代人谈论政治远更直言不讳，而古人绝对没有这样的胆量。于是，莫特·萨尔在讨论雅尔塔文件（Yalta papers）的出版时，建议把它们"放在一个活页文件夹里，这样一旦有新的背信弃义发生，你都可以［随时］添加"。他还评论朝鲜战争中投降的美国人说："他们始终坚定不移：他们拒绝交出任何东西，除了他们的名字、军衔以及自己所在部队的准确位置。"艾森豪威尔首次当选［美国总统］后，萨尔发表评论说：祖国现在需要一个骑着白马的人，"我们有了马，可是上面没有人"。再如肯尼迪被提名［为总统候选人］后，他说［提名］委员会向肯尼迪的亿万富翁父亲发了封电报，告诉他"你没有失去一个儿子，而是得到了一个国家"。

2. 讽刺独白的变化类型

　　本书并不研究讽刺的历史。那会是一项引人入胜的事业，但它至少需要写三大卷。本书研究的是讽刺的形态。因此，我们现在必须来看第一大类讽刺——独白讽刺的一些重要变体形式。

　　早在诗体讽刺诞生之初，我们就发现了它的一个重要亚种。这就是通过讽刺对象而非作者本人之口讲述的独白。诗人让他鄙视和憎恨的一个人现身说法，自画其灵魂、吹嘘其邪恶才能、展示他的可耻缺陷并为自己的骇人罪行感到洋洋得意。它出现在莎士比亚《理查三世》的开篇部分：

> 我形容丑陋，缺少谈情说爱的堂堂仪表，难以在步态轻盈的荡妇娇娃面前高视阔步。欺人的造化捏坏了我的身材，塑错了我的面貌，把我弄成了畸形，还没完成一半，未经修饰打磨就提前把我送到世上来呼吸，弄得我四体不全，奇形怪状，就是跛到一条狗身边，它也会对我汪汪乱叫……我只好下定决心做一个歹徒，跟长期以来的无聊欢乐作对。

古希腊人和罗马人知晓这一手法，并乐于从喜剧中听到食客、厨子、雇佣兵之类人物的自吹自擂。第一个将自己作品称为"讽刺"的诗人恩尼乌斯在他的一篇独白作品中移用了这一喜剧手法。在他笔下，一个打着饱嗝自吹自擂的食客解释自己如何通过大吃他人的食物而过上了富足、轻松的生活，从而（他自己并未意识到这一点）引起了所有正常人的鄙视和憎恨。[46] 这一特殊形式的自我暴露很难取得成功，除非它的作者同时是一名高超的诗人和深刻的心理学家；不过这类自画像一旦成功，就会成为不朽的名篇。有两篇优秀的拉丁讽刺作品（它们都采取了对话形式，但主要是由被讽刺者讲述）属于这一类型：贺拉斯对一名编写精致生活手册的美食家的讽刺，以及朱文纳尔对一名逐渐老去、开始担心未来的职业无赖的刻画（第9首讽刺诗）。《巴斯妇人的开场白》则是另一个著名的例子。最成功的范本是文艺复兴时期的一篇讽刺杰作：鹿特丹的伊拉斯谟的《愚人颂》（1509）。[47]表面上看，它似乎更应属于戏仿——对赞颂文体（encomium）的戏仿。它的主要模本之一是epideictic即展示性的演说，人们以此赞扬伟大的人物或著名的城市，富于创意的希腊人有时将其歪曲使用为对一些可笑或可厌事物（比如秃头或苍蝇）的反讽礼赞。（伊拉斯谟时代的弗朗切斯科·贝尔尼［Francesco Berni］对鳗鱼、债务的赞颂即遵循了这一传统。）不过《愚人颂》是［愚人的］自我赞颂，其中"愚蠢"作为世界上大多数人类的统治者而发言，把自己说得好像无所不能，因此我们最好把它描述为一部宏大的、由讽刺对象——作为一个整体的讽刺对象，即由"愚蠢女神"君临和代表的一切愚人——而非讽刺家本人讲述的讽刺独白。

在现代人中，罗伯特·勃朗宁（Robert Browning）是写作这类讽刺的大师。其中最引人注目的作品是他对某个"唯灵论者"痛加揭批的《通灵者斯拉杰先生》（*Mr. Sludge, the Medium*）——这是一个非常入时的话题，它以一个真正的通灵者丹尼尔·邓格拉斯·霍姆（Daniel Dunglas Home）为原型，勃朗宁对其深为鄙视和怀疑——以及他为一个野心勃勃的庸俗教士所写的油腔滑调的忏悔《布劳格勒姆主教的申辩》（*Bishop Blougram's Apology*）。（讽刺的意味通过怪异的名字显露无遗，例如主教的对话者叫Gigadibs，通灵者的名字叫Sludge［烂泥］。）我最喜欢的一部作品是一名仇恨到发狂的僧侣进行长篇恶毒攻击（"G-r-r-r，去，我心上最恨的人！去浇你那天杀的花坛去吧，去吧！"）的《西班牙修道院独白》（*Soliloquy of the Spanish Cloister*），以及《在庄

II. 攻评

园——在城市》〔*Up at a Villa—Down in the City*（*As Distinguished by an Italian Person of Quality*）〕，一个懒散、无所事事的意大利绅士琐屑轻浮的自我揭示。在这首像手鼓和曼陀铃一样节奏欢快而轻灵的诗中，一个出身高贵而不好工作、但又因为生活贫穷而郁闷的意大利绅士哀叹他的贫穷迫使他留居乡间别墅，这里除了风景、橄榄树、公牛、萤火虫和郁金香之外一无所有，而他其实更想住在城里，享受它的聒噪和忙碌生活。

> 如果我有很多钱，足够并且有余的钱，我当然会住在城市广场附近。啊，如此美妙的生活，在窗边度过的生活！正午的钟声响起——游行的队伍滚滚而来！人们抬着圣母的雕像，她面带微笑，外罩粉色薄纱长袍，全身金光闪烁，七把宝剑插在她的心上！鼓咚咚地敲着，横笛嘟嘟地吹着，没有人能坐得住：这是生活中最大的乐趣。

情绪的幽默转换和说话人完全缺乏自我批评的意识使我们确信称它为讽刺是正确的。勃朗宁更加庄重的、其中不含任何苦涩机智和讽刺变形的独白作品——如《我已故的公爵夫人》（*My Last Duchess*）、《扫罗》（*Saul*）、《克里昂》（*Cleon*）——则为戏剧的变体形式。[48]

在讽刺独白另一更为微妙的变体形式中，我们听到的不是讽刺家本人的大段口诛笔伐，也不是被讽刺者的自吹自擂，而是讽刺家通过一个面具发出的声音。他藏在面具之后的真容也许因为暴怒而脸色铁青，或是因为鄙视而五官变形。但他发出的声音平静如常，有时严肃认真，有时略带调侃。这个面具的双唇和五官都令人信服，几乎像真人一样，同时受到完美的控制。有些人听到它说的言语、看到说这番言语的优雅双唇就会相信：这是真理发出的声音，而说话者本人相信他所说的一切。

这个面具就是反讽（Irony）。它大肆夸张或公然说谎，同时知道这是夸大或撒谎，但在说的时候仿佛它是一个严肃的真理。听到它这样说，聪明的人会想："这不可能是真的。他绝不会是这样想。"他们意识到这是口是心非的反话。真理有时过于卑鄙，有时过于愚蠢，有时过于狂暴，有时则不幸过于熟稔，以至于人们无视其存在。只有当这一真理的反面被展示为真实的时候，人们才会因为震惊而理解它。有的时候即便如此也说服不了他们。他们会攻击讽刺家，说他是煽动者和骗子。这就是作为讽刺家而使用反讽所要付出的代价。

了解人类并喜欢给出简洁定义的亚里士多德曾说反讽正与吹嘘相对：它是一种伪装的谦虚、深藏不露和自我贬低。[49] 苏格拉底就是最著名的例子。在被最高权威（德尔菲神谕）宣布为世界上最有智慧的人之后，他到处向人提问［探询答案］。为了使他的探询合理，他解释说：他本人一无所知，因此希望向各行各业的精英代表或自信有知识的人学习。他们当然比自己更有知识。他们当然知道自己在做什么和为什么这样做。但是经过苏格拉底温和然而紧追不舍的盘问后，却总是发现事实并非如此。尽管他们是专家，而苏格拉底假装是一个天真无知的人，但是他的追问证明他们一无所知，甚且不自知其一无所知。

苏格拉底的这种"反讽"对雅典人产生了迥乎不同的影响。有些人对此表示欣赏，并且成了他的学生。另有些人则表示厌恶，并且判了他死刑。

在苏格拉底时代，"反讽"及其相关说法并不是什么好的名目。在阿里斯托芬（据我们所知，他在讽刺苏格拉底的喜剧《云》中最早使用了"反讽"一词）和后来的德摩斯梯尼（Demosthenes）那里，这是一句重话，含有"暗使狡狯"的意味。反讽与狡猾的狐狸同属一类；而使用反讽的人则很像一个伪君子。我们从未见到苏格拉底本人说过这种反讽界定了他的哲学研究方法；在他的学生柏拉图的作品中，这个词被（无论是苏格拉底还是其他人）用来开玩笑或指责对方。正是柏拉图的学生亚里士多德把它用作褒义词来描述对软弱和无知的温和假定，以及相应的对于启蒙的礼貌欲求（a polite desire to be enlightened），这就是苏格拉底特有的辩证法；他并通过罗马人将此"苏格拉底式反讽"概念传给了我们。然而它不仅是探究哲学的方法：它也是讽刺的武器。在柏拉图的论战性对话中，我们看到苏格拉底一再使用反讽来讽刺他所怀疑的人物和信念。有时他的反讽非常温和，也许会令人迷惑，却不大会伤害到他们。他在开始质询才华横溢的全能型知识人高尔吉亚（Gorgias）时，并没有提出什么艰深的形而上学问题，而是对一个学生说："问他是谁。"这种说法有时显得很诚挚，粗心的读者也许相信它是一句大实话：例如在

《美涅克赛努》(Menexenus)的开篇部分，他称赞雅典的民主演说家，说听了他们的爱国主义演说之后，他们的声音一直在他的心灵中回响，直到四五天后恢复常态，这才意识到自己是在雅典而不是在天上。

"讥讽"(sarcasm)一词和反讽经常联系在一起。根据词源，讥讽仅仅指任何一种冷酷和尖刻的言辞。但是没有人会想到将泰门(Timon)的诅咒称为讥讽。在一般用法中，该词意谓一种反讽，其真正、根本的意义昭然若揭而不可能令人产生误会，并且它的伤害性很大，无法一笑置之。哈姆雷特许多最刻毒的言辞即属此类。他的假朋友吉尔登斯吞(Guildenstern)和他说"允许我跟您说句话"，而他回答说："好，你对我讲全部历史都可以。"国王假装礼貌地问他："你好吗，哈姆雷特贤侄？"哈姆雷特的回答是："好极了，真的；我吃的是变色蜥蜴的肉，喝的是充满着甜言蜜语的空气。"[50]

"戏剧反讽"是一种特殊类型的戏剧效果，它缺乏与讽刺的内在联系，而且显得文不对题。[51]

温和的反讽和语出伤人的讥讽可作为武器而用于各种讽刺。不过，它们在独白中最能发挥作用：在这里，一个手法熟练的讽刺家可以时不时地让实在的真理从看似温和的伪装迷雾中奔涌而出。英语［文学］中最出色的例子来自乔纳森·斯威夫特(Jonathan Swift)1729年出版的一本散文小册子。我们甚至在标题中就嗅到了反讽的味道:《为防止爱尔兰穷人的孩子成为其父母或国家的负担并使之对大众有益的一个小小建议》。它并未表明其作者是斯威夫特本人,而是声称出自某个匿名的爱尔兰爱国者之手,他写作本文的动机是帮助爱尔兰王国解决它的一个大麻烦。这个麻烦就是:英国统治下的爱尔兰人民正在挨饿至死。激进的解决方案,即爱尔兰独立,在当时是不可想象的。全面改革社会、金融和道德的措施显然是正确的,因此(在斯威夫特看来)永远不会启动。于是,他通过一个博爱者的反讽面具而提出一个建议,这个建议以不动声色而娓娓动听的逻辑和语言写出,但因其过于骇人听闻而任何人都不会信以为真。

这个解决方案就是:由于爱尔兰有太多婴儿出生,因此他们不应被视为人类,而是应被视为动物。应当杀死并且吃掉他们。他们被食用的最好年龄(从消费者的角度看)是在一岁的时候,这时他们因为一直由母亲哺乳喂养,体质最好,肉质也最鲜嫩。斯威夫特还说到一个补充性的建议:让他们长到十二三岁时再吃他们,用以替代不幸正在变得稀少的鹿肉;不过他反对这个建议,原因是这时他们——至少是男性——的肉质会变得又柴又硬。"另外,难免有些心存顾虑的人会(尽管实在很没有道理)谴责这种做法有点儿残忍;我承认,这一点对我的计划来说也始终构成一个最大的反对理由,无论其用意是多么的良好。"斯威夫特以一种令人愉快的理性姿态,假作真诚关心那些生活悲惨、被践踏的人民而一本正经地列举了他的"小小建议"的各种好处。它将减少教皇支持者的人数,增加国家的年度收入,同时提高总体生活水平。即便是概而言之，这个想法也令人毛骨悚然；支持它的论据更是令人作呕；但是长期以来深被愤慨情绪困扰折磨的斯威夫特还进一步谈到了实施的细节。

供应饮食："一个孩子可以做两盘菜（即两道不同的菜，例如肉排和烤肉）来招待朋友；而只和家人吃饭时，前肢和后肢能做一道不错的菜，如果用一些胡椒和盐腌制四天再煮了吃风味尤佳，特别是在冬天。"

其他用途："那些生活更节俭的人（我必须承认现在要求人们节俭）可能会剥皮；这些皮子经过加工可以制成上乘的女士手套和雅致的绅士的夏季皮靴。"

最大的困难是宰杀的方法。"对于我们的城市都柏林来说，可以指定在屠宰场最方便的地方做这件事，我们可以确信不会缺少屠夫；虽然我推荐买活的，并且像我们做烤猪一样，宰杀后趁着血还热马上处理他们（即把他们做成饭菜）。"

斯威夫特用十几页写了一篇绝妙的讽刺。在历数了这一恐怖方案的种种好处之后，他简短谈到并且马上摈弃了解决爱尔兰问题的其他方案——我们所谓"切合实际的改革"，例如向缺席业主（absentee property-owners）征税、减少贵重物品进口和"让地主学会对他们的佃户起码有一分仁慈"。他忿忿不平地说："在看到至少有一丝真心实意努力付诸实践的希望之前，任何人都不要跟我谈论这些或与之类似的应对办法。"讽刺作家的反讽、鄙夷和绝望在此达到了顶点。他抨击了意志消沉的爱尔兰穷人、投机取巧的爱尔兰中产阶级、骄奢淫逸而毫无心肝的统治集团、所有人的小帮派主义以及冷酷而贪婪的英格兰人。他安慰大家说："[现在]我们如果得罪了英格兰人也不会有任何危险。这种商品（即婴儿的肉）无法出口，因为它的肉质过于细嫩，即便用盐腌也无法长时间保存；尽管我也许能说出一个国家，它不用加盐也会欣然把我们整个民族一口吞掉。"讽刺可曾产生什么直接和明显可见的作用吗？斯威夫特的"小小建议"确无所获。爱尔兰的统治者们从来没有想到去吃爱尔兰小孩子的肉。他们只是继续让他们挨饿至死罢了。

不过，这个建议虽然异想天开，却不能说是完全不可想象的。一名爱尔兰爱国者严肃认真地提出过另一个解决爱尔兰问题的方案，一个大胆程度不相上下而决断犹有过之的方案。不幸的爱德华·德斯帕德上校（Colonel Edward Despard）——他是英格兰最后因叛国罪被绞死并四马分尸的人之一——和一名朋友说他已找到了救治多灾多难的祖国的一个万无一失的办法："那就是两性自愿隔绝，不留下讨厌的后代遭受迫害。他说，这一救治方案将挫败爱尔兰的敌人意欲阻挠它大获全胜的阴谋诡计。"[52]斯威夫特建议常规化的吃人，这会降低爱尔兰人的出生率，但是可以让他们活命。德斯帕德建议种族屠杀，这将在三代人的时间内永远消灭这个苦难的民族。哪个计划更加极端呢？如果斯威夫特不是建议销售、宰杀、烹饪和吃掉小孩子，而是写了一篇"小小的建议"说爱尔兰人应通过彻底拒绝生育后代而将自己从奴役状态中解放出来，这个小册子难道不像是对一种绝望处境的绝妙讽刺吗？

我们说过反讽讲述真理的反面,仿佛它是显而易见的真理。在德斯帕德上校的建议中,斯威夫特的反讽对象成了理论上的真理,因为说话人是严肃认真这样想的。在我们这个时代,由于阿道夫·希特勒的"对犹太人问题的最终解决",我们看到与斯威夫特的骇人想象几乎不相上下的现实。从〔犹太人〕尸体口中拔出的一堆堆金牙,从尸体上剪下来用作填充物的头发,人皮制成的灯罩,活人作为医学实验对象——这些难道不像是某个邪恶讽刺家的疯狂想象而非我们这个时代的一段历史吗?

讽刺独白的另一个变体显然是由贺拉斯发明的:诗体甚或是散文体的书信。有时它因为变得平静、优雅、随和或是作为纯个人的、避免公共问题和一般道德判断而有丧失讽刺火力的危险。即便如此,贺拉斯《书信集》中的若干作品仍有几分是讽刺性的,而堪称贺拉斯现代传人的布瓦洛和蒲柏也是如此。[53] 法语中最早的一部完整讽刺作品是 16 世纪初的克莱芒·马罗(Clément Marot)的讽刺书信《风马牛集》(*coqs-à-l'âne*)。它们采用轻巧明快的讽刺最常见的八音节对句,包含了太多的人情味和一笔带过的讥诮而未能成为成功的讽刺作品;尽管如此,它们在当年风行一时。[54] 一些蔑视和憎恨人类的人在他们的书信中向他们的敌人发言,其中蕴含了足够称为讽刺的机智、笔法变化和恶意。圣哲罗姆严苛而缺乏幽默感的天性,以及他严肃认真的激情,都妨碍了他成为一名真正的讽刺作家;但是他的书信常常具有活泼的讽刺笔调,从不缺乏讽刺的力量。[55] "朱尼厄斯"(Junius)抨击

II. 攻讦　　　　　　　　　　　　　　　　　　　　　67

乔治三世及其政府的著名信件当然也是讽刺散文的杰作。我们在 62
观察讽刺的连续性传统、看到讽刺作家彼此称赞、征引甚至塑造
为笔下人物时，会产生（皮普斯［Pepys］会说是）一种巨大的乐
趣。尤其令人快乐的是，我们发现朱尼厄斯本人在拜伦的《审判
的幻象》(Vision of Judgment) 高潮处现身说法，堪称讽刺的拟人
化身：

> 阴影袭来了——这是一个又瘦又高、头发灰白的人，看
> 起来就像是地上的一道影子；这个影子移动迅速，感觉很有
> 力量……；它变大了一些，然后变得更大，现在显得神情阴
> 郁，或者说有一种残忍的快乐表情；但是当你凝神看它的脸
> 时，它的脸时时刻刻都在发生变化……
>
> 一旦你称他为某人，看呐！他的脸马上变样，而他变成
> 了另一个人；即便变得很勉强，那也是变化，甚至他的母亲
> （如果他有母亲的话）都认不出这是自己的儿子；他就是这样
> 变来变去。[56]

简单独白的另一种变体形式是预先安排的对话。在西方
共产主义政党的发展时期，这是它最喜欢用的伎俩之一。共产
党的"动宣"（Agitprop，即"鼓动"［agitation］和"宣传"
［propaganda］的简称）部门经常派遣小组成员到适合煽动"革
命行动"的地区开展工作。一名"积极分子"或"干部"中午时

会在工厂外开会,并发表简短而语气强烈、充满战斗精神的讲话。在普通听众就其发言提出令人尴尬的质疑或反对他的说法之前,混在人群中的某位同志会提出一个有针对性的问题,对此发言者早就准备好了一个令人信服的回答。此一番问答结束后,另一个伪装的提问者继续提问,而讲话者再次有效地解决了这个问题,如此等等,直到时间差不多结束。这时提问者会表示完全满意,并大声呐喊:"你说得对,兄弟,现在我可懂得剥削者的把戏了!哪里可以报名?就在这里?好!来吧,朋友,你也听到这一切了,是不是?"

哲学中的这种特殊手法可以上溯到柏拉图笔下的苏格拉底。在柏拉图最早的一些对话中,苏格拉底被表现为不断质疑、论证和遭遇难以对付的、顽固不化的反对意见。但在他后来写作的对话中,苏格拉底在实际上是连续不断的谈话中提出自己的理论,听众会提出一些问题,这些问题构成其"思想之流"的一部分("你为什么那样说?""它看起来确实如此,苏格拉底。")并鼓励他进一步解释细节。同样,大众哲学教师如比翁也经常中断自己的谈话而变幻出一个假想的对手——一名对立哲学流派的成员,或是一名怀有敌意的大众成员,而他将阐述对方的反对意见,然后加以嘲笑,继而一举摧毁。

这类对话虽然包含提问和回答,但它不是真正的对话,因为它并不是两个真正在平等基础上交流想法的人的自发交谈。它是一种伪装的、不时用事先准备的问题打断的独白。不过它有时比连续独白更加生动,因此很好读;而在一名能够写出轻快、平易

II. 攻讦

对话的诗人那里，它能真正实现戏剧性。蒲柏为自己的讽刺辩护、回应"诽谤他人"的指控而做的自我辩解就是一例：

> P. 我从未说过是谁让她的姐妹挨饿，是谁赖账不还；市镇里的居民还在问。那个下毒的女人——
> F. 你是说——
> P. 我可没说。
> F. 你说了。
> P. 你看，现在保守秘密的是我而不是你！那个行贿的官员——
> F. 停，你说到太高的地方了。
> P. 那个受贿的选举人——
> F. 这下你又说得过低了。[57]

在这类对话中，讽刺作家本人通常是主要的发言者。他和一位朋友或批评者说话。他常常以抗议开篇，仿佛身处一场热烈的讨论中间；要么就是声明或反驳一种挑衅的观点；之后他继续讲话，直到让对方哑口无言而获得胜利为止。例如贺拉斯《闲谈集》第一部的第一篇讽刺对聚敛财富进行了抨击，中间夹杂了一名守财奴的反驳。（正文前的序言是贺拉斯写给友人和恩主梅塞纳斯 [Maecenas] 的一篇短文，主题是论人类的不知足；但这不过是一个礼貌的姿态。梅塞纳斯本人非常有钱，因此无需考虑如何赚钱；另外他也非常懒散，绝不会想到像贺拉斯笔下讽刺的人那样冒着生命的危险去赚钱。)

有时候,讽刺作家会使用鼓动宣传家的伎俩,假装回应来自各个方面的反对意见,人群中看不清长得什么样的大众各自提问,然后就再度隐没不见了。

还有一些时候,讽刺作家本人作为"捧哏"而提出疑问。讽刺家笔下的主角,或是当时场景的目睹者,或是某个饶舌的对话人,则给出详细具体的回答。这就是贺拉斯在《闲谈集》第二部第八篇讽刺(他在此讲述了一场虚张声势的宴会)中使用的方法。此处使用的技巧再次让我们想到柏拉图,后者有时会让一场重要讨论的见证者把它一字不落地复述给某个不在场的人。

在另一种变体形式中,讽刺作家本人受到质疑或批评,他来作答;但是讽刺主要通过批评者之口发出。这意味着讽刺是持续不断的指责,讽刺作家表面上试图做出回应,但是未能成功。贺拉斯以其典型的若有若无、正话反说风格出色地完成了这种罕见和难写的讽刺作品。这就是《闲谈集》第二部中的第七篇讽刺,在此他的一名奴隶倚仗仆人可以在农神节期间畅所欲言的传统权利,向他发出一系列严肃的批评,指责他的矛盾行为和性格弱点。贺拉斯承认这些指责完全符合实际,但他越听越怒而将这个直言不讳的仆人赶出了房门;颇为有趣的是,这些指责使用的语气和贺拉斯自己针对别人的告诫性讽刺如出一辙。

讽刺独白涵括了几乎所有引发鄙视和激起抗议的主题,因此试图进行分类是徒劳无功的。不过我们可以说这些主题及其变体大致有两类:内向型的和外向型的。内向型独白(及其变体如书信和对话）一般为讲给一个人或一小群朋友的安静谈话：我们或许听到这些谈话。另一方面，外向型独白是强烈的抗议，旨在唤醒和教导浑浑噩噩的大众，后者迄今以来一直因为畏惧而噤口结舌或是变得麻木不仁。有些独白作者在讽刺中使用了隐秘的麦克风；有些则用了扬声器。无论使用了什么工具，讽刺作家本人的声音差不多总能借此被人听到。

但是有的时候讽刺家藏了起来。他在讲话，不过是以一种伪装的声音发言。他戴着面具，透过面具我们只看到一双明亮锐利的眼睛。在《箴言书》给出的两大对立教导中，他遵循了其中的第二种教导："要照愚昧人的愚妄话回答他，免得他自以为有智慧。"他是那种通过戏仿而工作的讽刺家。

III.

戏仿

1. 戏仿与模仿

戏仿是最令人愉悦的讽刺形式之一,也是最自然、或许最令人惬意、经常是最有效的讽刺形式之一。它产生于我们自身的喜剧感,即愉快地发觉反差。分别坐在饭桌一头一尾的一个小男孩和一个小女孩严肃地望着对方,用夸张的成人语言严肃交谈,对他们的父母说"嘘,亲爱的",一个戴着假胡子,另一个戴着闪亮的晚礼帽,戏仿并且讽刺了所有成年人的庄重举止,特别是他们父母一本正经的权威。一个像格洛克(Grock)那样的杰出小丑费力地把一架钢琴挪到钢琴架上,像调显微镜一样仔细调好凳子的高度,卷起袖子、扬起眉弓并痛苦地望向空中,然后弹出一两个简短的不和谐音——这是对所有在舞台上卖弄自身感受的浪漫主义音乐家的一个批评。（我有一次看到弗拉基米尔·德·帕赫曼［Vladimir de Pachmann］在弹奏一组肖邦作品之前停了下来，直到一名戴着紫色帽子的红发女士被移出他的视线，这才继续表演下去。）

尽管如此，戏仿不仅是歪曲；而单纯的歪曲也并不是讽刺。来自底层社会的青少年用铅笔给地铁广告招贴上的漂亮模特画上了小胡子，他并未沉迷于戏仿，而只是故意糟害，即嫉妒地毁坏自己得不到的东西。当马塞尔·杜尚（Marcel Duchamp）展出他加了唇髭、山羊胡和一个下流标题的蒙娜丽莎像时，他只是在污蔑而不是讽刺学院派。[1] 再想想许多严肃现代艺术家的作品是对"古典"绘画的改写或歪曲模仿，例如毕加索对委拉斯开兹（Velazquez）《宫娥》（*Las Meninas*）和马奈（Manet）《草地上的午餐》（*Picnic on the Grass*）的变形。[2] 我们发现这些作品对原作的偏离富于生趣：有时略显古怪，但是肯定没有污蔑之意，也没有任何轻蔑或敌视的暗示。就此而言，并非所有的歪曲都是戏仿。

而戏仿也不全是模仿（mimicry）。百舌鸟并不是嘲讽者：它模仿其他鸟类的鸣叫完全是因为它真诚地喜爱对方的美丽和自己的灵敏。如果仿作以其精细的模仿让它的观众和读者感到高兴，但是丝毫不影响他们对原作的欣赏，也没有让他们鄙视原作或是发现之前未曾发现的缺陷，那么它就不是戏仿，也不是讽刺性的。但是如果它伤害了原作（无论多么轻微）、指出它的瑕疵、揭示了其中隐藏的矫揉造作之处、夸大其缺点并淡化其优点，那么它就是一部讽刺性的戏仿之作。许多著名的模仿演员可以完美地模

III. 戏仿

仿杰出人士（无论男女）的说话声音。当这类表演活脱再现了被模仿者的声音和步态之后，观众会大声喝彩称赞他的演技："棒极了！太像了！"他们关注的是一名优秀演员能变成另一个人的神奇能力。但是如果他夸张地表现被模仿者的缺点和不足，让观众在这个人物身上看到一些新的可笑、可鄙或可恨的特质而发出多少不怀好意的笑声，并不再像以前那样崇拜他——那么这就是戏仿，而它产生的效果即是讽刺的效果。这是人物素描与人物漫画之间的区别。二者与它们描绘的对象都很相像，但是一个旨在再现原型人物最根本和最典型的特征，而另一个则意在（无论多么细致入微）扭曲、贬低或伤害。

因此，戏仿是讽刺采用的主要形式之一。我们可以把它界定为一种模仿，这种模仿通过变形和夸张来引发逗乐和嘲笑，有时甚至是鄙视。[3]

人们忍不住把戏仿分为两大类型：形式的和内容的。我们想到戏仿时，往往首先想到原型与仿作的**外部**（external）相似性。例如，豪斯曼（A. E. Housman）的《希腊悲剧残篇》（*Fragment of a Greek Tragedy*）就是一部天才的戏仿作品，它主要戏仿了几乎所有希腊悲剧及其19世纪晚期英语翻译的矫揉造作风格；其次它也戏仿了古希腊戏剧特有的演出传统，即要求暗场处理作为戏剧高潮的暴力情节，此时舞台上的歌队当着观众发出无助的抗议和庄严的概括评论。不过豪斯曼的戏仿悲剧与普通的古希腊悲剧并无太大不同。让我们发笑并且——尽管弑母的悲剧正在上演——一直笑到戏剧结束的，是他使用的那种怪异语言。作品中的每个词、每个意象都能从一位或几位古希腊悲剧诗人那里发现对应的用法,但是他们从来没有像豪斯曼这样在一部作品之内堆砌如此众多的大胆隐喻和古怪措辞。他只采用其中最极端和最出格的说法,并把它们拼成一组又一组不断变得更加荒诞的蒙太奇。

70
>歌队:哦,足蹬皮靴、衣冠楚楚的旅行者,[4] 你来自何方,寻访何人,途经何地,因何来这多有夜莺的城邦?这是我问话的目的。但假如你是聋哑之人,我说的话一个字也听不懂,那就挥手示意也行。[5]
>
>阿尔科迈翁:我取道彼奥提亚(Boeotian)至此。
>
>歌队:你是骑马、步行还是驾船而来?
>
>阿尔科迈翁:借我双腿之力。
>
>歌队:路上天气晴雨如何?
>
>阿尔科迈翁:泥浆的姊妹,而非他本人,装点了我的鞋履。
>
>歌队:如能告知大名,吾人将不胜欣幸。
>
>阿尔科迈翁:有求未必有得。
>
>歌队:然则能否告知足下来此何干?
>
>阿尔科迈翁:我问一位牧羊人,蒙他见告——
>
>歌队:什么?我还是不知道你要说什么。[6]
>
>阿尔科迈翁:你将永远也不会知道,如果你总是插言。
>
>歌队:说下去,我将默默倾听。
>
>阿尔科迈翁:——此处不是别人而正是厄里费拉(Eriphyla)的家宅。

III. 戏仿

> 歌队：他并未以可憎的谎言羞辱他的咽喉。
>
> 阿尔科迈翁：我可否穿门而进？
>
> 歌队：去吧，我的孩子，用你那只幸运的脚；但行好事，切勿为恶，这是最安全的做法。

上述引文以及《残篇》其他部分的思想在希腊悲剧中司空见惯。重点在于其表达方式的荒诞可笑。

但是还有一些戏仿几乎没有改变原作的形式，未作任何夸张和变形，但其思想内涵与外在的形式严重不符，或是被暗中歪曲，或是被滑稽地放大。这些可称为内容性的戏仿。许多对宗教的戏仿即属此类。其中仪式的形式得到了保留，但是思想内涵变得粗粝、趋于残忍或暴虐而达到自私荒谬的地步；这样，它就与礼敬的话语、虔诚的仪式形成鲜明对照而成为讽刺的对象。苏格兰诗人罗伯特·彭斯（Robert Burns）有一首出色的诗叫《威利长老的祈祷》(*Holy Willie's Prayer*)，这首诗（除了用诗体之外）是一篇正规的、严肃的祈祷词，祈祷的对象是当时许多苏格兰人都崇拜的加尔文教上帝。（我年轻的时候就是一名虔诚的苏格兰教会成员，从小接受的教条与加尔文主义相差无几，完全意识不到它们居然可以接受理性的批判，因此也无法理解为什么许多更年长和更好的人如此厌恶这首诗。）它以完全符合规范的形式写成，一开始是祈求神灵和讲述他的伟力，接着说到他和这位崇拜者的特殊关系，随后发出一系列诉请，最后以荣归主名作结。它的形式——除了它使用口语化（但远非玩笑风格）的诗体写成——正确无误。使它成为戏仿的是扭曲和夸张、赤裸裸地表露、虚情假意的伪善这些构成其思想的因素：

> 哦，天上的神灵，
> 按照你的心愿，
> 送一人上天堂、十人下地狱，
> 一切为了你的荣耀，
> 而非因为他们
> 生前的善恶！
>
> 我祝福和赞美你无与伦比的力量，
> 你将成千上万的人留在暗夜，
> 而我在你面前，
> 接受神的赏赐和恩典
> 像一道闪亮的光
> 照耀着这片土地。

许多人都曾这样想，但是很少有人这样说出来。（它基本上是对《路加福音》18章11节中法利赛人祈祷的扩充版——这番祈祷本身是虚构的，甚至是讽刺性的，和耶稣讲的一个寓言构成了恬不知耻、引人发笑的对比。）正是通过现实中不可能有的口无遮拦、伪装为敬畏谦卑的自我颂扬和对细枝末节的关注，《威利长老的祈祷》获得了戏仿所特有的夸张和变形。但是其中很多段落单

III. 戏仿

独地看还是很严肃的。仅仅在彭斯写这首诗的两代时间之前,英格兰著名圣歌诗人以撒·华滋(Isaac Watts)还在《赞美福音》(*Praise for the Gospel*)中吟唱:

> 上帝,我和其他人一样,
> 将此归功于你的恩典而非偶然的机运:
> 那就是我生为一名基督徒
> 而不是异教徒或犹太人。

威利长老的最后一番诉请和许多人的真诚祈愿相差无几,听上去都不再可笑了:

> 但是上帝,请以世俗和神圣的慈悲
> 记住我和我的一切所有;
> 请让我拥有的恩宠和财产
> 高出众人、无与伦比!
> 而一切荣耀皆归上帝,
> 阿门!阿门!

这个时候,戏仿几乎和现实融为了一体。确实,有些最上乘的内容戏仿会被粗心大意的读者视为原作或真实的风格。尽管不能确定,我相信今天每个人都认为中世纪学者的确讨论过的这个问题就是一个例子:

在针尖上能站立多少天使跳舞？

73 圣托马斯·阿奎那和另外一些经院学者的确对天使深有兴趣，也对天使的物质性（corporeal nature）——它在逻辑上必定比人类的身体更少受到自然规律的支配——产生的特殊问题兴味盎然。例如他们追问一名天使能否同时存在于两地，一名天使能否不经位移直接从一地来到另一地，两名或者更多的天使能否同时占据同一地点。经院学者对这样一些问题的讨论今天看来显得过于钻牛角尖，但在当时它们都得到了严肃的构想和思考。不过"针尖上跳舞的天使"这个问题并不是认真构想的产物。它因此是对中世纪天使学的一个讽刺戏仿。我们稍为思考一下，就会发现这个提问的形式是错误的。中世纪哲学家的脑海中大概不会出现一群天使跳舞的画面，或是设想他们像针一样小，也不会想象他们做出在细小的钢尖上跳舞这种反常行为。因此，我确信这是一个戏仿；但我尚未发现它的首作俑者。"涂鸦社"（Scriblerus Club）年鉴中有些类似的说法；但它最可能的作者大概是伏尔泰。不论它的发明人是谁，今天大家都对这个问题信以为真了。它不被认为是一个荒谬的戏仿夸张，而是中世纪哲人精细思考的一个真实和典型例证。

我曾有幸亲眼看到一个新的戏仿至少在一段时间内被视为真作推向大众。1942年7月13日，我在南下华盛顿的列车中打开《纽约世界电讯》（*New York World-Telegram*）翻看写作和评论专栏。当时言辞尖刻、睚眦必报的威斯布鲁克·佩格勒（Westbrook Pegler）的文章经常出现在头条，毒舌点评他的敌人和讽刺对象，

III. 戏仿

而下方则是平淡甜俗的埃莉诺·罗斯福（Eleanor Roosevelt）天真而热心的每日生活记录。这天下午，威斯布鲁克·佩格勒名下的文章如是开场：

> 昨天上午我乘火车去纽约，坐在一名绅士旁边，他正在阅读全球国家经济与儿童能力和娱乐基金会（我一位十分要好的朋友、原先在瓦萨学院工作的玛丽·麦克沃德［Mary McTwaddle］博士在此担任美国代表）国际秘书处1937年年度报告。这引起了我的关注，我于是冒昧地告诉他我曾有幸接待一群对未婚父亲问题深感兴趣的年轻人。结果这名绅士本人就是一名未婚父亲，于是我们愉快地交谈了起来，直到他在梅塔钦（Metuchen）下车走人。
>
> 当天下午，一群年轻人来我家里喝茶，我们就早期环境对军需品工人工作效率的影响进行了讨论。我看环境比我们许多人想的更重要，我已请农业部为此进行调查。当然有些人受到的影响比其他人更大，但是我想也常常存在相反的情况，对此我们今天决不能掉以轻心。

几段这种风格的话之后，文章以对某种深刻真理的坦诚和洞察而结束：

> 临睡前我阅读了路德维希·多纳维特尔（Ludwig Donnervetter）的《所有即一切》（*All Is Everything*）。它写

得非常好，有力地展示了年轻学生如何努力通过合作与讨论建构自己的世界。我有时觉得我们似乎错过了更好了解对方的机会，因为人们被不同的语言分隔开来了。

整篇文章都亦步亦趋地模仿了罗斯福夫人家常亲切的个人风格、她的理想主义视野和无边无际的概括能力。（就像是约瑟夫·康拉德某部小说中的船长，罗斯福夫人总是"泛泛而谈，不是为了哗众取宠，而是出于诚实的确信"。）该文没有导语，也没有提示性的脚注，只有佩格勒先生的签名表明它并非来自罗斯福夫人那部得到良好润滑的打字机。我一度感到了疑惑。难道说这篇文章是罗斯福夫人所写，但被粗心的排印工人误植在此？这不可能，这太荒谬了，何况它的下方照例就是罗斯福夫人的文章。我又读了一遍这篇戏仿文章，并环视整个车厢。还有八个人在读《纽约世界电讯》。一个接一个，我看到他们经历了同样的困惑。他们开始读佩格勒的戏仿之作《我的一天》。他们停了下来。他们困惑地扫视下方，心想罗斯福夫人是不是被拿掉。他们找到了她。他们又回过头看佩格勒的文章，然后早晚不一并以不同的快乐程度（这视他们的智力水平和政治立场而定）开始品味这篇讽刺性戏仿作品带来的特殊乐趣。

还是《纽约世界电讯》，它在1960年发表了另一篇惟妙惟肖、令人叫绝的戏仿，这就是适用于一切场合的《致联合国的标准发言》。这是一篇戏仿性的讲稿，但它几乎无需任何改动即可正式发表或严肃收听：

III. 戏仿

主席先生：

我谨代表本代表团、我国政府和人民祝贺您和您的杰出同事

（a）赢得选举

（b）再次赢得选举

（c）迎来国庆

（d）成功地战胜地震、革命等等

（任选其一）

这是本次会议期间我首次荣幸地向诸位杰出的委员发言。我也想为此（见上）向

（a）秘书长

（b）副秘书长

（c）委员会秘书

（任选其一）

表达本人最衷心的祝贺。

敝国有一句俗话：（引用原文）。

说到我们辩论的主题，我想简单陈述一下我国政府在相关重要问题上的态度。没有必要为此再次重复

（a）去年

（b）一年之前

（c）两年、三年、四年或某年之前

由

（a）我国外交部长

（b）我国总理

（c）我方代表团团长

（d）我的同事

（e）我本人

就在

（a）这个房间

（b）这个大厅

（c）这个走廊

（d）这个酒吧

（e）这个洗手间，等等

说过的话。我无需这样做的原因有二。首先，我确信当时所说的话在今天仍然有效。其次，在此期间没有发生任何事情可以让本人希望这些话在将来比在过去受到更多的关注。[7]

很多最精彩的政治和宗教讽刺都是内容性的戏仿。它们几乎保留了原作的全部形式，仅对其内容略作歪曲——通常是使它更加坦率和实话实说。彭斯在《威利长老的祈祷》中记录了一名待人严苛、以道德自命的加尔文主义者的隐秘心声。因此亚伯拉罕·阿·桑克塔·克拉拉（Abraham a Sancta Clara）说世界是一台戏，其中"金元大人"（Praenobilis Dominus Aurelius Goldacker）扮演了玛门（Mammon）的角色。一名崇拜者这样向他喃喃祷告：

银子，可怜可怜我们吧

III. 戏仿

> 金子，可怜可怜我们吧
> 银子，听听我们的祈祷吧
> 金子，听听我们的祈祷吧
> 银子，动乱的源泉，发发慈悲吧
> 金子，人心的抚慰者，发发慈悲吧。[8]

英国激进主义政客亨利·拉布歇尔（Henry Labouchere）曾一并讽刺政治和宗教，其中戏仿了英国国歌，节奏、韵律和副歌都保持不变，但是内容变成了对维多利亚女王众多家人生活铺张浪费的如实陈述：

> 儿孙满堂，
> 还有重孙，
> 女王洪福齐天！
> 我等皆为其中保，
> 负担他们的薪酬、
> 年金和养老金。
> 上帝保佑女王！[9]

听到这个说法，女王并不感到开心。但是事实俱在，无可指摘，而且最后表达的感情也不容置疑。好心的女王如果预见到马克斯·比尔博姆（Max Beerbohm）后来的作品定然更不开心：比尔博姆假装恭敬地欣赏女王的《高地生活》日记摘选并加以评论，其风格与日记的陈词滥调如出一辙，甚至还认真模仿了女王陛下的御笔书法。[10]

有时为了讽刺某些作家、艺术家或大人物，对其进行戏仿几乎是多此一举。那个斗胆模仿维多利亚女王真身（如果允许这样说）的年轻廷臣［要是知道后果］就绝不会这样丑化模仿女王了。当然，比尔博姆不过是在维多利亚本人已经出版的日记中得体地写下了维多利亚式的评论；但这两类模仿都具有讽刺的效果。也许我们自然会欣赏任何一个相对无足轻重的人模仿某个高贵和权威人物带来的反差喜感。但同样可能的是，某些大人物、严肃的书籍或雄心勃勃的艺术作品本身已经近乎荒谬，只要对其品味或舆论稍作偏离，它们就会变得极其可笑。我们并不嘲笑作为君主的维多利亚女王。尽管她对自身的职责有固执的想法，但她忠实而有效地履行了全部或其中的大部分职责。我们笑的是这个人，因其肤浅而虚荣，坚持将自己的私人情感生活强加给大众，作为个体接受大家的审视，结果成为自己无力应对的人身批评的目标。

由于维多利亚女王缺乏自我批评的能力，几乎没有任何人有必要来戏仿她。同样，如果我们去掉过多的敬意并带着机警活泼的荒诞意识来审视许多著名作家的作品，我们就会发现其中多有货真价实的戏仿文字，它们足以媲美甚至超过了最有天分的戏仿作家的低俗戏谑。1789 年，就在创作了《丁登寺》（*Lines above Tintern Abbey*）的同一年，华兹华斯还写了一首民谣，它的开头几句是这样的：

哦，怎么啦？怎么啦？

III. 戏仿

> 小哈利·吉尔得了什么病?
> 他们总是唠叨他的牙,
> 不停唠叨, 没完没了地唠叨?[11]

也是在同一年,华兹华斯在一首诗中描写了水肿病,诗句几乎与疾病本身一样痛苦:

> 他没有几个月可活了,
> 他会这样告诉你,
> 他越是工作,他虚弱的
> 脚踝就肿得越是厉害。[12]

如果谁有足够的兴趣继续追踪这类主题,一直到更为罕见的自我戏仿,那么我向他推荐温德姆·刘易斯(D. B. Wyndham Lewis)和查尔斯·李(Charles Lee)1930年编辑出版的一本诗歌选集,其中收录了许多英国著名民谣诗人的精致搞怪作品。其标题《猫头鹰标本》(*The Stuffed Owl*)来自华兹华斯的一首十四行诗,这首诗知道的人不多,但是充满深情。安妮·朱丝伯里(Anne Jewsbury)小姐看来已经病了很久,而[在病中]唯一和她做伴的就是(用华兹华斯的话说)"本十四行诗吟咏的那个无生命物体"。正如这位桂冠诗人所见,为病人苍白无力的头颅提供倚靠的朋友少而又少:

> 但是,在"天才"这个永不疲倦的安慰者的帮助下,

> 即便是一个猫头鹰的标本
> 也能帮着消磨时间,让她的幻想心灵飞向
> 爬满常春藤的城堡和月光照耀的天空,
> 虽然他纹丝不动,也不能叫喊;
> 两眼圆睁,从不合上眼睑。[13]

我们很难不认为华兹华斯虽然对可怜的朱丝伯里小姐充满深切真实的同情,但他此时更产生共鸣的是那个猫头鹰标本。在所有英国诗人中,没有任何人能在自我戏仿方面比得上华兹华斯,尽管埃兹拉·庞德(Ezra Pound)紧随其后。斯蒂芬(J. K. Stephen)在一首戏仿的十四行诗中令人击节地总结了他的这一特殊成就:

> 有两个声音:一个声音低沉,
> 模仿阴云风暴的隐隐雷声,
> 像变幻莫测的大海一样时而怒吼,时而低语,
> 时而鸟语啁啾,时而沉沉睡去;
> 另一个声音像是老迈而愚蠢的绵羊
> 发出的单调叫声,
> 指出一加二等于三,
> 草是绿色的、湖水潮湿、山峰陡峭。
> 华兹华斯,你二者兼具;有的时候
> 从你旋律美妙的诗句深处
> 崇高的思想喷薄而出;

III. 戏仿

> 有的时候——仁慈的上帝！
> 我宁愿自己一个大字不识
> 也不想写下你那些最垃圾的诗句。[14]

2. 对形式的戏仿和对内容的戏仿

有时可以按照我们刚才的做法对戏仿式讽刺进行分类，将主要是戏仿内容的作品（例如宗教和政治讽刺）和主要涉及形式的作品（如豪斯曼戏仿希腊悲剧的小文）区分开来。不过形式和内容在文学中结合紧密，经常难以割裂，而且这样做也是不明智的。

例如我们挑选两篇乍看上去用意截然相反的诗歌戏仿名作。一篇是微型希腊史诗《蛙鼠之战》（The Battle of Frogs and Mice），显然创作于公元前5世纪，作者不详。[15] 另一篇是拜伦勋爵在1821年创作的英文讽刺叙事诗《审判的幻景》（The Vision of Judgment）。一篇轻浮僄薄，另一篇则丰富深沉。它们都具有一个不常见于戏仿作品的优点，那就是即使你不了解它们讽刺的原作，也会觉得它们有趣。

《蛙鼠之战》细致而巧妙地戏仿了荷马史诗的风格。它以节奏强烈、乐感悠扬的六音步写成，充满了传统的修饰语、崇高的辞藻和游吟风调。该诗描述了一场野蛮残酷的战争，它是如此激烈，连诸神都被迫介入了。诗中的英雄都具有高贵而复杂的名号。于是，以响亮悠长的六音步，田鼠大军的使者被说成是：

> 高傲的"挖奶酪者"的儿子
> 名叫"奶锅的入侵者"。¹⁶

英雄们像在狂风呼啸的特洛伊平原上作战的王公贵族们一样活力四射地耀武扬威、重创敌人和屠杀对手。他们像亚该亚人和特洛伊人一样以高贵豪迈的语言称呼对方;诗人以荷马讲述《伊利亚特》那样郑重其事地倾情讲述了它们的丰功伟绩。事实上,《蛙鼠之战》和《伊利亚特》之间的区别主要在于规模等级。《伊利亚特》的主人公是孔武有力的英雄。《蛙鼠之战》的主人公是一些虫豸,它们为时一天的战争最后被一些微型怪物打断,这些怪物被堂皇而诡异地描述为:

> 斜行者突然现身,它们每个人都手持大钳,身披硬甲,
> 侧身横行,嘴巴紧闭,向外弯曲,
> 臂上有刻痕,眼睛长在胸口上,
> 头生双角,身体不知疲倦,人称"螃蟹"的便是。¹⁷

一望可知,这讽刺模仿了荷马本人和荷马体诗人的风格。荷马倾心于崇高风格。特别是在《伊利亚特》中,几乎一切都异乎寻常,感情强烈、行为卓越而富于戏剧性,语言慷慨激昂。毫无疑问,"胫甲精美的蛙类与捷足的鼠类"之间的冲突讽刺了荷马史诗古色古香、间接迂回、夸张其词的语言风格。它通过人们喜闻乐见的一种戏仿手段实现了上述目的。它将荷马的话语方式运用

于是"舔盘爵士"扑向豪侠的"泥洞盘踞者",他的头被一块巨石击中,脑浆从鼻孔中迸射而出,大地上溅满了血滴。

于相对渺小和卑下的事物，让我们感到荷马的风格即便用在人类身上也显得夸张、虚假和造作。

现代音乐中也有一部与之类似的作品：埃尔诺·冯·多纳依（Erno von Dohnanyi）的《钢琴与管弦变奏》。一开始的时候，钢琴沉默无声，管弦乐队以晚期浪漫主义的风格演奏了一段令人印象深刻的序曲，很像理查德·施特劳斯悲剧歌剧的前奏。预示着不祥的弦乐缓缓响起，像盲眼的巨人一样摸索前行。弦乐逐渐加强达到最大程度，仿佛风暴来临之前的积雨云。圆号和长号发出阴沉和威胁的声音，像受难的泰坦巨人的呻吟一样弥漫在空气之中。声音渐强、特强、飙至最强后戛然而止。我们等待着石破天惊的爆发。这时钢琴声响起。演奏者用一根手指头弹出一段简单的旋律，即我们熟知的"黑绵羊咩咩叫，你有没有羊毛"。

毫无疑问，《蛙鼠之战》的主要亮点是荷马史诗风格中的古风语言和夸张说法。但在读了这首小诗之后，我们发现它的讽刺也指向了荷马史诗的题材内容。荷马史诗经常不太客气地对待奥林匹亚诸神，而在《蛙鼠之战》中它们被肆意嘲弄——就像在雅典喜剧舞台上一样。雅典娜宣布她不会帮助被围攻的群鼠，因为它们啃坏了雅典娜神庙里的花环并偷喝了庙里的灯油；更恶劣的是，它们还将她在泛雅典娜节上穿的衣袍咬得千疮百孔。最后，诸神祈求宙斯停止战争，于是宙斯拿起闪电将可怕的雷霆投向了大地。鼠群对此置若罔闻。于是，我们再次看到无畏的群蛙和豪迈的群鼠以钢铁般的意志和不可战胜的勇气厮杀在一起，最后来了一群全副武装、眼睛长在胸间的怪物，它们这才溃散逃去。看到这一

III. 戏仿

幕，我们不禁想到人类的战争，认为战争本身（如果按照适当的比例来看）本质上是荒谬可笑的，人类战士和争抢的虫豕如出一辙，而歌颂勇士的诗人［不过］是在赞扬人性中野蛮的一面。因此，《蛙鼠之战》看似是对一种特殊诗歌形式的戏仿，其实也戏仿了一类重要的诗歌题材。[18]

我们现在再来看拜伦的《审判的幻景》。认为讽刺或伪装为其仆从的戏仿纯是否定的，并且必然成为过眼云烟，这个想法是错误的。讽刺经常比它的讽刺对象活得更久；这一部戏仿作品，它的艺术性就远远超过了沉重笨拙的原作。

英王乔治三世在五十岁那年失去了理智。他暂时恢复后再次发作，最终进入了永恒的精神暗夜。他在八十二岁去世时，已经成为他自己和他人的一个负担若许年。他从来不是一个好国王，既不受人爱戴，也毫无建树可言。但是桂冠诗人（Poet Laureate）罗伯特·骚塞（Robert Southey）具有强烈的责任感、对理想王权的热爱和奋发的诗歌雄心。自获封桂冠诗人以来，他一直觉得没有机会书写可以施展抱负的庆典诗歌。在现存的汉诺威王室成员中，并没有多少人值得［写诗］歌颂。骚塞没有灰心失望。为了纪念乔治三世的逝世，他创作了一部诗歌启示录，诗中他亲身将乔治从坟墓中一路护送到天堂门前，目睹他被正反两方就其是否有资格成为有福者中的一员而接受审查后胜利地进入天堂，然后诗人回到地上的乐园、他的家乡坎伯兰（Cumberland）。这并不是夸张。骚塞的《审判的幻景》实际上描述了国王乔治三世死后的复活、审判和蒙福，诗人本人在感情基调上公然向但丁的《神

84

曲》看齐，而他采用六音步诗体则摆明了是要和维吉尔一试高下。

这是一个我们都不愿嘲笑的题目，因为我们会严肃地思考死亡和最后的审判；但是可怜的乔治太过虚弱，承担不了这个重大的主题而使之显得——即便有骚塞毕恭毕敬的加持——荒唐可笑。正如诗人的儿子所说："必须承认，思考人们死后的情况，尤其是出于强烈的政治感情而这样做，是一个大胆（若非狂妄）的举动。"[19] 姑且不论乔治本人的褊狭和偏执，他的盲目和失智也让他很不适合成为这样一个伟大宇宙事件的中心人物：全能的上帝在此出现，天使长和天使，蒙福者的灵魂，乔治·华盛顿、查理一世、伊丽莎白女王、"狮心王"理查、阿尔弗雷德大帝、乔叟、斯宾塞、莎士比亚、弥尔顿、马尔伯勒（Marlborough）、韩德尔（Handel）、霍加斯（Hogarth）、沃伦·黑斯廷斯（Warren Hastings）、考珀（Cowper）、查特顿（Chatterton）、威尔克斯（Wilkes）、朱尼厄斯（Junius）乃至撒旦（Satan）也都纷纷现身支持或反对乔治进入天堂。骚塞很难略过不提国王生前长期遭受失智折磨这一不幸事实：于是他通过两个奇迹治好了他。通过第一个奇迹，乔治国王复活后恢复了清明的神志。（于是，在一个极其荒诞的段落中乔治听取了他失智期间发生的一切。汇报者是一度担任英国首相的斯宾塞·珀西瓦尔［Spencer Perceval］，他在1812年被杀身亡，骚塞特别让他在诗中活转过来以完成这项工作。）通过第二个奇迹，乔治重获了青春并超越了凡夫境界：这并不是因为汉诺威王室的成员都相貌出众。乔治国王在天堂门前受到的欢迎、魔王及其助手威尔克斯和朱尼厄斯妄想把他挡在门外的失败图谋，还有他最

III. 戏仿

后胜利地进入永恒福地，都因太过荒谬可笑而无法详细描述。如果不是因为诗歌还算流畅并具有某种确信不疑的语气，它们势必成为滑稽可笑的自我戏仿。骚塞的《审判的幻景》让我们想到那些在西欧和中欧教堂中比比皆是的无名贵族的巨大巴洛克式坟墓和维多利亚时人珍爱的美好献辞和家庭影集。青年时代曾是一名革命者并写诗赞扬过瓦特·泰勒、圣女贞德，主张通过大同社会（pantisocracy）解决人生问题的骚塞，现在变成了最早的"维多利亚人"中的一员。

如果骚塞只满足于写作一部诗体启示录，他的《幻景》或许很快就会像大部分桂冠诗人的作品那样被体面地遗忘。但是他加进了一段指责当代"撒旦派"诗人的训诫，说他们的书像恶魔比列（Belial）一样淫邪，像摩洛克（Moloch）一样残忍，像撒旦本人一样自以为是。这显然是对拜伦的攻击，后者就此成为《审判的幻景》中的头号反角。骚塞并于发表在报纸上的一封信中暗示拜伦很难控制自己的情绪，这就更加刺伤了拜伦。（他建议拜伦写诗作答，如果他想这样做的话："对一个几乎无法控制自己的人来说，如果能让他的脾气按时发作，将是一件大大的美事。"）看到这番说辞，拜伦的第一反应是回到英国与骚塞决斗［杀死对方］。后来他决定杀死骚塞的诗聊以泄愤。

拜伦的《审判的幻景》并不是对骚塞作品亦步亦趋的戏仿。它保留了原作的基本脉络，但也仅此而已。它的语气当然也大相径庭。不同于原作，它采用的韵律是轻松活泼的"*ottava rima*"，即抑扬格五音步八行体。它的诗歌理念也有不同：骚塞师法维吉尔、但丁和弥尔顿,而拜伦自称以西班牙讽刺作家克维多(Quevedo)为榜样。[20] 拜伦没有逐段戏仿骚塞的原作,而是从他本人冷静、玩世不恭的角度另行讲述了乔治三世复活之后经过审判得享天福的过程。他觉得最重要的一件事是骚塞略过不谈的这个问题:乔治三世是一个好国王还是一个坏国王。骚塞是一个爱国者、保守分子和桂冠诗人,对他来说,任何一个英国国王都一定是明君。甚至批评[国王]也会冒犯呵护王者的神灵。因此,他对乔治三世的审判并不是一场公正的审判。他让撒旦带来乔治的两个敌人:威尔克斯和朱尼厄斯。他们完全被乔治圣洁的灵魂之光所慑,结果提不出任何反面证据。恼羞成怒的魔王将他们扔回了地狱,而后自己也加入其中。但是拜伦描写了一场真正的审判,其中天使长米迦勒是辩护人,撒旦是检控方,此外还有一大群证人。拜伦关于高潮情节的构思和骚塞如出一辙,但是处理得更加巧妙。威尔克斯被传唤到证人席(人们后来看到"圣洁的少女"[blessed damozel]就倚在那里)上,以其典型的鄙夷玩笑口吻说道:

> 至于我,我已经原谅他,并投票赞成
> 根据人身保护令(habeas corpus)把他送上天堂。

但是朱尼厄斯——他是一个坚守原则的人——被传唤上来后不肯表示原谅。在严肃得可怕和异常真实的一番话中(这类表达经常在最欢快的讽刺作品正中间出现),他控诉乔治伤害了英国:

III. 戏仿

> 我爱我的国家，而我恨他。

然后（但在宣判之前）卷宗被一阵笑声引爆吹散。为乔治人格作证的骚塞也不可思议地被气浪冲到审判席上，开始——这是必然的——念他的《审判的幻景》。这太过分了。它结束了审判。听到骚塞的诗，就连严肃的天庭法官也难以自持，无法继续听审：

> 这些庄严的英雄诗行像咒语一样产生了作用：
> 天使们捂住了他们的耳朵，合上了他们的翅膀；
> 魔鬼们双耳失聪，嚎叫着奔回了地狱；
> 鬼魂们啁啾不已，四下窜逃回到各自的地盘……
> 米迦勒向他的号角求助——但是，看呐！
> 他的牙已经酸倒，他竟无法吹响他的号角！
>
> 圣彼得（作为圣徒，他向来以鲁莽闻名）
> 听到第五行上，举起了他的钥匙，
> 将诗人击倒在地——

而一头扎进他最喜爱的德文特湖（Derwentwater）。但是乔治三世怎么样了？他被打入了地狱还是获得了拯救？他是一个罪人，还是一个潜在的圣徒？拜伦的回答是：二者都不是。他既不是圣人（像骚塞所说）也不是大坏蛋：他只是一个被错误安放在英国和骚塞桂冠诗作幻景中的国王宝座上的白痴。何必要为他操心？天堂里充满了这类无害的傻瓜。

> 我远远望见乔治国王
> 在最后的混乱中溜进了天堂;
> 当喧嚣归于平静之后,
> 我留下他在那里练习第一百首赞美诗。

拜伦的讽刺看似集中火力戏仿了骚塞原诗的主题。它讲述了同一个故事,只是改变了语气和故事的结尾:场景、问题和大多数人物形象都没有变化。但事实上拜伦同样也讽刺了骚塞的诗歌形式。骚塞选择了六音步诗体,但是六音步从不适合在英语中使用——也许除了表达欢快的主题,如克拉夫(Clough)的《托布纳沃利奇的小屋》(*Bothie of Tober-na-Vuolich*);或是像朗费罗(Longfellow)的《伊万杰琳》(*Evangeline*)一类温情脉脉的浪漫主题。它们往往听上去牵强而不自然,拜伦所谓"瘸腿的扬抑抑格"(spavined dactyls)。拜伦本人选择了一种灵活的八行对句体,它可以同样出色地表达轻快的幽默和严肃的思想;通过这一方式,他批评了对手使用的诗体。不仅如此,他的作品结构远更合理、更有活力、更富于变化并更多内心描写。尽管骚塞将其作品比作但丁的《神曲》,其实拜伦才更接近但丁作风泼辣、目光锐利的现实主义风格,而骚塞的作品读上去更像是彼特拉克《凯旋歌集》(*Triumphs*)中缓慢行进的风格。拜伦创造的撒旦形象足与但丁、弥尔顿笔下的撒旦或他本人最黑暗的灵魂相比而无愧色。

出自拜伦的《审判的幻景》，亨利·富泽利雕版，吉拉顿摄影，巴黎。

> 狂暴的、深不可测的思想将永恒的怒火
> 镌刻在他那永生不死的面庞上,
> 他在此凝望着那幽深昏暗的空间。

最后一点,拜伦的诗写得更好。尽管他有嬉笑戏谑的"去他妈的"游戏心态,尽管他对笔下的中心人物、那个"又老又瞎、又疯又傻、虚弱无力的可怜虫"表示怜悯而不屑一顾,甚至尽管他认为骚塞想象的这场审判本身是荒诞可笑的胡思乱想,但他还是戏剧性地再现了这一场景,并迫使读者选边站队来感受这场对抗。

因此,当我们关注《蛙鼠之战》和拜伦的《审判的幻景》这两部著名的戏仿作品并提问它们如何发挥戏仿效果时,我们将会发现:乍看上去,一者是对形式的戏仿,一者是对内容的戏仿;但实际上《蛙鼠之战》也讽刺了荷马史诗的主题,而《审判的幻景》也批判和嘲弄了原作的形式。因此我们总是很难、有时甚至无法区分形式性的戏仿和内容性的戏仿。一部戏仿作品看似完全是在模仿一部自命不凡的艺术作品的外在特征,但它也许同时"啃噬"了对方的主题内容;而一部看似忽略了形式问题、单刀直入的戏仿作品,也许或直截或含蓄地讽刺批判了原作的形式和外部特征。

讽刺性的戏仿(satiric parody)并不仅限于文学作品。在造型艺术中有成千上万的戏仿作品,有的针对某一特殊风格或艺术家个体,有的针对某一特殊主题。当《拉奥孔》在1506年被人重

III. 戏仿

新发现后，这组雕像迷倒了当时大多数艺术家。米开朗琪罗将其中一人的姿势用于西斯廷教堂屋顶壁画里的一个运动员和《垂死的奴隶》中的奴隶雕像；提香将其用于表现圣塞巴斯蒂安（Saint Sebastian）殉难的画像。[21] 但是也有艺术家产生了不同的感受，而他们的感受无疑也是真实的，这就是尽管雕塑家的表现技巧和心理观察都令人惊叹，但是这个雕像也有让人不喜欢的地方。父亲和儿子痛苦的垂死挣扎居然以这种病态的现实主义手法来表现，这一点令人难以接受。《拉奥孔》是一件可怕的艺术作品。提香本人感到了这一点，并以其刻毒的戏仿手法清楚地表达了这一感受。在他的画作中，主人公不是一个正当盛年的父亲和他的两个儿子，而是一头巨猿和两只幼猿。原作的怪异姿势和痛苦表情只是略有夸张而已。这是正宗的讽刺。[22]

在音乐中也有许多匠心独运和令人愉快的戏仿。威廉·沃尔顿（William Walton）的《门面》（*Façade*）——它原是为伊迪丝·西特韦尔（Edith Sitwell）的诗歌所作的配乐；音乐今天很出名，但诗歌本身已经被遗忘——戏仿了20世纪早期流行的感伤音乐。斯特拉文斯基（Stravinsky）的芭蕾舞剧《仙女之吻》（*The Fairy's Kiss*）戏仿了柴可夫斯基，这位杰出的感伤主义者的甜美风格被发扬到了差不多是糖尿病的程度。阿尔弗雷多·卡塞拉（Alfredo Casella）1914年发表的一组钢琴曲中有些有趣的东西，其中有两首是莫里斯·拉威尔（Maurice Ravel）创作的。它们冠以"以……的风格"（*À la manière de...*）之名（这无疑效仿了保罗·雷布［Paul Reboux］和查尔斯·穆勒［Charles Muller］

提香创作的讽刺式戏仿拉奥孔。后经博德里尼木刻。纽约公共图书馆承印。

著名的文学拼贴集锦），其中包括勃拉姆斯（Brahms）、德彪西（Debussy）、丹第（d'Indy）、夏布里埃（Chabrier）乃至拉威尔自己的讽刺性戏仿作品。丹第的戏仿标题引人入胜，名为"禁欲者午后前奏曲"（*Prélude à l'Après-midi d'un Ascète*）；拉威尔则采用了古诺（Gounod）歌剧《浮士德》中最平淡无奇的一段旋律"温柔的花儿啊，你在那里开放"，并按照夏布里埃的风格把它改编为一段具有鲜明西班牙风格的音乐。1926 年，才华横溢而固执己见的作曲家阿诺尔德·勋伯格（Arnold Schönberg）"为了警告一些一直在攻击自己的更年轻的同时代人"发表了《三首讽刺混声合唱曲》（作品 28 号），其中轻蔑怨毒但又妙趣横生的歌词出自他本人的手笔：

> 这是真正的假发！
> 多么棒的假发啊！
> 活脱是（小摩登斯基认为自己）
> 活脱是巴赫爸爸！

而音乐——它自然刻意显得很古怪——采用了戏仿的对位法。

　　最近有人通过一部短小但是妙趣横生的作品讽刺批评了柴可夫斯基的著名交响乐。每个人都听说过柴可夫斯基的《1812 序曲》，它描写了拿破仑对"俄罗斯母亲"的入侵，通过轮番演奏俄罗斯主题和法兰西主题来展现俄法之间的冲突，直到俄国音乐高扬胜出为止。这是一部气势宏伟的作品，对于品味高雅的人来说，它太过头脑简单，而它一味重复简单的音乐主题也实在太俄罗斯了。最后柴可夫斯基放弃了通过乐音表达思想的努力，[23] 转向了纯粹的噪音。终场时重型大炮齐声轰鸣。（它原本计划用真炮在室外的莫斯科广场上演奏。）最近几年，有人成功地讽刺了这一效果。1952年2月，罗切斯特爱乐乐团（the Rochester Philharmonic Orchestra）在纽约罗切斯特的伊斯曼剧院（Eastman Theater）上演了《1812序曲》。奔驰的骑兵和行进的步兵，欢快、桀骜不驯的号角和周而复始、顽固的鼓点声，他们一起冲向高潮——《马赛曲》的旋律被斯拉夫教堂的铃声和庄严肃穆的俄罗斯赞美诗《赫赫上帝》（*God the All-Terrible*）掩没；然后，就在敏感的耳朵开始厌倦这些喧嚣时，后台开始发射大炮，发出最后的轰鸣。正当炮声还在剧场里回荡之际，片片鸭子羽毛从天而降，从犹自震颤的空中缓缓飘落在观众身上，带来了微妙的、具有讽刺意味的反高潮。[24]

3. 作为戏仿的恶作剧

这时，讽刺性的戏仿开始从艺术进入了行动。作为行动，它最广为人知且最具代表性的产物即是恶作剧（hoax）。就我所知，目前还没有人很好地分析讽刺的这一分支。有对个人恶作剧的有趣描述，偶尔我们也会看到诸如休·特洛伊（Hugh Troy）等杰出恶作剧者的传记，但是绝大多数记载恶作剧的文献都未能准确界定何谓恶作剧。将诸如《锡安长老会纪要》（*Protocols of*

III. 戏仿

the Elders of Zion）一类的恶意虚假宣传、伊瓦·克鲁格（Ivar Kreuger）等人贪得无厌的金融诈骗生涯和在愚人节当天的报纸上发表新捕获的翼指龙照片之类无害的玩笑放在一起讨论，认为它们受到同类冲动的驱使并产生了同样的效果，这是一种相当错误的看法。[25] 恶作剧是意在欺骗［译者按：原文如此，疑是"娱乐"之误；或脱漏否定词，即"恶作剧是意不在欺骗……"。］的谎言或夸大其词。而骗局是意在欺骗的谎言或夸大其词。目的——也正是目的——使二者区分开来。恶作剧者想证明一件事。而骗子是想得到点什么。骗子想欺骗所有人一辈子（至少是在他生前不被揭露）。恶作剧者则希望在某个时候被揭露，或是主动揭开他的玩笑。骗局取得成功的结果是骗子收获了利益。恶作剧取得成功的结果则是开心的笑声——尽管这是讽刺的笑声，上当者很少会和大家一起笑。

为了说明恶作剧的本质，我们且看三个著名的替身事件。它们都发生在我们这个世纪［译者按：此处指20世纪］，都涉及同一种欺骗，它们欺骗的对象也都属于同一类型。一次发生在1944年，一次发生在1910年，另一次是在1906年。

1944年，一名上了年纪的英国中尉——从前曾是戏剧演员、现在薪水兵团（the Army Pay Corps）担任文职工作的克利夫顿·詹姆斯（Clifton James）被选中执行一项特殊使命。他将模仿蒙哥马利将军（General Bernard Montgomery）。他的外形很像对方：瘦削的身材，机敏的像鸟一样的面庞，干练而神经质的动作。但在精神上，他和那个严于律己、待人也严厉的小个子几乎正好相反。人们给他看了蒙哥马利的电影，让他成为蒙哥马利的私人幕僚以便悉心揣摩将军的言谈举止，发给他一套完全按照蒙哥马利私人制服尺寸定制的服装，最后他和蒙哥马利本人面对面地进行交谈。经过这番训练后，他被交代了工作，于是变成了蒙哥马利。他被飞机送往直布罗陀，在那里他受到总督的仪仗欢迎，并被几个伪装为西班牙人的德国间谍看在眼中。接下来，他又奔赴北非的盟军总部，整整一周出现在公众视野中。然后他高度保密地回到英伦。这次伪装大获成功，骗过了德国海军上将卡纳里斯（Canaris）领导下的纳粹情报机构。这是盟军情报官员为向德国人隐藏登陆作战的时间和地点——特别是让他们相信盟军将从北非横跨地中海对法国南部发动大规模进攻——所下的一盘大棋中的一步。它和这盘大棋的其他计划一样取得了巨大成功。这算是一场恶作剧么？[26]

两次［世界］大战之前，在1906年，一个名叫沃格特（Voigt）的中年德国工人因为轻微过失（除非德国人认为没有不重要的过失）度过十五年铁窗生涯后发现很难找到正式的工作。他本是一名鞋匠，但是他一旦找到工作，警察就会通知工厂经理他有前科，让他去找别的事做。他决定永远离开普鲁士南下，但他没有护照，而警方也不会发给他护照。由于无法劝说政府放弃对他的封锁，他决定借助更高的力量来打破它们。他在回忆录中说他当时想到选帝侯如何囚禁了柯尼斯堡（Königsberg）市长、菲利普·科尔哈斯（Philip Kohlhaas）如何反抗了萨克森（Saxony）地方政府。于是他搞来一套普鲁士军队上尉军官制服，指挥起他在柏林大街上偶遇的一队士兵，并乘火车来到克珀尼克（Köpenick）小镇郊外,让他们荷枪实弹驻守在镇公所门外,打发警察局长回家洗澡,同时逮捕了镇长和财务官,声称"本镇事务现在由我接管。我对这里发生的一切负责"!然后他才意识到自己再次落败于繁复的德国国家机器。护照由县政府(Landratsamt)而非当地警局发放,但是县政府在克珀尼克并未设办事处。他从镇上财库中拿走四千马克(并打了收条),胜利而沮丧地回到了柏林。几天后他被捕,被判到某要塞服刑四年。始料未及的是,他后来被德皇威廉二世特赦(也许是因为皇帝本人和他一样是个冒牌货),同情他的德国人为他募捐了两万马克,然后他就销声匿迹了。大多数德国人认为"克珀尼克上尉"是犯罪分子。而在德国之外,人们对此付之一笑。他的招摇撞骗是恶作剧么?[27]

第三桩冒险更加离奇。克利夫顿·詹姆斯骗过了德国情报机构的一个部门,可怜的沃格特骗过了柏林郊区的镇公所,而这群人蒙骗了英国皇家海军。大约在1910年,英国著名的恶作剧笑匠贺拉斯·德·维尔·科尔(Horace de Vere Cole)找了一帮朋友,让他们穿上东方人的长袍、把脸涂黑、戴上假胡子,伪装成埃塞俄比亚皇帝一行。他们先从英国外交部发了一份假电报,然后来到韦茅斯(Weymouth),登上了英国皇家海峡舰队的旗舰"无畏号"战舰,检阅了舰长的仪仗队,视察了战舰,用埃塞俄比亚语彼此交谈,最后安全机密地返回了伦敦。中间有几次尴尬的时刻,例如:在英国寒冷的阴雨天中,一名皇家随从的胡子开始上翘;而另一名成员——他身高有六英尺五英寸(约1.96米),因此很难伪装——在甲板上被他自己的表弟认出来。这群人中的三个人后来在布鲁姆斯伯里（Bloomsbury）广为人知，他们就是艺术家邓肯·格兰特（Duncan Grant）、阿德里安·斯蒂芬（Adrian Stephen）和斯蒂芬的妹妹弗吉尼亚（Virginia）。斯蒂芬后来写了一本小书回忆这次冒险经历，其中讲了不少有趣的细节。[28] 他伪装为随行翻译，因此不得不假装将东道主的长篇英语发言翻译为外语。他尝试用了斯瓦希里语——他在乘火车来的时候试图通过福音传播会（Society for the Propagation of the Gospel）出版的语法书学习这门语言——但他的斯瓦希里语很快就用完了。为了避免冷场，他接着说：

> Tahli bussor ahbat tahl aesque miss. Erraema, fleet use....

这是维吉尔《埃涅阿斯纪》中一段哀婉和激情叙述的开篇，但是他大大改变了词序和重音，只有非常机警的古典学者才会发现问题，公务在身的海军军官自是完全不知所云。[29] 此后斯蒂芬（幸好他当年接受了良好的古典学教育）混杂使用荷马的希腊语和维吉尔的拉丁语。这已经很可乐，而这场冒险中最有趣的一个插曲也许是我们在这群伪装者的照片中看到一个人：此人头戴缠头，胡髭浓密，棕色的面庞，鼻子高挺而细长，一双敏感的大眼睛凝视着前方。这就是后来的弗吉尼亚·伍尔夫（Virginia Woolf）。

今天，《牛津英语词典》将"恶作剧"正确地定义为"利用对方轻信心理的玩笑或调皮欺骗"。因此很明显，欺骗中纯粹逗乐和玩闹的因素决定了它是否是讽刺。就此而论，詹姆斯中尉伪装蒙

III. 戏仿

哥马利将军完全出于严肃的目的，旨在完成一项十分重要的任务。与之类似，汉尼拔曾在夜色中驱赶角上绑着火把的牛群在山间行军，让罗马人误以为他要拔营而去，这时他并不是在恶作剧，而是严肃地实施计谋，制造行军的假象来诱敌深入。克珀尼克上尉的案例就更复杂了。尽管大多数德国人都严肃地对待此事，但是其他地方的人很少这样想。因此，这件事在德国是犯罪性的欺骗，但在德国以外，则因其充分展示了某些其他国家中人认为是一无可取、荒唐可笑的德国特性而被视为一场恶作剧：它不啻是对德国军国主义、德国人的纪律、德国人的精确等等所有令人痛苦的德国德性的一个讽刺。

那位埃塞俄比亚皇帝后来怎么样了？这次"模仿秀"含有讽刺的成分吗？人们可能会觉得这不过是一场玩笑，就像把一头母牛放到教堂钟楼顶上一样。但是阿德里安·斯蒂芬的书告诉我们这场玩笑产生了严重的后果。海峡舰队司令及其手下军官被人嘲笑。他们上岸后，小男孩们跟在他们背后，模仿埃塞俄比亚语大喊"Bunga bunga！"。议会就此进行了质询。海军军部的态度十分严厉。在军官起居室内的谈话中，弗吉尼亚·斯蒂芬被称为"一个普通的小镇女人"——毫无疑问这是因为她装扮成了一个男人，在没有年长女伴的陪同下闯进了男性的领地。最后，还有一些军官想找到贺拉斯·科尔和邓肯·格兰特揍他们一顿。这些复仇心切的战士最终不得不用棍子抽打几个象征性的龙头以泄私愤。很清楚，他们感到自己的荣誉受到了损伤而需要修复。这场恶作剧因此被感受为一次意义深长的举动：它是批判性的；也是讽刺性的。它暴露了英国政府和海军多么喜欢接待外国贵宾，无论他们看起来多么古怪，不仔细询问他们的来意就隆重款待，好让他们满怀敬畏而大感受用地离开。这种外交礼遇为建立一个庞大的帝国贡献了力量。"无畏号"骗局反讽地揭露了这种做法的浅薄和虚伪。于是，五六个二十来岁的年轻人一次小小的、轻松愉快的模仿秀对整个英帝国体系都构成了讽刺。

至少有两位世界上最著名的讽刺作家与精心设计的恶作剧——它们本质上是戏仿性的讽刺——有关。1532年，即在《庞大固埃传》（*Pantagruel*）问世的同一年，拉伯雷发表了对于未来的两个预言。一个是《1532年历书，作于法国里昂城》（*Almanac for 1532, Calculated on the Meridian of the Noble City of Lyons and on the Climate of the Kingdom of France*）。在封面上，他将自己描述为当时他还不是的医学博士和他永远没有成为的占星学教授。拉伯雷很喜欢这个玩笑，一直持续了二十年；但它们现在几乎都佚失了。另一个预言是署名"Alcofribas Nasier 大师"的《庞大固埃的预言》（*Pantagrueline Prognostification*）。（这个笔名是他真人名字的颠倒拼写，但是就和"历书"这个词一样，它听起来像是阿拉伯语。）该书戏仿了当时常见流行历书中含糊其词的预言："今年盲人将难以视物，而聋人将听力欠佳……老年将无法治愈，因为时光流逝……根据阿尔布马扎（Albumazar）的推算，今年有钱的人将会发财……在冬天，明智的人不会卖掉他们的皮衣来买木柴。"

III. 戏仿

将近两个世纪之后，一位更加冷酷无情的讽刺作家谋划了一场更为过分的恶作剧。英国一名自学成才的修补匠，以约翰·帕特里奇（John Partridge）之名，依靠每年出版一本预言来年时运的历书《被解放的梅林》（*Merlinus Liberatus*）过上了衣食无忧的生活。这本身无可厚非；但是这类预言的危险在于不择手段的人会利用它制造舆论来欺骗老实善良的人。帕特里奇就是这样做的。他是一个彻头彻尾的辉格派，既是英国国教教会的敌人，也对拥戴教皇的天主教徒充满敌意：他看到英国的自由到处受到威胁，并一再通过他的阴郁预言来影响公众的心灵。眼光锐利无情的乔纳森·斯威夫特注意到了他，并决心干掉此人。帕特里奇一再挑战其他占星者和他一起预言未来，看谁的预言更加准确。斯威夫特使用化名接受了这一挑战。1707年底，帕特里奇照例出版了他的1708年版《被解放的梅林》。不久，斯威夫特也发表了署名"以撒·比克斯塔夫"（Isaac Bickerstaff）的《1708年预言集》。比克斯塔夫的语言绝大多数是无害的，但是有一条预言真确说到历书作者约翰·帕特里奇将于1708年3月29日中午11点死于高烧。然后，斯威夫特在当年3月30日推出了一本煞有介事地题为"比克斯塔夫先生第一条应验的预言：历书作者帕特里奇之死"的小册子。它讲述了帕特里奇的最后一场病和去世，正像之前预言的那样，只有一点不同，即他去世的时间和以撒·比克斯塔夫推算的时间差了将近四个小时。"杀死"帕特里奇后不久，斯威夫特又发表了一篇《悼念帕特里奇先生》为其盖棺论定。现在大家都相信这个可怜的人已经死去，连出版商的行会组织［伦敦］出版同业公会（the Company of

Stationers）都将他从在世成员名单中除名了；葡萄牙的宗教法庭郑重焚烧了一本《比克斯塔夫的预言》，理由是如此惊人准确的预言只能是直接来自魔鬼的启示。与此同时，帕特里奇本人抗辩说自己并没有死。他甚至还在报纸上发表声明，说自己还活着，而且活得很好，并发布了1709年的历书，重申这一事实并攻击"比克斯塔夫"是无耻的骗子。但是这只引来斯威夫特的《以撒·比克斯塔夫的声辩》，指出帕特里奇否定确凿无疑的事实实乃荒谬之举。之前很少有这样敏锐构想并成功实施的恶作剧。帕特里奇真的"死"了。至少，他没有再发布1710年到1712或1713年的历书；即便他后来鼓足勇气发布了1714年的历书，也像他的梅林一样，因为"被太多谈论和过度劳损"，第二年就真的呜呼哀哉了。[30]

纯文学类的恶作剧很难付诸实现，但是一旦成功则能带来罕有的乐趣。1827年，普罗斯佩·梅里美（Prosper Mérimée）创造了一个子虚乌有的"伊利里亚"诗人"海尔辛斯·马格拉诺维奇"（Hyacinthe Maglanovitch），由此讽刺了时人对异域风情的浪漫追捧。他将这位诗人的作品译成了法文（诗集名 *La Guzla*），编造了他的生平履历，并发表了他的一幅画像——其实是梅里美本人穿着巴尔干民族服装、戴着一大把假胡子的画像。他一度成功地让欧洲的文学史家接受了"马格拉诺维奇"。年轻的历史学者朗克（Ranke）在他讲述塞尔维亚革命的书中引用了这位诗人。一些批判家将他的作品译成了英文，而普希金热情地欢迎了这位斯拉夫兄弟，把他的十多首诗译成了俄语。他们于是又激发了波兰诗人

III. 戏仿

密茨凯维奇（Mickiewicz）在法兰西学院宣讲"塞尔维亚诗歌"，杰拉尔·德·奈瓦尔（Gérard de Nerval）也在一部名为《黑山人》(*The Montenegrins*)的浪漫歌剧剧本中采用了他的作品。讽刺又一次被当真接受了。[31]

1900—1920年间，一场强劲的文学创作和欣赏热潮席卷了美国。1916年，当时流行欧美的"意象主义"（Imagism）、"旋涡主义"（Vorticism）和"分离主义"（Chorism）联合组成"光谱主义"（Spectrism），其代表作品是伊曼纽尔·摩根（Emanuel Morgan）和安妮·尼什（Anne Knish）五十来首多少算是自由体的诗歌。他们的诗集《光谱：一部诗歌试验之书》(*Spectra: A Book of Poetic Experiments*)标题引发共鸣，内容也"引人入胜"（intriguing），例如——

> 绝望来临于一切喜剧
> 被驯服之际
> 这时也没有留下任何
> 名义上的悲剧，
> 当胸间圆形的、受伤的
> 爱的呼吸
> 并不像一件旧的褐色背心那样
> 是令人喜爱的庇护。
> 芦笋像羽毛一样柔软，而且高大
> 水管躺在花园的墙边生锈。

这部诗集得到一些美国评论家的好评，也受到另外一些人的批评，但是几乎所有人都给予了重视。这是一场恶作剧。所谓"光谱主义者"是一位真实诗人威特·宾纳（Witter Bynner）的虚构产物。这些诗是他和朋友亚瑟·戴维森·菲克（Arthur Davison Ficke）在十天之内借助十夸脱威士忌写出来的。这两名恶作剧者将诗集发给一家著名的出版社，对方认为是真实的手稿。一直寻求更好未来的《新共和》（The New Republic）杂志也来锦上添花，邀请威特·宾纳本人为他们撰写专栏文章评论《光谱》；威特·宾纳饶有兴味地答应了。（他在文章中写道："在现下流行的文学印象主义诸现象中，它占据了一个具有挑战性的位置。"）记者们试图采访尼什小姐和摩根先生；各家诗歌杂志热情地希望刊发更多他们的诗作；威斯康星大学的一群大学生戏仿了他们的作品，虚构了一个以曼纽尔·奥根（Manuel Organ）和南妮·皮什（Nanne Pish）为首的"紫外线派"（多么妙的学生玩笑！）；一名美国陆军军官当面告诉菲克（其实是宣称）他本人就是安妮·尼什，以安妮·尼什之名发表的那些诗歌都是他写的。当时的知识分子都太乐于关注任何一个所谓的新兴的诗歌理论家，将勉强分行成章的句子视为真正有力或敏锐的抒情诗歌。《光谱》闹剧是货真价实的讽刺。

讽刺家总是面临风险。为了回应公众直接向他发出的挑战，威特·宾纳于 1918 年 4 月揭穿了这场恶作剧的谜底。在笑声消逝之前，他本人也遭到了戏弄。有人把纽约坎德的农民厄尔·洛普尔（Earl Roppel）写的一沓文字未经雕琢但是感情极为真挚

III. 戏仿

的诗歌寄给他看，他表示欣赏，并在朋友间传阅。其中一位朋友为一首抒情诗谱了曲，由三千人合唱演出。（这是一首爱国歌曲，而且是在1918年。）洛普尔和他的诗歌是两名怀疑主义者马尔科姆·考利（Malcolm Cowley）和福斯特·达蒙（S. Foster Damon）的杰作，他们这样做就是想看一下戏弄人的人是否也会被人戏弄。

厄尔·洛普尔和光谱主义者后继有人：儿童诗人、《哦，米勒斯维尔！》（*Oh Millersville!*，爱荷华马斯卡廷大学出版社，1940）的作者弗恩·格拉威尔（Fern Gravel）；身患格雷夫斯症（一种免疫系统疾病，主要症状为眼球突出和甲状腺肿大。——编者注）的机械修理工厄恩·玛利（Ern Malley），澳大利亚首屈一指的文学杂志为其刊登了三十页的评论介绍。这个时候，真实和讽刺、现实和恶作剧开始相互渗透［而难分彼此］。"厄恩·玛利"的诗因有伤风化而受到检举，艾略特（T. S. Eliot）和赫尔伯特·里德（Herbert Read）还为之辩护过。澳大利亚的这份杂志据说就是《愤怒的企鹅》（*Angry Penguins*）。这是真的吗？真有人叫埃兹拉·庞德并给自己的儿子起名"奥玛·莎士比亚·庞德"吗？[32]

在离开这个话题之前，不表一下现代文学中最巧妙和最有趣的讽刺作品是说不过去的。它就是法国小说家儒勒·罗曼（Jules Romains）的《伙伴》（*Les Copains*）。这本小书讲述了三次大恶作剧和几次小恶作剧。（据说罗曼本人在［巴黎］高师读书时曾搞过几次绝妙的恶作剧。巴黎高师有一个专门的说法"canular"来称呼这类玩笑；前不久罗曼——现在他已经七十多岁，是法兰西学院的院士——请庄严肃穆的《法语大辞典》收录了这个词。）他的小说讲述了一群恶作剧者如何从巴黎来到外省两个最沉闷无趣的小镇；他们如何在其中一个小镇假装是政府官员从而发动当地全部驻军并且在让军队大感不便、同时让市民大感恐慌的凌晨两点半击退了他们虚构的游击队入侵；他们中的一个人如何来到教堂的讲坛上，假装是一名刚刚觐见教皇归来的杰出神父，发挥《圣经》中"你们要彼此相爱"和"你们要繁衍生息"这两段文字进行布道，让教众大受启发；以及他们如何在另一个小镇上竖起当地高卢时代英雄维钦托利（Vercingetorix）的古典式裸体骑马塑像，在为塑像揭幕并使用对呼修辞发表了热情洋溢的讲话之后，从天而降的烤土豆雨让发言者张口结舌，台下的群众一哄而散。你读的时候觉得这不过是些恶作剧，但是事后想来，罗曼显然讽刺了法国外省人某些根深蒂固的特点：尊重军人、狭隘的爱国主义、庆典讲话、乏味的虔诚、全心全意的自称自赞以及缺乏幽默感。所有这些特性都容易成为法国最发达艺术的靶子。法国的军事很强大，它的烹饪艺术更强大，而它最强大的［武器］是机趣（Wit）。

4. 文学戏仿的类型

讽刺作家使用并扭曲了一切人们熟知的文学样式。最重要的文学样式自然激发了最活跃也最犀利的戏仿。不过我们必须小心

III. 戏仿

区分两种讽刺严肃文类（如史诗、戏剧和浪漫传奇）的主要方法。一种可称为戏仿英雄体（mock-heroic），另一种可称为低俗戏谑（burlesque）。

戏仿英雄体作家装得很严肃。他的词汇要么庄重要么精致。他的风格高俊伟岸并充满了文雅的修辞和高贵的意象。如果他写的是散文，那么他的句子冗长而响亮；如果写的是诗，他会使用高大上的格律。他野心勃勃，假装要和严肃文学的最高代表——荷马、维吉尔、西塞罗、李维、但丁、莎士比亚一比高下。他向缪斯祈求灵感。

低俗戏谑的作者是一个大老粗。他爱用低级的词汇。（这是判断一种文类，特别是拉丁文学和受拉丁文学影响的现代民族文学类别屡试不爽的一个方法。在高贵的文体中，平淡日常的词汇被压缩到最低限度，表小词［diminutives］尽量避免使用，粗俗用语绝对禁止，除非是为了特殊目的偶一为之。于是，拉丁语中有两个表示"疲劳"的词汇，它们具有相同的韵律节奏，听上去也差不多："lassus"和"fessus"。"fessus"是高贵的说法；"lassus"是普通的说法并带有口语的味道——很自然地，它进入了罗曼语系各分支语言，如"las"、"lasso"。因此维吉尔在《埃涅阿斯纪》中多次使用"fessus"，但只有两次使用"lassus"，两次都是在表达脆弱的感情。[33] 拉丁文"小姑娘"［puella］是一个表小词，常见于爱情诗、喜剧和讽刺。维吉尔更喜欢用"uirgo"，他在《埃涅阿斯纪》中只有两次用到"puella"，两次都是在哀伤的语境中出现。[34] 在拉丁文学和此后的希腊文学中，史传、演说和严肃戏剧的用词也与史诗一样，有着仔细而严格的限制。）经常使用普通或粗俗字眼和低贱的意象乃是低俗喜剧、箴言诗（epigram）和某几类讽刺（尤其是低俗戏谑）的标志性特点。散文或诗体低俗戏谑作家也爱使用简单的口语风格写作，避免郑重其事的修辞，并努力让自己显得自然。他的句子不长，也容易理解；如果他采用诗体，他的格律或悠闲细碎（八音步体最受欢迎），或笨拙滑稽。他写的诗常常像散文，而他的散文像聊天。他也将自己的诗才用于机智的插科打诨，如用"dupes us"（他哄了我们）押"Peri Hupsous"（《论崇高》）、用"twice I"（我两回了）押"veni, vidi, vici"（我来，我见，我胜）；[35] 他会自创新语，将文雅的拉丁文和日常的意大利语随性混合为"两下锅"的杂烩（macaronic，原为农家菜名）。[36] 他避免艺术手法和文学抱负，讲述朴素的、不事雕琢的真理。戏仿英雄体作家假装是在高空飞翔，低俗戏谑则蹒跚学步、瘸拐行走或蹲在地上。低俗戏谑作者的灵感来源不是阿波罗，而是潘神（Pan）；不是缪斯，而是摩墨斯（Momus）。

戏仿英雄体作家喜欢引用高雅的诗歌，并且几乎总是引用原文；他把这些诗句用在不那么严肃的主题上而收到了讽刺的效果。低俗戏谑作家纵使引用严肃文学，也会先转写为更轻佻的诗行、使用更粗糙的语言来降低它们的品味。在戏仿英雄体的作品中，超自然的力量经常一本正经地介入人事：贝琳达（Belinda）受到大气精灵希尔芙们（sylphs）的警示和帮助，雅典娜（Pallas）从监狱中解救出了债务人，愚笨女神（Dulness）登上了宇宙的宝座。[37] 在低俗戏谑作品中,超自然的形象变成了"人性的,太人性的"存在,他们说话粗声大气,举止滑稽可笑,做事毫无成效或没头没脑。维吉尔将传闻女神(Fame)写成了一个怪物,是大地所生巨人的姐妹;巴特勒(Butler)则说她是:

> 一个身材高挑的女人,
> 就像一条细瘦的变色龙
> 在空中吞食自己说的话。[38]

在阅读戏仿英雄体诗歌时,我们常常意外地听到真正高贵的回声、看到真实之美的反光。在阅读低俗戏谑作品时,我们常常被下流的语言和粗俗的画面所震惊。于是,在蒲柏的戏仿英雄体作品《群愚史诗》中,两名出版商比赛撒尿。这一想法令人恶心,但是具体描写却着实优雅,人体中的那种液体从未被明言,而且两名竞争者的努力被比拟为古代史诗中的迈安德(Maeander)和厄里达诺斯(Eridanus)这两条高贵的河流。[39] 但是喜用人体排泄物字眼的斯威夫特将爱尔兰议会描写成了一个疯人院,并以冒天下之大不韪的率直语气向那里的两名议员致意:

> 亲爱的同伴,拥抱和亲吻吧,
> 为你们光荣的尿干杯! [40]

这两种幽默在使用的方法和制造的效果上都有所不同。戏仿英雄体采用通常琐细无聊和令人生厌的主题,但是假装一本正经地大加渲染。低俗戏谑则以嘲弄、粗鄙、歪曲和鄙夷的态度处理其主题。

在戏仿英雄体作品中,真正讲述的故事也许意义重大而妙趣横生;它不一定低劣卑贱,但一定配不上烘托它的隆重排场。最早的例子就是最好的例子。青蛙和田鼠的战争对于二者来说是一件严肃的事:它们受苦、流血并且死去。但是这些渺小的生物像古代的英雄一样被冠以堂皇繁复的名号,它们小打小闹的抓咬说得像荷马笔下英雄之间的战斗一样激烈,连奥林匹亚诸神也深表关注,这时整件事就变得非常可笑了。与之相似,蒲柏那部小杰作的主题本身并无任何下流之处:彼得爵爷(Lord Petre)从阿拉贝拉·弗莫尔小姐(Arabella Fermor)的脖颈上剪下了一缕秀发。女的漂亮,男的潇洒,两人都出身高贵、年轻富有。这件事——它被看成是一件风流韵事——本可写成一首迷人的哀歌体诗,事实上蒲柏写作时确实想到卡图卢斯(Catullus)一首著名的哀歌体情诗,其中就有一段情人截发表示忠贞的描写。[41] 但是彼得爵爷的鲁莽冒失惹恼了弗莫尔一家,两家竟为此而失和,蒲柏打算"对他们一起加以嘲笑"。[42] 于是他选择让大家看到这本来是一件无关紧要的小事,但他对此大加渲染;这样处理本身就滑稽可笑,同时也让弗莫尔家族自认尊严受损显得滑稽可笑。

戏仿英雄体作品就像一个哈哈大笑的孩子或全身披挂华丽甲胄的狞笑侏儒。低俗戏谑史诗则像是一个肌肉发达、手持棍棒骑驴赶路的莽汉。他也许足够强大,可以完成大胆冒险的事业,但

III. 戏仿

是他不愿意,因为他没有格调和内在的和谐,也没有理想。无论他怎么做,都毛手毛脚而洋相百出。在两种意义上,他都是一个小丑。

讽刺作家并不总是恪守批评的界限。他偶尔会在同一本书内从戏仿英雄体穿越到低俗戏谑,或是反其道而行之。塞万提斯在《堂吉诃德》中有时这样做,而塔索尼(Tassoni)在《争桶纪》(The Rape of the Bucket)中经常这样做。不过总的说来,戏仿史诗、戏剧和其他严肃文学类型的大部分作品都明确属于以下两种情形之一:浮夸的戏仿英雄体或取法乎下的低俗戏谑。堂吉诃德本人就是对英雄的戏仿;福斯塔夫(Falstaff)则是(除了一场例外)一个低俗戏谑的角色。

尽管这两种讽刺风格截然不同,然而找到能够完全让人满意的名称来区分它们并非易事。艾迪生(Addison)在《观察者》(The Spectator)第249期明确区分了二者,但他并未给出名称:"低俗戏谑于是有两种:第一种是让卑鄙下贱的人穿上英雄的外衣,另一种则是按照最下层人物的言谈举止描述伟大的人。堂吉诃德是前一种的代表,而卢奇安笔下的诸神则是第二种的代表。批评家们争论低俗戏谑诗歌是否最适合用英雄体,如《药房》(The Dispensary,歌德讽刺医生吵架的一首诗);或是打油诗体,如《胡迪布拉斯》(Hudibras)。我认为如果要溢美一个底层人物,则英雄体较为合适;但是要贬低一个英雄,则最好是用打油诗体。"既然"戏仿英雄体"包含了伟大、高贵的概念,而"低俗戏谑"(该词源于意大利语"burla",意为"玩笑")让我们想到哄堂大笑,看来"戏仿英雄体"适用于《蛙鼠之战》以及后来所有类似的作品,而"低俗戏谑"则适用于《胡迪布拉斯》一类作品。

史诗

许多著名的讽刺作品都采用了戏仿史诗的形式。卢基里乌斯的第一部讽刺诗即描写了诸神开会,决定出手拯救罗马——它因杀死自己最邪恶的政客之一而面临毁灭。这显然精心模仿了恩尼乌斯的史诗体《编年纪》。朱文纳尔的第四首讽刺诗——它讽刺了暴君图密善宫廷中可怕的琐屑无聊——丑化模仿了桂冠诗人斯塔提乌斯(Statius)记叙图密善对日耳曼战争的史诗。[43] 有一些讽刺人类冒失行为的欢快诗歌采用了动物戏仿史诗的形式,它们或多或少都受惠于《蛙鼠之战》的启发:例如"杂烩体"诗人福伦戈(Folengo)的《苍蝇之战》;再如洛普·德·维加(Lope de Vega)令人解颐的《猫的战争》(*Battle of Cats*, 1618)——书中主要人物的名字都具有猫科动物的特征,如 Mizifuf、Marramaquiz 之类,女主人公是"丝一般[柔滑]的 Zapaquilda";还有托莱多(Gabriel Alvarez de Toledo y Pellicer, 1662—1714)的《驴的战争》(他后来为此感到懊悔);我们也许还应该加上约瑟夫·艾迪生根据《伊利亚特》中的一处暗示用优雅的拉丁语创作而成的《仙鹤与侏儒之战》(*Battle of Cranes and Pygmies*)。[44]

尼古拉·布瓦洛(Nicolas Boileau)的《经台吟》(*The Lectern*, 1-4卷1672年出版;5-6卷1683年出版)以反讽的戏仿英雄体形

III. 戏仿

式讲述了巴黎圣礼拜堂（the Sainte Chapelle）两群神职人员之间的无聊争吵：它在开篇细致模仿了维吉尔《埃涅阿斯纪》第一卷和第七卷的开篇。[45] 德莱顿在《押沙龙与阿齐托菲尔》（*Absalom and Achitophel*，1681）中大胆采用希伯来历史中的一段故事而大获成功，他首先看似严肃地将之改写为英雄诗体，由此批评了某些声名显赫的政客。它的主题是莎夫茨伯里（Shaftesbury）试图让查理二世的私生子蒙茅斯（Monmouth）成为王位继承人。莎夫茨伯里和蒙茅斯及其支持者在此被大加鞭挞，但是只有非常大胆的作家才会冒险"违背查理二世的心愿"写这样一篇讽刺君主的作品：

> 他那温暖有力的恩泽流向有夫之妇
> 和奴隶；并因其统治的广大，
> 使他的形象出现在全国各地。[46]

第二年，在一篇更尖刻、更粗俗、更滑稽但更短小的讽刺作品《麦克·弗莱克诺》中，德莱顿攻击了一名清教诗人。这同时也戏仿了英雄诗歌的一个主题：一位伟大国王和先知对其继任者的加冕和祝圣。托马斯·沙德韦尔（Thomas Shadwell）被庄严地比作埃涅阿斯之子阿斯卡尼乌斯（Ascanius）、哈米尔卡·巴卡（Hamilcar Barca）之子汉尼拔、罗马开国君主罗穆罗斯（Romulus）和以利亚（Elijah）的继承人以利沙（Elisha），当他成为最后一位伟大的车辘辘话先知。

奇怪的是(这或许可以归结为德莱顿的自负),他不但忘记了塔索尼的《争桶纪》和布瓦洛的《经台吟》,甚至忘记了自己的《押沙龙与阿齐托菲尔》(这无疑是一首戏仿英雄体,他本人在序言中称之为讽刺),而将他的《麦克·弗莱克诺》说成是"第一部以英雄体写成的嘲讽之作"。不过,亚历山大·蒲柏在十七岁的时候指出了他的错误。(德莱顿对此的回答是:"的确,我当时没想到它们。")[47]

蒲柏本人的《夺发记》(*Rape of the Lock*)优雅地戏仿了荷马,但他的《群愚史诗》则是对荷马的粗俗戏仿。作家在翻译的时候,经常有强烈的冲动通过批判原作者来彰显自己的一空依傍;蒲柏即是如此。[48] 他的朋友斯威夫特几次创作严肃诗歌,均以失败告终,此后便不愿再试;但他在散文作品《书的战争》(*Battle of the Books*)中戏仿了荷马;他的灵感来自(虽然他不肯承认)弗朗索瓦·德·卡利埃(François de Callières)对荷马远更丰富和机智的戏仿之作《古人和今人最近宣布的战争的诗体历史》(*Poetic History of the War Recently Declared between the Ancients and the Moderns*),该书处理了与后来转移到英国[斯威夫特那里]的相同题材。[49] 亨利·菲尔丁(Henry Fielding)宣称他的《汤姆·琼斯》(*Tom Jones*)是一部喜剧史诗,并在书中各处花费了很多力气来证明这一点。然而它不是。它本质上是一部喜剧传奇,重点在于爱情和最后揭晓的隐秘身世;但是其中确实有些章

III. 戏仿

节戏仿了史诗的恢弘效果。

现代文学中对英雄史诗最著名的歪曲戏仿作品是乔伊斯根据《奥德赛》创作的《尤利西斯》。[50] 该书在大多数时候都情绪低迷、语言粗俗、主题琐细，因此主要是一部低俗戏谑作品。不过它有几处崇高的戏仿，尤其是关于鲍弗（Purefoy）家婴儿出生的那一大章，在此怀孕、成熟、分娩被比拟为一系列戏仿文学类型，从最原始的类型一直到乔伊斯时代最流行的类型［应有尽有］。《尤利西斯》的讽刺意图是（就其作为讽刺而言，因为它同时也可以是其他文类）嘲讽"现代爱尔兰是一个受到高贵史诗传统滋养的英雄国度"这一观念，同时揭示它［不过］是真正文明世界外缘上的一个滑稽可笑的地区。

亚历山大·塔索尼的《争桶纪》（1622）在很长一段时间内都是最出名的戏仿史诗。它可笑而混乱地杂糅了高贵和力量、幽默和粗鄙。它通过十二篇轻松流畅的分节诗章讲述了博洛尼亚和摩德纳这两个中世纪意大利城市之间的战争——这场战争（作为贵尔甫党［Guelphs］和吉伯林党［Ghibellines］派系斗争的一部分）兵力众多并伤亡惨重。这是一场重大的冲突。它本来大可以写成严肃的史诗；事实上塔索尼就是按照史诗的规模来构思这部作品的：最初的冲突、和平谈判的失败、诸神最终吵作一团的会议、对垒双方的排兵布阵、重燃战火等等。但是他想用讽刺的方式来处理这些题材。他相信一切战争都很荒谬，史诗的传统程式很愚蠢，而（其他人后来也都这样想）在意大利人中高贵的举止很容易变得可笑。（墨索里尼是一个英雄人物还是一个喜剧小丑？）因此他开篇就说到摩德纳人对博洛尼亚发动袭击并抢走了——不是古老和可敬的旗帜，不是数额巨大的财富，也不是海伦那样的美女，而是——疲惫的博洛尼亚逃犯用来从井里打水喝的水桶。与之相应，他让自己的作品在大多数时候呈现出反英雄的风格。摩德纳人由他们的领袖（Potta，"Podesta"或"市长"一词的方言简称）带领，而博洛尼亚人被称为（按照他们的方言说法）"装满浓肉汤的面包篮"。[51] 朱诺未出席天庭会议，因为她要洗头；农神萨图恩（Saturn）[在会上]发言表达了神灵对人的蔑视，并用放屁的方式首先表态；墨丘利（Mercury）侍奉在朱庇特左右，手中拿着他的帽子和眼镜；当我们听说朱庇特的厨房总管是梅尼普斯（Menippus）后，我们便看到了这首欢快的诗是古希腊犬儒主义的直系后代。[52] 另一方面，塔索尼并没有让他的所有做法和艺术手法都一律显得荒诞。战争爆发了，这是一件严肃的事。各路诸侯都被卷了进来：魔鬼一样的帕多瓦的埃泽里诺（Ezzelino）、豪气干云的曼弗雷德（Manfred）；就连教皇本人也不得不干涉调停。于是，塔索尼的叙事忽而庄重，忽而诙谐。他一会儿向我们展示负责攻城的工程师使用可怕的、带来毁灭的机械，一会儿描写一个厨师用搅拌香肠的研棒敲打他的对手。[53] 夜神乘坐着落日穿过亚非利加和西班牙之间的海峡；而在同一章，曙光女神（Aurora）因为被人发现光着身子和提托诺斯（Tithonus）睡在一起而害臊地抓过衣衫跳下床。[54] 历史事件和人物看似足够真实，但是奇幻地混了在一起：相隔数个时代的人被描绘为同时代人。最后，有几个最重要的人物是塔索尼对自己敌

III. 戏仿

人的无情挖苦和滑稽写生。《争桶纪》因此是一部非常罕见、也许是独一无二的诗作：它扑朔迷离地混合了英雄体、低俗戏谑和讽刺的因素。它有一个荒诞的开篇和一个温馨的结尾。它讲述的大部分事件其实是严肃的，或是隐含严肃的意义，但在某个时刻几乎全都变得滑稽可笑起来；其中对宏大庄严的文学手法的戏仿、对重要事实的歪曲以及渺小、极其现实和粗鄙可笑的事件都足以引发"鄙夷不屑的快乐"这一讽刺特有的核心情绪。

在17世纪，保罗·斯卡龙（Paul Scarron）一部低俗戏谑的史诗作品取得了昙花一现的成功。这部作品讽刺了它所戏仿的史诗原作以及斯卡龙同时代人对希腊-罗马诗歌和神话略显过火的崇拜心理。这就是《乔装的维吉尔》（*Vergil Travestied*，1648—1652）。它仅仅是对《埃涅阿斯纪》前八卷的转写，将原作丰满的六音步换成了远更轻薄的、诙谐的八音步对句形式，减少、歪曲和降低了一切英雄体和戏剧性的效果。例如，《埃涅阿斯纪》的主导动机之一是朱诺对特洛伊人的仇恨；她的仇恨原因有多种，而其中的一个主要原因是：

帕里斯（Paris）的裁决，对她的美貌的侮慢。[55]

斯卡龙就此取材，并通过粗俗而有趣的细节大加渲染。他说，在女神之间的美貌竞赛结束之后，帕里斯透露朱诺的胸太松、腋毛太重，而她的双膝对一位贵妇来说也太脏了。他的话粗鄙而可笑，但是现代读者甚至会比当时的读者更快感到厌烦。布瓦洛谴责它

是低级的插科打诨，在此"帕那索斯山讲着贫民区的语言"，而"阿波罗隐身变成了小丑"。⁵⁶

另一部低俗戏谑的史诗曾经很出名，但是现在已经被人淡忘，这就是伏尔泰的《奥尔良少女》(*Maid of Orleans*)。它讲述了圣女贞德的冒险故事，一直讲到她攻下奥尔良为止。它主要取材于阿里奥斯托（Ariosto）更为有趣的记述而非历史事实，尤其是讲述了一连串直来直去的性爱笑话。从法国文学作品来看，一名妙龄少女在法国总是很难保持她的贞操的。周围都是男人、始终面临诱惑和危险的贞德就更难做到这一点了；但是她做到了——至少在她攻下奥尔良之前。此即本诗的主题。博览群书的伏尔泰运用他嘲讽一切的想象力以种种方式发挥表述了这一主题。例如，贞德平时骑一头飞驴（这仿自阿里奥斯托的骏鹰［hippogriff］），但是它（就像阿普列乌斯《变形记》中那头多情的驴一样）爱上了女主人并向她表白（因为它曾经是先知巴兰的那头会说话的驴）。贞德很受用，甚至也动心了；但在圣路易的加持下，她抵御了这一诱惑。

《奥尔良少女》文笔冷静、轻快而直率，在词汇和句法上常常近乎散文；虽然不是那么出彩和多元，它还是常常令人想起拜伦《唐璜》中更加饶舌贫嘴的章节。⁵⁷它当然没有采用高贵的亚历山大对句，而是采用了轻松的十音步押韵对句（有时是四行诗节）这一适合低俗戏谑作品的韵律形式。今天就是在法国也很少有人读《奥尔良少女》了。坦率地说，这首诗令人失望。和伏尔泰的杰作《戆第德》相比，它的讽刺意图要浅显许多。显然它的唯一

III. 戏仿

目标就是取笑法国历史上一些伟大的英雄和宗教冒险活动——后来阿纳托尔·法朗士（Anatole France）在《企鹅岛》（*Penguin Island*）中更尖刻也更成功地实现了这一目标；同时它的幽默，尽管数量不少，质量都很低劣，有时（对一位文坛老手来说，这一点出人意料）也实在幼稚。

传奇

现在让我们从史诗转向它的近亲——传奇（romance），如果我们可以为方便起见而用这个词来形容从罗马帝国早期悄悄进入人们视野的杂糅散文故事、史诗的非法子嗣、爱情戏剧以及修辞直至中世纪晚期和文艺复兴时期关于骑士冒险、爱情和魔法的长篇故事的话。《高尔的阿马狄斯》（*Amadis of Gaul*）是后者的代表，而赫利奥多罗斯（Heliodorus）的《埃塞俄比亚传奇》（*Ethiopian Adventures*）则是前者的代表。流传至今的古希腊传奇作品都是长篇，情节复杂，思想高尚得难以言表，文笔刻意追求崇高，[描写的]事件光怪陆离而无以置信。戏仿这类作品的一个好办法是上下里外颠倒原作表达的情感。于是，对佩特洛尼乌斯的《萨蒂利卡》[58]这部天才作品残篇的一个解释就是：它戏仿了以爱情、旅行和冒险为主题的传奇作品。这部中间混杂了诗歌的长篇散文叙事作品以第一人称讲述了三个年轻的骗子在几个奢华的地中海西部城市流浪冒险的故事。（有些读者认为它可能是对《奥德赛》的戏仿，讲故事的人被性力神普里阿普斯[Priapus]的怒火紧追不放[139.2]，就像海神波塞冬的怒火紧追不放奥德修斯一样。）在传奇故事中，最后一切都变得不能再好：男主保持了他的勇气、热诚和（虽然不总是如此）忠贞，而女主则神奇地保住了她的贞操。他们的冒险经历，尽管痛苦，后来都会胜利地克服并通向最终的幸福。他们最后重新团聚，而且往往发现他们不是自己先前认为的弃儿或普通人，而是出身于既富且贵之家。但是《萨蒂利卡》的情节设计与之完全相反。书里的主要人物并不是天真和忠贞的爱人，而是头脑聪明的浪子和无赖。他们的名字本身就有不光彩的含义，而他们的道德品行更是让人难以启齿。他们并没有经历种种艰难困苦来检验他们的品质和证明他们的忠诚，而是不得不经受一系列考验，在此期间他们受到捉弄和玷污而让读者感到开心。但在缠绵悱恻的传奇文学中，天真的情人和海盗、野人、匪徒这些凶残、无理性的外界之间总是形成某种张力。在《萨蒂利卡》中我们看到一种更高的对立（佩特洛尼乌斯本人感受尤深），即一个头脑机灵的享乐主义观察者和一个满溢愚蠢、迷信和恶趣味的世界之间的对立。也许佩特洛尼乌斯写作本书的目的就是为了打消尼禄成为"垮掉一代"（beatnik）的念头。[59]不管怎样，这是一部充满反讽意味的反理想主义作品。每当我看到一些天真乐观的说法，诸如惠特曼的诗句：

> 我脚步轻快、心情舒张地走上宽广的大路，
> 健康、自由，面对整个世界。

我就想到佩特洛尼乌斯如何用生动活泼的一整章来描写〔《草叶

III. 戏仿

集》中〕卡莫拉多（Camerado）在失业工人大军中的冒险经历：这些流浪者中颇多身患梅毒而生活堕落者，这些人出于完全不同的原因而走上了宽广的大路。不过，由于他是一名讽刺天才，他会把这一章写得语含讥讽而妙趣横生。

中世纪人挚爱传奇；于是文艺复兴时期的才子们便以传奇为取笑对象。拉伯雷的整本书即是以戏仿的形式讲述了中世纪想象文学中反复出现的巨人和英雄国王冒险故事；而它的高潮情节，即寻找圣瓶中的神谕，则戏仿了亚瑟王〔圆桌〕骑士寻找圣杯的传说。马泰奥·马里亚·博尔亚多（Matteo Maria Boiardo）伯爵在创作《恋爱中的罗兰》（*Roland in Love*）时无疑是严肃的，但是才华出众的讽刺作家贝尔尼（Berni）把它改写成了一部幽默的戏仿作品；我们可以想见，阿里奥斯托的《疯狂的罗兰》（*The Madness of Roland*）整本书每一页中都混合了戏仿和严肃的浪漫情怀。

在现代文学中，对〔中世纪〕传奇最著名的讽刺是塞万提斯的《堂吉诃德》（第一部1605年出版，第二部1615年出版）。这部奇书的主人公和他的侍从桑丘是那么栩栩如生而令人信服，同时他们的冒险经历又是那么引人入胜，今天大多数读者都不会在意作者的错误和前后矛盾。这些错误有许多是无关紧要的。不过其中至少有一个错误比较严重，以至于损害了讽刺的效果。我第一次读《堂吉诃德》时还是一名小学生，当时我能看出堂吉诃德脑子出了问题，但不清楚出了什么问题。他是一个脑子出了问题而想生活在过去的现代人，还是一个生活在几百年前、当时脑子就出了问题的骑士？他是一个因为披挂过时的盔甲、坚持过时的观念而洋相百出的现代人，还是一个在自己的时代打仗差劲的古人？他是一个像维利耶·德·利尔-亚当（Villiers de L'IsIe-Adam）那样希望生活在中世纪的人，还是一个像马洛礼（Malory）笔下的佩利诺爵士（Sir Pellinore）那样确实生活在中世纪的愚蠢骑士？质言之，堂吉诃德到底生活在1600年还是1300年？

任何从头到尾读完这本书的人都会觉得有点儿难下判断。也许这正是它的部分魅力所在。当然，它让我们看清了关于讽刺叙事的一项重要事实：虽然是戏仿，它也容易滑入现实世界，然后再回到幻想中来，而且有时逃脱了作者的控制。

塞万提斯起初是写一部低俗戏谑作品。在开头几页，粗俗的说法、粗糙的物件和下层人物屡屡出现：妓女、鳕鱼、劁猪匠、一队骡夫。大多数人说话都很直接，有些人说话还很粗鲁。[60] 作者在叙事时虽然有足够的同情，但他并没有想去掩盖堂吉诃德是个异想天开的疯子这一事实。堂吉诃德本人在讲话中经常使用高雅的修辞：他在出发冒险之始，临时说了一段华丽铺陈的引言（exordium），好让后世记录他丰功伟绩的传记作者有据可查。但是这段叙事采用了低俗戏谑的土气直白、滑稽写实笔调。

不久前，在拉曼却的一个村庄（村名我不想提了），住着一个绅士。他和同类的绅士一样，矛架上常插着一根长矛，有一面古旧的盾牌，还有一匹瘦马和一只猎犬。这绅士

III. 戏仿　　　　　　　　　　　　　　　　　　　　　　　　　*133*

家锅里煮的常常不是羊肉，而是牛肉；晚餐经常是碎肉加葱头的拌凉菜；星期六吃鸡蛋和炸肉条，星期五吃滨豆；星期天加餐，添只野雏鸽。这样，花去了一年三成的收入。[61]

吉哈达（Quixada）或盖萨达（Quesada）生活在"不久前"。很快有了更精确的时间定位。当他从第一次冒险中归来在家休养的时候，他的朋友神父和理发师扔掉了他图书室中的大部分藏书，只有几本被放过。其中有一本是塞万提斯本人1585年发表的《伽拉苔亚》(*Galatea*)。神父把它放在一边，并发表评论说："这个塞万提斯是我多年的好友了。"[62] 因此，吉哈达不久前开始骑士冒险时年约五十岁，与五十八岁时出版《堂吉诃德》第一部的塞万提斯同时。在某些方面，他就是塞万提斯本人的化身。在书中他被设定为当代的一个偏执狂，他的悲哀但有趣的冒险经历属于塞万提斯本人写作的时代，而且就像是发生在身边和最近一样。

有些学者，特别是唐·萨尔瓦多·德·马达利亚加（Don Salvador de Madariaga）业已指出：在冒险过程中，桑丘变得越来越像堂吉诃德，而堂吉诃德在某些方面越来越"桑丘化"了。而更触动我们的是看到堂吉诃德越来越像他的创作者。这在一方面体现为塞万提斯对这位冒牌骑士的冒险活动改变了想法和处理方式。在第九章，他说他在托莱多（Toledo）发现了一部用阿拉伯文撰写的记载堂吉诃德生平事迹的手稿，它的作者是一个名字叫希德·哈梅特·贝内恩赫利（Cid Hamet Benengeli）的人。一位西班牙绅士的阿拉伯文传记：因此这早于（而且很可能大大早于）

118

驱逐"摩尔狗"的1492年。随着情节发生变化,写作风格也从平实日常的散文转向对高贵的骑士故事的模仿。塞万提斯用最纯正的戏仿英雄体散文描写了无法理喻的堂吉诃德和一个滑稽可笑的、西班牙语说得很烂的巴斯克人之间的打斗:

> 两位勇猛而怒气冲天的斗士高高举起各自锋利的佩剑,他们似乎在向上天、向大地、向地狱示威。[63]

在第一部分快结束的时候,堂吉诃德本人又被人从当下赶回到了真正的传奇时代。这位骑士不再是作者的同时代人。他的死和下葬都发生在几个世纪之前:塞万提斯说在某个古代修道院的遗址中发现了一份写在羊皮纸上的手稿,它记述了这些后事,其中还有一首用"哥特"字写的诗,但是只有部分能解读。这意味着堂吉诃德和希德(Cid Campeador)一样属于年代久远的半神话式人物。

毫无疑问,所谓"阿拉伯历史学家"和"用哥特字记录的古西班牙语诗歌"意在嘲讽塞万提斯时代传奇作品的胡编乱造。但是随着整体构思发生变化,塞万提斯放弃了现实主义而走向幻想,将自己和堂吉诃德融为一体。他从描写当代生活的低俗戏谑转向英雄戏仿,同时转换了讽刺的目标。他嘲笑廉价的现代传奇和那些因为读了这类作品而胡思乱想的人;但他也通过对照好高骛远、不切实际的理想和严峻、卑劣、滑稽的真实生活,心存怜惜地嘲笑了即便是全盛时期的骑士理想——他本人曾经高贵地为之奋斗的理想。

《堂吉诃德》有许多种语言的效仿之作。英语世界中最著名的仿作是一部相对短小也更加机智、较少柔情而更具讽刺锋芒的诗歌作品,这就是塞缪尔·巴特勒(Samuel Butler)的《胡迪布拉斯》(共三卷,分别出版于1663年、1664年和1678年;在《堂吉诃德》之外,它也模仿了斯卡龙的《乔装的维吉尔》和拉伯雷的作品)。它的主人公"像上校一样,驾马而去"(a-colonelling)闯荡江湖,是个像堂吉诃德一样的现代怪人。堂吉诃德自认为是一名中世纪游侠,胡迪布拉斯则是一名清教改革者。他的名字来自斯宾塞《仙后》(Faerie Queene)中的一位骑士。他从未与人交过手,他的兵器也废弃多时:

> [他的]锋利兵刃,忠实可靠的托莱多(Toledo),
> 由于缺乏战斗已然生锈,
> 因为缺少某人的磨砺砍杀
> 而吞噬着自身。[64]

他的侍从拉尔夫(Ralpho)正像桑丘一样无能:他本来是个裁缝,头脑不清,忽然获得信仰而自豪地拥有了"内在的光"。胡迪布拉斯带着他踏上了和堂吉诃德一样胡思乱想的征程。他的目标是展示自己的勇力。但是他做的每一件事、他遇到的每一个人都低级、粗俗而可笑。时不时地,当读者也许为遭遇一大帮乌合之众而感到厌烦的时候,巴特勒从低俗戏谑转向戏仿,用"高大上的英雄体语言"来描写它们⁶⁵，但是这种情调并不能保持多久：他很快就从高端傲气的隐喻和冈比西斯式（Cambyses）戏仿转向了低俗戏谑那种坦诚而幻灭的凝视以及轻佻而令人咋舌的词汇。塞万提斯有时拿不准是为力图改变和改善这个世界的堂吉诃德说话，还是为嘲笑堂吉诃德徒劳无功的世人说话。但是巴特勒始终知道谁在嘲笑谁，而且断无疯狂会比理智高贵的想法。《堂吉诃德》是一场骑着山寨版战马的大胆远征，它一再遭遇失败，因为它被要求去做力不能及的事；但在《胡迪布拉斯》中，我们始终能听到那头执拗、幽默、不抱幻想的毛驴的嘚嘚碎步和咿呀嘶叫。

戏剧

现在我们从传奇转向戏剧。人们可以通过英雄戏仿和低俗戏谑这两种方法之一来对严肃戏剧加以讽刺。在古希腊文学和艺术中，我们能看到二者都在发挥作用。阿里斯托芬从欧里庇得斯的悲剧中汲取了构思巧妙的抒情咏叹，它适合表达一位由于绝望而陷入半疯狂状态公主的痛苦，但是阿里斯托芬用它来表达一个家庭主妇因为邻居偷走她心爱的公鸡而伤心难过的心情。⁶⁶他在一个陷入沉思的段落中提出一个神秘的问题，但以嘲讽语气出之，并通过谐音双关让它变得毫无意义：

谁知生命是否就是死亡？
呼吸就是护膝？睡觉就是水饺？⁶⁷

III. 戏仿

阿里斯托芬也能以低俗戏谑的方式表现"海格力斯（Hercules）下冥府"这一英雄主题，让快乐的酒神狄奥尼索斯也下到冥府，身披海格力斯的狮皮，手执海格力斯的大棒，但他仍然保留了自己的丝袍、奢华的鞋子和敏感天性。[68]在古希腊，这类对伟大神话的戏剧性低俗戏谑有很多，尽管它们的文本今天已经佚失。我们主要通过它们的标题（phlyakes，希腊语意谓"胡闹"）和古希腊陶瓶上的搞笑绘画得以了解。这些绘画与吉尔伯特·默里-伊迪丝·汉密尔顿（Gilbert Murray-Edith Hamilton）对古希腊人的传统理想观念背道而驰，比今天最低级的连环漫画还要粗鄙。例如，有一个著名的传说，讲诸神之王宙斯变成忒拜国王安菲特律翁（Amphitryon）的样子来占有他贤德的妻子阿尔克墨涅（Alcmena）。在一个出奇漫长的夜晚，他使她怀上了海格力斯。有一幅瓶画似乎展现了对这个神话的低俗戏谑戏剧场面：在这里，大腹便便、圆鼓双眼的宙斯正在形象同样粗俗和怪异的赫尔墨斯的帮助下将一把摇摇欲坠的梯子放置在二楼窗下，阿尔克墨涅坐在窗前，像低级的淫妇或妓女一样充满期待地向外张望。罗马喜剧作家普劳图斯（Plautus）在希腊原作（今已佚失）的基础上提升了这个故事的品味，他的作品时而是严肃的传奇，时而是粗俗的喜剧。荣格有一句话最为意味深长："诸神就是性力（libido）。"《安菲特律翁》表达了男性希望占有另一个男性的美貌和贤德妻子而并不冒犯她或杀死他的欲望，因此是一部性趣十足的低俗戏谑喜剧。它激发了很多后来的仿作——例如德莱顿和莫里哀的作品；最后，它在让·季洛杜（Jean Giraudoux）的《安菲特律翁38》

中大大超越低俗戏谑和讽刺而成为了纯粹的喜剧。

英语文学中有一些戏仿严肃戏剧的著名作品。博蒙（Beaumont）和弗莱彻（Fletcher）的《燃杵骑士》（Knight of the Burning Pestle）和白金汉［公爵］的《彩排》（Rehearsal）都是戏中戏：每部戏剧都以这种方式突显了它们所戏仿的英雄体风格的夸张做作。英国最多才多艺的讽刺作家之一亨利·菲尔丁二十三岁时创作了《大拇指汤姆》（Tom Thumb the Great），并在第二年模仿伦敦"涂鸦社"的风格添加了一些注释，以显示自己多么广泛地涉猎了巴洛克鼎盛时期、现在已经过气的英雄戏剧。[69] 很快亨利·凯利（Henry Carey）——今天他主要因《我们小巷里的萨莉》（Sally in Our Alley）这首迷人的歌曲而留名——在一部戏仿戏剧中后来居上；它开篇第一句声调之雄壮，甚至超过了埃斯库罗斯最作张作致的戏剧效果：

> Aldiborontiphoscophornio!
> 你把 Chrononhotonthologos 留在哪里了？[70]

雪莱在《俄狄浦斯王》（Oedipus Tyrannus, or Swellfoot the Tyrant）这部戏仿悲剧中倾注了他对英国统治阶级和国王乔治四世的仇恨。它的歌队由一群猪组成，剧中的抒情诗由一只牛虻、一条水蛭和一只老鼠演唱，整出戏是一部阿里斯托芬风格的戏仿作品；但是它的情节紧扣时事而想入非非，因此今人很难理解，遑论欣赏；其中许多诗句都具有真正的高贵风格，令人不安地想起《解放的

III. 戏仿

普罗米修斯》(*Prometheus Unbound*);剧中的笑话都酸腐得令人难受,例如伊奥尼亚的牛头怪米诺陶(Minotaur)其实是人牛伊翁(Ion the Man-Bull)即[英国人]约翰牛(John Bull)。20世纪最成功的戏仿戏剧之一处理了一个最难也是最可敬的主题。在一部雄心勃勃的短篇小说——其中包含了一部未完成的诗体悲剧——中,马克斯·比尔博姆不仅取笑了一个辉煌的历史时期和一个沉重的主题,也嘲讽了英国人引以为傲的文化遗产:莎士比亚戏剧传统。小说标题本身即体现出了英国特性的内在冲突:一方面,安静、体面、衣冠楚楚而循规蹈矩;另一方面,又浪漫、守旧,具有堂吉诃德式的理想主义。比尔博姆称之为《"萨沃纳罗拉"·布朗》("*Savonarola*" *Brown*)。身为一位难以捉摸的作家,他并不打算以某一个体为讽刺对象。剧中有些因素是对莎士比亚的戏仿——例如"小丑"晦涩难懂的妙语(它可以被插入一个严肃的场景中),以及一场结束时使用的押韵对句:

爱情固然甜蜜,复仇更是甜蜜有加。
到广场去吧!哈哈哈哈哈!

但是有些台词充满了崇高到怪诞的理想主义,[剧中出现的]历史人物也因太多太杂而难以取信读者("贵尔甫派和吉伯林派重新上场对打。米开朗琪罗上。安德烈·德尔·萨托[Andrea del Sarto]一度出现在一扇窗前。皮帕[Pippa]走过。"),这些都更接近丁尼生(Tennyson)、布朗宁(Browning)和斯蒂文·菲利普斯（Stephen Phillips）等人的无韵体诗剧；另外剧中精心创作的群戏和恢弘的舞台效果很可能戏仿了比尔博姆的兄长赫伯特·比尔博姆·特里（Herbert Beerbohm Tree）的舞台制作技术。[71]

莎士比亚本人也喜欢写戏仿作品。福斯塔夫，一个低俗戏谑版的骑士，有一个戏仿战士版的侍从。在被桃嫂（Doll Tearsheet）骂了一通之后，皮斯托（Pistol）用马洛的诗句为自己开脱辩解：

> 亚洲那种娇生惯养的、虚弱的、一天只能走三十英里的劣种马能跟恺撒比吗？能跟食人族比吗？能跟特洛伊的希腊人比吗？[72]

他主要作品中最怪异也最不招人喜欢的一部尽管不是戏仿，却大可称为一部讽刺性的低俗戏谑。《特洛伊罗斯与克瑞西达》——它在恰普曼（Chapman）节译的荷马史诗发表之后不久问世——戏剧再现了《伊利亚特》中最伟大的几个场面，具有强烈的现实主义色彩，同时运用了苦涩辛辣、居高临下的歪曲手法。它从墨涅劳斯（Menelaus）和帕里斯的决斗开始讲起，然后说到特洛伊大将赫克托（Hector）之死，将整部史诗放在了一个破灭的爱情故事框架中——这个故事最初和维罗纳的故事一样激动人心，但被潘达洛斯这个油滑的马泊六彻底败坏了。[73]其他所有人物和事件同样都被歪曲成了毫无心肝的低俗戏谑。《伊利亚特》

III. 戏仿

中的阿喀琉斯在荣誉受辱之后留在他的帐中，弹唱"人类的光荣业绩"；但是莎士比亚让他躺在床上懒洋洋地观看帕特罗克洛斯（Patroclus）丑化模仿其他希腊英雄的言谈举止。[74] 忒尔希特斯（Thersites）在《伊利亚特》中只说过一次话，然后就永远消声了；但在这里，他被允许——至少是被一位英雄允许——继续讲话，并不断用粗鄙的玩笑发泄情绪，直到最后一战，他在痛骂了发动这场战争的墨涅劳斯和帕里斯之后，为自己的卑劣和怯懦找了一个光荣的借口逃离了战场。[75] 有论者认为，在教会正式禁止写作常规的讽刺作品之后，讽刺的力量就流向了这部令人反感但是值得铭记的戏剧；忧郁发作时阅读讽刺的哈姆雷特王子想必会喜欢这部作品。[76]

约翰·盖伊（John Gay）的《乞丐的歌剧》（*Beggar's Opera*）在标题中宣称自己是一部低俗戏谑，并以优雅、高贵的情调（它们与确实迷人的音乐——通过妓女、杀手之口——紧密融合在一起）证实了这一事实，曾风靡多年。[77] 最近它经历了一次复兴，并在两名左翼反叛者贝尔托·布莱希特（Bertold Brecht）和库尔特·魏尔（Kurt Weill）的《三分钱歌剧》（德文版 "*Die Dreigroschenoper*" 1938年问世；1961年仍以 "The Three-Penny Opera" 之名在纽约演出）中蜕变为最沉痛的低俗社会讽刺。在各类歌剧戏仿中，最近三四代人以来最流行的一种是吉尔伯特（Gilbert）和萨利文（Sullivan）将当代大歌剧（grand opera）舞台技术发挥到荒谬程度的轻歌剧（operetta），例如虚张声势的行进合唱：

低头，低头，你们这些低人一等的中产阶级！

低头，低头，你们这些商人！低头，你们这些大众！[78]

以及：

当敌人亮剑，

嘀嘀嗒！嘀嘀嗒！

我们感到不安，

嘀嘀嗒！[79]

宣叙调（recitative）中的独白变成了实大声洪的独唱：

我是否独孤，

无人关注？是的！[80]

事关王朝兴衰的情节围绕两个婴儿的掉包而展开：

我掉包了这两个孩子，

人不知兮鬼不觉！[81]

125 矫揉造作的称呼（蓝血夫人 [Lady Sangazure]、小金凤 [Little Buttercup]、托罗广场的公爵 [the Duke of Plaza Toro]、拉尔夫·麦秸架 [Ralph Rackstraw]）、家族遗传的诅咒等惯用手法

III. 戏仿

甚至让严肃的歌剧都显得荒谬可笑。在我们看来，吉尔伯特和萨利文的这些轻歌剧（除了少数始终保持浪漫主义风格的作品《伦敦塔狱卒》[*The Yeomen of the Guard*]之外）都是对严肃歌剧的戏仿，正如奥芬巴赫（Offenbach）的《地狱中的俄狄浦斯》（*Orpheus in Hell*）、《美丽的海伦》（*Beautiful Helen*）等作品是对严肃歌剧的低俗戏谑一样。但是奥芬巴赫的作品也讽刺了法国当时的道德风尚，例如俄狄浦斯甚至不想让他死去的妻子复活（哪个法国男人想这样呢？）。而今天看来完全是一部天真无邪作品的《皮纳福号军舰》（*H. M. S. Pinafore*）在当时则是对英国皇家海军这个敏感机构的犀利讽刺。它的高潮之一——科克兰（Corcoran）上尉因为说"去他妈的"（damme）而受到指责——讽刺了改革者试图引入海军的经过现代启蒙的民主纪律原则；书中的一个主要人物约瑟夫·波特爵士（Sir Joseph Porter, K. C. B.）讽刺了威廉·亨利·史密斯（William Henry Smith），后者曾是一名成功的书商，后来进入政界成为狄斯雷利（Disraeli）1877年内阁里的第一海军大臣，但是他从来或几乎没有出过海。这刺痛了狄斯雷利，声称《皮纳福号军舰》让他感觉"很不舒服"。但是吉尔伯特和萨利文式歌剧中的讽刺部分早就消失不见，剩下的是一些甜俗老套的东西，后者反过来又受到了英国杰出的讽刺作者阿兰·赫伯特（Alan Herbert）爵士的戏仿和讽刺。[82]

1935年，永远躁动的革新者T. S. 艾略特通过其《大教堂谋杀案》为[当时的]剧坛带来了一股新风。它在1957年遭到戏仿，许多抒情诗段被丑化模仿，而剑桥大学的一名讲师用"迈拉·巴托"（Myra Buttle）这个低俗的笔名发表的《斯威尼纪》（*The Sweeniad*）一书讽刺了艾略特的整个艺术人生。在形式上《斯威尼纪》是一部梦幻戏剧。《大教堂谋杀案》的核心问题是贝克特（Thomas à Becket）大主教受到的诱惑，而《斯威尼纪》的核心问题是对 T. S. 艾略特的审判——尽管作品中代表艾略特的是艾略特本人创造的一个人物形象斯威尼（Sweeney）。他、他的作品和他的影响当着公众组成的法庭接受审查，就像一个罗马天主教徒死去后接受生平履历审查看他是否有资格被宣布为圣徒一样。

一名宣福申请人（Postulator）首先向法庭陈词。他是一位为艾略特唱赞歌的批评家。在他不时被一支超自然歌队的抒情唱段打断的雄辩发言中，这人讲述了《荒原》（*The Waste Land*）写作发表时面临的精神危机、它的神秘内容和它的特殊用典技巧。然后他勾勒了艾略特晚年的诗歌作品（但不是戏剧作品），最后提议将艾略特封为文学的圣人。

"魔鬼的辩护人"则雄辩地提出了截然相反的意见：

> 我打算证明斯威尼这个本来也许不会获得广泛关注的小诗人是被既得利益集团出于完全敌视文学精神的动机捧到了今天的崇高地位。

他以绝对的真诚抨击《荒原》是一场抒发无足轻重的个人不适感的嚎叫，它忽略了今天远更重大的问题——贪婪的金融家与绝望

III. 戏仿

的失业者、战争和战争的痛苦后遗症。他指责艾略特鄙视民主，并怀有（他用了一个特别能说明问题的短语）"对佛朗哥将军、贝当元帅（Marshal Pétain）、查尔斯·莫拉斯（Charles Maurras）以及欧美银行家-神父寡头统治的偏爱"。最后，他谴责艾略特身为外国人却假装是英国人；这时歌队唱道：

> 外国人模仿诚实无欺的
> 英国人的傲慢姿态
> 并斜眼睥睨一切，
> 一定还会更加过分。

又经过几番辩论——在此期间"魔鬼的辩护人"野蛮地攻击了全部基督教传统，认为它败坏了整个文明和诗歌——之后，法官驳回了艾略特的宣福（beatification）请求；而艾略特则——作者在此戏仿了艾略特本人一些抒情诗的说法——

> 在神秘化和欺骗之间
> 在繁多化和隔离之间
> 伦敦塔轰然倒下——

他爆炸并消失了，

没有诅咒，也就嘟囔了一阵，

没有飞翔,也就扑腾了两下

没有歌声,也就哼唧了几句。

《斯威尼纪》的灵感来自三部著名文学讽刺作品:阿里斯托芬的《蛙》,它最后判决渴望获得不朽的欧里庇得斯永远湮灭沉沦;蒲柏的《群愚史诗》,它最后以无处不在的"愚蠢"征服世界而告终;拜伦的《审判的幻景》,它以乔治三世进入天堂为核心情节。《斯威尼纪》的沉痛近乎《群愚史诗》,其全面多样近乎《蛙》。但就其产生的效果而言,由于作者技巧和思力的不足,它远不如以上三部作品。

两个主要原因导致了它的失败。首先,它过于腼腆和委婉。艾略特的名字从未提及。和他相似的人物叫斯威尼,这个名字可笑但不合适。艾略特的确创造了斯威尼这个人物,还写了几首关于他的诗,但是斯威尼的诗学意义在于他并非艾略特。他是艾略特的反面:这个诱奸少女并冷酷无情地任其沦落风尘、后来卷入帮派阴谋的猿-人因其非人的(subhuman)粗鄙和野蛮而令人着迷。"迈拉·巴托"由于反对艾略特而未能理解这一点,她使用"斯威尼"这个名字,部分原因是它在英国人听来是粗俗而有异国风情,部分原因是它听上去像是一个罗马天主教徒的名字("斯威尼"名为"罗耀拉"[Loyola],这一点就看得更清楚了)。比这远更巧妙的做法是给艾略特起一个代表他人格的名字(诸如"普鲁佛洛克"[Prufrock]或哈克特·奥雷利[Harcourt-Reilly]),甚至是称他为"行话"(Jargon)或"大师"(Guru)。与之相似,

III. 戏仿

"迈拉·巴托"通过扭曲标题名称来抨击艾略特的诗歌也使她的批判失去了锋芒:《荒原》(*The Waste Land*)变成了《空心》(*The Vacant Mind*),《圣灰星期三》(*Ash Wednesday*)意味深长地变成了《血泊中的弥撒》(*The Blood Bath of the Mass*)。攻击一个虚构人物的并不存在的诗歌并非创作文学讽刺的最佳方式。

《斯威尼纪》的另一项缺点是它不符合事实——甚至比《群愚史诗》的结尾还要过分。它将艾略特的影响归功于通过"神职"批评家而发挥作用的基督教机构组织的力量,并明言英国诗歌被"上个世纪二十年代"之后的宗教、爱国主义和资本主义毁掉了。这两种说法都是错误的;它们甚至不能貌似合理地解释艾略特的巨大影响;当我们反思其荒谬性的时候,我们得出的结论是"迈拉·巴托"误判了自己的批判主题,她确信无疑是艾略特的反对者,但却不是一个令人信服的讽刺作家。

教育诗

教育诗(didactic poetry)是一个相当庄重的文类,但是它也容易受到戏仿。说奥维德的《爱的艺术》(*Art of Love*)是对教育诗的讽刺戏仿,我想这并不正确:它其实是以恰如其分的轻佻手法处理了一个轻佻题目的教育诗;虽说我绝不怀疑他意在使之成为维吉尔充满沉思和理想主义的《农事诗》(*Georgics*)的一个快乐和世俗化对补作品。

不过,史上最犀利的讽刺作品之一,是一首以庄严、老到的无韵体形式写作的戏仿教育诗。这就是由一名穷愁潦倒但才华横溢的文人朱塞佩·帕里尼（Giuseppe Parini, 1729—1799）创作的《日子》(*The Day*)。该诗共有四章，分别为《晨》《午》《暮》《夜》，[83] 以貌似全然一本正经的惊叹语气描写了一名年轻贵族洋洋得意而无所事事的生活。它比维吉尔细致描写农人日常辛勤劳作的那首诗要长得多，但是其中几乎没有任何事情发生。爵爷大人过着悠闲自在（*dolce far niente*）的生活——这至今仍是许多地中海地区人民的理想。他并不像奥勃洛莫夫（Oblomov）那样一天大部分时间躺在床上，[84] 而是很晚才起床，身边有不同的仆人伺候着：作者用了九百行来描写他如何梳洗穿衣，直到最后出门

让他亲爱的祖国有幸一窥他的身影。[85]

他参加了一场午宴：女主人在他看来很迷人——他是她的骑士，而男主人，也就是她的丈夫（他作为丈夫的权利仅限于夜晚无人时分），完全被忽视了。他和他的女主人乘坐豪华气派的马车完成一轮拜访后又参加了一场晚宴，其间有谈话、赌博和种种勾心斗角。这就是他们无聊而愚蠢的日常生活。但是帕里尼清晰地传达了一个信息：这种不思进取、出手豪阔的生活只是由于成百上千名被鄙视的"平民大众"（plebeians）的辛勤劳动和数十名卑躬屈膝的仆役的精心服侍才得以实现。他以平静的反讽语气指出：一切理当如此。有钱的人和出身高贵的人是超级人。他以巴洛克诗人致辞感谢恩主的方式，将这位爵爷和他的朋友称为"生活在世

III. 戏仿

上的半神"[86];同时,他在写得最出色的段落之一(他在此引用 130
了朱文纳尔而令人想到卢克莱修)讲述了这样一个神话:很久很
久以前,所有人都是平等的;这位爵爷的祖先和无产者的祖先吃
着一样的食物,喝着一样的水,满足于一样的栖身之所;但是自
从他们属于不同的种类(species)之后,"快乐"的精神就把他们
分开了。普罗米修斯用细土做的人是幸福的!贵族是幸福的,他
们可以享受生活,而其他人只能服务和工作![87]

所有这些都是雪花蛋奶(oeufs à la neige)一般轻飘浮泛的
泡沫。这类精细料理的困难在于赋予其一种不至于过分复杂的形
态。这种讽刺必须是微妙的而不是粗暴的。谁会用车轮来轧死一
只蝴蝶呢?[88]帕里尼本人在两个贵族家庭担任家庭教师,因此他
为自己的讽刺选择了最完美的形式。他写了一首教育诗。他以雄
辩而谦卑的语气教导年轻的爵爷如何消磨时间和他的生命。贵族
们不想追随战神马尔斯(Mars),因为他会让他们损失宝贵的鲜
血;也不愿追随智慧女神雅典娜,她的艺术和科学是为号哭的学
童准备的。"欢乐生活的教师"帕里尼将分分钟向他解说如何为
自己而生活。[89]为了让这些琐屑无聊的教导显得更为高贵、更配
得上它们面向的上流阶级,帕里尼在其中加入古希腊-罗马的超自
然传说(上帝和教会则一次也没有提到),并不时点缀以古代英
雄形象、经典引文和神话片段,例如爱神丘比特和婚姻之神许门
(Hymen)之间的永恒斗争。[90]他采用高贵的无韵体,并浓妆艳抹
以堂皇的修辞:对呼、倒装、对偶、移位。这是一篇精彩的洛可
可式讽刺作品,并(就其文类而言)与蒲柏的《夺发记》构成了

完美的平行关系——确切说是鲜明的对照。蒲柏先生衷心歆羡上流社会——在伦敦光彩照人的"可爱娇娃（nymphs）和衣冠楚楚的青年"。[91] 帕里尼和斯威夫特博士一样（从画像上看，他的智力和容貌都很像对方）鄙视贵族和他们的崇高头衔——正如我们在格列佛游历小人国时所见，一个"那达克"（Nardac）因此而高于"克拉姆格拉姆"（Clumglum）。[92]

你是否认真观察过18世纪艺术家描绘的那些贵族和王子，并且发现他们在戈雅（Goya）等感知灵敏的画家笔下，虽然珠光宝气、耀武扬威，不过是金玉其外的傻瓜？他们盯着艺术家看，并且在画布上以难以名状的傲慢望向你我，仿佛他们让自己［通过艺术而获得］不朽是对后代的一项恩赐；其实他们是外强中干的空洞存在。与之相似，托马斯·杰斐逊也在一封信中轻蔑地谈到欧洲的世袭君主：

> 在欧洲的时候，我经常因为想到当时在位的统治者而哑然失笑……在我看来，路易十六是个傻瓜，尽管他后来受到了审判。西班牙国王是个傻瓜，那不勒斯国王也一样。他们整日游猎，每周派一名使者到一千英里之外告诉对方自己前两天杀死了多少猎物……这些动物已然丧失了知觉和活力；每个世袭君主几代之后也将是如此。[93]

帕里尼对年轻贵族日常生活的讽刺即从戈雅的绘画作品和杰斐逊的革命中获得了灵感。

III. 戏仿

抒情诗

如果戏仿者拥有敏锐的听力,则抒情诗不难戏仿。因其通常更加依赖声音而不是意义,它往往稍加歪曲或减弱原文的含义,并突显节奏和旋律方面的技法,从而将原文具有的美和力转为哂笑就足矣。阿里斯托芬讽刺了欧里庇得斯的抒情独唱和合唱,方法就是将那些激情的华彩经过句(roulades)和急切的诉求哀告用于琐屑的主题。贺拉斯用一个经常使学者感到迷惑的短语描述了维吉尔的早期诗歌,即"温柔而戏谑"(molle atque facetum)。[94] 但真实的情况是,维吉尔《牧歌》(Bucolics)——只有不明就里的人才称它是《田园诗》(Eclogues)——的特点是"多愁善感而老于世故"(sensitive and sophisticated)甚至是"富于机趣"(witty);尽管他几乎无可避免地被视为悲剧《埃涅阿斯纪》的作者,我们还是应当记得他的诗歌生涯起步于几首轻快的抒情诗,其中有几首模仿而且至少有一首诗戏仿了卡图卢斯(Catullus)。(这是一首短篇格律诗杰作,一首以"纯"抑扬格写成的箴言诗,即保留了短音-长音的节奏而从不替换或转化短音。)[95]

在中世纪,戏仿严肃的抒情诗是当时最常见的讽刺形式之一:游吟书生的诗歌中随处都是对基督教赞美诗和《圣经》诗歌的歪曲。性情温和但目光犀利的幽默作家杰弗雷·乔叟(Geoffrey Chaucer)在被店主要求讲一个"快乐的故事"时现身说法,呼应托巴斯爵士(Sir Thopas)的故事精彩地戏仿了中世纪谣曲的天真细节、陈词滥调和单一韵律:

> 托巴斯先生成长为一个刚勇的少年,
> 洁白的脸像小麦面包,
> 嘴唇像玫瑰花朵;
> 他的皮肤似乎染上了不褪色的绯红,
> 的确,他还生着一个大小适中的鼻子。

但在大约三十段这样的"顺口溜"之后,店主就感到受够了:

> 不要讲了,看在上帝的面上!

133 他以正在来临的文艺复兴精神喊道,并以拉伯雷的口吻说这样的诗"不值得一骂"。[96]

　　随着古典的复兴,模仿古希腊和罗马两位大师的抒情诗风靡一时:英雄的、反常的、冲动的品达式(Pindaric)爆发,以及冷静、优雅、含蓄、富于暗示的贺拉斯式反思。两种风格都遭到了戏仿:戏仿品达风格的诗作更有雄心、更加常见也更为出色。斯威夫特实际上是受到考利(Cowley)的影响通过认真写作品达体抒情诗而开始了他的文学生涯。但是通过虚情假意的恭维和不恰当的意象,这些作品成为某种自我戏仿,就像他在描写坎特伯雷大主教如何无需失去他的法衣即可荣升天堂的诗句中所说:

> 我知道天上也有等级
> 就像在尘世间一样,

III. 戏仿

> （缪斯女神这样告诉我）
> 高级教父的灵魂穿着天衣快乐地
> 坐在更加纯净的天光织就的草坪上，
> 并将在那里获得通向天国首都的
> 桑克罗夫特（Sancroft）宝座；
> 头戴牧冠的圣徒之首，并从人间的教长
> 升迁为天上的天使长。[97]

但是斯威夫特知道这些都属于无用功，并且在德莱顿确认了这一点之后（"斯威夫特兄弟，你永远不会成为一个诗人"），他成了一个更喜欢戏仿和贬低缪斯女神的反诗人。例如，德莱顿写过两首气韵生动的品达体抒情诗，旨在唤起音乐的力量，并交由圣塞西利亚协会（St. Cecilia Society）演唱。斯威夫特创作了《康塔塔》（A Cantata）嘲笑诗歌和音乐对感情和行为的模仿，认为这把飞马（Pegasus）变成了一个以 6/8 拍"懒散溜达徜徉"的塞驴。

在英语文学中，最著名的贺拉斯式戏仿是 1798 年发表于《反雅各宾周报》（The Anti-Jacobin Review）的一首匠心独运的小诗。在主题上，它讽刺了那些空谈热爱人类但是绝不会施舍小贩一分钱的慈善家。就其形式而言，它漂亮地模仿了贺拉斯的萨福诗体（Sapphic）——骚塞将之引入英国文学，方凿圆枘地套用于一种不以音长定性的语言（non-quantitative language），于是如果按正宗萨福诗体来读它们的话，就必须扭曲习以为常的英语重音：

> 贫穷的磨刀认（人）啊，你到那（哪）里去？
> 道路崎岖难性（行），你的车也失令（灵）——
> 寒风小（萧）瑟；你的帽子意（已）破，
> 你的裤子亦染（然）。[98]

与之相似，英国摄政时期出版了最精彩的一组文学戏仿作品（其中大多是抒情诗）。这就是詹姆斯·史密斯和贺拉斯·史密斯兄弟联袂结集的《被拒的征文》（*Rejected Addresses*）。1812年，火灾后重建的新特鲁利街剧院（Drury Lane Theatre）开始营业并有奖征求最佳献辞（dedicatory address）。史密斯兄弟的作品声称是落选征文的结集。这些作品确实令人赏心悦目。其中有些文章写得甚为灵动，绝不会让它们的托名作者丢脸。例如，有一首归在汤姆·穆尔（Tom Moore）名下的诗以活泼的抑抑扬格写成，并具有他本人最喜爱的欢快情调：

> 当女性的温柔笑容迷惑了我们的所有感官，
> 将她的可爱身形刻入我们心中并熠熠生辉，
> 新特鲁利［剧院］的雕工和金匠还需要做什么呢？
> 既然自然如此慷慨，何须召唤艺术？
>
> 当一群年轻的丽人代替剧院里的灯盏
> 将顾盼生姿的目光投向我们和池座之间，
> 我们的演员将怎样但尽人事地表演，

III. 戏仿

> 我们的房间将省去多少灯油,
> 而我们的作者将省去多少脑汁!

一篇完美的戏仿作品同时触及风格和内容。史密斯兄弟不仅讽刺了穆尔本人特有的韵律和意象,也讽刺了他的思想:轻佻儇薄的感官享受,爱尔兰人的甜言蜜语。他们对拜伦勋爵的戏仿也同时攻击了对方斯宾塞式诗行的戏剧性渐强风格和他的火爆脾气:

> 厌倦了家庭、妻子和孩子,
> 这个躁动的灵魂被驱向海外流浪;
> 厌倦了海外生活,什么都看到了,但是什么也不欣赏,
> 这个躁动的灵魂又被驱赶回国流浪。
> 对二者都厌倦后,在新特鲁利(new Drury)的圆顶之下,
> "厌烦"(Ennui)恶魔同意在此消磨时日,
> 在此咆哮、诅咒,像可怕的地精(Gnome)一样,
> 纡尊降贵地观看科隆比纳(Columbine)的表演,
> 鄙夷而愤恨地观看关于"九大伟人"(the Nine)的胡说八道。

与这种入木三分的讽刺相比,"彼得·品达"(Peter Pindar)平板的抒情诗和粗糙的戏仿史诗《虱子纪》(The Lousiad)在艺术上并不动人,虽然它们在当时是不错的政治宣传。[99]

19世纪中叶产生了英国文学史上最伟大的戏仿作家之一 C. S. 卡尔弗利（C. S. Calverley，1831—1884）。他仿莫里斯（Morris）而作、使用牧歌叠句"奶油、鸡蛋和一磅奶酪"的谣曲是一首美妙的小诗，而他讽刺布朗宁《指环与书》（*The Ring and the Book*）的《公鸡和公牛》（*The Cock and the Bull*）——尽管它是戏剧而非抒情诗——可谓大家手笔。[100] 以出人意料的幽默感，斯温伯恩（Swinburne）在一首辞藻华丽的抒情诗《尼非里底亚》（*Nephelidia*）——这个标题是半希腊语，意为"云雾朦胧"——中戏仿了自己。他的诗句像拖长的流云一样飘浮摇曳：

记忆的忧郁、单调的音乐温柔响起，尽管它的旋律或许静默无声，

当英雄心中的希望被人类细长的剑锋划伤而听命于棍棒；

变得温柔，就像为胸间呼吸香甜、带来幸福的婴儿哺乳并伴随他一起心跳的母亲一样，

当他们因为上帝的严厉发出呻吟，在因为他们的呻吟而变成绿色的天空下摸索走过不同信仰的坟场。

有一名当代批评家指出斯温伯恩在这里只是戏仿他本人对头韵手法的机械使用；但他无疑也戏仿了在他自己抒情诗中经常掩藏的作者思想幼稚的多语症（logorrhoea）、他对自己过去常说的"孩儿"（babbies）的滥情崇拜以及他对上帝的任性反对。

III. 戏仿

最近几年，艾略特、庞德和其他现代诗人的一些作品——这些诗可以定义为扩展的抒情诗——一再被人戏仿。当阿奇波德·麦克利什（Archibald MacLeish）也许是效法拉福格（Laforgue）而将自己写进一部新的《哈姆雷特》后，埃德蒙·威尔逊（Edmund Wilson）在《麦克利什的煎蛋卷》（*The Omelet of A. MacLeish*）中对此进行了新鲜热辣的煎炒烹炸：

> 艾略特起初让我吃惊：然后是自愧不如：
> 法兰西的晴朗太阳：那种古怪而美好的方式：
> 沙滩上闪闪发光的条纹更衣室：《阿纳巴斯》（*Anabase*）和《荒原》：
>
> 这些和庞德的《诗章》（*Cantos*）：它们啪的一声到来！
> 敏于学习他人技艺的我如何掌握了其中的奥妙，
> 如何骑着它飞奔在它身上休憩慢慢漂移……[101]

艾略特很少被这样成功地戏仿过。他自己说过（以他典型的语气）："人们容易认为自己能远更出色地戏仿自己。（事实上有些批评家说过我已经这样做了。）"但是他称赞过一部戏仿自己的作品，这就是亨利·里德的《查德·惠特娄》（*Chard Whitlow*）：

> 当我们越是上年纪，就越不再年轻。
> 四季周而复始，而我今天五十五岁了……[102]

散文：非虚构性作品

　　散文戏仿出于方便可分为虚构性和非虚构性两类。古典时代有一些精妙的散文戏仿作品。尤其是了不起的风格大师柏拉图，他是有史以来最伟大的戏仿作家之一。他笔触微妙、并非出于恶意、略有夸张地模仿了高尔吉亚、普罗塔戈拉（Protagoras）、普罗狄科（Prodicus）等智者的风格。他精准而恶毒地戏仿了民主的各种声音。在一部最高贵的对话《斐德若篇》（*Phaedrus*）中，他首先戏仿了吕西阿斯（Lysias），它的风格是如此神似原作，以至于有时被收入后者的演说集；不过它的主题极为不堪，由此显露了［柏拉图的］深切憎恨。他的短篇对话《美涅克塞努》大部分时间是苏格拉底在背诵一篇雅典年度国殇纪念日的讲辞。这篇讲辞的结构和感情除了偶尔有些过火或乏味之外，毫无疑问都是正统的——它是如此正统，以至于许多没有意识到柏拉图多么鄙视和厌恶雅典民主的学者竟然对此信以为真了。（西塞罗就说雅典人每年［国殇纪念日］都会背诵这篇讲辞，这个说法未经证实，而且几乎可以肯定是一派胡言。）[103] 但即便是对如此头脑简单的读者，柏拉图也都尽量清楚地表明这篇讲辞是一个讽刺。他让苏格拉底宣布是他从一个女人——伯里克利的情妇阿斯帕霞（Aspasia）那里学来了她为伯里克利而写的这篇讲辞。（这出现在阿里斯托芬的喜剧中很合适，但不宜认真作为信史看待。）苏格拉底接着说如果他的朋友美涅克塞努不笑话他年纪大了还搞笑，他将重述这篇讲辞：事实上，既然四下无人，他甚至还想脱下衣服翩翩起舞哩。他以修昔底德最爱用的"事实是……

III. 戏仿

但是人们说"这一对比句型开始了他的讲话：这一细节和其他种种细节都说明他可能是在讽刺修昔底德在其伯里克利国殇纪念日讲话中对这位政治家进行的理想化塑造。柏拉图最后以一个轻蔑的姿势结束了这篇讲辞，暗指当时一个著名的政治事件，而这时苏格拉底、伯里克利和阿斯帕霞都已经死去多年了。这是一项高难度的讽刺戏仿技巧：如果他言过其实，批评者会说他鲁莽灭裂；如果他忠实于原型，批评者会信以为真而意识不到其中的讽刺；如果他加入暗示，批评者会视而不见。或许，说到底是柏拉图太微妙了。和他的戏仿讲辞非常相似，格列佛在布罗卜丁奈格（Brobdingnag）游记第六章因为羡慕德摩斯梯尼或西塞罗的口才而就他"亲爱的祖国"发表了一篇"令人称道的赞词"。他称赞了［英国的］议会——作为"王国的冠冕与干城"的贵族、"生活最圣洁、学识最渊博"的主教，还有"因为才华出众、爱国心切而被选出"的下议院议员。他赞扬了［英国的］法庭、财库、陆军、海军以及一切"能够为国争光的细节"。他是完全真诚的；但斯威夫特不是，他并通过布罗卜丁奈格国王之口评论说大部分英国人是"大自然允许它们在地上爬行生活的最可憎的渺小害虫中最有害的一类"。斯威夫特不会（像蒲柏描写的艾迪生那样）

仅仅暗示一种过错，并犹豫是否说出［自己的］憎恶。[104]

他不出手则已，一出手就是要置人于死地。

现代俗语散文差不多到 14 世纪左右才发展出比较复杂的风格，因而散文戏仿作品在早期文艺复兴之前并不多见。16 世纪两部戏仿非虚构性散文的讽刺作品在当时产生了巨大的影响，但是今人已经很难理解和欣赏。它们都是当时宗教论战的武器。

大约在 1510 年，多明我会提议强制德意志西部的犹太人毁弃他们的犹太教经书，如《塔木德》（*Talmud*），因其与基督教信仰相悖。一名改宗的犹太人约翰·普费弗科恩（Johann Pfefferkorn）也敦促他们这样做（即便是在早期阶段，荒诞讽刺的精神就已经开始冒头了）。一名懂希伯来语的古典学者约翰·罗伊希林（Johann Reuchlin）表示反对，并针锋相对地提出应在大学开设希伯来语课，以便更好地理解基督教《圣经》。它最终（尽管我认为这没有被明确宣布）成为两派人之间的争斗：一派知道《圣经》最初由希伯来文、阿拉米文、希腊文这三种艰深的语言写成，而三种版本都充满标准文本和阐释的问题；另一派则认为《圣经》的结构和表达都很清晰，同时西方教会已经使用了上千年的《通俗拉丁文本圣经》是通往理解《圣经》的核心途径。罗伊希林的朋友伊拉斯谟曾经花了很大力气建造一个可信的希腊语《新约》文本，他也站在罗伊希林一边。

争执愈演愈烈。多明我会修士使用托钵僧会"乞讨"得来的钱财对教廷施加影响。他们拥有庞大的组织、可敬的名声和群众欢迎的事业。罗伊希林的支持者寥寥无几，除了新生一代的古典学者，即所谓"人文主义者"，而教会僧俗两界都认为他们具有异端倾向。然而他在 1514 年发表了他与这些人的拉丁文、希腊文和

III. 戏仿

希伯来文通信，标题为《名人信函》。他的对手没有回复；但是有人为他们做出了回应。1515—1516年冬，《无名者信函》(*Letters of Obscure Men*) 问世；书中收录了写给科隆神学院的杰出教师奥特温·冯·格莱斯（Ortwin von Graes）的四十一封信。它们看似真诚拥护奥特温大师、普费弗科恩和多明我会，但它们并不止于对罗伊希林的对手和攻击者的称赞，而是另有图谋。这些信是一系列讽刺画面，展现了渺小的心灵如何天真地炫耀他们的无知、学究们如何吹嘘他们错误得来和使用不当的知识以及（尽管是以间接的表现方式）粗鄙的感官主义者如何用教士的长袍掩盖他们的罪孽。康拉德大师（Master Conrad）的每一位通信者都向他热情地袒露心声——通常是以非常糟糕的、（如弥尔顿所说）"会让昆体良（Quintilian）目瞪口呆"的拉丁文，因此我们很难相信这些信件出于戏仿或伪造。德国人喜欢起笨拙的名字：这一点也遭到了戏仿——可能是第一次，但不是最后一次。于是马蒙特莱克图斯·本泰芒忒鲁斯（Mammotrectus Buntemantellus）致信奥特温大师，说他虽然是神职人员，却陷入了恋爱，并向他求教问计。（他的名字揭示了他的性格：这个名字意为"心灵的管理者·光鲜的外衣"。）康拉德·多伦科普夫（Conrad Dollenkopf）自诩对奥维德《变形记》中的全部神话都了然于胸，并能援引《圣经》通过自然、字面、历史和精神四种途径来分析它们。另外还有来自吕拉·本特舒赫马克利乌斯（Lyra Buntschuchmacherius）、昆拉都斯·温克本克（Cunradus Unckebunck）、亨利库斯·克里伯林伊奥尼亚齐乌斯（Henrichus Cribelinioniacius），以及诺斯特·巴特洛梅乌斯·库克库克（Noster Bartholomaeus Kuckuk）等人的邮件。

《无名者信函》马上风行于世，并很快出了第二版和第三版；由六十二封信构成的续集在1517年出版；来自美第奇家族的列奥十世发表教皇训谕谴责了这两部作品。虽然不能确定它们的作者，但是人们认为是约翰·耶格尔（Johann Jager）和乌尔里希·冯·胡腾（Ulrich von Hutten）的手笔，另外也有赫尔曼·冯·登·布舍（Hermann von den Busche）的助力。第二集出版六个月之后，马丁·路德发布了他后来开启新教改革的宣言；他的主要支持者中就有胡腾，这绝非偶然。[105]

141　[接下来要说的]第二部著名讽刺作品，我们如果不知道16世纪法国的宗教战争就无法理解该书。主要的争执发生在天主教徒和新教徒之间；但在温和的天主教徒（他们同时也是热爱法国的法国人）和极端主义天主教徒（他们得到了意大利教皇和西班牙国王的大力支持）之间也存在着一场斗争。1593年问世、后来扩充再版的《梅尼普斯式讽刺》（*The Menippean Satire*）戏仿了一场[天主教]极端分子把持的会议。[106] 它的标题并不十分恰当：所谓"梅尼普斯式讽刺"混用散文和诗歌，而该书混用了法语、意大利语和拉丁语散文。它的题词采用了贺拉斯的名言"笑着说出真相"，而其撰稿人之一皮埃尔·皮图（Pierre Pithou）正是朱文纳尔唯一手稿善本的所有人。[107] 它以貌似庄重的笔调描写了开会之前的列队行进、大厅挂毯上具有象征意义的画像、与会的成员；然后是主要的发言，最后是会议决议。这些发言不用说都异

III. 戏仿

常坦率而不可能见于现实生活：马耶讷公爵（Duc de Mayenne）将自己比作双手沾满鲜血的罗马独裁者，说自己是"一个好天主教徒苏拉（Sulla）"；教皇特使最后也祝福他（他说的是意大利语）："上帝和战争与你同在！"这令人解颐，却是入木三分的讽刺；虽然今天除了专家之外已经无人能够识读，但在当时它的确帮助改变了历史的进程。

《无名者信函》和《梅尼普斯式讽刺》都攻击了某一类人的情感和智识态度。后来散文的艺术变得日益复杂。古希腊和罗马修辞的精妙之处被重新发现并得到采用。作家发展出了各自的独特风格；故作姿态——例如精致细密的绮丽体（Euphuism）——风行一时；二者都成了戏仿的对象。18世纪微妙的讽刺模仿在19世纪变得更加强劲有力。史密斯兄弟《被拒的征文》中有两篇精妙的散文戏仿：一篇是威廉·科贝特（William Cobbett）不修边幅、满口俚语、赤手空拳、家长里短的讲话，一篇是约翰逊博士鬼魂满口大词的发言：

> 临蓐的大山迄今已有蝇蚋的早产，而比观伟大开端与可笑结局的观察者想到了君士坦丁堡的虔诚小贩，他们在街衢上庄严地徜徉，呼喊着"以先知之名——卖无花果啊！"

在我们这个时代，戏仿的爱好者从两篇次要杰作中获得了特殊的乐趣。一些密码破解专家从莎士比亚的作品中提取台词、颠倒字母顺序，然后发现其中包含断言，指称这些作品出自培根勋爵、牛津伯爵或其他某个神秘大人物之手。罗纳德·诺克斯（Ronald Knox）用同样的方法来分析丁尼生的《悼念》（*In Memoriam*），从中提取出一组句子进行解码，和那些莎学异端的做法一样能自圆其说。于是，全诗第一句

  我视之为真理，和唱歌的他在一起

变成了

  谁在写这首诗？隐身的 H. M. Iuteth。

同样，

  哦，死亡高穹下的女祭司

可以阐释为：

  女诗人 V. R. I。Alf T. 没有责任。

就这样，诺克斯"证明了"《悼念》是维多利亚女王为表达她对墨尔本勋爵（Lord Melbourne）的挚爱而写，但为掩饰一名君主的尊严和女性的情感，以丁尼生的名字发表了这部作品。也是在《讽刺散文》（1930）这本书中，他嘲笑了学者们对《圣经》和《伊利亚特》等古代经典的分析，并运用同样的"学术分析"技术揭示班扬（Bunyan）《天路历程》（*Pilgrim's Progress*）的第二部是一个女人和一名盎格鲁-天主教徒制造的赝品；还有鲍斯威尔（Boswell）的《约翰逊博士传》（*Life of Johnson*）也是三个不同作者的产物。

  在所有美国总统中，艾森豪威尔（Dwight D. Eisenhower）大概是最不善言辞而最喜欢讲话的一个。他讲话非常坦率，也很

III. 戏仿

诚实。没有什么修辞技巧，没有什么豪言壮语，有时甚至没有什么语法。奥利弗·詹森（Oliver Jensen）通过以艾森豪威尔的语气重写林肯的《葛底斯堡演说》，出色地戏仿了他那口齿不清、出言无状和像混凝土一样黏稠、令人昏昏欲睡的陈腐说辞：

> 我没有核对数字，但我想是87年前一群人在这个国家组织建构了一个政府，我想它包括了东部一些地区，希望它们在此基础上继续发展为一种独立的国家机构和形式，在这里每一个人和其他每一个人都一样好。那个，现在，我们当然面对巨大的意见分歧，你也可以说是社会动荡，尽管我不想显得支持任何一些个人或是点出他们的名字，关键的一点当然是通过本领域的实际经验检查核对是否有一个建立在我刚才所说的那种基础上的政府是否具有稳定性，并去发现早先那些人的奉献是否会产生持久的价值以及诸如此类的事物。[108]

散文：虚构性作品

散文虚构作品如果写得太用力，经常成为自身的戏仿。如果大受欢迎，它总会招来戏仿。现代小说诞生之初就遭到觊觎和取笑而成为戏仿的对象。塞缪尔·理查森（Samuel Richardson）的《帕米拉》（*Pamela: or Virtue Rewarded*，1740）讲述了一位心灵高尚的年轻女仆如何拒绝了男主人让她做情妇的要求而最后成了他的正式妻子。亨利·菲尔丁的《约瑟夫·安德鲁传》（*Joseph*

Andrews，1742）讲述了他的兄弟，一个心灵高尚的脚夫，如何拒绝了雇主布比夫人（Lady Booby）的引诱而被解雇（这远更合情合理）并最终找到了自己的爱人。此后每一位优秀的小说家都遭到了戏仿，而且现在依然如此。[109]

许多这类戏仿作品本身即值得作为纯喜剧来欣赏。还在上初中的时候，早在听说大部分相关作家之前，我就因为读布莱特·哈特（Bret Harte）的《压缩小说》（*Condensed Novels*）这部戏仿小说集而大笑失声。在《大人物》（*Muck-a-Muck*）这篇小说中，不难看出他对费尼莫尔·库珀（Fenimore Cooper）的讽刺；可是"怪兽庄园"（Blunderbore Hall）新来的女家庭教师"胡混小姐"（Miss Mix）又是谁呢？

> 把椅子向后一拉，我坐了上去，双手合十，平静地等待主人的到来。大厅中传来一两声可怕的嚎叫、铁链哗啦作响的声音还有一个男性嗓音的深沉诅咒，打破了令人压抑的寂静。我开始感到自己的灵魂随着这种危险的情形而向上飞升。"你好像受惊了，小姐。你没有听到什么吧，亲爱的？"女管家紧张地问道。"什么也没有"，我镇静地回答道；这时从房顶上传来一声瘆人的尖叫，然后是拖拉链子和桌子的声音，一度淹没了我的回答。"正相反，是这里太安静了，让我没有来由地感到紧张。"

还有那个讲述冉阿让（Jean Valjean）偷了主教的烛台、然后又证

III. 戏仿

明自己清白的法国作家是谁呢？

> 我们来想一下：烛台被人偷了；这一点显而易见。社会把冉阿让投进了监狱；这一点也显而易见。在监狱里，社会让他变得粗鲁野蛮。这一点同样显而易见。
> 社会是谁？
> 你和我就是社会。
> 朋友，是你和我偷了那些烛台！

后来我读到原书时，依然感到好笑，并不觉得布莱特·哈特降低了它们原先的文学价值。不过，马克斯·比尔博姆的《圣诞花环》(*A Christmas Garland*，1912）就大不一样了。它是所有戏仿讽刺作品中最了不起的成就之一；但它意在破坏。它包括八个关于圣诞节的小故事，并在其中注入当代小说家的独特感情色彩。例如：

> 里面睡着这个白人的茅屋位于森林与河之间的空地上。

康拉德笔下的一个商人在黑暗的大陆上听到当地土人前来吃圣诞大餐，并且发现他们要吃的就是自己：

> 怀着他对一种非常值得他怀念的东西的感觉，他将目光瞥向最近的未来，并不无内疚地努力捡起自己已经预感离去的时光。

145

基思·坦塔罗斯（Keith Tantalus）试图以亨利·詹姆斯笔下诸多人物的复杂思考来决定自己是否该——或者说不该——检视他的圣诞长袜，看圣诞老人是否给他留下了礼物。

　　我曾在俱乐部度过圣诞夜，倾听亚当更有出息的一些子孙们觥筹交错的盛大聚会。

然后吉普林（Kipling）——他本人故事的讲述者——就走了，带着施虐的快感去观看 P. C., X, 36 用一把白胡子、一件红色长外套和像是肩上的麻袋一样的东西抓捕和殴打一名可疑"飞行员"。比尔博姆的戏仿意在中伤。我们从他的个人生平中了解到，他具有一丝猫科动物的残忍心理。他喜欢制作不引人注目的小件赝品、篡改流畅的画面和破坏良好的声誉。他一直厌恶吉普林，毫不留情地绘制过中伤吉普林的漫画；任何知道他对吉普林的戏仿的人都不可能不怀着厌恶的心情阅读吉普林的短篇小说（它们在后者作品中占据了很大的比例）。至于阿诺德·本尼特（Arnold Bennett）以他的方式读了比尔博姆的故事——任性的姑娘送给爱人一个装满碎陶片（或者说"碴子"，这样听起来更像是方言）的布丁作为圣诞礼物来试探他对自己的爱情——之后，像是瘫痪了一样：习惯每天写好几千字的他竟然无法提笔写作了，直到震撼慢慢减弱消失、马克斯带给他的创伤不再作痛为止。布莱特·哈特带着乐趣戏仿其他小说家；而马克斯·比尔博姆，尽管彬彬有礼，却是带着鄙夷（并且至少有一次是强忍憎恨）这样做的。憎

III. 戏仿

恨和快乐都是激发讽刺作家进行创作的动力。

在我们这一代的戏仿讽刺作家作品中也能发现这一双重动机。

> 在如同梦幻一般的喧嚣混乱中，在大地上（哦，我的美利坚！）建起的上千个沉睡的小镇中，我曾追寻我灵魂的欲望，寻觅之前我们从未发现的一块石头、一片树叶、一扇门，同时对我的浮士德式生活由衷地感到厌恶。每天在5: 07逼近时，我都怀着恐惧和狂喜战栗一千遍。我怀着疯狂而悲痛的心情产生一个绝妙的想法，即：我所看到和了解的每一个事物（难道我还没有了解和看到这个黑暗、忧郁大陆上的一切可知和可见的事物吗？）都来自我本人的生活，确切说就是我，或永远的、多面的、像多卷本书一样的青春岁月。无论它是什么，我都一直在追寻它，在万花筒一样的白天，在胸脯像天鹅绒和长毛绒一样柔软的夜晚，在黑暗的、没边没沿的疯狂中，在永不知足的巨大躁动中，在我骇人听闻而淫秽下流的幻想中，在我挥之不去而孤独的回忆中（因为我们都是孤独的），在古怪、可恶和狂热的挥霍中，我总是在大声哭泣……[110]

这一从不断渗漏的摇篮中传出的抒情独白、这些青春期感情的大声发泄（它们尚未遭到感官的污染）、号声和鼓点、一直在追求兰波（Rimbaud）的天真理想主义者的无趣紧急状态：所有这些都构成了沃尔夫（Wolfe）衣服上的驴子图案。克利夫顿·费迪曼

（Clifton Fadiman）写它的目的是：戳破一个在他看来是充满了胃胀气的大气球；展示一幅艺术家的画像：一个肥胖、贪婪、大声哭嚎的婴儿。这部戏仿因其无情的能量而跻身于悠久、强大的毁灭性讽刺谱系之中。

但是看看这个：

> 那头冰凉的小甘蓝（Brussels sprout）从我正在读的书页中滚下，慵懒无力、形骸俱废地躺在我的大腿上。至少于事无补地生了四分之三次气后，我悠悠地转过头来，看见他站在那里，手里端着发射了这个蔬菜的玩具，或者应该反过来说，我先是看到了那个玩具，然后是扳动它的那只肥胖、怠懒的大拇指，再往上看到了像是可见的气体那样一蓬黑头发下面那张表情木然、不服管教的脸。[111]

儿子对父亲的暴力行为；突然意识到的濒临脱节的关系；敏感波动的句法，恰好匹配其所表达的纷乱心理过程；对不常见语词（"形骸俱废"［defunctive］这个词是莎士比亚的发明，之后极少有人使用）和耸人听闻、几乎不知所云（"像可见气体一样的头发"）的意象的痴迷：这就是彼得·德·弗里斯（Peter de Vries）笔下呈现的威廉·福克纳（William Faulkner），不无敬意但是妙趣横生，就像索尔·斯坦伯格（Saul Steinberg）在他的巨大旋梯上永恒定格再现［美国内战时期］南方骑兵时会做的那样。

IV.

扭曲的镜像

1. 讽刺与真理

我们已经看到了讽刺采用的两种主要形式：滑稽可笑或充满鄙夷的独白，它可以有多种伪装，但通常是讽刺作家本人在说话；其次是戏仿，它以某种真实和人们敬仰的事物为对象，通过夸张和不一致使之成为自身的嘲讽。如果审视那些被称为讽刺的著作，我们还会发现第三种主要类型，即今天最流行也是人们通常最欣赏的一种类型。这就是讲故事。一个讽刺作家会发表离奇怪诞的言论，会不怀好意地反转使用传统文学样式，他同样也会通过讲故事来表达自己的想法。叙事必须有趣，故事必须讲好。但对讽刺者来说，叙事并不是目的：它是一种手段。他有时隐藏了这一事实，假装自己致力于"如其所是地"报道真实发生的事件。于是拉伯雷在《庞大固埃传》开篇部分宣称：如果他在自己讲述的整个故事中撒了一个字的谎，他会把自己"连肉体带灵魂以及肠肚下水交给一万个魔鬼"处理。有时（尽管相对较少）讽刺者公开承认自己讲述故事的目的。于是，拉伯雷在《高康大传》中提醒读者：苏格拉底最恣意妄为的学生阿尔卡比亚德（Alcibiades）某次将他的老师比作装满了珍稀药物和香料的古怪匣子；与之相似，他讲的不仅是一个有趣的故事，其中也蕴含了关于宗教和生命的重大真理。

149   虚构文学的类型有数十种，我们如何能判断哪些是讽刺性的呢？有可能检视一部小说、戏剧或叙事诗后确认它是一篇讽刺吗？如果能，那么我们如何区分它和其他外表相似但非讽刺性的虚构作品呢？一篇运用了庄严或荒诞语汇描写小人物或下层事迹的戏仿史诗显然属于讽刺；但是这样的叙事作品［我们］已经在戏仿和低俗戏谑名下讨论过了。然而，有许多被视为完全或主要是讽刺性的虚构名篇根本就不是戏仿。

斯威夫特的《格列佛游记》即是其中最著名的作品之一。这部作品并非戏仿。它逼真模仿了当时的旅行和冒险故事；但是它的写作手法或意图都不曾暗示这类故事滑稽可笑或不值得听信。有的作家就这样做了——如卢奇安在其《真实的故事》(*True History*)开篇所说——但是斯威夫特没有这样做。相反，他努力使本书显得真实不虚，插入了真实的旅行者会记录在案的明显和可信细节（天气、航程、纬度和经度等等），加进了地图，至少有一段逐字抄录了一个真正水手的航行日志，并将他虚构

IV. 扭曲的镜像

的国家放在鲜为人知的地区（只要那里有地方容纳它们）。于是，利立浦特（Lilliput）位于苏门答腊以西的印度洋深处。慧骃（Houyhnhnms）的国度也在同一地区，从澳大利亚乘船可到，那里的原住民十分原始而类似雅虎（Yahoos）。勒皮他（Laputa）地名具有东方风味，位于日本附近的太平洋上。布罗卜丁奈格位于太平洋东北部：无巧不成书，斯威夫特把它放在了有巨熊出没的科迪亚克群岛和俄勒冈、北部加利福尼亚之间的地区，这里巍峨壮观的红杉让我们像格列佛一样感到身处巨人世界。于是，尽管它毫无疑问是一部讽刺作品，尽管它的书名即含有讥讽，《格列佛游记》绝不是戏仿。它被展现为一部严肃而诚实的叙事。我们最好将它和两部现实主义小说——它们与《格列佛游记》一样完全出自作家本人的阅读和想象——加以比较：丹尼尔·笛福1719年出版的《鲁宾逊漂流记》，以及来自同一作者、1725年（即在斯威夫特出版《格列佛游记》的前一年）出版的《新环球航海记》（New Voyage Round the World）。

　　这两部叙事作品有什么不同？是什么让《格列佛游记》成为一部讽刺小说，但让《新环球航海记》只成为一部平铺直叙的非讽刺性作品？判断的主要标准是它们对读者产生的效应。我们可以像读其他探险小说一样津津有味、兴奋激动地阅读《新环球航海记》，这本书鲜能激起其他感受。但是一个成年人阅读《格列佛游记》不可能不感到一种兼有开心、鄙夷、厌恶和憎恨的复杂情绪，就像他最强烈的个人经验一样，其效果基本上是负面的和破坏性的。一个成功地产生并保持了这种感情的故事是一部成功的讽刺叙事作品。一个故事仅仅提供了娱乐和刺激而没有辛辣嘲讽的回味，只是一部喜剧，或是探险故事，或是浪漫传奇，或是（用最含糊的术语讲）一部小说。不仅是由于震惊而引起的反感，也是建立在道德判断基础上的憎恨，以及一定程度上的乐趣——从对人生境遇前后不一的苦笑到荒唐骗术曝光后的开怀大笑——这些都程度不同地属于讽刺的效果。没有这些因素，虚构作品就不是讽刺了。

如果一部小说或戏剧产生的效果纯是憎恨和反感，没有一丝嘲笑的乐趣或懊悔的鄙夷，那么它也不是讽刺。它是一部否定性小说或反浪漫传奇。尽管于今为烈，此类著作现在尚不多见。我能想到的最好作品是萨德伯爵（Marquis de Sade）的长篇小说，以及晚近一些残忍和堕落的短篇故事，例如米尔博（Mirbeau）的《酷刑花园》(*Torture Garden*)、伯尔斯（Bowles）的《苍天为盖》(*Sheltering Sky*)、福克纳的《圣殿》(*Sanctuary*)以及热内（Genêt）的作品。这些暗黑作品几乎缺乏一切核心命意与基本的讽刺观念，尽管它们引发的不适感可以被讽刺作家方便地使用，但其道德主旨不是讽刺性的。它们事实上是埃莉诺·格林（Elinor Glyn）的《三星期》(*Three Weeks*)、弗朗西斯·霍奇森·伯内特（Frances Hodgson Burnett）的《小领主方特勒罗伊》(*Little Lord Fauntleroy*)之类纯煽情浪漫传奇作品的对补。

如果讽刺的情感和道德效果得不到清晰的界定和理解，便有可能被误会为其他文学和艺术类型。美学类型并不会因为森严的

IV. 扭曲的镜像

[概念] 壁垒而界限分明。它们发展到最后都有明确的区分，但它们在根本上都源自人类灵魂而相去不远，并且在大部分时间中共同发展，因此只是那些最大胆和最坚定的代表作品界定了各个特定的类型，而其他作品始终在跨越边界、混合交流、彼此竞争，就像人类、语言和社会一样。某些文学形式和讽刺深有渊源或彼此相近，并经常与之交换服饰与观念。

在讽刺的一侧是它在山洞中诞生的严峻粗野的远祖，仍在响应单调的野人战鼓，怒吼着要摧毁敌方部落，仍在和诅咒敌人的巫师一样狂野嘶叫。这就是谩骂（Invective），它是猿人和狼的产物。潜伏在不远处的，是其更为弱小、但有时也更加危险的变种：蛇和蟾蜍的杂交野种，一种满口毒牙的小怪物。这就是讥诮（Lampoon），一种自身没有生命、只能依靠摧毁他人而生存的寄生者。

讥诮往往像是一支淬毒的飞镖或一阵脏雨，可以不负责任地投向它的受害者。不过受害者有时也会恶语相向，于是你来我往地发展成常规对战。决斗双方都竭力吼倒和骂倒对手，让他哑口无言，无论是通过可怕的辱骂、犀利的讽刺、慷慨激昂的陈词还是令对方无法还口的机敏构思或表达。许多文化中都有这类言辞的决斗，即便它们还没有上升到文学艺术的高度。在格陵兰的爱斯基摩人中，名曰"赛鼓"（drum matches）的斗歌（Song-combats）被公认为是解决争端的一种方式。今天美国的黑人有一种"骂娘"（the Dozens）风俗，对战者在大庭广众轮番用说唱辱骂对方，"如果一方因为愤怒难以为继时就输掉了比赛，而输掉的确切标志就是动手打人。"[1] 何塞·埃尔南德斯（Jose Hernández）的《马丁·菲耶罗》（*Martín Fierro*，1872—1879）这首深受喜爱的阿根廷诗歌的主人公是一个四海为家的牛仔，身边总是带着一把长刀和乐声悠扬的吉他，并喜欢拿它们和人比赛交锋。诗歌将近结束时有一长节内容就是讲述马丁和一个黑人比赛唱歌，最后差点儿动刀以至于丧命。[2]

对于这类骂战并无任何普遍接受的名称。不过，它们有时被称为"对骂"（flyting），该词源自表示"骂人"的古苏格兰语。它们一般具有以下特性：

1. 它们是或者看上去像是现场发挥。
2. 它们具有强烈的节拍韵律，经常配合以音乐。
3. 它们毫不留情地指向个人，并且用语极其不堪。
4. 它们有来有往，或者说是对答式的，即 A 表达了他的鄙视和仇恨之后，B 必须采用同样的韵律来回答他。斗至酣处，他须使用同样的句法甚至意象。挑战者因此具有先手之利，但是应战方也总有后来居上的机会。
5. 它们当众进行，围观者从中获得一言难尽的乐趣：如对竞争双方技艺的赞赏，对当众开黄腔、揭老底的惊喜，旁观当事人相互恶毒攻击的施虐快感。

相互轮番辱骂在古希腊和罗马曾是广为流行的娱乐活动：在从雅典到厄琉西斯（Eleusis）的地母节游行队伍中；在罗马婚礼上演唱的"菲斯科尼亚诗章"（Fescennine verses）中；在宴

IV. 扭曲的镜像

会和古老的节庆中。贺拉斯与其友人在赴布伦迪西（Brindisi）途中仅有的真正消遣就是这种专业喜剧诗人间的斗嘴。(其中一个人叫奇奇卢斯［Cicirrus］，方言里是"公鸡"的意思；而他们的确是在用语词来"斗鸡"。）³ 罗马在希腊真正的喜剧传入之前广为流行的现场表演（所谓"saturae"）很可能就具有这样的特性。在文学中，阿里斯托芬［喜剧］《骑士》中克里昂和香肠贩子的互相谩骂就是典型的对骂；他的喜剧中歌队两部（half-choruses）之间的对抗大都如此。并非所有的牧歌读者都能意识到它具有粗鄙、残忍的一面，以及忒奥克里托斯（Theocritus）和维吉尔诗歌中牧人之间的"对歌"有时就是猥亵和残忍言辞的竞赛——尽管他们都用优雅的语言和精妙的意象增添了诗歌的魅力：参见忒奥克里托斯的《牧歌》之五和维吉尔的《牧歌》之三。 154

15世纪苏格兰诗人威廉·邓巴（William Dunbar）最有名的作品是他的"病中吟"，它的副歌哀叹"死亡的恐惧令我惊慌"（Timor mortis conturbat me）；不过他在身体好的时候可是活力十足：他留下了十四页和一位诗友相互诟詈的生动诗章《邓巴和肯尼迪的对骂》（The Flyting of Dunbar and Kennedy）。诗章以胜利的欢呼结束，让肯尼迪"认输并逃离战场"下到地狱去：

麻皮的、邪恶的、瘸腿的罗拉德派，
残废的、该死的、可耻的大异教徒，
滚吧！滚吧！我喊向那抽泣的猪鼻子：

造谣者、反叛者、与魔鬼为伍的人,
斯芬克斯,带着臭气掉到地狱里去吧!
Pickit, wickit, convickit Lamp Lollardorum,
Defamyt, blamyt, schamyt Primas Paganorum.
Out! out! I schout, apon that snowt that snevillis.
Tale tellare, rebellare, induellar wyth the devillis,
Spynk, sink with stynk ad Tertara Termagorum.

这场对骂不是讽刺,也不是喜剧。但它和这两种文学形式有相通之处。它同样根植于原始社会的文化土壤和人类争强好斗的深层心理。

在讽刺的另一边,我们看到了另外一对兄弟:它们戴着欢快的面具和滑稽的帽子嬉笑雀跃,出言不逊而扰乱了庄严肃穆的典礼仪式。这就是喜剧和闹剧。只要愿意,喜剧也可以是讽刺,而几乎所有的讽刺都含有闹剧的因素。主要的区别在于它们态度温和。它们会犯蠢;它们会逗乐观众,或者刺他一下(但是不会让他流出第二滴血),或是用一个吹胀的尿脬打他,但是不会伤人。它们不会冒犯任何人,除非极其严肃或敏感者。喜剧总想引人大笑,至少是纯粹享受的微笑。闹剧并不关心自己做什么,只要大家没来由地感到开心就好。我们大多忽略了艺术的这一面;有些人甚至忽略了生活的这一面;但事实俱在。人类生存本身具有可笑的因素。我们的许多基本活动、最深切的感情以及形体外貌的

IV. 扭曲的镜像

某些方面都是滑稽可笑的。举止无礼、存心搞笑的青年和呲牙咧嘴捣蛋作怪的黑猩猩都认识到了这一点。他们从中制造了短暂但是有益身心的欢乐；有时候是一个效果持久的笑话；间或是（这几乎总在意料之外）一件艺术品。

这些都是讽刺的近亲：一方面是谩骂和讥诮，另一方面是喜剧和闹剧。谩骂和讥诮满怀敌意并旨在摧毁。喜剧和闹剧则多有喜爱之情而存心保护、欣赏和享受。写作谩骂作品的人如果得知他的作品发表后被批判的人羞愧难当、名誉扫地而无人问津，他会怡然自得。写作讥诮作品的人乐见其批判对象死于可怕的疾病或（像希波纳克斯的敌人那样）悬梁自尽。喜剧或闹剧作家得知这样的消息则会感到伤心。他喜欢人，不是迁就他们的个性，而恰恰是因为这些个性。他无法忍受"一切怪癖都会消失而留下循规蹈矩的世界"这个想法。谩骂和讥诮从上面和背后看人：一个是检察官，另一个是杀手。喜剧和闹剧从斜侧和下面看人：一个是钟爱友人怪癖并对此感到好笑的朋友，另一个是热爱自己的主人但又忍不住捉弄和丑化模仿他的仆人。至于讽刺，讽刺家经常说他会高兴地听到讽刺对象痛改前非洗心革面的消息；但事实上如果此人被投掷垃圾并绑在杠子上遣送出城，他会倍感欣慰。讽刺是一桶焦油和一包羽毛的文学等价物。谩骂和讥诮的目的在于摧毁敌人。喜剧和闹剧的目的则在于引起对人性弱点和不一致之处的无痛、非毁灭性笑声。讽刺的目的是通过笑声和谩骂治疗愚蠢并惩罚邪恶；但是如果它未能实现这一目的，它将满足于讥诮愚蠢和无情地蔑视邪恶。

讽刺的目的是它的一个区别性特征。另一个特征是它采取的形式。在叙事虚构作品和戏剧中，这一形式非常重要，但是容易造成误解。如今非但是读者甚至作者都经常错误地理解（这对他们也造成了危害）这一形式。

你是否曾经读过一部小说，开始的时候是对一小群人、某一社会问题或某个有趣的人的现实主义研究，然后时不时地在直接的分析和奇怪的变形之间摇摆？如果是这样，那么你就看到了一个想同时身兼二职的作家：小说家和讽刺家。我们经常打开一本小说并发现前五六章用于介绍人物、设定背景、讲述主要冲突并渲染气氛。这常常得到前后一致的、现实主义的表现。一群人出现并获得了生命：你看进去了。一个男人和一个女人出现了：你觉得好像认识他们一样。然后在第六章或第七章，整个事情突然间发生了变化。迄今一直正常的人变成了小丑、醉鬼、女花痴、性虐待狂和老电影里的角色。不可能的对话出现了；无意义的打斗爆发了；常规的社会关系发生了逆转。有时作者为安排这种转变提出的借口是"宴会上每个人都有微醺之意"，或是"意外的危机降临，这时隐伏的欲望、愚蠢、仇恨都释放了出来"。但是，除非他是极其称职的作家，这一效果往往难尽人意。在接下来的章节中，这些人物回归正常并重拾他们既有的关系，原先的现实主义小说经过莫名其妙的中断后又回到了预期的轨道。我们一度从讽刺引发的特殊情感中获得了乐趣。此前和之后，带动我们的是参与故事的另一种颇为不同的感受。现在，我们无法完全相信书中人物是真实的，或是可能令人产生同情；但是我们也无法接受

IV. 扭曲的镜像

作者希望我们认为这些人物是完全可笑、可鄙的想法。我们无法将书中故事视为真实生活的摹本；但当作者要求我们将所有人物和每个故事作为失真的宣传来欣赏时则会感到焦虑。非此即彼：难以兼顾。

同样，你想必经常看到一部戏，其中大多数人物都具有可辨识的真实度，并且介入了正常的人类关系，可笑、可怜或可悲，但是顺着某一应力线（line of stress）发生了变形。也许其中一人是名不爱打仗的职业军人，他来自一个和平的国家，他的主要装备不是一把左轮手枪，而是一板巧克力；或是一个恶魔般的伪君子侵入了常人的家庭，然后像怪物一样控制了每个人并准备彻底摧毁他们——直到上帝、国王或是其他某种非理性力量奇迹般地介入而挫败了他的阴谋。在这类戏剧中，剧作家结合了两种不同的戏剧：常规的喜剧（或是传奇、悲剧）和讽刺剧。

天才横溢的作家总是忍不住混用不同的文学样式。埃斯库罗斯和莎士比亚比其他作家都更为大胆地在他们的悲剧中加进了喜剧和传奇的成分。然而在写实性的虚构（无论是叙事文学还是戏剧）中混入讽刺是特别危险的。这是因为讽刺——虽然它假装是在讲述人生的全部真相——其实提供了一种失真的宣传；而戏剧和叙事虚构作品的素材选用则稳健得多，远更接近于讲述全部真相。

正宗的讽刺虚构作品假装是真实的和现实的；但它彻头彻尾是扭曲变形的。它的故事离奇古怪（如《格列佛游记》），或与荒诞的偶然和巧合有关（如《戆第德》）；他的主人公具有超乎常人的耐受力（如《堂吉诃德》）、存活率（如《吹牛大王历险记》[Baron Munchausen]）、天真（如《衰落与瓦解》[Decline and Fall]）或精明（如《列纳狐》[Reynard the Fox]）；它的人物虽然经常描写得冠冕堂皇，却是畸形、夸张和漫画式的。

许多被称为"讽刺"的著名小说和戏剧只有部分是讽刺性的，而它们远更重要的部分、作者远更强烈的写作动机与真正的讽刺无关。有时只有一个人物或场景是讽刺性的，不然它就是纯粹的虚构作品或戏剧了：如《雾都孤儿》(Oliver Twist)中的班布尔先生（Mr. Bumble）、《哈姆雷特》中的奥斯里克（Osric）。然而我们说到虚构作品（无论叙事文学还是戏剧）中的讽刺时，我们指的仅仅是那些主体倾向为讽刺的作品，而非那些偶尔使用讽刺但主要是在呈现一种更加丰富、平衡的生活画面的作品。

讽刺和现实的关系构成了讽刺的核心问题。讽刺希望揭露、批判和羞臊人类生活，但它假装是在讲述真实发生的事情，而且只是真实发生的事情。在叙事和戏剧作品中，它经常采用下述两种方式中的一种：或是描写看似真实、其实卑劣可笑的此间世界；或是描写与我们的世界截然相反的殊方异域。

2. 此间世界之外

因此有大量讲述旅行探访陌生国度和其他世界的讽刺故事。英语文学中最著名的作品是《格列佛游记》。这是一部可怕的书，

IV. 扭曲的镜像

它的标题和构思即显示了它的写作意图。它讲述了一个容易上当受骗的人或者说傻瓜经历人生不同向度的旅行，分为四段，对应斯威夫特教长在讲坛阐述的四福音书。这个傻瓜（就像我们大部分人一样）原本相信所有男人和女人都还算诚实和明智，但他在旅行中逐步发现他们是可笑的侏儒、令人厌恶的巨人、执拗的疯子和猿人式的生物；他最后变得像斯威夫特本人一样，遗世独立、不相信上帝，甚至无法与家人共食，也无法不带着反感厌恶来看待世人。走向空无的精神之旅隐藏在了一组讽刺虚构的旅行者故事中。但是大多数读者都心知肚明：格列佛并没有真的去不同的国家，而是通过歪曲的镜像观量他自己所在的社会。利立浦特和布罗卜丁奈格是缩小或放大版的欧洲国家（利立浦特像路易十四时期的法国，布罗卜丁奈格像彼得大帝时期的俄国），勒皮他像是东方版的英国皇家协会；巴尔尼巴比（Balnibarbi）和雅虎以不同的方式影射了英国统治压迫下的爱尔兰人；慧骃并不是超马，而是具有理性时代美德的超人。在通过探险而向斯威夫特及其同时代人敞开的世界中，有许多社会比格列佛经过的地方远更离奇古怪，也远更具有教育意义。但是讽刺通常不去比较两种真实的社会：它或是比较真实的社会和理想的社会，或是比较高贵的梦想和堕落的现实。在斯威夫特看来，一切现实都是堕落的。160 他无法相信人类能够运用自身的仁慈、理性和高贵；与此同时，他虽然表面上是一名基督徒，强烈地信仰原罪，但对超自然的力量毫无信心，在自己的宗教信仰和它的创始人中都看不到任何救赎的希望。

中世纪的男人和女人喜欢做朝圣旅行。中世纪诗歌中最重要的一首以至少是蕴含讽刺的笔调描写了一次朝圣旅行。这就是托名让·德·欧特维尔（Jean de Hauteville）——其实是一位匿名作者——1184 年创作的《极度悲伤的人》（*Architrenius*）。全诗分为九卷，约 4500 行，以出色的、有时［甚至是］雄辩的拉丁语六音步诗体写成。[4] 它讲述了精神的受难、寻觅和救赎。不满于自己邪恶和无目的的生活，"极度悲伤的人" 出发去找 "自然"，问她为什么把自己打造得这样脆弱。他历经不同的宗教——有的是纯粹讽喻性的（如 "饕餮居"、"野心山"），有的是完全神话式的（如 "维纳斯的宫殿"），有的是半神话式的（例如他在 "北冥"［Thule］聆听了阿契塔［Archytas］、加图和柏拉图等哲人的教诲），或是真实和当时代的（如巴黎大学），最后找到了 "自然"；后者向他发表了一大篇训诫，并将美丽的 "节制"（Moderation）许配给他为妻而赐予了他幸福。（奇怪的是，尽管这是一首描写道德挣扎的诗，它几乎全然忽略了基督教会、它的教导和救赎的允诺。）《极度悲伤的人》总是显得严肃、抽象和单调，因此并不真的是讽刺。在文体上，它的主要拉丁文学模板是奥维德的《变形记》，而且与之相似，它大可以说成是史诗和教谕诗的混合。另外，其中还有一些意在批判的幽默怪话、若干上乘的戏仿以及对朱文纳尔的征引和化用。[5] 因此，与其他中世纪长诗一样，它仅仅是部分而非在整体或文类上属于讽刺。

塞缪尔·巴特勒的《埃里汪》（*Erewhon*，1872）是一部著名的现代游记作品。它的标题，即颠倒拼写的 "无处"（*Nowhere*），

IV. 扭曲的镜像

而书中人物的名字，令我们期待看到作家本人所在世界的一个镜像反映。于是，他在埃里汪的东道主名叫 Senoj Nosnibor，这是最常见的两个英国中产阶级名字（Jones Robinson）的反写；他的老师叫 Thims，这是最常见的名字"Smith"的反写；而他们信奉的大女神 Ydgrun 是 19 世纪英国道德舆论化身格伦迪夫人（Mrs. Grundy）名字的反写。巴特勒心思敏捷，但是比较狭隘。探险家经过漫长的苦难和险象环生的旅行后进入一个未知地区，结果只是发现了另一个少许风俗制度恰好相反的维多利亚英国：我个人绝不会对这类故事产生太多兴趣。故事讲得巧妙，且其中有一些可笑的桥段。但是，如果我们想到地球表面的人类社会是如此千差万别，又是那么奇妙而富于教益地不同于［我们］亲爱的老英格兰，我们也许会好奇它是否值得巴特勒花时间穿越那些人迹罕至的关山路障，而其目的只是为了发现那些我们了解但却不喜欢的男人和女人们如此平淡无奇的一个映像。"穿越大海的人天空改变了，内心却没有变。"罗马的讽刺家如是说；[6] 我们奇怪地看到巴特勒花了那么多时间和精力来建构和自己国家完全相反的一个世界，而本来从他在新西兰的牧场出发几天时间就可以在现实中遇到远更有趣和奇怪的毛利人。最近又有关于这一主题的变奏出现。安德烈·莫罗亚（Andre Maurois）在其《阿提科勒人国土游记》（*Journey to the Land of the Articoles*，1928）中虚构了太平洋中部的一个岛屿迈亚纳（Maïana）。岛上居民分为两个不同的阶层，其中上层人被称为阿提科勒人，他们的生活主要是感受艺术、绘画、雕刻、谱曲和写作。他们没有货币，生活仰仗富有的皮奥人（Beos，即皮奥夏人［Boeotians］，也就是"蠢货"的简称），后者承担了国内一切非艺术性的工作。阿提科勒人的主要问题在于他们的生活太过舒服和狭隘而给他们提供不了多少创作素材。这尤其让他们的作家无所适从。不过他们中的有些人通过内省解决了这一难题。迈亚纳文学近期最伟大的作品是一个名叫劳赤科（Routchko）的阿提科勒人的自我告白，该书长达16900页，题为《我为什么不能写作》(*Why I Cannot Write*)。

在《戆第德》这本奇妙的小书中，唯一被认为是非现实主义的部分是［书中人物］到想象中的黄金国的旅行。这类游记中最著名的作品是托马斯·莫尔的《乌托邦》(*Utopia*，1516)。尽管语气平静而克制，它对乌托邦生活娓娓动听的理性描写和当时欧洲非理性的生活状况二者之间形成的鲜明对照很可能足以使它成为一部温和的讽刺作品：莫尔本人即说过本书旨在"有趣而且有益"。[7] 当然，最好玩的游记类讽刺当属拉伯雷《庞大固埃传》的第4至5卷，这个漫长的旅程戏仿了"寻找圣杯"的主题，其中巨人王子和他的廷臣泛海寻找"圣瓶的神谕"，途中经历了各式各样象征人世缺陷和愚蠢的讽刺性岛屿。其中有个岛屿是"麦得莫塞"（Medamothy），这个名字和"乌托邦"一样意谓"无处"。[8]

其他世界

旅行家有时也离开地球去到非人或超人居住的另一世界，或者说人类居住的另一种生存空间。这是我们最古老的梦想之一，即飞越太空去游览其他世界。关于这类旅行的描写显然不一定旨在讽刺。它可以是英雄主义的，例如奥德修斯和战友鬼魂的会面。它可以是神话性的，例如但丁登上炼狱山而飞升诸天。它可以是幻想性的，例如威尔斯（H. G. Wells）的《月球上最早的人类》（*The First Men in the Moon*）和当今从最新开发的"潜意识"中流出的无数"太空小说"。[9] 它可以是喜剧性的，例如阿里斯托芬的《蛙》中狄奥尼索斯的下地狱与《和平》中特吕盖乌斯（Trygaeus）骑着屎壳郎飞上天。但是如果它涉及对人世的批判、揭露人性的邪恶和软弱以及或辛辣或揶揄的幽默，那么它便是讽刺了。才华横溢的梅尼普斯（Menippus of Gadara）效仿阿里斯托芬写了一部访问亡灵世界的对话作品，他在此向智慧的先知忒瑞西阿斯（Tiresias）请教最好的生活方式，对方的回答与两千年后懿第德得到的答案完全一样：避免公共事务而"το παρόν ευ θέσθαι"（即"充分把握自己的命运"）。[10] 他在此也看到死亡怎样轻易地剥夺了富人的财富和权贵的尊荣，而我们努力争取和维持的这种表面生活是多么的肤浅和脆弱。还是这位梅尼普斯，他飞上天去检验哲学家们的天文学说，他从太空俯瞰地球，看到了人类生活的渺小和混乱、经常像轻烟一样飘到天上的人类祈祷的愚蠢。[11] 这两个主题经常在讽刺作家的作品中出现，甚至作为片段场景出现在更加严肃的文学作品中。阿里奥斯托的《疯狂的罗兰》中就有一段引人入胜的月球旅行描写，在此骑士阿斯托尔福（Astolfo）找到了人类世界中不幸的疯人们失去的理智，以及一大堆阴谋诡计、幻术戏法和胡言乱语。以此为蓝本，弥尔顿也在《失乐园》中加进了一小段讽刺文字，描述了被风吹至宇宙外缘的空虚物垃圾堆：

164
>那时你将看到
>
>僧帽、头巾和袈裟,同穿戴他们的人一起被颠荡
>
>撕扯破烂;还有圣骨、念珠
>
>赎罪券、特免证、赦免、圣谕
>
>都成为风的玩物:所有这些东西被高高卷起,
>
>飞扬过这个世界的背面,
>
>落到一个广大空阔的灵泊之地,从此
>
>被称为愚人的乐园。[12]

梅尼普斯的崇拜者卢奇安据此创作了更加成功的讽刺作品,这些作品以对话形式描写了他在冥府和奥林匹亚诸神家园的游记和对话:梅尼普斯本人与其他犬儒派哲人在此出现并嘲笑了那些成为讽刺典型的哲人们。[13]一名富有想象力的作家也许会把访问外星世界描写成一场旅行或一种幻视(vision)。二者的区别多半在于强调的重点不同。但丁小心翼翼地提醒我们他[在旅行途中]保有自己的肉身(因此能感到痛苦和快乐,甚至还——这一点让地狱中的幽灵大为惊讶——投下了影子),并栩栩如生地描述了他在每个游历阶段的活动;他并不是一个幻视者(visionary),而是一个旅行者。但是拉伯雷将他笔下的一个人物送到了亡灵世界,又轻而易举地迅速把他带回了人世。也许他内心深处想到的是(根据柏拉图在《理想国》中的说法)亚美尼亚战士厄尔(Er)僵卧但未死透之际被[神]赐予的对永恒世界的恢宏启示。庞大固埃王子的随从爱彼斯特蒙(Epistemon)——这个名字意为"有知

IV. 扭曲的镜像

识的"——在与巨人作战时被杀:他的头被砍掉了;他的灵魂离开了身体而与死人的亡灵为伍。但是庞大固埃重新缝合了他的头,并敷上灵丹妙药(diamerdis)令他起死回生。爱彼斯特蒙随后讲述了他的[阴间]见闻。他的见闻与人们生前的境遇完全相反,从而暴露了它的先驱是犬儒哲人梅尼普斯。第欧根尼(Diogenes)成了紫袍加身、手持权杖的王者,亚历山大却成了缝补旧衣的手艺人;穷困潦倒的斯多亚哲人爱比克泰德成了拥有醇酒美妇的富翁,征服者居鲁士(Cyrus)向他乞讨小钱;一位著名的教皇成了卖馅饼的小贩,而亚瑟王的圆桌骑士成了在冥河摆渡魔鬼往来的船夫。[14]

神秘旅程和神秘幻象之间最重要的差别在于,旅程的各个阶段都有一定的细节描写,作者也努力让它们显得真实,而幻视者或是通过奇迹被接送到幻觉场景并返回现实世界,或是在精神狂喜中通过内在之眼看到这一场景。爱彼斯特蒙的冥府之行因此就是他僵卧濒死时灵魂出窍后看到的幻象。出于显而易见的原因,身后世界的讽刺幻象在基督教文学中并不多见,但是古希腊和罗马的异教徒对嘲讽末世论学说并不那么谨小慎微。拉丁文学最为出色、最多非议但也最有反响的幻视讽刺作品之一,便是塞内加的《克劳狄乌斯变瓜记》。

行为偏执的罗马皇帝克劳狄乌斯(Claudius)因脑瘫而不良于行,在心理上也比他多灾多难的家族中的大部分人更加失常,他在统治国家十四年之后被自己的妻子阿格里皮娜(Agrippina)用一盘下药的蘑菇毒死。在引起物议或混乱之前，阿格里皮娜之子尼禄迅即被宣布为［继任］皇帝。克劳狄乌斯得到了隆重的国葬，在葬礼上尼禄按照塞内加为他准备的讲稿庄严地颂扬了他的养父的德行和成就。人们开始时洗耳恭听，然后爆发出阵阵难以抑制的笑声。接着，克劳狄乌斯被宣布为神而与奥古斯都、罗穆罗斯（Romulus）同列天班，在地上则有专属的神庙、祭坛、牺牲和祭司。克劳狄乌斯是在其上一任皇帝被杀害后，由禁卫军半开玩笑性质地拥立为皇帝的，他通过自己的一帮释奴（他们中有希腊人，也有东方人以及其他人）进行统治，他的妻子梅萨琳娜（Messalina）曾公开与另一个男人举行婚礼，而他签署了处决梅萨琳娜的命令后到晚饭时就忘得一干二净，他几乎总是举步蹒跚、说话流涎——居然成了神！他被奉为神是一个重要的时刻。恺撒虽非善类，但他能力出众，像亚历山大一样具有某种超自然的力量。奥古斯都是为乱世带来和平的大救星。这些人大可奉为神灵而接受世人的崇拜。但是克劳乌斯被奉为神，人人都感到这是一个可笑甚至是亵渎神灵的套路，而当朝者也知道这是一项大谬不然的举措。

尼禄的老师、哲学家塞内加写了一篇关于神化克劳狄乌斯的讽刺作品。它一开始戏仿了史书的写法（克劳狄乌斯的真实情况实在太过可笑而无法如实记录），然后就成为最终灵感来自梅尼普斯的对天堂和地狱的幻视。它讲述克劳狄乌斯如何在半死不活许多年后终于寿终正寝。他来到天上并要求成为诸神中的一员。于是诸神讨论他要成为神的请求，一些老式和古怪的神动议接受他；但他本人的祖先奥古斯都（这是他首次在这个庄严的集会上发言）

却谴责他是一个坏人和邪恶的统治者。克劳狄乌斯遭到拒绝后被带到地狱，在那里他最终成为他的疯狂前任卡里古拉（Caligula）的一名奴隶。这就是塞内加的讽刺——《克劳狄乌斯变瓜记》。[15]

《克劳狄乌斯变瓜记》行文冷酷、格调不高并直接指向个人，如果不是因为含有严肃的道德判断的话，它将是一篇讥诮［而非讽刺］。它基本上是一种闹剧式的描写；几乎整个故事都显得可笑，其中充满了笑话、双关语、戏仿、吊诡之言和讽刺隽语；但是它通过罗马帝国的缔造者奥古斯都的讲话对克劳狄乌斯的继任者尼禄提出了严肃警告。（尼禄并未接受这一警告，结果他的下场比克劳狄乌斯还要悲惨和可笑。）塞内加是一个聪明人，也是一个高明的教师，因此他的讽刺才华横溢而富于教育意义。但是因为他道德软弱，他的讽刺兼有残忍和阿谀而令人生厌。不过这是一篇重要的历史文献。它是现存第一部公开声言罗马皇帝是人——甚且是不够格的人——而远不像神，并因此质疑了恺撒开创的整个君主制度的著作。塞内加对那个步履蹒跚、口齿不清而试图进入天堂的皇帝的视觉呈现，为后来的基督徒严词拒绝向皇帝宝座上的伪神献祭预先打下了基础。

很久之后，在公元361年（这时基督徒已经开始征服罗马帝国），有人写了另一部相同主题的讽刺作品。在名为《会饮》的天堂幻景中，罗马最后一位异教徒皇帝、背教者尤利安描写了他的前任被邀至天上参加诸神的饮宴，并逐一被接纳或被侮慢地拒绝成为他们当中的一员。在塞内加笔下，克劳狄乌斯努力想获取神界的公民权，这一景象让人忍俊不禁；而在尤利安笔下，排成长队的诸奥古斯都逐一上前自我介绍并等候奥林匹亚诸神裁决他们能否成神,这一景象更是令人解颐。尤利安的描写笔触犀利而不合常规,常常显得冷酷无情。他很清楚讽刺的主要目的之一就是毁灭性的批评。于是他最后不仅谈到他的叔父、罗马首位基督教皇帝君士坦丁(Constantine),也谈到他本人的加利利对手、拿撒勒的耶稣。尤利安让君士坦丁采用温柔的"奢侈"作为自己的守护神,因为尤利安本人是一名严格的斯多亚派哲人,像尼采一样将基督教蔑视为一种柔顺、温和和懦弱的宗教。他甚至把耶稣宣讲的"凡劳苦担重担的人可以到我这里来,我就使你们得安息"(《马太福音》11: 28)和洗礼仪式歪曲为"凡诱奸、杀人和肮脏龌龊的人,让他高兴地到我这里来。我将立刻用这水洁净他,如他再犯了同样的罪,我将赐予他通过捶胸敲头而重新变得洁净的力量"。因其酷烈、无情的攻击和辛辣、粗粝的幽默,尤利安的《会饮》乃是古希腊-罗马讽刺的正宗传人。[16]

除了塞万提斯,西班牙最著名的讽刺作家是克维多(Francisco Gomez de Quevedo y Villegas, 1580—1645)。他留下了一组名为《幻视》(*Visions*)的散文,它们属于同一类型,都是对这个金玉其外而败絮其中的世界的揭发,像在末日审判时一样让虚假和罪行大白于天下,并通过炽热的幽默和酸涩的妙语对其进行鞭挞。它的文笔严苛而轻快,常常不够雅驯,常常太过粗暴而触动克维多同时代人的敏感神经。他的《幻视》有一点最为特别,我们在拉伯雷《巨人传》中描写地狱景象的章节以及其他类似的幻想作品中也看到了这一点。这就是尽管他是在处理一个基本是基督教的主题——上帝的善恶审判、生前的一切隐秘公开、对罪人的惩罚，但是他没有提到任何基督教的神。主持最后审判的神是朱庇特，并且是以裸体（"以身体为衣"[17]）出现。克维多倒是提到了天使和魔鬼、十诫、使徒和圣徒，以及教会的某些制度（如修道会）；他还大开"控诉者"即魔鬼本尊的玩笑，但他没有说到上帝，救世主和人类的大救星耶稣也未见提起。

正如一个虔诚的基督徒很难写悲剧，同理让他写一篇关于死亡、审判和来世的基督教讽刺作品几无可能。因此克维多和拉伯雷二人都将审判和惩罚的主题放回到了它最初进入西方世界的思想环境：被称为俄耳甫斯秘仪（Orphism）的古希腊神秘信仰（我们最熟悉的版本是柏拉图看到的末世论图景）；而且他们都以犬儒哲人梅尼普斯式的生动讽刺笔触描绘了这类景象。克维多的《幻视》开篇部分明显指涉了但丁的《神曲》，而且它大部分都是对但丁《地狱篇》的戏仿；但是即便在这里，我们也发现只有非常离经叛道的基督徒才会憧憬书写的内容。在惩罚的地方，克维多看到了加略人犹大（Judas Iscariot）。但丁看到犹大后并未和他说话，事实上也不可能和他说话。[18] 但是克维多和他说话了。他谴责了犹大。犹大并不接受他的谴责。他回答说："不，不，自从我主死后还有很多［这样的］人，而且今天的人比我要卑劣和忘恩负义一万倍。他们不仅出卖生命之主，而且还用钱来买他。"[19] 这个讽刺尖刻而犀利，但它并不符合基督徒的思想，于是我们也就理解为什么这位讽刺家不得不将古代异教哲人笑匠奉为圭臬了。

天外来客（Extra-Terrestrial Visits）

去到未知世界的讽刺旅行尚有一些有趣的变体形式。其中之一是天外来客造访我们这个星球。1959年，卡通画家阿兰·邓恩（Alan Dunn）就此主题创作了一部技巧娴熟的讽刺画书。它描写一组火星人力图解决"地球上有理性生命吗"这个问题（他们到达纽约后不久参观了纽约的古根海姆现代艺术博物馆，这让他们感到有趣的同时也心生警惕。博物馆的结构令他们想到柯基［Kokeye］星球，他们于是猜想："这或许是柯基人的公使馆，这表明他们比我们更早到达这里。"）。或许是受到格列佛利立浦特之行的启发，伏尔泰根据相同题材创作了一篇迷人的讽刺小品《米克罗梅加斯》（*Micromegas*，1752）。天狼星属下某一星球的巨人居民因其异端思想而被流放，他在访问土星后中途来到我们的世界，在此他和一个土星人（以睿智的丰特内勒［Fontenelle］为原型）讨论了同样的问题。土星人得出了负面的结论："这个星球构造得很差，形状极不规则，外观荒谬可笑。一切都是混乱的。你看这些小溪，没一条是直的；这些池塘，既不是圆形也不是正方形和椭圆形，怎么看都不对称；以及这些小尖点（他指的是我们所说的山）。你看两极地区是多么扁平，它笨拙地绕着太阳运行，这样一来极地必然成为沙漠。我想地球上并没有生命，因为我不信任何有理性的生物会同意在此安家。"[20] 然而，米克罗梅加斯偶然掉落了他戴的钻石项链。土星人捡起一颗钻石，发现它像透镜一样具有放大功能。以此为助，两名游客在水中看到一个活物——这是一条鲸鱼，然后又看到一个稍大点儿的东西，即一船刚从北极圈考察归来的科学家。最让米克罗梅加斯忍俊不禁的是，他发现这些可怜的微生物们说话、活动并从事集体事业，就好像它们真的存在一样。

未来的景象

这类讽刺叙事的另一种变体是未来之旅。这类视景大多具有天真的乐观主义，如爱德华·贝拉米（Edward Bellamy）的《回望2000—188J》（*Looking Backward 2000-188J*，1888）；或是阴郁的悲观主义，如H. G. 威尔士的《时间机器》（*Time Machine*，1895）和《当入睡者醒来》（*When the Sleeper Wakes*，1899，1906年修订后以《入睡者醒来》[*The Sleeper Awakes*]之名再版）。这些作品很难说成是讽刺，因为它们唤起的往往不是笑声或鄙夷，而仅仅是惊奇与恐惧。但在这些奇思异想中也有一些讽刺的片段。例如，醒来后的入睡者发现新闻报纸已经被高音喇叭取代，后者尖声叫喊着耸人听闻的消息，诸如：

> 呀哈哈，呀哈哈！请听实时报纸尖叫！实时报纸报道。呀哈！巴黎发生惊人暴行。呀哈哈！巴黎人恼怒黑人警察而走向行刺道路。可怕的报复！野蛮时代再次降临。血！血！呀哈！

我们这一代对未来最著名的想象（至少在英语文学中）是乔治·奥威尔的《一九八四》。它发表于1949年，当时让人感到毛骨悚然。现在十二年后，它更加令人毛骨悚然了。它讲述了一个名叫温斯顿·史密斯（Winston Smith）的英国人精神再生和死亡的故事。（本书创作于1945年，他的主人公很自然地采用了丘吉尔的名字［温斯顿］。）时至1984年，世界已分化成三大超级国家：大洋国、欧亚国和东亚国。英国成了大洋国的一号机场（Airstrip One）省。这三大强权始终处于战争状态，尽管一国有时为了获取利益而与另一国暂时"结盟"甚至缔结"和平"。大洋国由一极权政党统治。一方面是因为战争带来的损害，另一方面也是因为党为控制权力而有意促成的巨大能源和物资浪费，英国成了一个贫穷、阴森和无助的国度，实行寡头统治，这种寡头统治比中世纪的封建统治还要更加排外、无情和只是在技术上更加先进有效。温斯顿·史密斯是一名外围党员，但是他仍然试图坚持自身理性和情感的独立。他被监控、逮捕并遭到刑讯逼供，直到他（就像库斯特勒［Koestler］《中午的黑暗》［*Darkness at Noon*］中的受害者一样）最后放弃了曾令自己比他人略有人性希望的一切信念。

在这里，读者几乎通篇感受不到任何真正讽刺所应激起的苦笑和油然而生的蔑视。这是一个悲剧故事。但是许多伴随而来的悖谬与自相矛盾极具讽刺意味。例如，那个官方名字是"友爱部"的恐怖堡垒，它没有窗户，由重兵把守并充斥了刑讯逼供的科学仪器，温斯顿·史密斯就是在这里被改造成了一个勉强招认的叛徒和尖叫的白痴。他被捕前工作——即为了配合党的政策改写以往（甚至是昨天）的历史记录和不利的事实——所在的单位叫"真理部"。在被施加了足够的"微型友爱劝说"后，他承认了"二加二等于五"。（据说伽利略被宗教裁判所洗脑后收回了他认为地球围绕太阳运行的学说,但是他起身来后喃喃自语"E pur si muove"——"可它确实在动啊";不过温斯顿·史密斯不敢这样想,甚至不能这样想了。)个人极权的人格代表被称为"老大哥",他的脸在每面墙上出现向外盯视着这个世界,他的眼睛通过视屏监视着公共空间和私人空间中的每一个人。1984年的知识分子开始发展出一种旨在消除人类思想畛域的新式语言。它被称为"新话"(Newspeak)。这个极权政党的逻辑——据此一件事可以同时为真和为假——乃是"双重思想"(Doublethink)。

  对每个人来说(也许讽刺学者是个例外),想到就连奥威尔对未来的可怕设想也已经过时,不免令人心灰意冷。他写到了简易机场、浮动堡垒,有时还谈到导弹。自从他那个时代以来,简易机场由于技术进步已成明日黄花;如果科学按照现在的速度发展,那么地球上的大部分地区将成为人烟断绝的所在。

  另一部想象未来的讽刺作品也描述了这一前景。奥尔德斯·赫胥黎(Aldous Huxley)的《猿与本质》(*Ape and Essence*,1948)把我们带到了五代人之后的2108年。来自未遭核辐射破坏的新西兰的一支探险队到了北美大陆,发现这里的居民是当年幸存者的后裔,但是已经变得野蛮,确切说是变成了对昔日文明的野蛮戏仿。两种最强大的人类本能——宗教敬畏和性冲动——当然保留了下来,并且(就像今天具有这些本能的人一样)产生了新的、丑恶的变种。它们表面上看虽然堕落,但和不久之前还存在的少数几个国家的社会生活相比也并没有坏到哪里去:因此《猿与本质》有效讽刺的对象,与其说是被战争冲昏头脑的人类未来,不如说是赫胥黎先生心目中人类冥顽的二元性:宗教和性。对一个想象未来的讽刺家来说,如何呈现自己的视像总非易事。例如塞万提斯说堂吉诃德生活在几个世纪之前的年代,又说他从一份古老的阿拉伯手稿中翻译了堂吉诃德的生平传记,就不幸把事情弄砸了。赫胥黎先生用写电影剧本的形式来写他的讽刺,也未见得更有说服力。这种设计和它[制造]的气氛使敏感的读者难以信服——一刻也难以相信——他所读到的东西。即便是讽刺幻想作品也应该在被阅读的时候让人感到可信。

和平有其可怖之处,其卑劣程度不亚于战争。今人造访一个和平的未来世界,这本身就是一种精彩和苦涩的讽刺,堪称现代版的格列佛游记。奥尔德斯·赫胥黎的《美丽新世界》(*Brave New World*,1932)讲述一个兼有古代和现代(部分是莎士比亚精神,部分是美洲印第安人精神)力量的年轻人通过时间舱(以野蛮保留地[savage reservation]的形式)被运送到"进步"的未来世界,这个世界拥有我们今天为之努力奋斗的全部优点:稳定,和平,机器从事一切繁重的工作,体力有限的人类和亚人类做大部分简单的工作,完全开放的性爱生活,完美的人口控制,唾手可得并且无害的毒品,频繁举行的狂欢聚会,明智的顶层控制,没有文学、艺术、哲学或纯科学方面的教育、创造或试验来扰乱人心。一切听来都很完美,尽管是在 600 年后,即"我们的福特632 年"。当年不止一个萧伯纳或西德尼·韦伯(Sidney Webb)类型的理想主义"社会工程师"习惯于在喝下一杯热奶和服用他的能量药片后上床睡觉梦想这一未来;而赫胥黎这部讽刺作品的妙处即在于揭示出这种生活对人类来说是绝对无法忍受的。

弗莱基米尔·马雅可夫斯基（Vladimir Mayakovsky）起初是一名为俄国革命唱赞歌的理想主义者，最后在一首名为《臭虫》（*The Bedbug*，1929）的激烈狂想诗中对之进行了讽刺。一个结实健壮的工人因事故而被封存在冰层中（就像奥威尔笔下全身肌肉僵直的睡梦者一样），直到1979年被发现。他醒来后发现自己成了一个陌生人、一块化石、一条腔棘鱼。一切投票活动交由庞大的机器完成，而一切讨论交由巨大的高音喇叭进行。人造树木结出了真实的果实，每天都换一种。一切都干净而卫生。这个来自旧世界的幸存者身上携带了细菌，从而让新世界的人染上了早已被人遗忘的古老疾病：男人爱喝啤酒，女孩喜欢跳舞和谈情说爱。但到最后，他被安全地关在笼子里，身边只有一个同病相怜的伙伴，即一只来自热闹、脏乱、无序的老俄罗斯时代的跳蚤。

奇异的旅行

当然，并不是所有描写奇异旅行的都可以称为讽刺。许多梦想家幻想到远方探险：地球上不为人知的地区、大海两万里格[①]深处、遥不可及的星际空间。声称"无限空间的永恒沉默使我充满恐惧"的帕斯卡属于少数。有些梦想家只想展示人类的勇气和开发人类的想象，他们的奇妙探险对其生活所在的现实世界来说不具有任何批判指涉作用。这类探险不是讽刺性的。当辛巴达讲

---

① 1里格约等于4千米。

述他经历的冒险和海难时,他讲得神采飞扬,他的客人听得津津有味,这仅仅是为了猎奇罢了。在我们看来,吹牛大王闵希豪森男爵(Baron Munchausen)的冒险是狂言、变戏法、纯粹的幻想、明显不可信的故事,就像美国西部最早一批探险家讲的"大话"一样。这些故事的主要创作者鲁道尔夫·拉斯佩(Rudolph Raspe)是一个江湖骗子,但是供他驰骋想象的冒险家实有其人,即闵希豪森男爵希罗尼姆斯·卡尔·弗里德里希(Hieronymus Karl Friederich, Freiherr von Munchausen)。作为无害的消遣,他 [生前] 总是喜欢板着脸讲述荒唐的故事。[21] 因此可以想见,《吹牛大王历险记》旨在讽刺"吹牛士兵"这一永恒类型,同时也嘲弄了人类永不枯竭的轻信心理。在第二版广告中,拉斯佩附加了一段在伦敦"大厦庄园起誓的证词",同时还有格列佛、辛巴达和阿拉丁担保他所说属实的誓词。这是一个很好的分界线。闵希豪森的历险故事有三分之二仅仅是奇异的幻想,而另三分之一可能是讽刺。但是今天读来,我们认为它们纯粹都是幻想。这一点也适用于刘易斯·卡罗尔(Lewis Carrol)的爱丽丝故事。从孩子们的角度来看,这些故事常常是讽刺,它们批判了成人世界中的荒谬成规;其中也有一些嘲笑法律、权威、机械的制度、乖僻的当权者(如书中的国王和公爵)的成人讽刺。不过我们大多数人是像听青春快乐的音乐(如德彪西的《儿童园地》[*Children's Corner*])一样来读它们的。

那么在一切幻想游记中最有影响的卢奇安的《真实的故事》又如何呢?很久以来它一直是卢奇安最受欢迎的作品,而且催生了诸多生动但不可能的旅行故事——例如拉伯雷进入庞大固埃的口腔，在那里游历了食道城（Gulletville）和咽喉国（Larynx and Pharynx）。[22] 与《吹牛大王历险记》一样，这是一组荒谬透顶的故事，作者甚至都懒得让它们显得真实可信。《真实的故事》差不多纯粹是搞笑。它几乎没有什么苦涩的回味；它没有让读者产生任何鄙夷情绪；它是一个迪士尼式的梦幻。如果是这样，它是否有讽刺的成分呢？它的标题本身即蕴含了某种批判。本书明显是一派胡言，却声称是"真实的"；所有其他旅行和探险故事因而都是虚假的。这里有一种讽刺的趣味，它的讽刺对象别有所指，即读者大众。卢奇安在取笑他的读者：他以满纸荒唐言来忽悠读者去读它们。这也是拉伯雷最爱玩的一种把戏：他会没完没了地历数几百种游戏的名目，或是一栏接着一栏地列举几百种荒诞的书名，就是为了看那些蠢货会跟到哪里。[23] 如果这是讽刺，那么这是一种独特的讽刺：它讽刺的对象就是它的读者。

3. 动物故事

讽刺性的游记和幻想通过两相对照我们的世界和时空遥远、性质相异的另一世界而产生［讽刺的］效果。讽刺叙事和戏剧的另一主要类型则依赖于展示人世的荒谬或堕落。

途径之一是将男人和女人描写成动物，确切说是非人类的动物。动物故事本身不一定具有讽刺性。有些关于动物的故事描写了动物说话、交谈并做出其他人类行为，但它们是与动物而非人类有关：它们尝试用人类的评判标准来解释动物的行为。（不当的尝试。现代动物学家的主要研究方向之一即解释动物的行为为何不像人类，而是像具有内在生物化学控制的机器。）另一些动物故事只是外表看似与动物相关。故事中的人物［不过］是以动物面目出现的人类。在这些故事中，动物的举动有点像正常的动物行为，其实是在给人类上课。它们是用数千年来（如我们在岩洞绘画中所见）人类最熟知和最生动的形象加以呈现并使人难忘的谚语格言。这些故事通常并不有趣，鲜少批判锋芒，总是微笑地发出明智的告诫。尽管它们或许会成为讽刺的一部分，就像它们具象呈现的谚语格言一样，但它们本身并不总是讽刺性的。《箴言书》以其［惯用的］告诫语气说道："懒人呐，你去察看蚂蚁的动作即可得智慧。"罗伯特·本奇利（Robert Benchley）有一次就这样做了。他说自己曾在整个漫长的夏日午后观察一只蚂蚁的举动，而他学到的全部东西就是：如果他头上顶一块太大的面包屑，那么他走路就会歪到一边。

尽管如此，有几部大型动物寓言集因其尖酸刻薄而足以目为讽刺；我们从中世纪时代收获了世界上最伟大的讽刺作品之一，它是一种最聪明的动物的传记，即"列那狐"（Reynard the Fox）的故事。[24] 它很近似一部讽刺史诗。假如18世纪的批评家不是那么目光短浅地一味关注古希腊-罗马经典，他们本可引用这部作品来探讨史诗与讽刺、史诗与喜剧之间的关系，而不是去研究那个实际并不存在的《马吉特斯》（*Margites*）。《列那狐的故事》反映了中世纪的世界：紧张、狭隘、金字塔式的社会结构、专制而愚

IV. 扭曲的镜像

钝。高居塔顶的是高贵的狮王陛下。其次是他手下的贵族，布莱恩熊（Bruin the Bear）、埃森格林狼（Isengrim the Wolf）、泰伯特猫（Tybert the Cat）；然后是他最活跃、最多产的臣民雄鸡常提克利尔（Chanticleer the Cock）。列那狐与他们全体对立。他们代表了社会；列那狐是反社会。他们富有而强大；列那狐则聪明伶俐。他们正统、彬彬有礼而容易上当；列那狐离经叛道、粗鲁而自出机杼。在任何社会（短暂的革命年代除外），一个穷人或孤立的人要找到拿破仑所谓"像一切有才能的人敞开的职业"终非易事。这在中世纪尤其困难，除非是加入教会，那意味着需要牺牲很多；或是投身战争，而那意味着其他方面的弃绝和更大的冒险。列纳狐认为整个制度都是荒谬的，因此践行了讽刺家的生活，揭示这一荒谬并暴露其愚蠢。有一次，在喝下二十杯葡萄酒之后，他唱出了内心的真正想法：

> 自我出生以来，
> 我就深深鄙视
> 高贵体面的人士；
> 因此我开怀高唱
> 去你妈的国王；
> 法律、国王、教会
> 我全都不放在心上。
>
> 这是我真实的想法：

> 一个勤劳工作的小偷
>
> 对所有好社会都是福音；
>
> 他为一群群单调无聊的人
>
> （大多数人都是这样）
>
> 带来了快乐的消遣。[25]

柏拉图让他笔下的苏格拉底宣称最伟大的悲剧诗人也应当是最伟大的喜剧诗人。当然，如果你想理解任何时代，就不仅需要阅读这一时代的英雄作品和哲学书籍，也需要阅读这时的喜剧和讽刺作品；于是，我在读了诸如马洛礼（Malory）的《亚瑟王之死》（*Morte Darthur*）这类高贵的中世纪骑士小说之后，总是会再花一两个小时来阅读它的讽刺镜像《列纳狐的故事》。

坎特伯雷僧人奈杰尔（Nigel）在1180年之前不久写作的拉丁诗《愚人之镜》（*The Fools' Mirror*）是当时颇为流行的另一个动物故事。它的主人公不是一只狡猾的狐狸，而是一头蠢驴。乔叟也知道这本关于"毛驴道恩·伯内尔"（"Daun Burnel the Asse"）的书。[26] 它原本是一则简单的短篇动物寓言，后被扩充为一个漫无章法、结构失衡的故事，其中谈话多于行动，比一般讽刺冒险故事更多严肃的说教。它用了大约四千行奥维德式挽歌对句（elegiac couplets）——这有助于表达箴言警句的机智（epigrammatic wit），但不适用于严肃或讽刺的叙事——来讲述毛驴伯内卢斯（Burnellus）或布朗努力获得一条配得上自己耳朵的长尾巴，但是事与愿违失去了一半尾巴和两只耳朵，最后还被他

狮王封赏列纳狐。

的主人重新抓获。（奈杰尔在序言中告诉我们）这象征了教会中人轻率野心的覆亡。尽管粗糙，如果奈杰尔的讲述简洁清晰，它本可变得更有说服力。但是他没有处理好。他有时让这头驴像动物一样行动，想着他的耳朵和尾巴，有时又让他像人一样行动，到巴黎大学读书，立志成为一名主教甚或枢机主教。伯内卢斯真不愧是一头驴，他在巴黎学习了七年后，也只能说"嘿哈"，甚至连巴黎的名字都没有记住，因为一个旅伴说过"Paternoster"（"圣父"），于是他就犯迷糊了；但他有大段看似聪明的独白，批判邪恶贪婪的僧侣和淫荡市侩的主教，比较不同教派的长处并编造了自己所在教派的优点。奈杰尔硬塞入不少其他动物寓言和讽喻故事而破坏了故事的连贯性（它本来已经因为安插了不可能发生的说教而导致扭曲变形）；他最后还加进毛驴主人和克雷莫纳（Cremona）一个有钱人的争执，而这两个人此前都未在故事中出现过。说奈杰尔想他的故事和它的主人公一样，因此以"断尾"作结，这可能是过誉了；不过他或许确实觇见了讽刺的本义，即"杂烩"，于是努力写出了一部充满异质和意外情节的小说。

《愚人之镜》只是诸多意在讽刺的中世纪拉丁语动物诗中的一部。[类似题材]最早的一部作品是洛林地区的某位僧侣大约在940年创作的《逃狱记》（*Ecbasis Captivi*——它的标题相当造作，一半是希腊文，一半是拉丁文）。它讲述了一只牛犊从牛栏中逃出而几乎被狼吃掉的故事：它要告诉年轻僧侣的道德寓意是"勿对你在修道院中的狭小房间感到厌恶烦躁"。本书作者是一位很好的拉丁学者，读书甚是广博。他一定对贺拉斯了然于

IV. 扭曲的镜像

胸,因为他有五分之一的诗行来自贺拉斯。(由此可见讽刺的素材是如何传承的。伊索讲的那个生病的狮子无法说服狐狸进洞探望他的寓言,后来卢基里乌斯也说过,贺拉斯也总结转述过,现在又被拉长放大讲了一遍——这次讲这个故事的是一头狼。)最出色也是最脍炙人口的一部作品是讽刺僧侣生活的《伊森格里姆》(Ysengrim),该书共分七卷,以挽歌对句体写成,讲述了一头狼(即僧侣)如何被狐狸欺骗的故事。它的作者根特的尼瓦尔德(Nivard of Ghent)大约在1150年前后写作本书,是一位精明能干的讽刺作家。[27]

这些动物讽刺故事中最奇特的一部无疑是北非修辞教师阿普列乌斯大约在公元180年前后创作的《变形记》。[28]该书共有十一卷,以惊人复杂和多样化的拉丁散文写成。书中的主人公——他起初是一个天真聪慧、浪漫多情的希腊青年,最后成了阿普列乌斯本人——赴向为魔法幻术大本营的色萨利(Thessaly)观光旅行,就像今天的探险家去海地学习伏都教的巫术一样。他试图让自己变成一只鸟,但是念错了咒语,结果变成了一头驴。他的情妇兼同道知道破解的法门:只要吃了新鲜的玫瑰,他就能恢复人身。但在她取回玫瑰之前,一群强盗偷走了这头驴,让他驮着抢劫来的财物,一路赶回了他们的老巢。从此以后,思想感情完全是人类、但是声音和外形丑陋如毛驴一样的他经历了一次比一次惊险和有辱人格的冒险,就算是动物也会感到痛苦,对人类来说简直无法忍受:他被迫当众和一名女犯性交并在受辱至此后将被处死,直到行刑前夜他从监狱中逃出,直奔海边一头扎进具有净化力量的海涛之中，并在此看到女神——自然母亲。女神独对他表示怜悯，在一番美妙高明的讲话中阐述了自己的仁爱和力量，欢迎他皈依座下，并告诉他次日清晨他不会被羞辱和杀害，而是会在她的一名祭司手中发现新鲜的玫瑰。于是他又变回人身，但不再是以前那个颠顶的青年，而是成了一个安宁、谦恭、克己、忘我、严肃和快乐的人。

这个不同寻常的故事首先讲述了一个经过苦难而成长和学习的故事，即德国人所说的"教育小说"（*Bildungsroman*，该词几乎不可翻译）。卢奇乌斯（Lucius）经历了从欲望到兽性再到纯洁的变化；他通过变身为驴由愚蠢变得有智慧，通过屈身为奴、任人鞭挞从一个浪荡子变成了虔诚的朝圣者，通过黑魔法从胡作非为和狂欢集会转向了更高的宗教。（阿普列乌斯本人生前曾被认真指控使用巫术，几代之后他的非洲同胞犹自相信他是个巫师。）[29] 该书以离奇荒诞、经常是庸俗搞笑和令人反感的叙事描述了这一过程，因此它是一部讽刺作品。尽管不是全部，主人公亲身经历或亲耳听到的某些冒险故事，其主旨和语气都是讽刺性的。评价这部小说的主要困难在于：首先，它运用了最典雅的文体风格（我们不指望一部激烈和荒诞的小说用比普鲁斯特［Marcel Proust］还精致考究的散文来讲述，但是阿普列乌斯并未戏仿任何一家写作流派）；其次，故事结尾和若干著名片段（特别是丘比特和普赛克［Psyche］的故事）的确优美感人。对于第一点的解释是：直截了当、就事论事的散文显得粗鄙不文而难以取信于人。阿普列乌斯师法所有［语言］魔法师中最杰出的一位，即奥维德：

IV. 扭曲的镜像

后者通过雄辩而富于想象力的细节描写和优雅的笔触让不可信的变形故事变得可信。他的散文就像魔咒一样活色生香、摇曳生姿。此外，丘比特和普赛克的故事以及其他场景写得优美动人，意在强化本书的基本主题，即理想与现实、灵魂与肉体、美德与恶行、高尚与卑劣、超越与堕落之间的讽刺对比。这就是为什么一个经过艰难考验而成就理想幸福婚姻的故事是由盗匪巢穴中一个醉酒的老妇向一个心惊胆战的少女讲述。

有许多讽刺作品像《列纳狐》一样假装谈论动物，其实说的是人。《格列佛游记》末卷中出现的"慧骃"自然不是马。马是一种令人愉悦的动物，从画面角度看极具装饰性，但它们的理性思考能力远低于人类，它们的情感更是狂野不羁。关于人性发展的一个可悲事实——这也是斯威夫特教长尽力想避免的一点——是：那种与人类惊人相似的猿猴是一切低等哺乳动物中最聪明的。[30] 以前有过一个类似于格列佛第四次旅行中描写的世界，即旧石器时代。雅虎就是旧石器时代的人类。他们尚未想到捕捉和驯养野马（这时他们刚驯化了狗不久），但他们确实在猎杀野马。因为更聪明也更残暴，他们把可怜的慧骃赶下悬崖丧生，然后吃他们的尸体。人们在勃艮第索特留（Solutre）地区一个旧石器时代的山洞遗址外发现了成千上万块马的骨头，这些骨头都被劈开榨干了骨髓。我们也许——就像斯威夫特教长讽刺的那样，这一点已被科学家们证实——和猿猴相差无几；不过我们有理性，说人类恰恰因为这项才能而不如其他动物是一种严重的讽刺歪曲。我们缺乏的是另外一些品质。事实上，外表像马的慧骃和形似猿猴的雅虎都不是动物。他们是不同类型的人：有理性的少数和浑浑噩噩的大众；或是人类灵魂的两个方面：安静的理想主义和低下的兽性冲动。慧骃听起来像是一种小圈子内使用的人类语言或哲学家的行话术语；而每个人会说雅虎语，一些现代诗人和政治家甚至还伴随着鼓点用它［向民众］大声喊话。

阿纳托尔·法朗士1908年发表的《企鹅岛》间或涉笔成趣，但它总是从极左角度出发苦涩而着力地讽刺法国的历史。法国人被滑稽地描述为一种特殊种类的企鹅，早年一名基督教传教士在北极的某个岛上发现了它们，由于一个令人遗憾的错误而将它们施洗为基督徒，又因上帝特别开恩把它们变成了人类，又通过奇迹将他们连人带岛移到了布列塔尼附近。我们大多数人都难以将这些统一着装、庄重威严的企鹅和优雅、有品味、懂得享受的法国人——特别是当我们想到这些企鹅大多实行一夫一妻制，而且他们对所谓性偏差（sexual deviations）几乎闻所未闻——等同起来。不过，法朗士选择企鹅是因为他和许多法国知识分子一样认为自己的同胞根本上是（虽说他们自然优于其他欧洲人）野兽。不管怎样，他通过自己的讽刺以及一些滑稽的名字——如海雀（Greatauk）和鼠海豚（Porpoisia）——事实上让这个想法打了折扣。[31] 接着他将本书变成了对法国历史的歪曲戏谑，只用几页工夫就从文艺复兴说到了路易十四时代，但是花了整本书讽刺性地讲述德雷福斯（Dreyfus）事件，最后以未来世界的骇人景象结束了全书。他描写的景象是卡尔·马克思的启示录的一个黑暗变体：一个怪物般的超级城市，一群群低贱的工人在此出没，几个腐朽堕落的亿万富翁掌控着城市，³²但它最后不是被共产党领导下的无产阶级胜利接管，而是被使用放射性炸药的无政府主义者所摧毁。《企鹅岛》后半部分的寓意是：法国（事实上是整个西方）的历史始于迷信和野蛮，并将走向贪婪和凶残；而西方文明被原子弹摧毁乃是解决人类冥顽、自私、愚蠢的唯一可能途径。³³就像《格列佛游记》一样，这是一个纯粹负面和完全悲观的讽刺：它属于犬儒一脉的强大文学传统。不过，作为艺术创作，它远逊于《格列佛游记》，因为其作者的偏见和怨毒扭曲了它的结构，使之不再是一本完整的书，而是成为三个相互冲突的幻想故事。

不到两代人之后，起初抱有热情、继而失望、最终心怀恐惧地看到一个社会主义新型社会建立的乔治·奥威尔创作了一部讽刺它的小说。《动物庄园》（*Animal Farm*，1945）以堪与斯威夫特媲美的手法，痛下针砭地抨击了俄国的共产主义革命、斯大林的背叛及其官僚制度。表面上看它是一部关于动物的小说，但我们知道它说的是不同类型的人。当我们看到猪训练狗保卫自己而不是撕咬他们，当我们听到一只乌鸦在农场集会中说天上有一座糖果山（Sugarcandy Mountain），更有甚者，当我们在故事最后看到猪们和附近农场的人类农场主们一起喝啤酒打牌时，我们便知道自己是在看一部动画片，其中人类扭曲的精神以低级动物的样貌出现。这同样是一个完全负面的讽刺。如其所说，可怜的牲畜没有任何希望。羊总会咩咩叫和成群结队地奔跑，母鸡总会咯咯叫、下蛋被偷走，牛总会听从指令干活，而马总会一直工作到倒

"*All animals are equal, but some are more equal than others.*"

From *The Animal Farm*, by George Orwell. Harcourt, Brace & World, Inc., 1946. Illustrations by Joy Batchelor and John Halas

"一切动物都是平等的,但是有些动物比其他动物更平等。"(《动物庄园》)

下为止。猪和狗将统治一切。尽管《动物庄园》的写作灵感直接源自共产主义国家垄断的崛起和"与斯大林有关的个人崇拜"（今天的共产主义宣传家以此描述当年一代人经历的可怕暴政），但它寓意深远、直面人生而足以适用一切遭到背叛的革命。

在舞台上表现伪装成动物的人类比在叙事作品中更难：职是之故，动物像人一样行事（或反之）的讽刺戏剧颇为罕见。阿里斯托芬喜剧《鸟》（Birds）中优雅和富于乐感的动物角色并非意在讽刺的形象。它们是生活在远离人间忧患的"云中鹁鸪国"（Cloudcuckooland）的理想生物。这部喜剧的讽刺锋芒指向可怜的人类和无能的神灵，他们将自己的世界弄得一团糟，结果需要世界上最古老的温血动物鸟类来建立世界秩序、创造人类和神灵都未能成功实现的普世幸福。因此这部讽刺戏剧属于另一类型：人类到访一个比自身世界更加美好的幻想世界。

然而，在阿里斯托芬的另一部美妙的讽刺喜剧（它曾愉快地激起沃恩·威廉姆斯［Vaughan Williams］的想象而创作了恰如其分的音乐）中，我们看到了一群说着人类语言的马蜂。他们是年老贫穷、领取政府津贴生活的雅典公民，平时充斥在法庭上担任陪审员，并将其螫针深深刺向城邦之敌，也就是那些富人。他们不是群居采蜜、供养集体的蜜蜂，而是纯粹自私、无情螫人的马蜂，他们身上带有一种特别的毒素，使自身和敌人都无法过上健康幸福的生活。

曾经写作想象机械化未来世界的名作《万能机器人》（R. U. R.）的捷克天才作家恰佩克（Karel Čapek），与其兄弟约瑟夫（Josef

合作撰写了一部名为《昆虫喜剧》(*Insect Comedy*, 1920) 的讽刺戏剧，其中只有一个主要人类角色，即一个醉酒的流浪汉。他在一片森林空地中首先看到蝴蝶的求爱舞蹈和计谋，这象征了富有、轻浮、超级敏感的男人和女人的生活；然后他看到屎壳郎之间的争斗打闹、恋家的蟋蟀和凶残的姬蜂，这是冷酷无情、唯利是图的资产阶级的写照；最后他看到像机器一样工作、像人类大军一样战斗的蚂蚁这种完美的社会性昆虫。在其创作札记中，恰佩克兄弟将这部戏称为"滑稽戏仿"并谈到了《蛙鼠之战》。它的确是一部讽刺作品，但是远比那篇荷马式戏仿辛辣和悲观。剧中最荒谬感人的一个角色是蝶蛹（Chrysalis），它在两幕中一直高谈未来，说自己终将拥有完全的生命，那时它将把生命的秘密揭示给世人。蜕变发生后，刚才还激动兴奋不已的它立时僵扑在地，变成了一只小小的死蛾子。

如亚里士多德所说，一切戏剧的重要元素是"无理而可能"（the probable impossible）。[34] 如果可能性降低，讽刺家的工作就会愈加艰难。因此欧仁·尤内斯库（Eugene Ionesco）在创作《犀牛》(*The Rhinoceros*)——这部戏的主题是一个城镇的全体居民（除了一个孤独的例外）都变成了大声吼叫、横冲直撞、皮糙肉厚的野兽犀牛——时，便向戏剧讽刺的一个核心问题发起了挑战。虽然第一幕情节薄弱并呈现为闹剧，最终结尾也令人失望，尤内斯库还是通过一场大戏解决了这个问题。当我们看到安静不事张扬的主人公在舞台上眼见对面的友人膨胀变形、性情变化直到成为畜群——这时可以在后台听到它们嘶吼奔跑的声音——中的一员，而他本人也一分一秒地变得皮糙肉厚而不像人类，这不仅是在感受讽刺的经验，更是在感受讽刺者快乐和痛苦的情绪。尤内斯库本人在不同场合说过他的戏剧是对纳粹化（他将此视为理智主义的颠倒反转）、极权主义政府和集体性歇斯底里的一种批判。[35]

《犀牛》揭示了人的动物化。这部史上最酷烈的讽刺戏剧之一揭示了人徒有人类外表而在精神上去禽兽不远，虽有人的名字而行事如凶残、反复无常的动物。本·琼森（Ben Jonson）的《福尔蓬奈》（*Volpone*, 1607）一剧中的主人公就叫"狐狸"。他的寄生随从叫"莫斯卡"（Mosca），意思是苍蝇；他那些追逐遗产的狐朋狗友则属于贪婪的猛禽：

> 秃鹰、鹞子
> 乌鸦和老鸹，一切认为他
> 正在变成尸体的猛禽。

在讽刺故事中，并不是所有人都要伪装成动物。有技巧的讽刺者可通过引入一个动物角色作为人类的同伴，甚至在某些方面还优于人类，而产生想要的效果。于是，皮科克的《猩猩爵士》中有一头令人称道的猩猩，它被人从安哥拉带到英国，学会了文明社会的礼仪，并被取名"猩猩爵士"（Sir Oran Hautton）。（皮科克显然未加区分东印度的猩猩和非洲的黑猩猩。）它的主人为它买了一个准男爵的爵位，并打算通过口袋选区让它进入议会成为议员。猩猩爵士不能说话（不过许多英国士绅都自矜守口如瓶，除了"哼哈"之外几乎不发一言），此外各方面都大称人意。不错，他的毛发是很重，不过当时正流行连鬓胡呢。他总是跳窗离开房间，不过英国人赞赏运动家和怪人。猩猩爵士像一切乡绅那样开怀饮酒，而且还有一种出人意料的社交天赋，即吹奏长笛。

在一部尖锐的现代讽刺作品《猴妻，或黑猩猩新娘》（*His Monkey Wife, or, Married to a Chimp*，1930）中，约翰·柯里尔（John Collier）引入了母猴的形象。她叫——和英语世界中第一部伟大爱情小说中的女主角一样——艾米莉。恪守妇道、沉默寡言、像格里塞尔达（Griselda）一样无私奉献的她深爱着自己的主人法体盖（Fatigay）先生，为了留在他身边而忍受了很多羞辱。她不能说话，但是能打字。他有时笑称她是"我沉默的好人儿"。当他被一个下贱自私的女孩欺骗和虐待后，她为他伤心流泪。她成为一个舞蹈明星后（她动人的西班牙姿色让男人们欲火中烧），倾尽所有将他从情场失意后的沦落中解救了出来。最后充满狗血情节的一幕是（这太不可能发生，但是作为讽刺可以接受），她在教堂圣坛边嫁给了他。她尽管是猿，却远比一般女性更加美好，后者也许皮肤光滑白皙，但其灵魂腐烂溃疡，肌肉与心灵一样发育不良，而且先天具有轻浮、不忠、饶舌的毛病。这部文笔犀利而优雅的小说不仅讽刺了现代女性，也讽刺了现代浪漫爱情的理想：它的标题即是对最廉价情爱小说的影射讥讽，而在正文中也不时可以见到对丁尼生《洛克斯里庄园》（*Locksley Hall*）的引用。[36]

4. 此间世界的扭曲图景

对我们自身所处世界的讽刺描写——它只将人类表现为这个世界的居民——必须假装是一张写真,但事实上是一幅漫画。它必须极力展示人类更加荒谬和可恶的特性,最小化他们过上正常健康生活的能力,嘲笑他们的德行并夸大他们的恶行,贬低他们最伟大的人类天赋——合作性和创造性适应力,认为他们的宗教是自欺欺人,他们的艺术是垃圾,文学是鸦片,他们的爱情是欲望,德行是伪善,而他们的幸福是荒唐可笑的幻觉。它这样做时,必须声称自己是一个真实、无偏见并尽可能无动于衷的目击证人。这并非易事。这样的作者取得了最大的成功:他本人是或假装是这一可笑可鄙人类生活中的一员,或是置身于故事之外而惊奇地睁大眼睛、以看似天真的诚挚或温和纵容的幽默来讲述这一切。像塞利纳(Celine)的《暗夜旅程》(*Journey to the End of the Night*)那样总体严苛而苦涩的讽刺小说不易写作;它们的作者经常从讽刺的真正目的陡然转向纯正的现实主义或阴郁的悲剧而破坏了作品的效果。放任自流的喜剧语调是最好的;讽刺作家的标志就是半真半假,"笑着说出真相"(*ridentem dicere uerum*)。[37]

因为忽视了这一原则,古斯塔夫·福楼拜未能实现他创作一部切实有效(effectively)讽刺[人类]愚蠢的小说的伟大计划。《布瓦尔与佩库歇》(*Bouvard and Pecuchet*,直到他 1880 年去世都没有出版)讲述了两个中年男人的故事,他们都是像查尔斯·兰姆（Charles Lamb）那样的办公室抄写员，因为侥幸继承了一份遗产而退居乡间，并开始学习此前无暇顾及的一切知识领域。毫无经验的他们努力耕种，并试图通过书本学习化学、地质学、医学等等；由于人们故意作对和始作俑者愚蠢地反复无常，他们的所有努力都失败了。在难以置信的一幕中（这可能是对歌德《浮士德》第一部的无趣戏仿）他们决定自杀，但在看到一个乡村小教堂举行的庆祝圣诞午夜弥撒后打消了念头。"他们感到灵魂中有什么东西像黎明一样升起了"；但是就在下一章，他们像专业学者一样援引德尔图良（Tertullian）和奥利金（Origen），对基督教提出了尖锐和博学的批评。于是他们从颅相、教育一路说到政治。和胡迪布拉斯（Hudibras）爵士一样，

> 他们的想法是如此切合实际，
> 以至于说不清什么是什么；
> 但他们常常张冠李戴，
> 一如伟大的抄写员之所为。[38]

在本书末尾，福楼拜计划让他们退出江湖重拾抄写员的旧业。但是抄写什么呢？一本关于人类愚蠢的辞典。福楼拜已经编好了它的基础部分，一部《庸见辞典》(*Dictionary of Accepted Ideas*)——这让我们想起斯威夫特的《文雅机趣交谈全编》(*Complete Collection of Genteel and Ingenious Conversation*)。但是它们有一重大不同。斯威夫特和福楼拜都相信大众"能思考就像他们能飞一样"；[39]他

IV. 扭曲的镜像

们都为人类的愚蠢感到恶心；但是斯威夫特即便在心情最阴郁的时候也保持了幽默感，而福楼拜不仅在搜寻三流作品作为三流思想的例子时让自己感到厌烦，同时也因这些例子的无聊乏味而让读者感到厌烦。在斯威夫特的《文雅机趣交谈全编》中，即便是最愚蠢的交谈亦有其可笑之处：

> 小姐：比较令人可憎；不过她很像她丈夫，就像他嘴里吐出来的一样；就像一个鸡蛋像另一个鸡蛋一样。请问她穿得怎么样？
>
> 时髦太太：好得不能再好；不过我真心觉得太贵了，不值当。
>
> 必答太太：我不认识她丈夫。请问他是做什么的？
>
> 时髦太太：给法律化妆遮丑的（concealer of the law）；你一定知道，他来咱们这儿的时候醉得跟大卫的母猪一样。[40]

但是福楼拜的《辞典》大多数都索然无味：

> 鳄鱼：通过模仿小孩的哭声来吸引人。
>
> 钻石：总有一天他们会人工合成钻石！想想看，它不过是碳罢了！
>
> 湾流：挪威的一个著名城镇，最近刚被发现。
>
> 哈欠：总是说"对不起，这不是厌倦，而是我的胃"。
>
> 华尔兹：谴责它。

这部小说中连篇累牍都是诸如此类干瘪无趣的句子:"高默(Gaume)的《坚毅教义问答》(*Catechism of Perseverance*)让布瓦尔大倒胃口,于是他开始看埃尔维厄(Louis Hervieu)的一本书。"作品的整体效果像是达达主义者用作拼贴(*collages*)构图展示的一堆堆雪茄烟头、公交车票根、梳掉的毛发、肮脏的破报纸和碎瓶子;有时,耐心的读者看到作家绞尽脑汁制造了一个巨大的智力垃圾堆时会好奇福楼拜自己是否没有意识到他这样做正为人类的愚蠢提供了绝好的例证。讽刺家[本人]应该喜欢他的话题,无论它多么令人生厌;不管多么愚蠢,它应该都令他狞笑。

英国当代讽刺文学的一位领军人物在他仍很年轻的时候就开始通过讽刺来嘲笑愚蠢和罪恶。他就是伊夫林·沃(Evelyn Waugh)。1928年,他年仅二十五岁就出版了第一本著作,标题是堂而皇之的"衰落与瓦解",副标题是"一部插图小说(Novelette)"。("Novelette"在英国是非上流社会用语,意为"低俗廉价的传奇故事"[cheap romance]。书中的插图,其中有些非常有趣,正出自沃本人之手。)这是一本关于当代生活的书,主要内容几乎和《戆第德》一样骇人听闻。它的主人公保罗·潘尼费瑟(Paul Pennyfeather)是一个安静的、微不足道的牛津大学学生,他有志于成为一名神职人员。一群喝得东倒西歪的贵族散会出来后和他在方庭遭遇,并且因为他戴着一条他并不属于的俱乐部领带而"解除"了他,也就是说脱掉了他的裤子。他因为"行为失检"而被学校开除,职业前途被毁。他在威尔士找到一份工作,在一所水平很差的私立学校担任校长,学校有一个英国贵族委托

"社会保持了微妙的平衡。"
出自《衰落与瓦解》,伊夫林·沃著,利特尔-布朗公司出版,1949。
伊夫林·沃亲绘插图:拉那巴学校的运动会。

人，还有一帮由怪人和犯罪分子构成的教职工。在学校运动会上，一位光鲜美丽的女士玛格特·比斯特奇汀夫人（Margot Beste-Chetwynde）——"Beste-Chetwynde"无疑读作"Beast-Cheating"（意为"兽-骗"）——来看她的儿子。她爱上了保罗，并在她的拉美娱乐有限公司为他安排了一个职位，但是就在他们要结婚之时，保罗被捕了：拉美娱乐有限公司被曝光是一家买卖年轻女孩到拉丁美洲从事某种特殊的、世人大多反对的娱乐工作的机构。保罗蹲了一段时间监狱后伪造死亡证明偷渡出境，然后回到牛津继续他的神学学业。

这是一种双重的讽刺：善良的人迟钝而愚蠢，漂亮和有钱的人则腐朽而无情；世界不受道德法则控制，甚至不受理性控制，而是受制于偶然性和荒谬的力量。但是刀片过处，有许多钻石一样尖利的切面：反对［当时］运动和人物的笑话，有些依然活跃显要，有的则在1928年之后渐渐成为了历史。例如书中有一名憎恨人类而热爱机器的德国进步建筑师奥托·弗里德里希·西勒诺斯（Otto Friedrich Silenus），这会令一些人想到瓦尔特·格罗皮乌斯（Walter Gropius）。还有一名具有高度教养的黑人塞巴斯蒂安·查姆利（Sebastian Cholmondeley，简称"Chokey"），他拥有优美的歌喉并宣称"我的民族是一个极具精神品性的民族"：伊夫林·沃或许想到了保罗·罗伯逊（Paul Robeson）。书中几乎每个细节都能找到与之对应的真人真事；但是组合在一起，它们共同构成了对生活的一个有趣而痛苦的扭曲图景。这是一部完全成功的讽刺作品。

IV. 扭曲的镜像

　　1931年，在准备了几年时间之后，珀西·温德姆·刘易斯出版了《上帝之猿》(*The Apes of God*)。这是一本毫不留情的讽刺小说，讲述的是英国的体育运动员和家资巨万的艺术家，以夸张的漫画手法描写了布鲁姆斯伯里（Bloomsbury）团体中的代表人物和酷似西特韦尔（Sitwell）家族的一帮人。这一年，罗伊·坎贝尔——他在《上帝之猿》中以"祖鲁·伯雷兹"（Zulu Blades）之名出现——也根据同一题材创作了讽刺诗《乔治亚特》。知识分子和社会各界的势利在奥尔德斯·赫胥黎的一系列精彩小说中得到了展现。这类讽刺作品的始作俑者很可能是托马斯·洛夫·皮科克。尽管他的小说时有亮点，它们的情节结构与叙事风格在今天看来矫揉造作得让人难受；我们读他的作品，主要是看其中对科勒律治（Coleridge）、雪莱等人言谈举止的可笑描写，因为这类讽刺专门以漫画手法刻画人物。

　　不过，要欣赏这类讽刺就必须认出这些人来。我十多岁第一次读赫胥黎的小说时，从未想到书中这些神奇的人物可能来自现实。（因为在苏格兰长大，我以为他们仅仅是作家虚构的一些来自英格兰南部的怪人。）我现在明白他们中的大多数人都可以轻易辨认出来。《针锋相对》(*Point Counter Point*，1928)中那个莫名其妙的"麻布"（Burlap），我当时觉得难以置信，原来就是批评家米德尔顿·默里（Middleton Murry）；因其被虐，他的敌人大为开心，而默里本人则深感受伤。（就像拜伦看到骚塞讥笑他的火爆脾气一样，默里也想去找赫胥黎决斗。我们必须对他放弃这一想法感到遗憾，因为这本会是文学史上最有趣的插曲之一。）最近美国讽刺作家玛丽·麦卡锡（Mary McCarthy）创作了一部名为《学园的树林》(*The Groves of Academe*)的小说；就像猫玩弄新捕捉到的老鼠那样，她满心喜爱地处理了在一名"自由主义"校长领导下的女子学院这个题材。不久之后，诗人兰德尔·贾雷尔（Randall Jarrell）创作了小说《学院画像》(*Pictures from an Institution*)。它同样是描绘一所女子学院，校长是个大男孩而教员性格古怪，不过书中主要的喜剧人物是一个笑容像猫、眼神冷酷无情的女小说家，她外表看似强大，其实暗藏羞于见人的缺点。

大多数讽刺戏剧都是对其所处时代生活的漫画再现。但是在舞台上，喜剧和讽刺之间的界限并非泾渭分明。辨认《耐心》(*Patience*)这类纯正的讽刺之作并非难事，但是许多戏剧是讽刺和喜剧甚至是悲剧的杂糅。有时（比方说在莎士比亚笔下）剧中情节和大多数角色都快乐而无害，在幽默的一面接近现实；但是有一个人——例如《终成眷属》中的帕若勒斯（Parolles）和《第十二夜》中的马伏里奥（Malvolio）——画风不同，他被人愚弄并深受鄙视。因此在萧伯纳的《医生的两难选择》(*Doctor's Dilemma*)中，剧情和主要人物都生动可信，但是顾问医师的形象则属于粗鄙的丑化模仿。在莫里哀的《伪君子》(*Tartuffe*)中，坏人［答尔丢夫］的形象有所夸张，比现实生活的坏人还要邪恶；但因这类伪君子经常比普通人性格更为鲜明和生动，这个人物依然足够真实。不仅如此，在戏剧结束时，我们并没有像在一般喜剧结束时那样放声大笑。我们不寒而栗；我们想唾弃［这个人］。这部戏不仅讽刺了伪君子，也讽刺了那些相信伪君子的蠢人。

在舞台上制造充分的讽刺效果，夸张总是需要的。有无可能想象海军大臣向女王陛下的一支舰队官兵解释说他一直株守办公桌、从没有出过海而获得了这个职位，或是设想一名海军上尉因为向他的兵说"妈的"而被捕？不可能；但是狄斯雷利（Disraeli）就将海军大臣的职位授予了一名出版商，后者了解政治更甚于航海，而英国海军制度的改革大大软化了旧有的严厉规训。像其他讽刺一样，这类讽刺的妙诀在于"归谬"（reductio ad absurdum）："如果是那样，"讽刺家带着冷峻的笑容发问，"为何不能这样？"

严肃的古典学者经常抱怨阿里斯托芬《云》中对苏格拉底的描写并不真实。不错，演员戴着表现熟知特征的面具——这些特征足够滑稽，几乎不必再做夸张。但是苏格拉底出现在一个飞船中，说自己能"凌空飞行并观察太阳"；他的一个学生还描述了苏格拉底独具匠心测量跳蚤跳跃高度的实验。阿里斯托芬的批评者说真实的苏格拉底致力于道德说教而很少关注天文学和生物学。太对了！他们还可以说他并不是生活在一个与世隔绝的思想所（Phrontisterion），而是在街上溜达着和每一个人攀谈。但阿里斯托芬是在写讽刺。伪装为真实的讽刺总是一种歪曲变形。阿里斯托芬欢快活泼的讽刺戏剧绝迹于舞台很久之后，又继而兴起了米南德（Menander）的忧郁浪漫喜剧。一位批评家大声赞叹道："米南德！生活！你们谁抄袭了谁？"并不是每个人——也许今天的古典语文学家除外——看到阿里斯托芬的喜剧后都会发出这样的惊呼。讽刺常常是可笑的，但是喜剧并不等于讽刺。

旅行和探险故事

另一类立足当代生活的讽刺作品是旅行和探险故事。像皮科克的小说那样对社会的夸张描写（虽说其中也含有警示和离题的内容）本质上属于讽刺。这些讽刺采取动态视角，它们的主人公来到世界上的许多地方。有时主人公是一个被动的观察者，他忍受一切并默默进行批判；有时他像是一名游侠骑士，闯入不同人群，既让对方也让自己感到不安。

并不是每部虚构的游记作品都是讽刺。有些是极其严肃的作品；有些纯属幽默；有些显然为传奇。另外，由于许多作家内心并不清楚讽刺与其他文学类型之间的区别，我们经常看到一部小说从纯正的叙事转向露骨的喜剧，之后转向讽刺，然后又转向传奇。例如《匹克威克外传》(*The Pickwick Papers*)的主要情节就是［匹克威克社］终身主席和友人与仆从的旅行。匹克威克社本身就是对当时雅典社（Athenaeum）——它成立于狄更斯的青少年时代——之类新兴知识团体的一种温和讽刺：匹克威克先生的论文题目为"关于汉普斯特德（Hampstead）地方池塘水源的猜想，附带评说刺鱼理论"。主席的有些旅行确实是讽刺性的。在此我们看到相当可笑和可恶、名字被无情扭曲的人物，他们的冒险经历也过于草率——例如他们来到一个名为"呷泔"（Eatanswill）的小镇，巴夫（Buff）和布卢（Blue）在此激烈地竞选镇长，而

IV. 扭曲的镜像

捕猎狮子的女主人（她打扮成智慧女神的样子朗诵了一首题为《将逝之蛙》的戏仿颂诗）名字就叫列奥·亨特夫人（Mrs. Leo Hunter［狮子猎人］）。但是小说的其他情节具有纯粹搞笑的喜剧性或无伤大雅的传奇色彩；最后我们来到了舰队监狱（Fleet prison），这时小说完全脱离了讽刺，就连流浪汉金格尔先生（Mr. Jingle）也变成了一个真正哀婉动人的角色。

在这些不同的故事中，匹克威克先生有时是被动的观察者，间或成为无意识的客体，有时则是积极的推动者。在他们最活跃的时候，讽刺游记主人公的表现大相径庭。于是，在伊夫林·沃的《司各特-金的现代欧洲》（*Scott-King's Modern Europe*，1949）中，一个老实本分的中年英国小学校长因为翻译了一名默默无闻的巴洛克拉丁诗人的作品而获邀参加诗人家乡纽特雷利亚（Neutralia［中立之地］）举办的三百周年纪念会。他猛然被卷入荒唐的现代极权政治阴谋，像阴沟里的一片纸一样沦落底层，最后（尽管他什么都没有做）被当成流民而遭送到了巴勒斯坦的非法移民营。

另一方面，在《堂吉诃德》中，主人公和他的侍从终其一生都在奔突扰乱一个本来还很安宁的社会。讽刺的娱乐效果部分来自观看他们所向披靡的疯狂，部分则来自这一疯狂与其他人的幻觉相左带给我们的惊异感。这也是好兵帅克（Schweik）迟钝而机敏的愚蠢产生的效果：他在一战期间一丝不苟地执行上级军官命令而让整个奥匈帝国的军队陷入了混乱。但是在这里我们又一次遇到了许多作家曾经遇到的难题：他们戴上又脱下讽刺的面具，却没有想到这会破坏讽刺的效果。在多灾多难的17世纪德国，汉斯·雅各布·冯·格里美尔斯豪森（Hans Jakob von Grimmelshausen）的《痴儿西木传》(*The Adventurous Simplicissimus*)是为数不多的几本好书之一。这是一本非同凡响的书，几乎和歌德的《浮士德》一样横生枝节和光怪陆离。西木（*Simplicissimus*）——后来有一家重要的讽刺周刊就采用了这个名字——的意思是大傻子（Utter Simpleton）：主人公是一个像伏尔泰的戇第德、天真汉（L'Ingenu）或马吉特斯那样头脑简单的人。作家最初的想法很好。他笔下的主人公十岁时被人拐走，而他的家人在可怕的三十年战争期间的一场游击战中遇害；他被一名林中隐士抚养成人，然后踏入了因战争和腐败而动荡不安的社会，并用婴儿或圣徒的眼光来观察这个世界。如果能够实现，这一构想将大获成功：［我们将会看到］一系列忠实记录这个可怕时代的影像，足以和卡洛（Callot）简单而可怖的蚀刻版画相媲美。然而，格里美尔斯豪森在某个地方失手了。他让年轻的主人公变成了一个宫廷小丑，然后——很没有道理地——成为所有军队中最生猛的劫掠者，伏击、抢劫、决斗、掠夺。随着主人公的变化，书也发生了毁灭性的变化：它从讽刺变成流浪汉小说，很快又从流浪汉小说变成传奇喜剧。一个好的想法被浪费了，因为在混乱的时代很难保持前后一致。

这一点也适用于拜伦的《唐璜》。拜伦天性是一名讽刺家：他的许多书信和诸多私人谈话都富于机趣、扭曲变形、语涉下流但又根本上是道德的。他也是一个浪漫的人（romancer），内心

讽刺的形象（1660年版《痴儿西木传》扉页插图）

温柔而热切；另外还有些英雄主义，爱好大胆出击的冒险。其结果便是：由于总是厌恶事先计划，他写了一首和他本人生活一样散漫的诗：他本来要写一首讽刺诗，但是长期偏离［主题而］转向其他音调和情绪，因此在艺术上必须说是失败的作品。讽刺必然是多姿多彩的，但它绝不能失去自身的特性。

在此我们不妨讨论一部讽刺游记短篇：它很特别，因为它的作者是如此有名，而它的主题又是如此淫秽。在其《讽刺诗集》第一部第五首诗中，贺拉斯描述了他和几个朋友从罗马到布伦迪西的一次缓慢和劳累的旅行。没有什么大事发生。尽管其中有一些俊杰人物（例如维吉尔和麦凯纳斯［Maecenas］），但是诗人没有让他们说一句话：此行的高潮事件显然是同行者中两名职业小丑之间的骂人竞赛。表面上看，这首诗［不过是］讲述了些鸡毛蒜皮的事。

要领会其中蕴含的讽刺意味，我们有必要回忆该诗创作时的紧张政治局势。这一年是公元前 37 年。三年之前，争夺罗马最高统治权的两大竞争对手马克·安东尼和屋大维（即后来的奥古斯都）同意将罗马世界分为东西两大"势力范围"。现在，屋大维在西方发动了针对庞贝继承人的艰难战事并向安东尼求助。安东尼做出的回应是率领三百艘战船驶出布伦迪西前来驰援。这大大超出了屋大维的预期。安东尼似乎想接手结束这场战争而成为最高统治者。布伦迪西当局自主决定拒绝他进入港口。他又驶向他林敦（Tarentum）。几周之后，他与屋大维在他林敦附近会面，重

IV. 扭曲的镜像

申了他们之间的尴尬同盟。（在六年后这一同盟将随亚克兴战役以及安东尼兵败自杀而告终。）

　　精明的麦凯纳斯是屋大维的主要谋士之一。贺拉斯与维吉尔正是作为麦凯纳斯的随从而去往布伦迪西。他的旅程——一般需要九天，但他拖了十五天，显然是为了研究安东尼的意图——是一场复杂和重大的外交棋局的开盘落子。在贺拉斯的［讽刺］诗中，这些政治问题都鲜有提及。我们只听到麦凯纳斯和另外一人"身负特使重任"，他们都"惯于让失和的朋友重归于好"，而第三个人是"安东尼最好的朋友"。屋大维从未被提及；安东尼也一样（除了刚才那句话）。也没有任何关于同小庞贝（Sextus Pompey）的战斗、安东尼即将到来的舰队的暗示。似乎一切都平静安宁，甚至是昏昏欲睡。没有任何令人兴奋的迹象。在公元前40年上一次协约签订后，维吉尔写下一首充满希望和欣喜欲狂的诗：他的第四首牧歌预告了一个新的黄金时代和普世和平的到来。但是现在，贺拉斯并未感到类似的兴奋。他的整首诗记录了各种琐屑无聊的事。这里说火冒烟了，因为木柴湿了，那里又说水很难喝。贺拉斯结膜有些发炎。维吉尔消化不良。他们在贝内文图（Beneventum）的居停主人差点儿放火烧了厨房。一个女孩说她晚上会来和贺拉斯上床幽会，但是她没有来。艾库乌斯·图提库斯（Equus Tuticus）家的面包格外好吃。如此等等，直到最后以恰如其分的平淡语气宣布：

　　这场漫长旅途和说辞的终点是布伦迪西。

为什么一切如此琐屑无聊？贺拉斯认为整个旅程都是在浪费时间吗？他是在鄙视屋大维、安东尼和他们的精明谋士吗？答案不言自明。他并不是一个傻子：他对麦凯纳斯和屋大维大加赞美；他曾就罗马世界的危机写作了非常严肃的政治诗歌，而［此时］他也明白人们面临着重大考验。他为何发表这首诗，学者们通常仅只提出两点理由。首先，他们说贺拉斯想写"一篇用高超的手法描写日常经验的作品"和"一首生动的关于旅行的诗"；其次，他想与前辈卢基里乌斯一试高下，后者曾写过一首关于西西里之行的游记诗。[41] 如果贺拉斯是以一次普通的旅行——和几个随便挑选的朋友的休闲旅游——为主题，这个解释也许够用。但是这次特殊的旅行事关重大，贺拉斯以讽刺的手法写作这首诗时一定怀有更深的目的。

他部分是在讽刺自己。他是游走于重大事件边缘的一个小人物，无力甚至无心影响时局。他很清楚，由于自己的父亲是一名奴隶，他如果想攫取权力和荣名一定会招来严厉的批评。(事实上这正是同书下一首诗的主题。)他的天才在于诗歌领域，而非政治领域。[42]

但他同时也是在讽刺那些误判了他和麦凯纳斯真实关系的圈外人。(他在同书第九首诗中详细阐述了这一主题。)成千上万的人都想了解在这次重要会谈之前的几天内发生了什么，以及这次会谈的情况。贺拉斯在别的地方抱怨说他总是被一些认识的人纠缠追问，他们以为他了解内幕，并且会吐露国家重大机密。[43] 于是，为了嘲弄这些"无事忙"的好奇心和他们对自己与麦凯纳斯关系的误解，他写了一首诗，纤毫毕现地讲述了路上发生的一切，唯独不谈他们真正想知道的事情。如此精微的嘲讽有时会因为太过温和而不成其为讽刺；有些读者断定这场旅行乃至这首诗本身都毫无意义。这个想法是错误的。相反，它是一部微妙的讽刺作品。

在设定为真实世界旅行故事的讽刺作品中，讽刺对象有时是好奇访客眼中看到的这些地区及其居民，有时是表现为头脑简单、容易产生困惑和上当受骗、动辄大惊小怪的访客本人。在拜伦《唐璜》诗的讽刺段落中，主人公既为卡特琳娜时代俄国粗暴的腐败、也为摄政时期英国更加文明开化的声色犬马感到好笑和迷惘。它在后世最成功的仿作之一、林克莱特（Linklater）的《唐璜游美国》（*Juan in America*，1931）讲述了一个天真、多情、充满活力的英国青年心仪美国野性时代——其时《禁酒法案》大大鼓励了酒类的消费，而人们的性爱活动也随之跟进，甚至更加过分——的危险和快乐生活。伊夫林·沃的《黑色恶作剧》（*Black Mischief*，1932）是现代讽刺游记作品中最为苦涩的一部，它讲述了一个没有操守的英国青年在非洲阿扎尼亚（Azania）王国——它与阿比西尼亚（Abyssinia）不无相似之处——的生活经历。作者没有诉诸惯常的浪漫激情，而是冷静刻薄地讲述了这个故事，并在高潮部分讽刺地评论了时下流行的"一切种族都是肤色不同的兄弟"这一理想主义信念。主人公巴西勒·希尔（Basil Seal）参加了为去世的塞斯皇帝（Emperor Seth）举行的葬礼宴会，甚至在大家开始吃喝之前念了一篇悼文。宴会的主菜是炖肉，而这道菜的主要食材就是巴西勒的情人也即英国大臣的女儿普鲁登斯·考特妮（Prudence Courteney）。他直到忙着消化食物的时候看到宴会的一位主人头上戴着考特妮的红色贝雷帽才发现了这一点。

伊夫林·沃的《至爱》（*The Loved One*，1948）属于同一主题的变奏。它基本上是对南加州著名理想主义公墓森林草坪（Forest Lawn）的一个讽刺。本书大部分时间运用阴森恐怖而又富于魅力的笔调描写了对尸体（因手术而死、被"勒死"或是淹死而面目全非，都没有关系）进行防腐处理和化妆的过程，并调侃了殡仪馆的文明用语，如将死者称为"被爱的人"，将死者亲属称为"等候者"，将停尸房称为"睡眠间"等等。但本书主人公是英国的一个业余骗子（这是沃最喜欢的人物类型之一，即具体而微的巴西勒·希尔）：他认为南加州是一个疯狂的、无比遥远的国家，他必须——就像康拉德笔下的主人公一样——想尽一切办法在被吞噬之前逃离此地；本书最后，他将马上启程离开一个就连当地美国人有时也觉得属于另一遥远世界的地方。

有些讽刺也可称为反转的游记。在这类作品中，作者化身来自远方的客人访问自己的国家，然后用夹带厌恶和幽默的惊讶语气描述此间的风土人情。其中最重要的一部作品是年轻的孟德斯鸠（Charles de Montesquieu）——他后来因《论法的精神》一书而广为人知——1721年匿名出版的《波斯人信札》。[44] 该书声称是两位有教养的波斯绅士访问欧洲期间的通信结集，他们认为欧洲很有趣，但是经常让他们觉得难以理解。其中最具讽刺性的是那些颠倒反转了欧洲人和基督教徒种族中心主义心态的信件；例如在第 39 封信中，一名伊斯兰哈吉（Hajji）向某位犹太皈依者解说伴随穆罕默德诞生而来的巨大奇迹，并最后做出结论："在如许多动人的证词之后，只有铁石心肠的人才会拒绝相信他的神圣律法。"孟德斯鸠设法让他笔下的波斯人称所有天主教神父为"托钵僧"（dervishes）、称教皇为"教长"（the Mufti）而讽刺了基督教会。不幸的是，作为法国人他觉得自己必须谈到 Amour（爱情）；于是他在这些通信中引入了前后一贯的叙事，加进一系列殆无可能的波斯人妻子来信，这些女士情意缠绵却独守闺房，闷闷不乐而缺少管教，最后走向了绝望、堕落和自杀。这一浪漫虚构可能会吸引他在 18 世纪的读者，但在我们看来却破坏了讽刺的效果，因为我们认为一个不能齐家的男人批评他国是鲜有说服力的。[于是]我们又一次看到在讽刺中混用其他文学类型是多么危险，除非它们在精神上极其相近。

5. 讽刺故事和戏剧的结构

除去通常具有的讽刺意图，我们在这些小说和戏剧中还发现了一些区别性的特征。

如果篇幅很长，它们的结构往往是分景式的（episodic）。虽然讽刺作家假装是在讲述一个连续发展的故事并赋以一个单一的统摄性标题，但他对通过铺垫、欲扬先抑和高潮来发展情节兴趣不大，而是更在意展示一个观念的不同方面；同时作为讽刺家，他也不认为我们的世界是有序的和理性的。因此，他很少关心故事［情节］的断裂、突变乃至前后矛盾。他笔下的人物飞速经历了一场又一场可笑的羞辱，几乎没有任何时间和思考上的间隔。他们很少有真正小说人物的渐变发展。突然置身新的环境时，他们也许会展示出更多的性格，但是没有成长发展。

有时，他们在故事最后经历了一场根本性的变故——与讽刺作家本人希望在读者内心引发的变化互为表里。憨第德在前二十九章滑稽惊悚的不幸经历中始终相信莱布尼茨的乐观主义理论，但在第三十章即最后一章经由一个完全陌生之人点化而转向了现实主义。卢奇乌斯在十章故事中都是一头驴，直到要杀他的那一天才通过神迹变成了人。堂吉诃德在前一百二十六章中都一直在发疯：如果不能成为一名游侠骑士，他决心成为一名虚幻牧歌世界里的人物"牧羊人吉诃提斯"；但在下一章也就是最后一章，他恢复了神志并且死去。格列佛游利立浦特时天真而粗俗；在接下来的两次旅行中，他确实在成长和变化；但是直到来至慧骃的国度，他才意识到自己是一个雅虎。此后他不愿再做旅行，回到了他一度认为幸福的家乡，却也几乎无法忍受这里的生活了。

阿里斯托芬的喜剧杂乱无章，有许多显然为即兴创作的情景和突如其来的人物，戏剧结构中蕴含的写作计划直到距今三代人之前才被发现。[45] 即便是那时，它也更像是一系列事件而非整一情节的发展。（这也是拉丁文"*satura*"的本义，参见第五章。）如果我们读了一部阿里斯托芬散漫无边、异想天开的作品，再看米南德雅驯规整的现实主义描写，便不难发现讽刺和喜剧间的一个主要区别。米南德截取一小薄片生活，滤除其中的杂质，然后把它卷成一个精致的蛋卷。阿里斯托芬则把酒神巴库斯（Bacchus）扔到一个硕大的搅拌碗里，然后和我们开怀痛饮十几杯，把酒涂到我们脸上，玩扔酒渣的游戏（*kottabos*），把酒泼到墙上，然后把我们带进一个沉醉的、颠倒错乱的想象世界，在这里运用逻辑是找不到幸福的。

某些非戏剧性讽刺作品也仅仅是若干场景的组合，这些场景可以分解、重新组合而无损其讽刺效果。例如提尔·厄伦史皮格尔（Till Eulenspiegel）或奥格拉斯（Owlglass）的恶作剧。厄伦史皮格尔实有其人：他是一个农民，出生于布伦瑞克（Brunswick），大约在1350年去世，也是一个著名的恶剧作者。民间把许多尖刻的玩笑和机巧的骗局都归在他的名下，使之成为穷人中的英雄和机智战胜工匠与市民、神父与贵族并让他们出乖露丑的农民讽刺家。他的冒险经历构成序列的故事，而这些故事也确实展示出前后一致的嘲讽、抗议和鄙视态度，并由此构成了讽刺。（施特劳斯通过音乐描述这些故事时，正确地决定为它们采取回旋曲的形式。）这显然表明情节的连续和发展对于讽刺叙事来说并非必不可少的因素。就此而论，甚至一组短篇故事（如果它们以某个关键人物或基本情节为主线串联起来）亦可称之为讽刺，只要它的讽刺意图足够明显和强烈。

其次，讽刺故事经常匪夷所思，令人无法置信。故事的作者有时努力让它们显得可信（如斯威夫特），或是同时嘲笑它们的读者和讲述的题目（如拉伯雷）；但是除非抱着"姑妄听之"的想法，我们很少会欣赏长篇的讽刺故事。这些故事中的男女主人公经受了超乎寻常的痛苦而没有崩溃、发疯或死去。他们活了下来，看似完好无损，仿佛不可战胜。我曾经向一位医生展示堂吉诃德的主要病例（不过隐瞒了地点和时间），描述他的主要事迹并寻求诊断。他说："任何一个正常人到现在都已经死掉了。你的朋友一定是疯了；如果是，他肯定还会几乎无限地发展下去。"懿第德、恩科尔皮乌斯（Encolpius）、帅克、痴儿西木——他们都有一种神秘的存活能力。

他们的处境同样令人难以置信。阿普列乌斯要求我们相信一个对魔法感兴趣的青年男子来到一个流行使用魔法的国家并被变成了一头驴。阿里斯托芬告诉我们他的主人公想要把"和平"从冥府带回世上；因为"和平"住在天上，他不得不上天去接她，于是他训练了一只巨大的甲虫（Geotrupes stercorarius，即屎壳郎）作为坐骑，把他送向遥远的"和平地带"（the Peace Belt）。利立浦特的小矮人和布罗卜丁奈格的巨人在现实中是不可能存在的，而聪明仁慈的马和为它们服务的人形冥顽恶徒更是荒诞不经，以至于我们在阅读《格列佛游记》第 4 卷时仅仅关注其中的讽刺信息而从来不会试图相信它的故事结构。

讽刺性的玩笑故事——它们是现实还是幻想？它们大多听上去高度不可信，而且……果戈理笔下的检察长是一望可知的冒牌货，他其实暴露了自己，任何人（在我们看来）应该都已经识破了他；但是还有比这更夸张的伪装获得了成功。在儒勒·罗曼的绝妙讽刺喜剧《诺克医生》（*Knock, or The Triumph of Medicine*,

1923）中，我们被要求相信一名专业训练少得可怜、经验严重缺乏的江湖郎中接管了一个由许多健康、节俭和多疑的法国农民构成的社区，并将之改造为一个巨大的充斥了疑病症患者的疗养院。在现实中，地方医疗机构会审查他的资质，其事业远在成熟之前就会夭折——我们这样说着，然后会想到乡村和城市中像癌细胞一样蔓延扩散的冒牌专家；于是我们感到了讽刺的力量。在讽刺所处理的各种不可能性中，最接近真实生活的是冒充、骗局、欺诈。科学家很容易测试出人类在重压下的忍耐极限，但即使是最善言辞的讽刺作家也无法描述人类愚蠢的边界与容量，就连最能生事的骗子也无法穷尽这一可能。（就在写这一段之前，我读了一个人的传记，他真的把埃菲尔铁塔卖给了两名废铁商人。他伪装成政府——政府总是缺钱——官员并告诉他们此事必须保密。）

　　嘲笑和揭露人类的愚蠢轻信是巴汝奇（Panurge）——庞大固埃王子的下属和朋友，一个聪明狡黠、没有特操的无赖——的主要作用之一。他们构成奇怪的一对：好君王和坏大臣，与讽刺和喜剧中引人注目的主仆组合——狄奥尼索斯和克桑提阿斯（Xanthias）、堂吉诃德和桑丘、唐璜和莱波雷洛（Leporello）——并不紧密对应。他们更接近哈尔王子（Prince Hal）和福斯塔夫，但是二者之间也存在着巨大的差异。庞大固埃是一位聪明、和善、有教养的君主，他并没有把巴汝奇（其名意为"聪明的骗子"）作为一个暂时为伍、过后便忘的玩伴来看待。他将其收入麾下，并花了很多时间与之交谈。巴汝奇无论如何不能说是自己君主的顾问或大臣：他更像是一名宫廷小丑，虽然没有驼背或侏儒的外形，但却有不可救药的顽皮心灵。然而把他从拉伯雷的美妙故事中剔除是不可能的。他代表了一种基本的讽刺要素，正如庞大固埃代表了另外一种。[46] 这位无意中吞食了一整队朝圣者、以超人的力量和智慧（偶尔还有讥讽）举动重新组织了漫长辩论的巨人王子代表了对渺小卑下事物、偏见和传统习俗的讽刺与鄙夷。而那个骗子——向漂亮姑娘和衣冠楚楚的男士开残忍的玩笑，比宗教象征主义者更煞有介事，比心理学家更云山雾罩，比语义分析家更夸夸其谈——他集中体现了讽刺的胡闹和毁灭力量以及邪恶本身，仅在他服事一名好的君主或一项好的原则时才有向善的可能。罗马共和时期的将军大胜敌军后会获得在凯旋仪式中献祭答谢最高神灵的殊荣。他身穿特制的华丽长袍，他的家人和朋友跟随车后，一起穿过喧闹欢呼的街市。庆祝游行展示了他的赫赫战功，然后是他俘虏的敌人和欢庆的部队。他一度被高举在众人之上。但是他的部队在他身后行进，他们经常用歌声唱出尖刻的嘲弄和欢快的讽刺：关于将军本人的身体缺陷、他的不良习惯、他的暧昧传闻等等，这一切也在欢呼声中回荡甚至盖过欢呼声。与此同时（根据一些权威作家的记载）一名同车而行的奴隶站在凯旋者身后，在他头上捧着一顶金冠，并不断在他耳边低语："别忘了，你是凡人。"在庞大固埃的宫廷中，自由、快活、强大、无拘无束的巴汝奇扮演了那名奴隶的角色并演唱了那一嘲讽歌曲。三百年后他又在歌德的《浮士德》中出现：作为两大主角之一的梅菲斯特（Mephistopheles），那个总是说"不"的精灵。讽刺并不是要肯定什么，而是意在否定。

不过，正如梅菲斯特所示，一种更高的力量决定了他一心为恶却总是事与愿违。巴汝奇的业绩体现了讽刺叙事的另一特征：它们总是令人感到震惊。男主角被人殴打、身陷污浊或是马上就被处死。女主角则是被人强奸、成为奴隶、被食人族吃掉。有时讽刺主角以同样可怕的方式污蔑和羞辱了其他人。他偷窃了巴黎圣母院的钟，朝宫殿撒尿（当然，是王后寝宫所在的一侧），捉弄神父、贵族和君主，欣赏他人莫名其妙的痛苦经历。石块和脏话在讽刺的空气中呼啸而过。在讽刺的世界中，没有人能维护体面、保持德行或有望获得幸福。貌美如花的公主最后变成只有一半臀部的丑老太婆；勇敢的探险者被罚向多愁善感的丛林暴君高声朗读狄更斯的作品，或是被迫跨坐在一个女巨人的乳头上，或是被一只猴子带走并被填塞以它颊囊中咀嚼了一半的食物；一名丈夫不得不看到他的妻子在餐桌上呕吐；一名情郎钻进他爱人的卧室，发现到处都是未洗的衣服和陈旧的粪便。[47]讽刺家说这就是我们居住的世界；但当激情彻底遮蔽了我们的双眼，我们就无法认清这一点。他切除我们眼睛上的白翳却不使用任何麻药——除了一点儿笑气——并通过休克疗法来治愈我们的幻觉。

然而讽刺作品并不是恐怖小说。它们或多或少都诉诸我们的幽默感；伟大的讽刺作家正是这样一些人，他们最擅长传达恶心或恐怖的信息，使之显得荒诞可笑而能被愉快接受。能拿永恒的地狱开玩笑吗？我们认为很难，然后就会想到克维多和拉伯雷乃至但丁笔下的一些场景。能拿绞刑开玩笑吗？当然不能；然而我们有《戆第德》中金刚不坏的潘格洛斯博士。拿吃人开玩笑？不可能。但在现代文学《黑色恶作剧》中男主吃掉了女主。而在古代，佩特洛尼乌斯的《萨蒂利卡》结尾处有一幕绝妙的描写，在此讽刺的命运损毁了现存的手稿。一名年老的诗人假装是垂死的百万富翁，于是（就像琼森笔下的福尔蓬奈一样）从遗产的觊觎者那里骗得了礼物和恭维。最后他的遗嘱被大声宣读，这是一份即便是最贪婪的人也会望而却步的遗嘱："所有继承人均可分得遗产，条件是他们切分我的身体并当众吃下。让他们像诅咒我的灵魂一样急切地吞下我的血肉。"在手稿即将结束的地方，某人振振有词地说道："这有何难。闭上你们的眼睛，想象它并不是人肉，而是五十万大洋。这里有各种佐餐调料。围城时人们做过［比这］更糟糕的事……"

6. 历史和传记

历史学家并不讲述真实。他们讲述的是根据自身感受、无知或道德与政治偏见加以选择和编排的部分真实。历史叙事通常是严肃的，但是可以同布道、小说和宣传归为一类。不过有时也会出现一位历史学家，对不一致性不屑一顾而游戏笔墨，使用一些讽刺手法来撰写可以称之为讽刺的历史著作。吉本（Gibbon）在《罗马帝国衰亡史》第 15 章和 16 章中详细讨论了基督教在异教世界的兴起。就其使用冷峻的反讽而言，这两章堪称史撰讽刺（historical satire）的最佳典范。正统的说法当然是"基督教是唯一真实的宗教，它由化身为耶稣的上帝建立，因此必将获得胜利"。无疑如此,吉本说,但是"鉴于真理和智慧很少被世人爱戴接受,而上帝的智慧经常纡尊降贵诉诸人类心灵的激情,并将人类的一般境况作为达到目的的手段,我们尽管已经虔心皈依,不过仍然可以追问:基督教会迅速崛起的次要而非根本原因到底是什么"。

他继续使用佯装无比尊敬的措辞,解释说基督教之所以崛起于西方并占据了统治地位,部分原因在于它拥有源自犹太人的严密组织和狂热信仰,[开始时]要求其他宗教的宽容,地位一旦稳固后却拒绝宽容其他宗教;部分原因在于早期基督徒声称能制造奇迹并保证皈依者获得永生;还有一部分原因则在于宽容大度的罗马人没有坚持不懈赶尽杀绝地迫害他们。吉本列举的这些理由很可能是真实的;许多虔诚的基督徒也认可这些说法;但是吉本认为并且希望他的开明读者相信原因一令人叹惋,原因二毫无价值,而原因三则是一种不幸。他不能[公开]这样讲。因此他正话反说,或是通过他人之口表达那些危险的观点。

《论旧约》:"有些人对摩西和那些极易面对怀疑的先知们的权威提出了异议;尽管它们只能来自我们对远古的无知以及无力对神之作为(Divine economy)形成足够的判断。灵知主义者(the Gnostics)的空虚哲学对此一见如故并大肆宣扬。……灵知主义者亵渎神灵地认为以色列的上帝感情冲动而容易犯错,喜怒无常并怨念深重,对迷信的崇拜怀有卑劣的嫉妒心理,神意的指导也只囿于一个民族和短暂的此世。在这样一种特性中,他们未能窥见智慧而全能的宇宙之父的半点真容。"

《论耶稣的第二次降临》:"在原始教会中,真理的影响受到一种意见的强大支持,这种意见无论因其有用和古老而应受到怎样的尊敬,都未被发现与经验相契合。世人普遍相信世界末日和天国近在眼前。使徒们已经预言这一美妙事件即将到来;他们最早的门徒保持了这个说法,而按照字面意义理解耶稣本人言论的那些信徒不得不期待人子在卑微的世人完全灭绝之前从云端降下再度光临人间……十七个世纪的时光流转教会我们不要过分苛求预言和启示的说法;只要教会出于明智的目的允许这一错误继续存在,它就能对基督教徒的信仰和实践产生最有益的效果。"

《论排斥异教徒》:"排斥异教徒中最智慧和最高尚的人,因为他们不了解或不相信神圣的真理,这似乎触犯了现时代的理性和人性。但是原始教会的信仰异常顽固,毫不犹豫地将人类中的绝大部分成员都打入了地狱。"

《论奇迹》:"但是我们怎能原谅异教和哲学世界对全能的上帝亲手向他们的感官而非理性展示的证据视而不见呢?在基督及其弟子和第一批信众在世的时代,他们宣讲的教义被无数灵异事件所证实。瘸子能走路了,盲人能看见东西了，病人被治好，死人被复活，魔鬼被驱逐，自然的法则屡次为了教会的利益而被打断。但是古希腊和罗马的圣哲避而不谈这些惊人的景象，继续进行他们日常的生活和研究，似乎没有意识到统治心物世界的法则有任何变化。在提比略（Tiberius）统治时期，整个地球，至少是罗马帝国的一个著名省份，有整整三个小时陷入了异乎寻常的黑暗之中。这一灵异事件本应引起世人的震惊、好奇和信仰，但在一个科学和历史的时代，它并未引起任何人的关注。"

上述段落可与塔西佗（Tacitus）的阴郁篇章归在一类。后者像观察一名无可救药的精神分裂症患者的心理医生那样冷静地描述了早期罗马皇帝的奸诈和邪恶。他们行动如神，甚至生前就自称为神；但（塔西佗仿佛从紧闭的双唇中发言说）他们不过是啃食过去曾经强大和高贵、如今行将就木的共和国躯体的蛆虫。

有些传记作品也足以称为讽刺：例如将无赖作为伟人讲述的传记，或是将重要人物作为无赖或浅薄愚蠢之人讲述的传记。一如既往，读者的情绪反应是检验的标准。无论真假，一部传记如果引发的是单纯的娱乐、冒险的刺激或——即如最近出版的戈培尔（Paul Joseph Goebbels）传所示——纯粹的反感，它就不能称为讽刺作品。但是如果它明确引发了兼有快乐和鄙夷的混杂感受，那么我们自然必须将之划入讽刺文类。因此，斯特雷奇（Lytton Strachey）在《维多利亚时代名人传》（*Eminent Victorians*，1918）

中对弗洛伦斯·南丁格尔（Florence Nightingale）的讲述开始寄予同情，也确实公正对待了这位杰出女性的生平成就，结尾时展示了一幅离奇古怪但是慷慨大度的画面。在十分老迈、近乎（虽然斯特雷奇没有明说）痴呆的年纪，南丁格尔被授予英国的最高荣誉勋章（the Order of Merit）。"'你们太好了，你们太好了'，她这样说，而且不是在讽刺。"这句话兼有岁月和谦逊人格的魅力；如果说斯特雷奇在讲述南丁格尔生涯的过程中不时讽刺了她的下属和反对者，这并未影响本篇传记的核心效果。但在他记述戈登（Gordon）的第一页上，我们就看到戈登手携《圣经》、头戴遮阳帽在巴勒斯坦一带旅行，并试图发现希伯来圣经中谈到的那些地方——斯特雷奇暗示这是一种可笑的偏执行为。尽管作者认真讲述了戈登为保卫大家都放弃希望的偏远要塞而被当地土人围攻丧生的英勇事迹，但是他的传记并未到此结束，而是又嘲讽地说到维多利亚女王一篇**十分深情**的怀念文章以及英国外交的后续举动，"而这是伊夫林·巴里爵士（Sir Evelyn Baring）进入贵族阶层（peerage）的向前一步。"勇敢而疯狂的戈登是一个可笑的人物；将他作为工具使用的文质彬彬、道貌岸然的帝国主义者则显得可鄙。至少作者希望我们这样想。我们不必去想斯特雷奇的父亲是英国陆军的一名将军，同时也是大英帝国的建设者之一；我们也不必去感受那种伏尔泰式义愤——斯特雷奇的朋友贝尔（Clive Bell）说这是他的主要动机[48]——的全部力量。我们仅需发出鄙夷的微笑并对维多利亚时代的英国人掉头而去就可以了。

IV. 扭曲的镜像　　　　　　　　　　　　　　　　　　　　　　　　　*247*

斯特雷奇的一些传记是细致入微的讽刺。有的传记文笔要粗糙得多，但其效果仍然是讽刺性的。这就是有时（假装）由其本人、有时由假托的赞美者创作的一些著名恶棍的传记。它们被称为"流浪汉小说"（picaresque stories）; "picaresque"一词源自西班牙语"*picaro*"，即流氓无赖之意。这类书成千上万，但不是全都可以归为讽刺。在许多最好的这类作品中，我们不但会欣赏骗子昂扬的精神、惊叹他的巧智计谋，还会为他经历的艰难困苦感到振奋。例如，欧·亨利（O. Henry）有一部名为《善良的骗子》(*The Gentle Grafter*, 1908) 的短篇小说集，这些轻松愉快的故事表达了各种感情，但是并未发出讪笑，也未煽动鄙夷的情绪，同时混合了开怀大笑和不止一星半点的尖酸刻薄。[49] 一些关于违法犯罪的小说不是为了严肃的阅读，也不具有讽刺的弦外之音。仅当作者在讲述故事之外还另有目的时，讽刺才会进入这类作品。勒萨日（Le Sage）在讲述桑迪亚纳的吉尔·布拉斯（Gil Blas of Santillana）的冒险经历（第1-2部 1715 年出版；第3部 1724 年出版；第4部 1735 年出版）时，他表面上为娱乐和刺激读者而讲述了一个伟大无赖的"光辉业绩"，实则批评了当时社会的腐败。他暗示他的时代产生甚至鼓励了流氓；在他的腐败世界里，公然不加掩饰的流氓行径其实比假仁假义的恶行更加令人称道。因此，英国外交家莫利阿（J. J. Morier）实际模仿《吉尔·布拉斯》而作的《伊斯巴汉的哈吉巴巴》(*The Adventures of Hajji Baba of Ispahan*, 1928) 本可视为一部开诚布公的自传，假如作者不是一名波斯人的话；但它是一名外国观察者的记录，这使它看上去像

218

是对一个总是自命不凡而拒绝批评的民族的阴险性格和紊乱社会制度的讽刺点评。[50]

讽刺是一把双刃剑。《吉尔·布拉斯》出版不几年后，亨利·菲尔丁即在记述一名当代骗子的《大伟人江奈生·魏尔德传》(Jonathan Wild the Great, 1743)中运用了讽刺的另一项功能。江奈生·魏尔德是最早在类似商业和政治欺诈的规模上组织都市犯罪活动的人之一。他于1725年被绞死；但他死后甚至比在生前还要出名。出于种种原因，他几乎被人当成了英雄来崇拜。为了抨击这种偶像崇拜，菲尔丁以反讽的严肃笔调，像对待一名具有伟大历史意义的人物那样为他撰写了生平传记。他将传主的世系追溯到入侵不列颠的撒克逊人那里，将他和恺撒、亚历山大相提并论，并将他出生时的征兆和居鲁士出生时的征兆进行比较。然后他像普鲁塔克记叙古希腊-罗马英雄那样庄严肃穆、欢喜赞叹地讲述了魏尔德的所有卑劣行径；最后他谈到了传主的身后哀荣以及他留给后世的成功格言。这是一部构思巧妙的讽刺作品。可惜的是，它的实际表现并不完美。菲尔丁在他的书里总是难以保持同一种语调，不时从戏仿英雄体滑向多愁善感，并引入一个和江奈生·魏尔德形成鲜明对照的正面形象——完美无瑕、天真纯洁的哈特夫利（Heartfree），从而破坏了整体的讽刺感，并使其对魏尔德的假意赞美变得愚蠢可笑。《大伟人江奈生·魏尔德传》不但讽刺了愚人崇拜羡慕的飞黄腾达的歹徒，也讽刺了（虽然没有点名）一位极其成功的政客：最近致仕退休的罗伯特·沃尔玻（Robert Walpole）爵士。他的政敌认为他漫长的政治生涯和魏尔德本人的生涯一样充满了最精致的腐败和厚颜无耻的伪善。

7. 讽刺描写

你参加过一切都出现差错的聚会吗？从你摁门铃时听见里面有人生气吵架、婴儿啼哭和狗叫，到你进门后闻到饭烧煳的味道，看到大家强装礼貌的大红脸，听到男女主人问候中夹杂的怨愤耳语，再到介绍来客时发现一些奇怪的人，你就知道今天这场聚会从开始到最后告别都将是一场痛苦的经历。在这种情形下，如果已经结婚的话，这个男人是幸运的；他和他的妻子交换了一个相互同情和支持的眼神。单身的男人，如果具有讽刺家的心灵，好歹也能对付下来。他将发现饭菜就算端上来也是断断续续、敷衍了事和难以下咽；谈话有一搭没一搭；大家只能勉强讲些笑话取乐，如果男主人殷勤劝酒的话，这些笑话就会变成歇斯底里的笑声，并最终化为愤怒的嘶喊或大声的抽泣。各类意外事件将在整个晚上不断发生。肮脏的小孩子在一旁哭闹。不明来路的陌生人东倒西歪地走过房间并消失。人们突然不知为什么大声争辩起来。中间你还会听到打碎陶瓷玻璃器皿、闷声尖叫和摜门的声音。尚未结婚的客人很难不起身告辞落荒而逃。如果他留了下来，他会有愈演愈烈的偏头痛；如果他经历并观察到这一切，那么他将获得一次超凡的讽刺经验。

这种经验为和讽刺叙事同属一类的讽刺描写（satiric description）

这一特殊文学类型奠定了基础。讽刺作家不是说"听我说，这是一件真事"，而是说"这是对一次奇特经历的全景再现，对一个荒唐和恶心的人的真实描述"。记叙几小时或几天内发生的一个事件，和描述一个很难顿时领悟的古怪场景，二者之间的区分并不重要。在两种情形下，讽刺作家都会说："这发生了。我看到了。它是这样：首先……然后……"

可怕的聚会

讽刺描写的一个主题就是"痛苦的聚餐"：一次本应愉快的场合在此变成了好几个钟头未上麻药的外科手术。据我所知，最早的这类讽刺作品是贺拉斯〔《讽刺诗集》〕第二部中的第八首诗，在此一名超级富豪盛宴招待麦凯纳斯和贺拉斯等人，并向他们讲解每道菜的特别之处，如盐渍鹤胫、烧烤画眉等等，直到客人们都逃离为止。朱文纳尔的第五篇讽刺穷形尽相地刻画了一名饥肠辘辘的食客闷闷不乐地陪同主人就餐，就着差劲的酒和更差劲的饭食，强忍各种怠慢和羞辱。这类描写中最出色的是佩特洛尼乌斯笔下特利马乔（Trimalchio）的宴会。文章的要点是这次宴会什么都不对。一切品味都很差，从主人浮夸的名字（"tri"意为"三"，"m-l-kh"意为"王"，如 Moloch，"Trimalchio"意为"大王"）到客人的谈话（他们以"当年咱还是奴隶的时候"或"今天我不能洗澡，因为我去参加葬礼了"之类话头开腔），从无谓而令人作呕地谈论饮食娱乐到意外发生的可笑之事及至席间一再发生的低级争吵，从一开始主人就姗姗来迟到他最后装死而

IV. 扭曲的镜像

哀乐响起，一切都乱套了。这是一篇为风雅主人的宫廷所写的讽刺粗俗的作品。[51] 看到研究罗马社会生活的学者读到这篇作品并将之作为公元 1 世纪罗马上层社会生活的典范，这将令爱好讽刺的人深感惬意。这仿佛一些观察美国风情的外国人将钻石大王吉姆·布雷迪（Diamond Jim Brady）描述为美国绅士的代表——他在宴会上首先飨以各位来宾一夸脱橙汁和三打牡蛎，并送给他的情妇莉莲·罗素（Lillian Russell）一辆饰以宝石轮毂的镀金自行车。[不过我们] 很难看到有任何学者犯这种错误，因为即便是佩特洛尼乌斯笔下声名狼藉的主人公对此也是忍俊不禁但心生反感，并最终满怀厌恶地逃离了特利马乔的公馆。[52] 但是某些语文学家，尽管他们能精细地分析语言，却少有机会甚至能力发现社会行为的细微差别；而这就是讽刺作家的苦恼——他有所取舍并夸大其词，但是假装实话实说，头脑简单的读者反倒信以为真了。

我相信正是反讽地描写尿壶之美与瘟疫时期的和平美好的意大利讽刺作家弗朗切斯科·贝尔尼（1497/8—1535）为现代引进了讽刺写真（satiric photography）的技巧。他在意大利有许多追随者，特别是凯撒·卡波拉里（Cesare Caporali, 1531—1601），法国第一位使用这种手法进行创作的讽刺作家马图林·雷尼尔（Mathurin Regnier, 1573—1613）即赞赏和模仿了他的风格。我无法将"折磨人的宴会"这一主题追溯到雷尼尔之前的文艺复兴时期。他的第十篇讽刺《荒唐的晚餐》开篇化用贺拉斯的作品，然后细致地模仿了卡波拉里的作品，结尾处活灵活现地描述了一场演变为打斗的争论。讲述者随后逃到一个糟糕的宿处，他的第十一篇讽刺即对此进行了描写，其中不乏高超的细节描写，同时也有一些对佩特洛尼乌斯的恶意模仿。53 在布瓦洛的第三篇讽刺《可笑的一餐》（The Ridiculous Meal）中，厌恶之情表达得更为优雅而富于机智，尽管也更为克制。"沉闷的晚宴"这一传统［主题］后来进入了半讽刺或讽刺小说，例如狄更斯小说《我们共同的朋友》（Our Mutual Friend）第 2 章中维尼林夫妇（Veneerinsts）的晚宴，客人的名字即标明了它的讽刺性：蒂平斯（Tippins）夫人、波茨纳普（Podsnap）夫妇、布茨（Boots）、布鲁尔（Brewer）、大块头兄弟，还有在一边服侍大家、被形容成是"分析化学师"的男管家。现代文学（如伊夫林·沃的小说）中"痛苦的聚会"（the Painful Party）即为其后裔，尽管招待宴请都变成了现代的风格和方式。

> "哦，妮娜，这么多的聚会！"
> （……假面聚会，野人聚会，维多利亚式聚会，希腊式聚会，狂野西部聚会，俄罗斯聚会，马戏聚会，必须装扮成另外一人的聚会，近乎全裸的圣约翰森林聚会，在公寓房、单间、独栋住宅、舰船、旅店、俱乐部的聚会，在磨坊和游泳池的聚会……伦敦的沉闷舞会和苏格兰的滑稽舞会还有巴黎令人作呕的舞会——大量人群的你来我往和周而复始……这些罪恶的皮囊［vile bodies］……）54

甚至聚会中的一个场景也可以变成讽刺：哪怕是一个瞬间、

IV. 扭曲的镜像

一位客人所戴单片眼镜的式样这样一个看似琐屑无聊的问题，如马塞尔·普鲁斯特所见：

> 福雷斯代尔侯爵的单片眼镜很小，镜片没有边框，像不知从何而来，又不知是何质地的一块多余的软骨一样嵌在眼皮里，弄得眼睛不停地痛苦地抽搐，给侯爵脸上平添了几分带有阴郁色彩的细腻表情，使得女士们深信他一旦失恋了是会感到非常痛苦的。德·圣冈代先生那副单片眼镜则跟土星一样，周围有个很大的环，它是那张脸的重心所在，整张脸随时都围绕它而调整，那个微微翕动的红鼻子，还有那张好挖苦人的厚嘴唇的嘴巴总是竭力以它们做出的怪模样来配合那玻璃镜片射出的机智的光芒；这副单片眼镜也引起那些轻佻的赶时髦的女郎的遐想，梦想从他那里得到矫揉造作的献媚和温文尔雅的逸乐；而那位大鲤鱼脑袋和鼓包眼睛的德·巴朗西先生戴着他那副单片眼镜在人群中慢慢地走来走去，时不时地松开他那下巴骨，仿佛是为了确定行进的方向似的；他那副模样就像是只带着他那玻璃大鱼缸任意的，也许是象征性的，用于窥一斑而知全豹的一片玻璃。[55]

224

人物漫画

也有可能用多少与人物速写有些关联的方式进行讽刺描写。文艺复兴时期最著名的讽刺作品之一就不过是时人的一组群

愚人船

出自勃兰特的《愚人船》,1494 年版。特鲁林纳(Truliner)1913 年复本。

IV. 扭曲的镜像

像,他们都被说成是傻瓜,尽管他们(在自己或大多数人看来)都很正常。这就是塞巴斯蒂安·勃兰特的《愚人船》(1494)。他的核心命意是说世界仿佛一艘装载愚人并驶向愚人乐园(Narragonia)——"Narr"在德语中意为"傻瓜"——的船,但他讲述的故事没有连贯一致的情节,只是一系列轻声细笑、互不关联的漫画描写。

正是以这种方式,朱文纳尔描绘了一长串邪恶、可恶的妇女而构成其笔下洋洋大观的"坏女人"群体(第六首讽刺诗)。后来很多人都仿效了他的做法。薄伽丘在1355年创作的散文作品《乌鸦》(Il Corbaccio)——也可能意为"皮鞭"(Courbash)——或《爱神的迷宫》(The Labyrinth of Love)尤为引人注目。当时他年过四十,开始感到年华老去。这部作品极具个人风格,因此很难严格归入任何一类讽刺文学。不过它的核心内容是一篇讽刺独白,以朱文纳尔的第六首讽刺诗为基础,但将原作者对各类坏女人的描写整合为一幅诡异的人物漫画。薄伽丘不幸爱上了一名水性杨花的寡妇,但是受到她的羞辱,此时寡妇的丈夫从炼狱中还魂来见薄伽丘,劝他不要重蹈自己的覆辙。鬼魂就愚蠢地爱上女人(她们肮脏、淫荡、争吵而残忍),特别是这个女人——他通过令人作呕的细节描述了她的生活习性,许多地方直接引用了朱文纳尔的作品——发表了长篇大论的讲话。[56](它与薄伽丘的早期爱情作品《菲亚美达》[Fiammetta]构成了奇怪的平行对应,作者在此讲述了一名少女因爱人的冷酷无情而感到痛苦的故事,从而升华了自己因爱人玛丽亚·阿奎诺[Maria d'Aquino]的冷酷无情而遭受的巨大痛苦。）这是历史上诸多心怀怨恨的男性对女性所作讽刺中的一例，意在说明女性外表看似可爱，深入了解之后，[就会发现]她们其实是肮脏和恐怖的魔鬼。西蒙尼德（Semonides）笔下的母猪-女人是如此。卢克莱修所说的伊壁鸠鲁主义者必须硬起心肠对待的妖女亦复如是。

难道说此外就没有其他的人？
难道我们以前不是没有她也能过活？
难道她不是也做同样的事（瞒不过我们），
完全像一个丑女人所做的那样？
是的，她自己，这可怜的人，
也从自己身上发出那种难堪的气味，
就是她的女仆们也避开她，
去在她背后哧哧地偷笑。
而那享了闭门羹泪痕满面的情人，
却常常把鲜花和花环堆满她的门槛，
用香胶涂在她骄傲的门柱上，
这可怜的人还在门上留下了许多吻痕。
但是，如果他终于被允许进屋子，
那么只要偶尔有一丝气味，
飘进那走进来的他的鼻子，
他就必定会竭力去找寻
一个适当的借口以便马上离开，

IV. 扭曲的镜像

> 他那准备很久从心的深处吸取的
> 一篇怨诉,就会跑个干干净净,
> 他当场就会诅咒自己竟是那样痴愚,
> 因为他发觉自己曾经把任何一个凡人
> 所不能有的东西硬加在这位女士身上。[57]

朱文纳尔也采用了同一主题,但是更加具体,更有一种古怪的喜感:

> 就在这时,[出现了]一幅脏乱可笑的画面,她的脸
> 高高鼓起,沾满了面包或波培娅(Poppaean)香膏的油汗,
> 油腻腻地糊在了她那可怜的丈夫的嘴唇之上。
> 她洗脸只是为了去见她的情人……
> 听,那个东西——抹了一层又一层,
> 用专利药膏抹搽,费了好多香皂清洗,
> 像刚出炉的面团一样——是一张脸,还是一个溃疡?[58]

后来的基督徒也从异教讽刺作家那里继承了这一主题,一千年来像哈姆雷特那样谴责女性:"上帝给了你们一张脸,而你们又给自己另造了一张。"[59] 布瓦洛以此为题讽刺巴洛克时代的人际礼仪,并引入了某种确实迷人的悖论修辞效果:

> 她的房间,请相信我,你白天完全不要进入,

> 如果你也想拥有你的柳克丽丝（Lucrèce），
> 知趣的丈夫，你要等到晚间，
> 美人坐在梳妆台前，
> 用四块手绢抹去残败的红妆，
> 把玫瑰和百合的颜色送给洗衣匠。[60]

斯威夫特教长对人体，特别是其排泄功能的病态恐惧想必让他很难爱上一个哪怕是健康的、经常锻炼和洗浴、[身上]没有异味的希腊美人；但是，身边围绕着懒惰、不洗澡、被跳蚤叮咬、用香水掩盖身上的气味、用"美人贴片"遮盖粉刺的18世纪女性，因想到探索女性闺房而心怀厌恶的斯威夫特都要被逼疯了：

> 唉！当单相思的恋人（Strephon）看到并闻到
> 爱人的手巾时，差点连肠子都吐出来：
> 它又黏又湿，污浊肮脏，
> 满是泥垢、汗液和耳屎。
> 可怜的情郎什么都看到了；
> 这里是一些胡乱堆放的衬裙。
> 手帕也没有被遗忘，
> 上面全是鼻涕和鼻屎。[61]

18世纪。这是一个宫廷贵妇在和客人谈话时会让仆人端来灌肠剂使用的时代。当时的风气就是这样。当玛丽·沃特利·蒙塔古夫

人（Lady Mary Wortley Montagu）被告知她的手很脏时，她回答 228
说："你该看我的脚！"

这种文学讽刺很像视觉艺术领域的讽刺，后者通常被称为——尽管这个说法很不恰当——讽刺漫画（caricature）。在中世纪，不但是讲坛上的神父和小酒店中的游吟诗人，包括大教堂的雕塑家都创作了以拟人形式表现邪恶和愚蠢的讽刺作品。淫荡的贵妇、贪婪的商人、傲慢的教士受到批判的审视并被充满恨意地塑造出来，［直到今天］还在许多哥特式大教堂的墙壁和廊柱上俯视着我们。文艺复兴时期最伟大的艺术家乐于通过绘画创作讽刺。达·芬奇描绘了圣徒和圣母，也以同样的关爱描绘了形容古怪、滑稽可怕的人物。丢勒为勃兰特的《愚人船》所作的插图事实上比勃兰特的诗歌作品更具艺术感染力。在 18 和 19 世纪，几位出色的艺术家将全部或大部分精力用在了讽刺漫画上。十八年来，路易-波拿巴（Louis-Philippe）这位浑身珠光宝气的法兰西"平民国王"被漫画表现为一只丑陋肥胖的梨。以其粗朴有力的幽默感、强烈的道德意识和对人类愚蠢的由衷鄙视，霍加斯、罗兰森（Rowlandson）、吉尔雷（Gillray）、克鲁克香克（Cruikshank）、加瓦尔尼（Gavarni）、格兰德维尔（Grandville）和超凡的杜米埃（Daumier）对当代生活的描绘满足了讽刺的各项要求，他们的能力事实上也超越了同时代的绝大部分诗人。霍加斯的一组杰作是《金酒巷》（Gin Lane）和《啤酒街》（Beer Street, 1751），二者展现了廉价酒精饮料和纯正英国啤酒对社会［产生的］两种截然相反的作用。尽管《金酒巷》的每个细节都是现实主义的，而且肯定都可以从当时的记录中找到根据，但是层出不穷的恐怖景象制造出了讽刺特有的夸张和歪曲效果；此外整幅画面中也不时出现了肮脏破烂但也无疑滑稽可笑的细节。

"金酒巷"，霍加斯这样称呼它。这是一个真实的地方，位处伦敦的某贫民区，又名"圣吉尔斯［教堂］废墟"。我们在画中看到的建筑大多破烂不堪，事实上有一栋楼正在倾颓。我们只看到四家店铺：一家殡仪馆，一家酒坊，一家当铺，还有一家地下酒吧，它的广告标语后来在英国的历史书中变得很有名：

> 一便士喝到醉
> 两便士喝到大醉
> 干净的稻草免费。

这个画面充满动感，［气氛］堕落、痛苦而荒诞。它的中心人物是一个邋遢放荡的少妇，她当年或许并不难看，但是现在穷困潦倒，身上只穿了件松垮的长袍，而且不雅地敞着怀，头上还搭着一块破布。她的腿上和脸上都有疤（可能是梅毒下疳）。带着贵族式的冷漠笑容，她此刻正要取鼻烟来吸，而她怀中烦躁打挺的幼儿正从栏杆上翻落。尽管如此，这个人物是喜剧性的，具有一种讽刺的**不协调**。她身旁的那个人物就很恐怖了：一个骨瘦如柴的家伙，全靠喝酒苟延残喘，此时已经喝得不省人事。他似乎是一名流浪歌手或卖歌谣本的小贩（他的篮子上就挂着一本），不过他［现在］十分落魄，已经当了他的衬衣、长袜和背心，身上只穿着鞋、半长裤、一

波尔多公爵墓中讽刺描绘的两名僧侣,其中一人代表傲慢,另一人手拿钱袋代表贪婪。
布尔日大教堂的哥特式雕塑。

件敞着胸的外衣和一顶走形的帽子。他已行将就木。第一场寒夜就会杀死他,而且无人惋惜,除了身边那条忧郁地盯着他的酒杯看的狗。画面前方的第三个人是当铺老板格莱普(Gripe)先生,正思谋着如何尽量压低一个木匠当卖锯子和礼拜日外套的价钱,同时一名衣衫褴褛的妇人(木匠的妻子?)等着当卖她的饭锅和茶壶。这两人已经准备放弃基本的生活,很快就会陷入赤贫。他们面前就是一个真正的贫汉,他正和一条小狗分吃一根骨头。他旁边的一个女人大惊失色,连蜗牛爬上她的胳膊都没有发觉。

画面不远处是一派热闹的景象。一个女人正在用小杯给怀中的孩子灌酒以使他安静下来;一个老女人喝得太醉了,不得不用手推车把她送回家,临上路时她的女儿或媳妇还要再给她来一杯。

在远处,来自圣吉尔斯礼拜堂的两个年轻女孩正在为成交某事而碰杯。旁边两个瘸子大打出手,酒坊附近一大群人围着看热闹。更远处是三具尸体:一个是在自家阁楼上吊自杀的理发师;一个是(显然是从窗口落下而)被酒后滋事的厨师的烤肉叉刺死的孩子;还有一名不幸丧命的漂亮少妇,一个孩子在她的棺材旁哭泣。画面最远处,是一幢破败的房屋和一座高耸、壮观的巴洛克式纪念碑。

我们可以用一百个对句[构成]的讽刺诗来描述"金酒巷"的具体细节和整个诡异的气氛;但除非是由斯威夫特或拜伦来写,否则诗肯定没有画的效果好。斯威夫特本人曾将爱尔兰议会描述为疯人院(Bedlam)的一群疯子,然后以出人意料但是不无道理的谦虚态度吁请霍加斯与其合作:

IV. 扭曲的镜像

我多么需要你呵,幽默的霍加斯!
我听说你是一个有趣的人;
可惜我们都不认识对方,
否则可以让一切怪物现形;
你该尝试用你的工具
刻画这群可恶的傻瓜;
我用文字描述这些畜生
而你把他们都画出来;
当我嘲讽他们的时候,
你照样画出即可——你放心,
无需任何夸张变形。[62]

霍加斯的《金酒巷》

V.

结语

最后是一些基本的定义和描述。

1. 名称

"讽刺"一名来自拉丁文 *"satura"*,主要的意思是"充满",后来意谓"杂拌"。它似乎曾经是表示食物的词汇。例如有一种 *satura* 沙拉的食谱配方,有一种用祭献神灵的初熟果实做的什锦杂拌就叫 *"lanx satura"*;当朱文纳尔用喂牛的杂拌饲料 *"farrago"* 来称呼他的讽刺诗时,无疑就是这个意思。其他文学类型也曾被赋予食物之名,如"闹剧"(farce)意为"馅料","诗"(macaronic poetry)混用拉丁语和意大利语等等。[1] 因此它们的原名其实意味着杂多——以及自然本色或粗犷率真。让有钱和风雅的人吃他们的蓝鳟鱼（*truite au bleu*）和珍珠鸡大胸吧。平民百姓爱吃的是炖肉、烩鱼、浓菜汤（*minestrone*）、烩菜饭（*paella*）、炖牛肉（*pot-au-feu*）、腌肉菜汤（*garbure*），或者是一大盘冷餐熟肉就酸菜土豆沙拉加两片奶酪，其实就是一份"*satura*"。因此，就其原始概念和最初派生意义而言，讽刺必然具有多样化的风格，它必须量够大，并且足够粗粝和浓烈。当然，也有高度风格化和精致而复杂的讽刺，特别是在戏仿领域——《夺发记》就是一部高雅讽刺的经典之作；但是它并不典型，与讽刺的本义几乎背道而驰。

这个名称与希腊神话中半人半兽、常有粗野淫荡举动的萨堤尔（satyrs）毫无关系。除了某位古典晚期的批评家以及佩特洛尼乌斯著作的另外一些标题，古希腊人和罗马人从来没有提及它们之间的联系。"*satira*"或"*satyra*"的拼写形式在古典时代结束之后很久才出现，为了解释讽刺的惊人粗鄙特性，学者们这才说它来自可笑和淫荡的萨堤尔-人。[2]

我们知道是谁第一个写作讽刺诗并把它们命名为"杂拌（*saturae*）"：他就是罗马诗坛的乔叟——恩尼乌斯。但是早在他之前，罗马人便已经开始欣赏他们所谓的"*saturae*"了。这是一种舞台表演。它们不是真正的戏剧，因其缺乏连贯和一致性与持续发展的情节：更高级的戏剧艺术尚待从希腊世界引进。它们看来只是一些拥有对话和舞蹈、模拟现实生活的短剧或小品，它们无疑以逗乐取笑为主，而且时常荤素不禁：和今天总能切中大众口味的低级娱乐如出一辙，无论它们被称为综艺表演（vaudeville）、轻歌舞剧（revue）还是最近出现的周六晚间电视秀。这些节目起初是业余爱好者的现场表演，后来转为专业表演，其最高水平与意大利的艺术喜剧（*commedia dell'arte*）颇为相似，后者也严重依赖即兴表演——尽管它有一个基本情节或系列情节，并多少得益于先进成熟的古希腊-罗马喜剧。只有一个确实不错的古代权威说到了这些"戏剧 saturae"，有些学者认为他的说法开创了整个讽刺传统，以便赋予可怜的、未开化的罗马人某种原生的、类似古希腊戏剧早期形式的原始戏剧。[3] 但是意大利人自身擅长并喜爱的恰恰是这类表演：即兴创作的诗体对白，喜剧性的对骂、打嘴仗和模仿。很有可能当时确实存在着这类表演。它们或许还包含了表现小偷小摸的场景，有些类似后来在普劳图斯的正规喜剧中出现的场景。几乎可以肯定，其中有对真实人物类型的刻画和对地方特色的取笑——它们在罗马本土第一位喜剧作家奈维乌斯笔下都得到了充分的展现。[4]

因此，恩尼乌斯将其诗歌称为"*saturae*"，意味着它们不仅是一道简单粗糙的大拌菜，更是即兴玩闹的产物：它（尽管没有情节）是戏剧性的，因为它模仿并取笑了世人和他们的行为方式，同时包含了口头和歌唱的对话。所有或大部分这些因素在绝大多数讽刺中也经常可以见到：风格多变、实话实说、率真粗朴、话里有话、嬉笑怒骂以及一种或真或假的整体"无所顾忌"感。当卢基里乌斯（如我们在第二章中所见）在这道重口杂烩菜中加入个人-社会批判的醋和胡椒后，讽刺便获得了自身真正的也是最终的品质。

2. 功能

讽刺的功能言人人殊，从未获得哪怕是差强人意的界说。古希腊并不存在一种界限分明的讽刺文类，希腊人也没有像亚里士多德分析悲剧那样对讽刺的特性进行过探讨。犬儒哲人梅尼普斯因为讽刺其他哲人而被称为"σπουδογέλοιος"（对严肃的事情开玩笑的人）。[5] 这一嬉笑与认真的结合是讽刺写作的永恒标志，但这不能说是它的功能。它是讽刺的核心**方法**。

贺拉斯说自己想"笑着说真话"时，显然是在翻译"σπουδογέλοιος"一词：就在这样说了之后，他继续严肃地（尽管有些拿腔作调）讨论了一个社会和伦理问题。[6] 于是他从讽刺的方法转向了讽刺的目的（或目的之一），而它与讽刺的方法密切相关。讽刺家虽然在笑，但是说出了真相。

很多讽刺作家都师此故技。但他们经常宣称大众并不想听他们［说］的真话。佩尔西乌斯指出卢基里乌斯说话大胆而贺拉斯更有艺术，然后继续说道：

> 我不能小声讲？也不许私下讲？
> 对着树洞讲也不行？哪里都不行？
> 那我就埋了它。书我本人已经看过了：
> 每个人都长着一副驴耳朵！这个秘密，
> 我的这番大笑，这个空无之物，我绝不出卖，
> 哪怕因此就没有了《伊利亚特》可读。[7]

V. 结语

朱文纳尔声称他作为主题谈论的真相显而易见，只要走过罗马的街道或是站在热闹的路口观察记录即可。[8] 但是对他来说，真相只是邪恶的流行。在说到大洪水以来的一切人类生活都成为"他书中的乱炖"之后，他随即高呼：

但是什么时候有过比今天更丰硕的罪恶？[9]

很快他又补充说：讲述这些真相、点出人名甚至说"人就那样"都是危险的，这将给讽刺者带来灭顶之灾。他因此决定在描述各种罪恶——它们是永恒的，并且在罗马流行——时使用死去多年的恶棍的名字。[10]

因此，讽刺作家自称在讲述真相时，他可能是说他正在努力帮助他的朋友和公众，向他们提出有价值的建议和警告（这是他们所需要的），或是正在公布某些一经曝光就会震惊世人的丑闻。如果是第一种情况，真相有望正面发挥作用；如果是第二种情况，真相可能会伤害很多人并危及作家自身。

于是，关于讽刺的目的就有了两种主要看法，以及两种不同的讽刺作家类型。一类讽刺作家热爱大多数人类，但是认为他们相当盲目和愚蠢。他微笑着讲述真相，这样不至于吓跑他们，并能治愈他们最大的毛病——愚蠢。像贺拉斯就是这样。另一类讽刺作家憎恨或鄙视大多数人类。他相信今天是小人得势的时代；或者他和斯威夫特一样说他热爱人类个体，但是厌恶人类自身。因此他的目标不是治病救人，而是伤害、惩罚和毁灭。朱文纳尔即是如此。

这两类人对于恶有不同的看法。愤世嫉俗的讽刺作家认为恶根植于人性与社会结构，没有任何力量能消灭或治愈它。人类，或是被他审视的特定悲惨人群，只配得到鄙视和憎恨。他鄙夷地嘲笑这些人的装腔作势、朝三暮四和虚情假意。这样的讽刺家和悲剧家相去不远。

许多读者对于这类作品心怀厌恶而弃之不顾，并且质问："他为什么要关注这些让人厌恶的题目？他或是我们观察这些丑恶的景象有什么乐趣呢？"尤其是女性，她们由于心地善良而易于发出这样的批评；她们当中很少有人创作或欣赏讽刺，尽管她们自己经常成为讽刺的对象。[11] 但这就像质疑悲剧诗人为什么只向我们展示极端苦难的恐怖一样：儿子杀死了母亲，挚爱的丈夫扼杀了忠诚的妻子，人民的拯救者被刺瞎双眼或钉上了十字架。对索福克勒斯和拉辛来说，人生的基本事实（如果能用言辞表达）即是我们当中最优秀、最高贵者无可奈何的失败：杀身成仁便是它的最高回报。愤世嫉俗的讽刺家通过观察生活发现它既不可悲也不可笑，而是可鄙可恶。他的见识决定了他的工作。

这种人生观（而非悲剧家的人生观）和正统基督教徒的人生观颇为接近，即认为一切异教徒和异端分子以及许多信仰基督教的罪人——也就是绝大部分人类——注定会走向万劫不复的痛苦深渊，而他们是罪有应得。当他们这样想时，基督徒会长声叹息，而悲观的讽刺家则会冷笑或撇嘴表示轻蔑。

另一种类型的讽刺作家是乐观主义者。他相信愚蠢和邪恶并不是人类固有的品质，或者即便如此也是可以根除的。它们是可以治愈的疾病。诚然，任何时代和国家都有许多残忍愚蠢的人，并且其中有些人是无可救药的。那么，就让我们引以为鉴来帮助其他人吧。如果我们向我们的同类展示某些行为的痛苦、荒谬后果——它们被形象地称为"斯洛普夫人"（Lady Slop）和"彼列大人"（Lord Belial），被固定展示和解剖的这两种人无疑会感到痛苦，但是其他人将被治愈；大多数人都有可能被治愈。这一观点可以追溯到苏格拉底。他经常宣讲这个简单而古怪的学说："没有人自愿犯错"；换言之，"德性即知识"。只要你懂得什么真正是好的，你就一定会热爱它并追随它。犯错的人不是永远堕落的魔鬼；他们是对自己盲目的人，但是他们能睁开眼睛。古希腊各大哲学流派都和苏格拉底一样强调理性的力量。他们声称：如果你有理性，你就能正确行事。事实上，如果你有理性，你就一定会正确行事。需要的只是努力去见证真理。

贺拉斯这样的讽刺家相信这一点。他们更善良，也更温和。[237]他们更多是在劝导而不是抨击世人。他们更常发出开朗的笑声而不是讥嘲，更不会破口大骂、挥舞拳头或戟指相向。充其量他们会说：这个世界乱七八糟，看上去多么可笑！（但是悲观的讽刺家会说：世界是地狱——嗨，它就是地狱，我们也身在其中。）他们总是挖苦少数可笑或可鄙的人士，从而警示其他大部分读者。如果他们的讽刺令人略感不适，那也只限于皮下反应：这点痛苦和肿胀将产生有益健康的抗体。

既然有两类不同的讽刺作家，因此关于讽刺的目的也有两种不同的观点。乐观主义者写作意在救治,而悲观主义者意在惩罚。一个是医生,一个是行刑者。前者看到人类的自然状态是健康——尽管实在有太多的人因为愚蠢损害了自身的新陈代谢,或是因为粗心大意染上了疾病;此外,有些伤寒病菌携带者乃至水库投毒者(reservoir-poisoners)和毒品贩子就在我们身边游荡,一定要找出他们、定罪判刑,然后把他们清理出去。后一种讽刺家则看到世界被屡教不改的惯犯、病入膏肓的吸毒者、喋喋不休的疯子、无知无识的蠢货、凶狠野蛮的家伙所败坏,充满了人模人样的山羊、猴子、狼、眼镜蛇、水蛭和跳蚤。这个世界已经无可救药。有些人甚至因为看到这个世界就发了疯。为了不让自己发疯,悲观的讽刺作家发出了无情嘲弄的嚎叫和充满敌意的嘶声。

但是讽刺作家拒绝被列入根本对立的两端。他们是有想法和独立的人。讽刺的旗帜上并不只有黑白两色。它是多姿多彩的。"Satura"意味着多样性。同一个作者写这篇讽刺时是乐观主义者,而在写下一篇讽刺时是彻底的悲观主义者。一名刚起步的讽刺作家会像帕里库廷火山(Paricutin)一样爆发,轰鸣着喷出炽热的岩浆,灼烧一切并将一切都化为焦土;但是几年之后,山火形成的云层渐渐消散,山麓两旁(尽管仍有严重的灼烧痕迹)开始重现蓬勃生机。在同一本甚至是同一页书中,我们都能发现同一名讽刺作家身上多种情感的冲突交战;正是这种厌恶和向往、反感和喜悦、热爱和憎恨的氰氲化合,最后构成了他的苦难和力量的秘密源泉。

3. 动机

讽刺作家的动机？它们就和他想激发的情绪一样复杂，和他采用的形式一样多变。

首先，他总是被个人仇恨、鄙视或纡尊降贵的玩笑情绪所打动。他频频否认这一点，自称排除了一切个人感受，说他写作只是为了公众的利益。但不论他怎样努力掩饰，总是怀着一腔怨毒，或是流露出鄙夷情绪，无论他怎样优雅地付诸一笑。与公然写诗抒发仇恨（hate-poetry）的作家（例如希波纳克斯）不同，讽刺家想方设法泛化表达他的敌意、证明自己的正当理由，并总是力图得到读者的同情。[12] 要解密讽刺家的写作主题与他私人生活之间的奇特联系，足可以写成一本书。例如——

儒勒·罗曼《伙伴》一书中几个朋友在两个法国小镇开的恶作剧玩笑逗乐了成千上万名读者。这两个小镇仿佛是随意挑选的。这几个人在蒙马特饭店饮酒说笑。他们当中最开朗活泼的贝宁（Bénin）开的玩笑有点过，其他人把他扔了出去，然后又后悔了；于是当他满身尘土、衣冠不整地回来时受到了大家的欢迎。他说他刚才去了阁楼，看到墙上有一张很大的法国地图，分成了八十六个"地区"，它们形状各异，好像一些古怪生物的集合体。每个地区的［中心］城镇就像是它瞪着的眼睛。贝宁说其中有两只眼看似不善，傲慢无礼甚至充满敌意。他带朋友上了阁楼，向他们展示了恶意的城镇之眼。没错，它们仿佛是在睥睨斜视着来客。他们要忍受这一侮辱吗？不！必须还之以颜色。必须施加报复。这两个城镇是伊苏瓦尔（Issoire）和昂贝尔（Ambert）。它们必须为此接受惩罚。而在此后的快乐讽刺故事中，它们确实遭了罪。

伊苏瓦尔和昂贝尔实有其地：它们是法国中部的两个偏远小镇。这帮人似乎是突发奇想选择了这两个地方，让它们没来由地成为了讽刺的对象。任何其他外省小镇都可以成为合适的讽刺对象。这帮"伙伴"是拿外省人取笑逗乐的巴黎人。

事情看起来是这样。这本书就是这么写的。然而，作者儒勒·罗曼乃是再精明不过的巴黎人，这帮朋友［其实］是他天才想象的投射。

可是我们看他的传记就会发现，他并不是土生土长的巴黎人。他出生在圣于连-沙普特伊（Saint-Julien-Chapteuil），奥弗涅（Auvergne）大区的一个小地方，距离伊苏瓦尔和昂贝尔大约五十英里。他的真名也不是经典的贵族名"儒勒·罗曼"，而是路易·法里古勒（Louis Farigoule），听起来有些土气甚至是可笑（他到巴黎后，肯定有人告诉过他"百里香［Farigoule］让人发笑"）。因此，他的小说不仅是巴黎人对外省落后状况的讽刺，更是一个外省人对自己出身的嘲弄报复。

或者我们想想拉伯雷。《巨人传》第一卷主要描写了高康大（Gargantua）的父亲大古吉（Grandgousier，"大喉咙"）和邻国国王皮克罗肖（Picrochole，"苦胆汁"）的一场恐怖战争，最后高康大率领父亲的军队大获全胜。这读起来像是对一切伟大英雄战事的戏仿：就连高康大对战败敌军的致辞都模仿了罗马皇帝图拉真的讲话，同时也指涉了英王查理八世征服布列塔尼等近期发生的历史事件。但事实上这场战争是对拉伯雷本人的父亲和邻近一个地主就在卢瓦尔河（Loire）上捕鱼和用水的权益发生争执的喜剧性夸张再现；甚至［书中］一些次要人物也采用了当年卷入诉讼者的名字；而书中谈到的城市和要塞都是拉伯雷家附近的一些小地方。[13] 因此，大古吉是拉伯雷本人的父亲，皮克罗肖是那个心怀恶意的邻居，而高康大……

一大批讽刺作家因痛感自卑、社会不公或是被排除在某个利益集团之外而投身写作。梅尼普斯是奴隶。比翁的父亲是奴隶，而他本人也曾被卖身为奴。贺拉斯生为自由民，但他的父亲是奴隶。卢奇安是说希腊语的叙利亚人。斯威夫特和乔伊斯是盎格鲁-爱尔兰人；拜伦、奥威尔和沃则是盎格鲁-苏格兰人。（拜伦自称是"英格兰诗人"，但他却是苏格兰长大并讲一口苏格兰土味英语。乔治·奥威尔真名叫埃里克·布莱尔［Eric Blair］：他的家族来自苏格兰，而他本人也在苏格兰度过了最后的时光。伊夫林·沃的父亲是爱丁堡的一个出版商，他的长兄叫艾历克［Alec］；他也因为在一个不太好的公立学校和牛津大学一个不太好的学院上学而备受苦楚，还有他后来改信了罗马天主教。）蒲柏身材矮小，并有严重的畸形；布瓦洛神经过敏，且身体多病；塞万提斯有一只手损伤；拜伦有一足残疾。朱文纳尔、塞万提斯、果戈理、帕里尼这些才子都是迫不得已才走向了他们自认为无用或有辱身份的写作生涯。

事实上，大多数讽刺作家似乎都二者必居其一：他们或是很早就对生活痛感失望,认为人类世界永远是不公正的;或是他们生活幸福而精力弥漫,认为其他人都是可怜可笑的傀儡、伪劣的造物和渺小的无赖。阿里斯托芬、拉伯雷、卢基里乌斯、塔索尼、德莱顿、克维多、布朗宁、坎贝尔、亚伯拉罕·克拉拉即属此类。

但是一名讽刺作家总会关注一个人或一类人或一群人或一个阶级或一个国家,对其嬉笑怒骂并从中汲取力量,使自己的作品变得生动活泼而具有普遍意义。

另一种冲动则得到了诸多讽刺作家的公开认可。他们希望批判罪恶或嘲笑愚蠢,从而帮助〔世人〕消灭或剔除它们。德莱顿有言:"讽刺的真正目的是让邪恶改过自新。"他接着又说:一名真诚坦荡的讽刺作家并不是犯过者的敌人,就像为避免手术而开出猛药的医生不是病人的敌人一样。[14] 这不一定是真的,它往往不是真的;但至少第一个大而化之的说法是正确的。如果讽刺作家意在反讽,他会正话反说。(帕里尼毕恭毕敬地说:"年轻的大人,让我来全面解说大人每日生活的美好与重要吧。")如果不是为了反讽,那么他会在前言、后记或正文的重要地方明确表达这一点。就在塞万提斯经典名著的结尾处,堂吉诃德口述了他的遗嘱,将全部财产留给他的侄女,条件是她未来的丈夫对骑士小说一无所知,否则这些财产将全部捐给慈善机构。

第三个动机(以奇怪的方式)出于美学考虑。所有艺术家和作家的乐趣都在于创造自己独有的范式、驾驭他本人选定的内容。

V. 结语

正如我们所见，讽刺的范式因其错综复杂而引人入胜。每个准备运用这些范式的作家都被其艰难程度所吸引。他需要庞大的词汇量、与强烈和严肃观点相结合的灵动幽默、总是领先读者几步的活跃想象，以及足以让他表述令人震惊的事情而不会让读者像看到墙上的淫秽涂鸦那样感到水平低下的良好品味。除非是写作戏仿（在这种情况下有现成可用的程式），他必须看似一挥而就，但他必须让我们在反思他的作品时惬意地发现一个潜在的结构。这里存在一个悖论。绝大多数艺术家都想描绘英俊的男人、美丽的女性、绚烂多姿的景色，蓬勃向上的形式和材质。很少有人会关注并在画中表现垃圾箱里的东西、溃烂的伤口、流水不畅的阴沟。但是讽刺家必须做这种工作。他［也］喜欢做这件事。对他来说，在光线昏暗的食品贮藏室中一条泛着光、散发着臭味的腐鱼比一朵盛开的玫瑰还要令他着迷，一群在腐尸上争抢食物的老鼠比一群在草坪上飞舞的蝴蝶还要动人，无知小儿的自吹自擂和狡黠政客的闪烁其词比明智之人的教导、可爱少女的歌唱还要有吸引力。这些都是他的素材。正是在这些素材中，他爱恨交织地创造了"讽刺"这一文学样式。

243

第四个动机不一定适用于所有讽刺作家：悲观主义者不会承认这一点，而恶作剧者很少考虑这一点。即便如此，仍有一些讽刺家从中大为受益。他们意在劝导。他们不仅通过谴责来警告和阻拦［世人］，更提供了正面的建议和值得效法的榜样。他们表达了一种理想。朱文纳尔在他的第五首讽刺诗中描述了一名豪门食客的晚宴：糟糕的夜晚、差劲的食物、更差劲的酒、存心的羞辱。其中没有什么道德寓意，除了暗示沿街乞讨都比这种生活要好之外。但在第十一首讽刺诗中，他先是简单介绍了罗马贪吃者们的荒谬可笑，然后邀请一位朋友到自己家中吃了一顿安静的晚餐，并且描述了席间相对节俭但是美味可口的菜品。尽管这篇讽刺作品包含了一些尖锐的批评，但它最出彩的部分是对"适度"（moderation）理想——即健康、恬静、退隐这一真正伊壁鸠鲁主义式快乐——的正面表达。同样，拉伯雷首先通过大量荒唐可笑、肮脏下流的细节描述了一个全无教养的青年——高康大王子，他天赋过人、充满活力，但是［因为缺乏教养而］变得粗鄙和愚蠢；然后拉伯雷让他接受一位新教师的教导，并且描述了他的理想教育。[15]在讲述了他和"苦胆汁国王"的战争之后，拉伯雷接着介绍了高康大胜利归来后新建的德廉美修道院（Abbey of Thelema），这是为才貌双全的青年男女建立的一个理想社团。尽管讽刺作家在表达自己的正面信念时，有的怨气冲天，有的戏谑太过，但在内心深处他们都是理想主义者。

为讽刺欢呼！向这位眼光明亮、言辞犀利、脾气火爆、外表看似幻灭、内心充满理想的缪斯致敬！赞美你，喜剧的母亲、悲剧的姐妹、哲学的捍卫者和批判者！你是一个难以相处的伙伴，一个时而逃避、时而诱惑、时而拒斥的严厉情人；你性情多变，但是无人因此感到厌烦。愚蠢、自满、腐败、对"必然进步"的信仰，以及其他从人类心灵的废弃能量中自动产生的精神怪胎，你一遍又一遍地消灭了它们。它们还会长出来，而你会再次站出

V. 结语

来消灭它们。讽刺不恒久忍耐，也不恩慈。讽刺是不嫉妒，但也不赞美。讽刺不自夸，不张狂，但上帝常帮助那些自夸的人。讽刺很容易动怒，并过分计较人的恶。它不喜欢不义，但喜欢将不义打翻在地；讽刺是极少包容，极少相信，极少盼望，仅有的忍耐也是为了将它克服。（译者按：作者在此戏仿了《圣经·哥林多前书》13：4-8。）赞颂讽刺！这第十位缪斯——她的面容并不像她的姐妹那样静穆和端庄，而是带着挤眉弄眼的皱纹，这个表情既不是德谟克利特（Democritus）的放声大笑，亦非赫拉克利特（Heraclitus）的一贯悲泣，亦非哭笑不得；她并不致力于建构救治人类流行疾病的永恒工事；但她经常创造自己特有的杰作之一，即这样一幅人像：它有一颗跳动的心，当我们凝视它的双眸时，它似乎痛苦而扭曲地反映出了我们自身的灵魂。

注 释

I. 导论

1. Juvenal 1. 51–57 and 6.634–661.
2. Juvenal 3.232–248 & 254–261. 尽管看似随意，这篇妙文描述了全天候的城市生活，从失眠的夜晚（232–238）到凌晨（239–248）再到午餐时间（249–253）、下午（254–267），直到恐怖的夜间（268–301）和深夜（302–314）都市生活。
3. Hobbes, *Leviathan*, Part 1, c. 13.
4. Pope, *Dunciad* 3.101–117.
5. Gibbon, *Decline and Fall of the Roman Empire*, c. 71.
6. Pope, *Dunciad* 3. 36.
7. *Candide*, c. 23. 受害者是海军上将约翰·宾（John Byng），他因未能救援梅诺卡（Minorca）岛而被军事法庭审判后枪决。
8. 约翰逊鬼魂的发言见史密斯兄弟的《被拒的征文》(1812)，参见本书（边码）第142页。
9. 斯威夫特1726年11月27日致蒲柏信。
10. 关于柏拉图的《美涅克塞努》，参见本书（边码）第137页。
11. Juvenal 1. 30.
12. 见于伊拉斯谟致托马斯·莫尔信前言。
13. Pope, *Dunciad* 3.165–170.
14. 直接受蒲柏的启发，罗伊·坎贝尔用对句讽刺了另一个爱喝啤酒的诗人斯奎尔（J. C. Squire）：

    他担心自己诗歌的速朽，
    于是试图用泪水来腌泡
    把他热衷赞美的英国传统佳酿，
    当作自己诗歌的原料

拒斥几乎一切出口,

除了通过他眼中咝咝作响的管道。

(*The Georgiad,* London, 1931, p. 23)

15 Ruskin, *Aratra Pentelici,* Lecture III, "Imagination," paragraph 85.
16 Voltaire, *Candide,* c. 10 fin.
17 Juvenal 3.261–267.
18 *Troilus and Cressida* 5. 10. 33–57.
19 Swift, *Proposal for Correcting the English Language,* eds. Davis and Landa (Oxford, 1957), 243.

II. 攻讦

1 Horace, *Sermones* 1. 10. 48–49. 关于被认为指称恩尼乌斯是罗马第一位讽刺诗人的诗句 "*rudis et Graecis intacti carminis auctor*"(1. 10. 66),参见 E. Fraenkel, *Horace*(Oxford, 1957)131 n. 3;作者在此征引并接受了尼佩代(Nipperdey)的解释,即"*auctor*"说的不是恩尼乌斯(他说到底是希腊人的学生),而是指任何原始粗朴的作者。
2 Lucilius (ed. F. Marx, 2 vols., Leipzig, 1904 and 1905), 9. 2.
3 在一段经过他典型手法夸张的叙述中,佩尔西乌斯(Persius, 1.115)说卢基里乌斯在他的讽刺对象身上"撞破了自己的牙巴骨"。
4 *Serm.* 1. 4. 1–7.
5 *Ep.* 2. 2. 60.
6 F. 马克思(Friedrich Marx)在他编辑的版本中将卢基里乌斯(第 2 段)的残篇 836 和阿里斯托芬的《马蜂》(*Wasps*)第 184 行进行了比较;但卢基里乌斯在这里其实戏仿了《奥德赛》9·366–367,而阿里斯托芬显然是在嘲讽他的对手克拉提努斯(Cratinus)的一部近作。
7 很奇怪贺拉斯竟然说阿里斯托芬和卢基里乌斯除了格律不同之外并无二致,完全忽视了希腊喜剧的戏剧特性(*Serm.* 1. 4. 6–7)。难道他没有看到旧喜剧是戏剧(它们因为太过混乱而从未在他的时代上演),或者他是认为卢基里乌斯的讽刺可以作为戏剧演出?海因策(Heinze)在注释贺拉斯这段话的时候说古希腊和罗马文学批评家相信格律对于界定和辨别文学体裁来说至关重要,但像贺拉斯这样一位感受力强的诗人当然不会用如此肤浅的分类标准吧？

8　第二首就是如此，它显然是围绕一个法庭审判场面而展开：比较阿里斯托芬《马蜂》中的审判场面以及《蛙》中埃斯库罗斯与欧里庇得斯的争讼。

9　M. 普埃尔马·皮旺卡（M. Puelma Piwonka）在 *Lucilius und Kallimachos*（60-63, Frankfurt a/M, 1949）强调了卢基里乌斯和贺拉斯作品中喜剧和讽刺的联系，并特别指出贺拉斯在 Serm. 1. 4. 39-56 中对讽刺和喜剧中现实主义准散文（quasi-prosaic）风格的比较。不过，在皮旺卡先生谈论的这两位作家笔下，直接引用和模仿新旧喜剧的地方并不多见。我也相信他的一些类比和重建言过其实，例如他认为卢基里乌斯在某处谈到坦塔罗斯（Tantalus）时（Lucil. frg. 140）运用了戏剧性的"被拒情郎的门外哀叹"（*Paraklausithyronszene*）场景，并在贺拉斯讲述求欢被拒的一首诗中（Serm. 1. 5. 82-85）发现了粗鄙的喜剧场景。这种小冒险几乎正好就是"爱神被锁在门外"的反面：贺拉斯并不是站在寒冷的街上，而是在卧室中等待，也没有彻夜不眠地哭泣和唱小夜曲。另外，说卢基里乌斯"神保佑我们远离污言秽语"一句（frg. 899）意指作者本人将在他的讽刺作品中避免使用下流语言也很牵强：他当然没有这样做，而他说"神保佑我们远离污言秽语"时的语气听上去更像是他笔下的某个喜剧人物所说（也许如 F. 马克思所说，说话者是一位受到惊吓的女士）。

10　Hor. *Serm*. 2. 3. 11-12.

11　Hor. *Ep*. 2. 2. 59-60.

12　在希腊语和拉丁语中，把"智慧"比成"盐"的说法实在太普遍，因此我们无需将此短语视为暗示比翁的父亲贩卖咸鱼为生。

13　对其中一些吉卜赛祭司的描写，参见 Apuleius, *Metamorphoses* 8. 24-30。

14　关于这一点，详见 P. Wendland's *Hellenistisch-romische Kultur*（Tubingen, 1912）245-246。关于圣保罗对于一些攻讦方法的使用，以及他对攻讦与基督教一般说教之间关系的论述，参见 E. Norden, *Antike Kunstprosa*（Leipzig, 1898）2.506 n. 1, and 2.556-558。本书对攻讦的风格做了一个很好的分析（1.129-131）。一本古老但是仍然有用的书清晰而深入地阐述了整个问题，参见 S. Dill's *Roman Society from Nero to Marcus Aurelius*（London, 1905²），Book III, c. 2, "The Philosophic Missionary"。

15　我们主要通过 Diogenes Laertius 4. 46-57 而了解比翁的生平。另见 von Arnim in *PW/RE* 3.483-485 and C. Wachsmuth, *Sillographi graeci*（Leipzig,

1885-2）73-77。他的著作已经佚失，但是可以通过其门徒德勒斯（Teles）的引用、描述和模仿加以重建。德勒斯的作品得到了很好的编订，参见 O. Hense, *Teletis reliquiae,* Tübingen, 1909²。另见 A. Modrze in *PW/RE* 2.5.375-381，以及 U. von Wilamowitz-Moellendorff, *Antigonos von Karystos*（*Philologische Untersuchungen* 4, 1881）Excurs 3, pp. 292-319。

16　Diogenes Laertius 4. 52 中的 Eratosthenes 和 Strabo 1. 15 中的 Theophrastus 可能都说到比翁的母亲是一个妓女（比翁本人爽直地承认了这一事实）。

17　维拉莫维茨（Wilamowitz）在其注释 15 所引的研究著作第 307 页提出，比翁所实践的攻讦是苏格拉底对话与智者展示性演说的交汇；但是这个说法忽略了攻讦所刻意营造的非正式风格，这与展示性演说（*epideixis*）使用优雅对称的句式、推陈出新的悖论大相径庭。

18　关于攻讦的基本主题，A. Oltramare 在其 *Les Origines de la diatribe romaine*（Geneva, 1926），Introduction, section 4 中罗列了一个有用的清单。它们后来的形态，参见 P. Wendland, "Philo und die kynisch-stoische Diatribe," in P. Wendland and O. Kern, *Beitrage zur Geschichte der grieehisehen Philosophie und Religion*（Berlin, 1895）。

19　皮旺卡在注释 9 引用的著作第 1. 4-5 两章中清晰地划出了卢基里乌斯和贺拉斯的讽刺诗和攻讦的区别。首先，他说攻讦的对象是一般大众，而卢基里乌斯和贺拉斯仅向一些朋友发言（Lucilius 26.592-596; Hor. *Serm.* 1. 10. 74-91）。其次，攻讦为个人独白，而 sermo 更像是谈话。第三，卢基里乌斯不喜哲学，而贺拉斯尽管更倾向于哲学思考，但也不过是浅尝辄止。第四，尽管哲学教师大用特用攻讦的方式，但是两位讽刺作家都厌恶的犬儒派和廊下派哲人均为极端主义者，不知节制也不知所云（*immoderati, inepti*）。这个说法有其价值，但是略显夸张。从其现存资料来看，卢基里乌斯并不喜欢哲学；但是贺拉斯所知甚多，也喜欢谈论哲学。他认为廊下派哲人是荒谬的教条主义者，同时蔑视犬儒哲人，但他并没有因此不用他们的论证。尽管他的"Sermones"常常向个体发言并假装是谈话，但像第 1 卷第 1 首（论不满，致 Maecenas）、第 2 卷第 3 首（论廊下派"非廊下派者皆为疯子"的主题）等更为重要的讽刺作品都不过是伪装为谈话的攻讦；它们可以说是有意被公众听到。门德尔（C. W. Mendell）在一篇有用的文章（"Satire as Popular Philosophy," *CP* 15 [1920] 138-157）中指出罗马讽刺作家更关心道德主题而非谩骂主题（这就是为什么贺拉斯和朱文纳尔在中世纪被称为道德家）。贺拉斯的讽刺作品充满了"智与愚"、"美德与恶行"这些重要的道德名词。另见注释 18 所引 Oltramare 著作第 7 章。
20 Diels, *Fragmente der Vorsokratiker* (6th edn. by W. Kranz, Berlin, 1951) B15, pp. 132–133.
21 Fragments of Homeric parody in Wachsmuth, *Sillographi* 191–200.
22 Σπουδογέλοιος, Strabo 16. 2. 29 and Diogenes Laertius 9. 17. 另一种写法 "σπουδαιογέλοιος" 只出现在一条铭文里（根据 Liddell-Scott-Jones）。这一思想（如果不是说法）出现在阿里斯托芬《蛙》的一段诙谐合唱中（389-390: "πολλά μεν γέλοια εἴπεΤν, πολλά δέ σπουδαία."）。梅尼普斯写过一部《下地府》(*Descent to the World of the Dead*)，在这里他（像真正的犬儒一样）观赏大人物死后的窘态。卢奇安对此多有模仿，其中有一篇对《奥德赛》第 11 卷奥德修斯下地府的低俗戏谑，但是也可能受到阿里斯托芬《蛙》中狄奥尼索斯"下行"(*katabasis*) 情节的启发。我们还看到模仿（Helm 在 *PW/RE* 15. 1.889 如是推论）阿里斯托芬《和平》中 Trygaeus 的"飞行"而创作的"飞向太空"(Flight to Heaven)。因此我们可以说梅尼普斯是第一个让自己的整部作品显得滑稽可笑的哲学讽刺家，而他的模型就是阿里斯托芬的喜剧。
23 梅尼普斯是来自加达拉（Gadara）的叙利亚人。《天方夜谭》经常转入韵文乃至诗体，参见伯顿（Burton）译文第 5 章中的 Terminal Essay。摩西·哈达斯（Moses Hadas）教授（正是他告诉我梅尼普斯讽刺的形式似乎具有闪米特文学的根源）解释说阿拉伯有一种诗散结合的幽默哲学讨论形式 "*maqama*"，参见其 *Ancilla to Classical Reading* (New York, 1954) 58；另见 O. Immisch, *NJbb* 47 (1921) 409–421。
24 卢奇安说他挖掘了梅尼普斯，参见其 *Twice Accused* 23。尤利安令人印象深刻的对前辈的讽刺 Συμπόσιον η Κρόνια 即以梅尼普斯的《会饮》为原型。参见本书（边码）第 167 页。
25 关于卢基里乌斯和卡利马库斯，参见注释 9 征引的 M. 普埃尔马·皮旺卡的著作，特别是第 4 章第 7 节。卢基里乌斯（698）征引并批评了阿尔齐洛科斯；F. 马克思在他的书中声称第 27 卷全部是对阿尔齐洛科斯的批评性讨论。关于贺拉斯长短句中所涉阿尔齐洛科斯和希波纳克斯，参见 *Epod.* 6. 13–14；关于阿尔齐洛科斯对贺拉斯 *sermones* 的影响，参见 *Serm.* 2. 3. 12。C. M. Dawson 对卡利马库斯的 *iambics* 有一篇很好的研究，参见 *YCS* 11 (1950) 1–168。

26 Margites 来自"μάργος"(疯狂)一词,而 Thersites 的爱奥利亚语词根"θέρσος"意谓"鲁莽"。
27 现在很少有人认为《马吉特斯》是《伊利亚特》和《奥德赛》的作者所写。它似乎是用阿尔齐洛科斯时代的复杂格律撰写的大众文学。其残篇与佐证,参见 T. W. 艾伦(T. W. Allen)编订的荷马作品(Oxford, 1912)第5卷第152-159页。因为亚里士多德谈到此书,有些人误以为它一定是部戏仿史诗,但它被称为"παίγνιον"而非"ττɑρφδίɑ"。参见 F. J. Lelifevre,"The Basis of Ancient Parody," *Greece and Rome* 1(1954)80 n. 22。E. Lobel 在 *Oxyrhynchus Papyri Part XXII*(London, 1954)no. 2309中辑录了可能是《马吉特斯》残篇的21行诗句(六音步诗体,其中不规则地混用了抑扬格)。H. Langebeck 在一篇极具创造力的论文中解释重建了这部作品,参见 *HSCP* 63(1958)33-63。在我看来,他证明了该诗主人公很可能并不是一个蠢货,而是一个自以为无所不知而很容易上当受骗的假知识人。我也想说《克劳狄乌斯变瓜记》中的克劳狄乌斯皇帝即从此一脉而来。
28 恩尼乌斯的《赫迪法哥提卡》是对4世纪西西里作家阿奇斯特乌斯(Archestratus)作品 *Hedypathia* 的翻译改写。该诗大事铺张地描写最好的鱼类和其他美食。它采用六音步诗体,并使用荷马等崇高体诗人的措辞来讲述一个琐屑无聊的主题,因此看似是一篇讽刺戏仿;但是作者似乎郑重其事地对待这个题目,丝毫没有鄙视或取乐的意味。也许它应该(像奥维德的《爱的艺术》那样)归为戏谑的教谕诗而不是讽刺。关于 Matro of Pitana 的 *Attic Dinner*,见本书第三章注释15。(P. Brandt 在 *Corpusculum Poesis Epicae Graeeae Ludibundae*[Leipzig, 1888]第一卷编校并解释了这两位作家的作品。)至于恩尼乌斯,贺拉斯并没有把他说成是一位讽刺诗人。但是恩尼乌斯的确发表了四卷《讽刺诗》(*Saturae*),其中蕴含了得到充分发展的讽刺诗的某些典型特征和至少是批判的功能。这些作品的现存部分具见 E. H. Warmington: *Fragments of Old Latin I*(Cambridge, Mass., 1935)pp. 382-395。在一篇独白中(第14-19行),我们听到某位食客揭发自己的厚颜无耻;在第21行,我们听到了恩尼乌斯本人的声音;第394页说到两名虚拟人物"生"和"死"之间的一番对话;第389页说到恩尼乌斯用大众喜闻乐见的扬抑格四音步翻译的一篇引人入胜的伊索寓言。所有这些都可能见于讽刺诗歌,而那位食客的独白也确实让我们想到朱文纳尔的第九首讽刺诗。但是没有迹象表明恩尼乌斯在他的讽刺作品中像卢基里乌斯那样人身攻击过任何一个人，而正是因为这些人身攻击，贺拉斯将卢基里乌斯称为阿提卡喜剧的继承人和罗马讽刺文学的创始人（*Serm.* 1. 4. 1–8, 1. 10. 46–51）。皮旺卡先生在其 *Lucilius und Kallimachos*（见本章注释 9）第 3 章第 2 节中试图进一步将恩尼乌斯与卢基里乌斯及贺拉斯区分开来。

29 Hor. *Serm.* 2. 5 中尤利西斯和忒瑞西阿斯（Tiresias）的对话很可能受到梅尼普斯 *Nekuia* 的启发，尽管没有直接模仿，参见 R. Helm, *Lucian und Menipp*（Leipzig, 1906）19。

30 *Apologia* 37c8-d1.

31 拉丁文学中现存的独白作品包括（除了卢基里乌斯和瓦罗的讽刺，它们残缺过多，我们因此无法判断其本来面目）：Horace 1. 1, 1. 2, 1. 3, 1. 4, 1. 6, 1. 10, 2. 2, 2. 6；Persius 1, 2, 3, 5；Juvenal 的全部诗歌（除了第 4 和第 9 首）。这些作品中，有些开头向一个真人发言，而他并不作答（例如 Horace 1. 1 和 Juvenal 6）；有些包含对话片段，有虚拟的对话者，但它们基本上是独白。其次是伪装成对话的独白：Horace 2. 1, 2. 3, 2. 4, 2. 5, 2. 7, 2. 8 和 Juvenal 9。其中有六篇作品的主要发言人不是诗人本人，而是另外一人：Horace 2. 3, 2. 4, 2. 5, 2. 7, 2. 8 和 Juvenal 9；在 Horace 2. 5 中，诗人完全没有现身。Horace 2. 8 是个奇怪的例外，它是一篇由独白形式展开的叙事作品，其中诗人本人充当了对话者。Juvenal 15 包含了详细生动的叙事，但它大部分是愤怒的评论独白。在拉丁文学中，以书信这一独白形式写作的讽刺作品并不多见，但贺拉斯的诗体《书信》很接近讽刺（如 1. 18），而 Persius 6 看上去很像一封书信。在其余拉丁讽刺作品中，Horace 1. 5, 1. 7, 1. 9 和 2. 8（上文提到这是一部杂交作品）是叙事，例如佩特洛尼乌斯的《萨蒂利卡》；瓦罗有些最好的讽刺——*Endymiones*, *Eumenides*, *Sexagessis*——也是叙事作品。最后，Horace 1. 8、Juvenal 4、塞内加的 *Apocolocyntosis*，很有可能也包括瓦罗的 *Sesculixes* 都是戏仿，尽管它们采取了叙事文学的形式：贺拉斯戏仿了一首短诗献辞，附加了一段追本溯源的分析；朱文纳尔戏仿了斯塔提乌斯的史诗；塞内加戏仿了一篇历史著作，瓦罗戏仿了《奥德赛》。关于佩特洛尼乌斯，参见（边码）第 114 页。

32 关于讽刺和史诗，参见 Juvenal 1. 51–57；讽刺和悲剧，参见 6.634–661。朱文纳尔的讽刺也重新激活了 1 世纪时流行的"演说辞"（declamations，即关于道德和政治主题的独白）的力量。

33 魏因赖希（O. Weinreich）在其 *Romische Satiren*（Ziirich, 1949）导论第 15

页说 *Against Eutropius* 和 *Against Rufinus* 标题本身并不适合讽刺，他是对的。它们介于讽刺和谩骂（例如西塞罗对安东尼和喀提林的攻击）之间。在讽刺文学中，与之最接近的是 Juvenal 4，它的开篇（1-27）即取自朱文纳尔 *In Crispinum*。

34 Juvenal 3. 58-125 中的那个"饥饿的希腊佬"（*Graeculus esuriens*）很像卢奇安，就连他的能言善辩、多才多艺也很像。甚至 Juvenal 3. 86-108 中希腊人的可笑吹捧也不像卢奇安在其 *Pictures* 中对 Verus 皇帝的情妇 Panthea 美貌的阿谀赞颂那样不堪；即如朱文纳尔所见，卢奇安并不具有希腊人的血统："这个叙利亚人从奥朗底河流到了台伯河"（3. 62: "Syrus in Tiberim defluxit Orontes"）。不过并没有过硬的证据表明这两人互相认识，见 G. Highet, *Juvenal the Satirist*（Oxford，1954）第 252 页、第 296 页。

35 C. 法韦（C. Favez）在一篇有趣的论文中（"La satire dans les *Lettres* de Saint Jerome," REL 43 [1945] 209-226）解释了圣哲罗姆对基督教异端和落后分子们汪洋恣肆、语气尖刻的抨击如何充溢着讽刺的精神，但他含蓄地指出这位圣徒并不自认为是在写作讽刺作品。维森（D. S. Wiesen）在他远更丰富的研究专著 *St. Jerome as a Satirist*（Ithaca, N. Y., 1964）中指出圣哲罗姆具有一切犀利的批判气质和讽刺家的毒舌（这甚至让他作为一名基督徒而感到尴尬），以至于他（有时是其他人）认为他是在做一名讽刺家的工作；但是，除了在 *Against Rufinus* 等一两本书之外，他很少显示出讽刺必不可少的多样性和机智风趣。

36 在中世纪，独白类型的讽刺被辱骂和"抱怨"（complaint）所代替，约翰·彼得（John Peter）在其 *Complaint and Satire in Early English Literature*（Oxford，1956）第 2 章中很好地描述了这一过程。其第 3 节清晰而富于启发地讨论了圣伯纳德的诗是否为真的讽刺这一问题。

37 "Against the Pride of the Ladies", on pp. 153-155 of *The Political Songs of England from the Reign of John to that of Edward II*, ed. T. Wright（London, 1839）. 文本略有修改，特别是"jewels"（珠宝）——它和"jowls"（下巴）丝丝入扣——原作"clogs"。书中还有一篇很好的讽刺，论（因为风流韵事而惩罚农民的）宗教法庭（同书第 155-159 页）。

38 这段讽刺来自圣伯纳德的 Sermo 33, *Super Canticum*（PL 133, col. 959），奥斯特在其著作第 271-272 页引用。伯迈亚的讽刺，参见奥斯特著作第 316-317 页；即如奥斯特博士所见，这一观念亦见于《农夫皮尔斯》和归在沃尔特·马普名下的一首早期讽刺诗。

39 关于《哥利亚抗婚》(De conjuge non ducenda) 和沃尔特·马普的诗，参见 *The Latin Poems Commonly Attributed to Walter Mapes*, ed. T. Wright (London, 1841)。

40 奥斯特在本书（边码）45 页引述的著作之 386 页注释 3 中声称整篇巴斯妇人的开场白不过是布道者从《箴言书》(*Proverbs*) 7. 10-12 的简单描写的荡妇故事的一个主题变奏，这个说法似乎有些过于简单化了。

41 *As You Like It*, 2. 7. 50-51.

42 亚伯拉罕·阿·桑克塔·克拉拉（Abraham a Sancta Clara）之所以不同于比翁，是在于后者几乎完全是消极和怀疑的，而亚伯拉罕是一名虔诚的基督徒。不过二人的风格也有许多明显的巧合之处。比翁曾谈到妻子，说一个是丑陋的 ποινή，一个是漂亮的 κοινή（Diog. Laert. 4. 48）。亚伯拉罕也警告读者爱情和婚姻的危险，说维纳斯（Venus）是 We-nuss："We, was manche harte Nuss muss der Verliebte aufbeissen!"(*Judas der Erzschelm*, Book 3, p. 69)；在婚姻中我们必须小心挑选，"damit man nit anstatt einer Gertraut ein Beeren-Haut, anstatt eines Paulen einen Faulen, anstatt einer Dorothee ein Ach und Wehe, anstatt einer Sibill eine Pfefferl-Mühl heyrathe"(*Judas*, Book 1, p. 15）。在第 3 卷开头致读者的话中，他说他并不想要 "der Heil. Lehr einen Fassnacht-Mantel anlegen"，就像比翁说的 "την φιλοσοφαν ανθινα ενέδυσεν" 那样（Diog. Laert. 4. 52）。R. A. Kann 在 *Study in Austrian Intellectual History* (New York, 1960) 第 2 章中对亚伯拉罕有一段中肯但也相当不近人情的描写。

43 Roy Campbell, *The Georgiad* (London, 1931) 16-17.

44 关于这些小说中大部分人物的真实身份和米勒在创作这些小说时的生活情况，参见 Alfred Perles, *My Friend Henry Miller* (New York, 1956)。

45 莫特·萨尔足够有名成为《时代》周刊（8 月 15 日，1960）一整篇人物速写的主人公。其中包含了某些他"蝴蝶加马蜂"式攻讦文的精彩片段。

46 多纳图斯（Donatus）在评论泰伦斯的 *Phormio* 时明确指出寄生虫（Phormio）自 339 行以降的发言并非来自希腊喜剧原文，而是来自恩尼乌斯的讽刺作品；他之后引用了六行。参见 Warmington: *Remains of Old Latin* I (Loeb series, Cambridge, Mass., 1935) 388-389。一位当代独白作者（他很可能从未听说过恩尼乌斯其人）抨击了同一方案：通过乔治·华盛顿麾下一名满腹牢骚的普通士兵之口，他抒发了军队对美国独立战争中的大人物的不满情绪。"你听说那个疯子乔治昨晚拉走了什么吗？他把美元拉过了波托马克河，你没听说吗？你不知道他让我们在外面一直等到凌晨三点寻找那个混账玩意儿？……有个疯子在教堂顶上点灯关灯，折腾了一整晚。他停下来后，这个醉鬼又骑马大喊大叫穿过镇子……现在过来的就是他们那帮怪人里的一个——班尼——戴着方眼镜的那个就是。接下来雷雨就要来了，看着他！"
(*New York Times,* April 17, 1961)

47 在将《愚人颂》献给友人托马斯·莫尔（部分原因是希腊语"愚蠢"即 moria，"o"为长元音）的书信体前言中，伊拉斯谟将该书界定为讽刺，说它既有趣又伤人，尽管看似胡言乱语，其实具有严肃的意味，并列举了它的前辈：雅典的旧喜剧、《蛙鼠之战》、塞内加的《克劳狄乌斯变瓜记》以及卢奇安的一部作品。

48 勃朗宁将这些严肃的独白称为"戏剧性浪漫传奇诗"和"戏剧性抒情诗"。它们之于正规诗体戏剧，正如他的讽刺独白之于他的讽刺喜剧。

49 Aristotle, *Nicomachean Ethics* 1108a22 & 1124b30.

50 *Hamlet* 3. 2. 97-99 and 312-314. N. 诺克斯（N. Knox）对此有细致的分析，参见 *The Word Irony and Its Context, 1500-1755* (Durham, N. C., 1961)。

51 汤普森（A. R. Thompson）在一本精彩的小书 *The Dry Mock* (Berkeley, Cal., 1948) 中说"戏剧反讽"最早由英国学者康诺普·瑟尔沃尔（Connop Thirlwall）在 1833 年提出（pp. 143-148）。在第 34 页，他以马科斯·伊斯特曼（Max Eastman）的一句箴言概括了戏剧反讽的效果："戏剧作家和观众交换了一个可怕的眼神。"他区分了三种戏剧反讽，均以悖反为基础：语词反讽，其中语词与背后的事实相悖；性格反讽，其中人物的外在表现与其真实本性相悖；事件反讽，在这里我们看到了预期与结果相悖。

52 *Personal Recollections of the Life and Times...of Valentine Lord Cloncurry* (Dublin, 1849) 46.

53 蒲柏致信斯威夫特说："你说你的讽刺是控诉书：我宁肯称我的讽刺是书信。"参见 *Correspondence*, ed. G. Sherburn, vol. 3 (Oxford, 1956) 366。本注引自 Ian Jack, *Augustan Satire* (Oxford, 1952) 100。又，我认为他在将拉丁文 "satura" 描述为"本质上是一种非正式的讨论道德的书信，没有什么情节"时有些跑题：一篇讨论道德的书信并不会自然具有情节；此外，书信对罗马人来说比谈话其实更加正式。大部分拉丁讽刺文学作品中的淫秽和荒唐描写不会被允许在书信中出现,但作为交谈中闪现的逸兴遄飞之语则可得到谅解。复次,言谈与书信之间有密切的关系,参见注释 9 所引皮旺卡著作第 91-93 页。

54 关于 *epitres du coq-à-l'âne*,参见 O. Rossettini, *Les Influences anciennes et italiennes sur la satire en France au XVIe siicle*(Florence, 1958)46-48。

55 关于圣哲罗姆的书信参见注释 35。

56 Byron, *Vision of Judgment,* stanzas 75 and 78.

57 Pope, *Epilogue to the Satires, Dialogue II,* 20-25. Ian Jack 在注释 53 所引著作第 112 页注 2 指出诗体书信(或独白)与对话的区别,对于奥古斯都时代的诗人来说,纯粹是修辞结构和写作权宜之间的区别。事实上蒲柏即将其《论道德》第三篇由"书信"改写成了"对话"。

Ⅲ. 戏仿

1 参见 R. Lebel, *Marcel Duchamp*(tr. G. H. Hamilton, New York, 1959)44-45。其标题为 L. H. O. O. Q.,看上去是"LOOK"的变形,但是按发音拼写为法语,就成了"Elle a chaud au cul"这个鄙俗的说法。Lebel 先生著作插图 90 重制了这幅杰作:它现为某个美国人的私家收藏。

2 参见 K. Clark, *The Nude*(New York, 1956)122 and 356。

3 勒列夫尔(F. J. Lelièvre)在一篇有用的文章 "The Basis of Ancient Parody"(*Greece and Rome*1[1954]66-81)中指出戏仿在希腊和罗马主要意味着两件事情:一种是再现某位作家的作品片段而用于滑稽、低级或不恰当的主题;另一种是再现某位作家的总体风格和思想,同时夸大其明显特点,但不一定逐字引用他的作品。

4 Cf. Sophocles, *Antigone* 1.

5 在埃斯库罗斯的悲剧《阿伽门农》中(1060-1061 行),克吕泰墨涅斯特拉也对卡珊德拉说了这句话。

6 几乎未有任何夸张,参见 Sophocles, *Philoctetes* 1230-1234。

7 《来自东半球某个国家的使节》的这篇戏仿发表于 *New York World-Telegram and Sun*(April 20, 1960)。

8 *Judas der Erzschelm,* Book 2, p. 84. 亚伯拉罕在同书(Book 3, p. 103)还有

一篇对《诗篇》第 110 首的韵体戏仿。他说很多人在唱晚祷的时候心里想的
是世俗的事情，例如：
耶和华对我主说（今天我们去了莱奥先生家）
你坐在我的右边（今天我将会赢，这确定无疑）
等我使你仇敌（昨天我已经输了三场）
作你的脚凳（今天就将时来运转）
你能力的杖（我会赢回三场）
（以上参考《古典传统》中文版王晨译文，北京联合出版公司，558）
然后所有人都付了我的钱
我将会看到，我来得够早
我喝得最多，他们替我付了酒菜钱
看我们捉住一只鹅插在杆上
一份好点心真不赖……
于是从拜占庭时代起，我们就在例行公事的弥撒歌词中听到对醉酒的僧侣、
不肯蓄胡须者的攻击指责（Baynes and Moss, *Byzantium*, Oxford, 1949, p.
250）。

258　9　Hesketh Pearson, *Labby*（New York, 1936）256. 拉布歇尔也通过略有亵渎
地戏仿《马太福音》（*Matthew* 6. 34）中耶稣的名言，以 "Sufficient for the
reign are the grandchildren thereof" 评论维多利亚女王极其多产的特性。
　　10　S. N. Behrman, *Portrait of Max*（New York, 1960）89-97.
　　11　*Goody Blake and Harry Gill*.
　　12　*Simon Lee, the Old Huntsman*.
　　13　*Miscellaneous Sonnets*, Part III, xiii. 我忍不住引用高蹈派诗人 Catulle Mendès
自我反讽的诗歌《门徒》（*Le Disciple*），它的开篇第一行："佛陀在做梦，手
中握他的脚趾。"（Le Bouddha reve, ayant dans ses mains ses orteils.）
　　14　J. K. S.（i. e., James Kenneth Stephen）, *Lapsus Calami*, new edition, Cambridge,
1891.
　　15　通常认为本书作者是 "Pigres of Halicarnassus"，即阿特米西亚（Artemisia）
女王——她与薛西斯（Xerxes）结盟入侵希腊——的兄弟；但它看上去更像
是大约五十年后即阿里斯托芬时代的产物。关于它的作者，阿利（W. Aly）
有一篇很好的文章（并附 Pigres 的传记），见 PW/RE 20. 2.1313-1316；沃
尔特马斯（G. W. Waltemath）也有一篇有趣的短文提供了侧面信息，见

De Batrachomyomachiae origine, natura, historia, versionibus, imitationibus (Stuttgart, 1880)。关于戏仿在希腊的起源, 有两种不同的说法: 亚里士多德 (*Poetics* 1448a 12) 认为生活在伯罗奔尼撒战争期间的萨索斯岛的赫格蒙 (Hegemon of Thasos) 第一个写作戏仿, 帕勒蒙 (Polemo, Athenaeus 15, 698b) 则认为更早的希波纳克斯 (约公元前 540) 这位尖刻的讥诮文作者最早发明了戏仿。但是这一说法并无佐证, 除了希波纳克斯有四行谴责诗句——其声调显然是史诗, 尽管用于不光彩的主题: 说它们不过是谩骂将是更加正确的说法, 正如《伊利亚特》第一卷中阿喀琉斯的愤怒陈词、赫西俄德在《工作与时日》中的声讨谴责一样。因此, 正是赫格蒙引入了戏仿这一诗歌类型; 他最初是一名严肃的史诗唱诵者, 他最著名的作品是《巨人之战》, 这部作品甚至娱乐了西西里远征期间消沉抑郁的雅典人。关于希波纳克斯和赫格蒙的残篇和评论, 参见 Brandt, *Corpusculum* 1. 31–36 and 37–49。

另一方面, 由于希腊文学大多源于民间诗歌, 人们不禁认为赫格蒙并没有"发明"戏仿, 而是风格化了一种既有的形式。豪斯霍尔德 (F. W. Householder) 认为 (ΠΑΡΩΙΔΙΑ, CP 39 [1944] 8) 在职业吟游诗人严肃吟唱史诗之后出现了戏仿其主题和风格的业余诗人。如果不提皮塔纳的马特罗 (Matro of Pitana) 的恢弘戏仿作品 *Attic Dinner* (c. 315 B. C.) ——在此一个饥饿的人用荷马的语言描写了一场盛宴——就不对了。它显示出几乎令人难以置信的语言天赋和对整个荷马作品——从《伊利亚特》的开篇到《奥德赛》的结尾——的熟悉; 其中有种种文字游戏: 双关、出其不意的结句、用伟大诗行描写琐屑主题的闹剧式挪用。它是有史以来最机智风趣的戏仿作品之一; 但是它具有一种反面效果并讽刺了马特罗本人。读到希腊人吹嘘自己如何在别人的餐桌上享用了免费的美餐总是令人生厌 (这正是 Athenaeus 令人难以卒读的一个原因), 而食客中有卑鄙的斯特拉托克勒斯 (Stratocles) 就更糟了: 其人说服雅典人将准神的荣誉授予他们的马其顿征服者, 并在雅典娜神庙宴请他们的马其顿总督。

16 *Batrachomyomachia* 114 Brandt.
17 *Batrachomyomachia* 253–257 Brandt.
18 由于争斗的双方一种是陆地生物, 一种是水中生物, 它们通常不是天敌, 加之本诗为薛西斯同时代人所写, 因此人们向来认为《蛙鼠之战》戏仿了当时一首描写希腊水军和波斯陆军大战的史诗作品。但是很难想象它写作于赫格蒙的《巨人之战》(约公元前 415, 参见注释 15) 之前。大有可能的是, 这里的"鼠"是伯罗奔尼撒人,而雅典娜出手帮助的"蛙"是水战思维的雅典人。
19 引自 Jack Simmons, *Southey*(London,1945)168-169。
20 马钱德(L. A. Marchand)教授在他详尽全面的拜伦传记中(New York,1957)指出拜伦当时想到的是克维多的第一个讽刺幻象,即以最后的审判为主题的《头盖骨的幻象》(参见 vol. 2, note on p. 932, 1. 27)。
21 K. Clark, *The Nude*(New York, 1956)244-246, 260-261.
22 K. Clark, *The Nude* 260 and 405-406.
23 英国乐评人欧内斯特·纽曼(Ernest Newman)曾评论一场歌曲演唱会,简捷地打发了一名俄国作曲家(我想是格列恰尼诺夫[Gretchaninov])创作的歌曲,其名为"我要是能用歌声表达就好了!"。纽曼的评论是:"这位作曲家显然不能。"
24 *New York Times*, from the Associated Press, February 16, 1952.
25 这种无选择性也败坏了一部本来大有价值的资料集,C. D. MacDougall 的 *Hoaxes*(New York, 1958^2)。
26 克利夫顿·詹姆斯在 *I Was Monty's Double*(New York, 1958)中详尽讲述了这个故事。
27 W. Voigt, *Wie ich Hauptmann v. Köpeniek wurde, mein Lebensbild*(Berlin, n. d., c. 1909)。
28 Adrian Stephen, *The "Dreadnought" Hoax*(London, 1936)。
29 Aeneid 4.437: *Talibus orabat talesque miserrima fletus*. ... .
30 《国家地理辞典》中讲述了帕特里奇的故事,并得到W. A. 艾迪(W. A. Eddy)增补("The Wits vs. John Partridge, Astrologer," *Studies in Philology* 29[1932]29-40)。哥伦比亚大学教授詹姆斯·克利福德(James Clifford)好心地核对了我对上述恶作剧的讲述并补充了若干细节。其人的名字有时(例如在斯威夫特的 *Accomplishment of the First of Mr. Bickerstaffs Predictions*)也写作"Partrige"。关于梅林的引语来自丁尼生的 *Vivien*。
31 罗杰·皮卡德(Roger Picard)在他编的 *Artifices et Mystifications Littéraires*(Montreal, 1945)这部有趣的书中给出了这一事件以及其他文学恶作剧的细节。梅里美虚构了一个名叫 Clara Gazul 的西班牙剧作家;一些知情的读者对海尔辛斯·马格拉诺维奇产生了怀疑,因为画像中的他弹拨着 guzla——并非因为它不是一件真正的巴尔干乐器,而是因为"guzla"乃是"Gazul"的改换拼写。"Maglanovitch"据说意为"雾霾之子",这个名字很适合奥西安

注　释

(Ossian)一类的山地诗人；而梅里美选择 *illyrique* 这个名字，则是因为他认为许多浪漫派诗歌属于"il-lyriques"，即非抒情诗。

32　W. J. 史密斯（W. J. Smith）在他编辑的 *The Spectra Hoax*（Middleton, Conn., 1961）这本有趣的书中讲述了《光谱》、弗恩·格拉威尔和厄恩·玛利的故事。

33　*Aeneid* 2.739，埃涅阿斯在此谈到他失踪的妻子；在另一处（9.436），一个逝去的男孩被比作凋落的花朵。

34　一次是用于未婚少女的幽灵，参见 *Aeneid* 6.307（*Georgics* 4.476 曾加引用）；特别说明问题的是用于被毁灭的特洛伊的少女，见 *Aeneid* 2.238。

35　Swift, *On Poetiy* 255–256; Butler, *Hudibras*, Part 1, Canto 3, 735–736.

36　本笃会僧侣泰奥菲洛·福伦戈（Teofilo Folengo，人称梅林努斯·科卡尤[Merlinus Coccaius]，1491—1544）不是第一个写"杂烩"诗的人，但可以说是"杂烩之父"，他声称"这种诗歌的技艺被称为杂烩的技艺，起源于一种面食，它们是一类由面粉、芝士和黄油混合而成的厚重而粗糙的乡野之物。因此，杂烩本身就包含了庞杂、粗糙和污秽辞藻的意思"。引自 J. A. Morgan, *Macaronic Poetry*, New York, 1871, 148–149。

37　Pope, *Rape of the Lock*, Canto 1 and Canto 3 fin. ; John Philips, *The Splendid Shilling*; Pope, *Dunciad*, Book 4 init. *The Splendid Shilling* 是一部短篇讽刺戏仿的杰作。作者菲利普斯（Philips）是弥尔顿的外甥，他创作这部作品不是为了嘲讽其母舅的伟大诗篇，而是为了娱乐和教导他名下一个挥霍无度的大学生朋友，采用英雄体夸张其词地描述了破产的痛苦和拥有"锃亮的一先令"的富足生活。

38　Vergil, *Aeneid* 4.173–188; Butler, *Hudibras*, Part 2, Canto 1, 45 and 47–48.

39　Pope, *Dunciad* 2.157–184.

40　Swift, *Legion Club* 151–152. 莫里斯·约翰逊（Maurice Johnson）对这首诗做了很好的探讨，参见 *Sin of Wit*（Syracuse, N. Y., 1950, 100–105）。

41　Catullus 66, from Callimachus' *Lock of Berenice*: cf. *The Rape of the Lock* 5.127–130:

　　一颗星突然掠过水湿的空气，
　　留下一道闪光的发绺。
　　贝伦妮斯的鬈发最初都没有这样灿烂地升起，
　　天空因凌乱的星光而闪闪发亮。

42 Spence, *Anecdotes*（ed. S. W. Singer, London, 1820）Section V, 1737…39, p. 194.

43 朱文纳尔戏仿斯塔提乌斯的细节，参见拙著 *Juvenal the Satirist*（Oxford, 1954）79 and 256-259, notes i, 5, 11, and 12。

44 泰奥菲洛·福伦戈的 *Moschaea* 采用了极不恰当的哀歌对句诗体以及拉丁语和意大利语（绝大多数是拉丁语）的"杂烩"形式：它的现代主要灵感来源似乎是阿里奥斯托。德·维加的 *Gatomaquia* 采用了松散的抒情诗体，它的开篇模仿了维吉尔的《埃涅阿斯纪》1. 1 a-d（维吉尔的遗嘱执行人删去的自传性诗句），并包含了一些对阿里奥斯托的出色戏仿。艾迪生称他的诗为"ΠΥΓΜΑΙΟ-ΓΕΡΑΝΟΜΑΧΙΑ"，建基于《伊利亚特》3. 2-7 中一小段对亚非利加中部地区俾格米人和迁徙南方的仙鹤的奇异传闻。麦考莱认为斯威夫特［笔下格列佛］的"利立浦特游记"可能受其启发（参见麦考莱论艾迪生的文章）。G. W. 沃尔特马斯在他那本博学而偏执的书（参见注 15）中提到《愚人船》的作者塞巴斯蒂安·勃兰特在 1498 年出版的拉丁哀歌体 *Alopehiomachia* 或《狐狸的战争》，但是笔者并未看到。我们也应关注一部标题为 *Gli Animali Parlanti*（1802）谈论君主制和宫廷生活的长篇讽刺。它的作者 Giovanni Battista Casti 在前言中错误地声称自己是最早假托动物伪装来讽刺从事政治的人；他并说《列纳狐》一类作品与他自己的作品毫无关系——然而大部分读者恰会把它们视为同一［文学］传统在不同发展阶段的表现。这首诗很有趣，例如当作者从动物向狮王致敬的"*leccazampa*"中得出人类朝臣的"*baciamano*"时；但是它有二十六章也太长了。W. S. 罗斯（W. S. Rose）有一个风趣机智的拜伦式英语删节本：*The Court and Parliament of Beasts*（London, 1819）。

45 《经台吟》第 1-4 行呼应《埃涅阿斯纪》1. 1-7，两部作品主题的不对称甚至见于这一细节：

　　武器 / 和人，等

　　战役 / 这可怕的教士，等

　　（arma / uirumque qui etc.

　　les combats/et ce prélat terrible, qui etc.）

第 9-12 行呼请缪斯呼应《埃涅阿斯纪》1. 8-11：就连维吉尔令人惊诧的提问（这很少见于史诗）"灵神也会有这样的愤怒吗？"（*tantaene animis caelestibus irae?*）也遭到了布瓦洛的戏仿。

虔诚者的灵魂会充满怨恨吗？

（Tant de fiel entre-t-il dans 1'âme des dévots?）

蒲柏也在他的《夺发记》1.7-12 如法炮制，结尾是：

温暖的胸口却寄居着如此强烈的愤怒？

我常感叹英语文学中有多少著名的戏仿片段来自古希腊-罗马原典作家，布瓦洛又向他们提示了多少这样的地方啊！于是，约翰逊博士改写朱文纳尔第十首讽刺诗开头部分所用的著名短语"从中国到秘鲁"（from China to Peru）更直接受到布瓦洛（*Sat.* 8.3）而非朱文纳尔的启发：

从巴黎到秘鲁，从日本到罗马。

（De Paris au Perou, du Japon jusqu'à Rome.）

蒲柏《群愚史诗》最后的惊人之笔——"愚笨女神"的哈欠——想必也是以《经台吟》第二卷结尾时"慵懒女神"（Mollesse）的哈欠为蓝本吧？布瓦洛本人在第一卷中以《埃涅阿斯纪》1.36-49 中"不和女神"的愤怒和她对朱诺大发雷霆的愤怒发言为蓝本以及她变成一个老尼姑拜访司库 Auvry 则是对《埃涅阿斯纪》7.406-466 中 Allecto 拜访 Turnus 的戏仿。

46 *Absalom and Achitophel* 1.8-10.

47 Dean Lockier in *Spence's Anecdotes*（ed. S. W. Singer, London, 1820, Section II, 1730... 32, p. 60）.

48 W. Frost 在"*The Rape of the Lock* and Pope's Homer"（*MLQ* 8[1947]342-354）一文中指出：蒲柏翻译的荷马史诗看似晚于他的《夺发记》，但他在翻译时戏仿了其中的一些诗句并加进了他的讽刺作品之中。

49 弗朗索瓦·德·卡利埃的 *Histoire Poétique de la guerre nouvellement declaréde*（sic）*entre les anciens et les modernes* 1688 年在巴黎匿名出版。其形式为古典史诗的散文翻译，共 12 卷，并有导言。导言描述了"书籍之战"的正式开端——夏尔·佩罗尔（Charles Perrault）在新成立的法兰西学院的一次会议上宣读了他的诗歌 Le Siècle de Louis le Grand，声称当代法国作家不亚于甚至超过了古希腊和罗马的作家。（关于这一阶段的"书籍之战"，参见 G. Highet, *The Classical Tradition*, Oxford, 1949, 第 14 章，特别是第 280-282 页。）然后说到"今人派"听了后欢呼鼓掌，"古人派"却心生反感，而第三派——他们认为古人在某些地方强于今人，而今人在某些方面胜过了古人——沉思着离开了会场。其中一人（显然就是卡利埃本人，但他没有明言）后来梦见了戏仿史诗中的如下冒险经历：挑起古人和今人这场战争的"声望女神"带着会议报告飞上帕那索斯山,并[向诸神]背诵了佩罗尔的诗作。古人攻占了帕那索斯的一座山峰,而今人攻占了另一座。赫力孔战争随之而来,还有几场荷马式的单挑对决:高乃依败给了索福克勒斯和欧里庇得斯,马莱布(Malherbe)败给了品达,斯塔提乌斯败给了马里尼;贺拉斯和德·维加打了个平手。拉辛和布瓦洛加入了古人阵营并受到欢迎。双方最后接受阿波罗的指令停战议和,阿波罗以一首称扬拉辛、布瓦洛和"伟大的路易"的诗结束全篇。这本有趣的小书现在很难找到,也没有多少读者,但是认真读过本书的人都会发现斯威夫特的《书籍之战》(如沃顿[Wotton]所说)模仿了这部作品,尽管有一些差异和自出机杼的加工。一如德·卡利埃,斯威夫特开篇也讲到攻占帕那索斯山,然后说到战争(其中特别详细地介绍了交战的次序和一系列单挑决斗);他让传闻女神上天汇报双方冲突的消息,并让朱庇特介入此事,就像德·卡利埃笔下的阿波罗一样。但他因为太缺乏经验而未有原创的和一致的构思,也许是羞于模仿太过。于是,他笔下的本特利[Bentley]既是一个图书馆员(因此他的地位高于一切[交战的]书籍),同时又是交战双方中的一员大将。与此同时,他不成熟的一个更大标志是他无法结束自己的作品。他答应不偏不倚地全程讲述"上周五"发生的一场战争,但他一开始讲述战争本身就假装是在翻译一篇有文字脱落的古代文献,并在十多页之后突然以"*Desunt caetera*"(以下缺失)结束全文,这时战事方酣而(不同于德·卡利埃)胜负未卜。斯威夫特自己的创作,例如蜘蛛和蜜蜂的寓言、摩墨斯的逃跑,都远远好过他对那位法国作家的模仿。E. Pons 颇为细致地比较了这两部讽刺作品,参见 *Swift*(Strasbourg, 1925)271–274。关于德·卡利埃的早期灵感来源,已经有人讨论;而尤其引起我关注的是布瓦洛在《经台吟》第五卷中描写的"书肆中的战争":战斗双方相互投掷书籍,而战斗变成了书籍自身的战争:

> 那儿,在瓜里尼附近,泰伦提乌斯在地上的坟墓;
> 那儿,色诺芬处在与塞尔斗争的氛围中。
>
> (Là, près d'un Guarini, Térence tombe à tèrre;
> Là, Xénophon dans l'air heurte contre un La Serre.)

50 乔伊斯向他的朋友斯图尔特·吉尔伯特(Stuart Gilbert)详细罗列了《尤利西斯》对应荷马史诗的地方,后者后来专门对此进行了研究,参见其 *James Joyce's "Ulysses"*(New York, 1931)。

51 *La Secchia Rapita*, Canto 1, stanzas 12 and 23. Lots of broth in Bologna.

52 Canto 2, stanzas 36, 45, 40, and 36 (in that order).
53 Canto 3, stanza 77, and Canto 1, stanza 31. 博洛尼亚的意式香肠（mortadella sausage）远近闻名。
54 Canto 10, stanzas 1 and 5. *La Secchia Rapita* 中使用的这种特殊风格的真正祖先是路易吉·普尔奇（Luigi Pulci）的 *Morgante*；但后者在不严肃的时候纯属搞笑，没有任何讽刺想法。
55 *Aeneid* 1. 27: iudicium Paridis spretaeque iniuria formae.
56 Boileau, *Art Poétique* 1. 84 and 86.
57 例如本诗第十章的开篇：

啊，什么！总要定一个序曲，

为我所有的歌谣！我厌倦了道德；

我们率真地来说一个简单的事实，

那就是纯粹真理，

应该被简洁地讲述，无需肤浅的装饰，

多点神髓，少些雕琢，

那就解除审查吧。

毕竟，读者们，我们都很坦率，

这是我的建议。自然背后的图像，

如果它好，那就不需要画框。

注意它的轻快戏谑诗体，以及讽刺作家常发表的声明，即他是在讲述未加掩饰的真理。
58 本书被称为 "*Satyricon liber*"，意思是 "像萨堤尔（Satyr）一样的冒险故事"；或被称为 "*Satirieon liber*"（这里有一个令人反感但是不无可能的混合词），意为 "讽刺故事"。它不当称为 "*Satyricon*"，就像维吉尔的 "Georgics" 不当称为 "*Georgicon*"、贺拉斯的 "*Epodon liber*" 不当称为 "*Epodon*" 一样。
59 这是笔者的看法，参见 G. Highet, "Petronius the Moralist," *TAPhA* 72 (1941) 176-194。
60 塞万提斯本人在第二章直言不讳地谈到了 "公猪"（hog）: "una manada de puercos (que, sin perdòn, asì se llaman)"。
61 第一章开篇。
62 *Don Quixote*, Part 1, c. 6 ad fin.
63 *Don Quixote*, Part 1, c. 9 ad fin.

265

64 *Hudibras,* Part 1, Canto 1, 359-362.
65 *Hudibras,* Part 2, Canto i, 585-590:
  在这一章你会发现
  很难理解我澎湃的诗情,
  在此你的艺术技巧
  而非你的心灵显示自身;
  你也不会因为崇高的豪言壮语
  而在我燃烧的诗情中升起。
66 Aristophanes, *The Frogs* 1309-1363.
67 *The Frogs* 1477-1478, W. B. Stanford 译本。
68 *The Frogs.*
69 菲尔丁的戏仿涵盖了英国巴洛克戏剧的很多方面,后者源于他在书中经常援引的德莱顿。很奇怪,他在第二幕第四场中也让 Princess Huncamunca 这个人物注释了他的诗句:
  O Tom Thumb! Tom Thumb! Wherefore art thou Tom Thumb?
  它戏仿了奥特韦(Otway)的 *Marius*:
  Oh! Marius, Marius, wherefore art thou Marius?
  事实上奥特韦的剧本部分来自莎士比亚的《罗密欧与朱丽叶》;难道菲尔丁真没有看出这一问句源自莎士比亚吗?
70 Carey, *Chrononhotonthologos*(1734). 本剧的序曲部分正确地界定了戏仿英雄体与低俗戏谑的不同:
  今晚我们的喜剧缪斯将穿上悲剧的高靴,
  摆出大量的浪漫情态;
  就像英雄一样昂首阔步,并用夸张的诗句
  展现最琐细的事件。
71《"萨沃纳罗拉"·布朗》发表于比尔博姆的《七人》(*Seven Men*, 1919 年出版)。引文出自第二幕第三场。
72 Henry IV, Part 1, 2. 4.176-180,戏仿马洛的 *Tamburlaine the Great*, Part 2, 3. 1-2。
73 墨涅劳斯和帕里斯的决斗(*Iliad* 3.324-382)在《特洛伊罗斯与克瑞西达》1. 1.113-117 和 1. 2.228-231 中有所涉及。《特洛伊罗斯与克瑞西达》1. 2.190-265 对古希腊英雄的戏仿改编自《伊利亚特》著名的城墙一幕(3.161-244)

中海伦对希腊英雄的介绍。阿喀琉斯杀死赫克托（*Iliad* 22）在《特洛伊罗斯与克瑞西达》第 5 幕第 8 场沦为阿喀琉斯和一群弥尔密冬人对一个手无寸铁之人的屠杀。

74 *Troilus and Cressida* 1. 3.142-184; cf. *Iliad* 9.186-191.

75 *Troilus and Cressida* 2. 1 and 5. 7; cf. *Iliad* 2.211-277.

76 这是 O. J. 坎贝尔（O. J. Campbell）在 *Comicall Satyre and Shakespeare's "Troilus and Cressida"*（San Marino, Cal., 1938）中提出的观点。此后他又在 *Shakespeare's Satire*（New York, 1943）继续进行敏锐的研究，其中有几个章节论述《一报还一报》《雅典的泰门》《克利奥兰纳斯》这几部不容易理解的戏剧，尤其具有价值。坎贝尔称后两部戏剧为"悲剧讽刺"，并暗指《哈姆雷特》2. 2.201-210。（哈姆雷特王子显然是在读朱文纳尔的第十首讽刺诗）。假如恰普曼就是莎士比亚在其十四行诗中满怀嫉妒地谈到的那位诗人对手，那么我们稍可容易理解为什么恰普曼的翻译（至少是部分翻译）问世后，莎士比亚会怀着如此强烈的快感来糟改荷马和恰普曼的英雄世界。

77 《乞丐的歌剧》第六曲"少女像盛开的鲜花"（"Virgins are like the fair Flower in its Lustre"）是对卡图卢斯的婚歌 62. 40-48 的通俗化改写。

78 Chorus of Peers, from Act 1 of *Iolanthe*.

79 Sergeant's song with chorus of Police, from Act 2 of *The Pirates of Penzance*.

80 Bunthorne's recitative, from Act 1 of *Patience*.

81 Buttercup's song, from Act 2 of *H. M. S. Pinafore*.

82 吉尔伯特和萨利文的戏仿名为《坚韧》（*Perseverance, or Half a Coronet, an Entirely Original Operetta by Turbot if Vulligan*），赫伯特（A. P. Herbert, 现在是 Sir Alan 了）作词，薇薇安·埃利斯（Vivian Ellis）作曲。它创作于 1934 年，当时属于科克伦（Cochran）的轻歌舞剧 *Streamline* 的一部分。这一幕发生在下议院平台一带，停船在泰晤士河畔的渔家少女充当了风景如画的歌队。它的主要情节是伯爵家（Earl of Bunion）有一对双胞胎，但是没有人清楚他们谁先出生，以便继承爵位。最后的合唱既是对吉尔伯特和萨利文的批评，同时也戏仿了他们最著名的歌曲——*The Gondoliers* 第二幕中的"Take a pair of sparkling eyes"：

　　找个别致的反语（paradox），
　　把它装点成巧克力盒子的样子——
　　找两个婴儿，好好搅拌他们；

找个老姑娘，给她一个丈（H-）——
找段说辞，细细分析；
找些曲子塞进去：
一首搞笑的歌，另外不要忘了
你那无伴唱的八重奏。
找个小情人，但是注意！
不要让人脸红
你会逐步整出一部
相当流行的轻歌剧。

83 《晨》出版于1763年，《午》出版于1765年，《暮》和《夜》——帕里尼并未完成它们——在他身后1801年出版。尽管他只是一般化地表现了这名心灵空虚的年轻贵族，而且这类人物在历史上，特别是在讽刺文学中频繁出现（例如蒲柏《夺发记》中的 Sir Plume、朱文纳尔讽刺诗第八首中的 Rubellius Blandus），不过同时代人还是认出了[它的原型]，贝尔乔约索（Alberico di Belgioioso）亲王。

84 马克·斯隆尼姆（Marc Slonim）在其 *Outline of Russian Literature*（New York, 1958）第九章对冈察洛夫的讽刺小说《奥勃洛莫夫》（*Oblomov*）做了很好的分析。

85 《晨》792-793。

86 奉承的诗人，见于《午》905-939；"concilio di Semidei terreni"，见于《晨》61-62。

87 《午》2.250-338 论述了神话中的平等，有点像卢克莱修在《物性论》第五卷925-957说到的原始人的情形。《午》298-301 改编自朱文纳尔 14.34-35。

88 Pope, *Prologue to the Satires* 308.

89 "Precettor d'amabil Rito"，见《晨》7；"Or io t'insegnerò" 见《晨》11；对教育诗风格的更多戏仿，见《晨》30-32、395-397、941-943。

90 爵爷的梳妆打扮（被比作阿喀琉斯和里纳尔多），见《晨》249-253；丘比特和许门，见《晨》313-391；爵爷被梳头仆人的疏忽大意所激怒被比作从祭坛逃跑的公牛（《晨》542-554），参见维吉尔《埃涅阿斯纪》2.223-224；被激怒的战神马尔斯佩剑，见《晨》808-814。帕里尼自比作狄多女王宴请埃涅阿斯会上献唱的 Iopas 和《奥德赛》中阿尔基努斯王的歌人 Phemius（《晨》7-23）。

91 《夺发记》2.5：帕里尼在献辞中说到 "le gentili Dame e gli amabili Garzoni" 将自己献祭给"时尚"的祭坛。

92 *Lilliput,* c. 6 fin. 斯威夫特在 *Description of a City Shower* 中戏仿了有史以来最伟大的教育诗之一，灵感来自维吉尔《农事诗》1.424-457 中的天气预测，然后在 47-52 行、57-62 行分别戏仿了《埃涅阿斯纪》2.50-53 和 9.30-32。他讽刺的重点是与维吉尔的乡村-英雄世界形成鲜明对照的肮脏城市。在这一点上，正像在其他方面一样，斯威夫特是詹姆斯·乔伊斯的先驱。而且他是一个全心全意的、技巧娴熟的戏仿作家。他攻击诺丁汉勋爵的 *Intended Speech against Peace* 戏仿了一篇政治演说；他攻击萨默塞特公爵夫人（Duchess of Somerset）的 *Windsor Prophecy*（据说他因此失去了升迁教会神职的机会）戏仿了一篇中世纪文献。尽管他最伟大的作品形式上不属于戏仿，但它包含了戏仿的歪曲变形：利立浦特的小矮人、布罗卜丁奈格的胖大巨人、勒皮他斜目而视的哲人和肮脏污秽的雅虎——这些难道不是对人类的戏仿吗？

93 Jefferson to Langdon (1810), from *A Jefferson Profile as Revealed in His Letters,* ed. S. Padover (New York, 1956), 194.

94 Horace, *Sermones* 1.10.44.

95 维吉尔的《琐事》(*Catalepton*) 第 4、6、7、12 首模仿了卡图卢斯。第 10 首巧妙地戏仿了卡图卢斯的第 4 首诗 (*Phaselus ille*)。

96 Chaucer, *Sir Thopas* 1914-1919; *Prologue to Melibeus* 1 (2109), 7 (2115), and 12 (2119).

97 Swift, *Ode to Dr. William Sancroft Late Lord Archbishop of Canterbury* 231-239.

98 《人类之友和磨刀人》(*The Friend of Humanity and the Knife-Grinder*) 这首贺拉斯-萨福-骚塞式颂歌的作者乔治·坎宁和约翰·胡克姆·弗雷（George Canning & John Hookham Frere）。它讽刺的对象是骚塞一首名为《窗》的诗，以及一位特别"勤勉的人类之友协会成员"和议员乔治·蒂尔尼（George Tierney，见于德怀特·麦克唐纳先生［Dwight Macdonald］的 *Parodie*［p. 37, New York, 1960］）。很遗憾它如此强烈地让我想到了舒伯特《冬之旅》(*Winterreise*) 中的抒情歌曲。

99 "彼得·品达"是乔治·沃尔科特（John Wolcot, 1738—1819）。他性情粗鄙，但有时风趣。例如：

散漫的写作风格，
一蹦一跳地创作，
我那伟大而睿智的亲戚彼得·品达自诩：
或者（我喜欢诗人[the Bard]的谄媚）
像公野猪一样跳跃着撒尿。

(*Lyric Odes to the Royal Academicians, for 1783*, 6. 1–5)

再如乔治三世说他在餐盘中发现了一只跳蚤：
"怎么，怎么？什么，什么？那是什么，那是什么？"他喊叫起来。
语调急促，两眼直瞪；
"看，看哪，什么东西进了我的房间？
一只跳蚤，上帝保佑我们！跳蚤，跳蚤，跳蚤，跳蚤！"

(*The Lousiad*, Canto 1.)

100　C. S. Calverley, *Complete Works*（London, 1926）. 第 28–29 页是一首优美的萨福式《烟草颂》(*Ode to Tobacco*)：

一顿美餐，当晨光淡去

当它们被清理，一顿美餐，

当一天结束时，再美没有的美餐。

101　引自德怀特·麦克唐纳的 *Parodies*（New York, 1960）224。

102　亨利·里德的戏仿作品和艾略特先生的评论均见于德怀特·麦克唐纳：*Parodies*, p. 218。

103　Cicero, *Orator* 151. 此外并无更多证据。

104　Pope, *Prologue to the Satires* 204.

105　关于 *Epistulae Obscurorum Virorum*，F. G. Stokes 有一个很好的注释本（London, 1909），并提供了英译。斯托克斯（Stokes）解释说康拉德·多伦科普夫对奥维德的阐释并非纯属幻想，而是来自中世纪的转译和评论。至于他怪异的词源解释（MAVORS = mares vorans; MERCVRIVS = mercatorum curius），它们与中世纪注者的解释一样糟糕。书信 13 以惊人的坦率谈论了一桩性丑闻：在惊恐地重述了一名教士在美因茨大教堂向一名荡妇求爱的故事后，通信者继续说到现在的教会组织和过去的圣殿骑士团一样恶劣。

106　第一版见 C. Read, *Le Texte primitif de la Satyre Menippée*（Paris, 1878）。

107　Hor. *Serm.* 1. 1. 24–25. 这部讽刺作品是多人合作的产物，主要撰稿人有

注　释

Pierre Le Roy（他显然也是始作俑者）、Jean Passerat、Florent Chrestien、Nicolas Rapin 和 Pierre Pithou。

108《艾森豪威尔葛底斯堡演说》全文见德怀特·麦克唐纳的 *Parodies*, pp. 447–448。

109 例如海明威的《春潮》(*Torrents of Spring*, 1925) 轻快地"冲洗"了舍尔伍德·安德森（Sherwood Anderson）; 斯黛拉·吉本斯（Stella Gibbons）的 *Cold Comfort Farm*（1932）是对英国"神秘土地"（the mystical Soil）派小说家的冷峻拼贴；还有 *Parody Party*（ed. Leonard Russell, London, 1936）包含了西里尔·康诺利（Cyril Connolly）对奥尔德斯·赫胥黎的 *Told in Gath* 的高明戏仿。除了上文引到的麦克唐纳的选集，伯令·劳里（Burling Lowrey）也编选了一部出色的文集：*Twentieth-Century Parody, American and British*（New York, 1960）。

110 Clifton Fadiman, "The Wolfe at the Door," from his *Party of One*（New York, 1955）.

111 Peter De Vries, "Requiem for a Noun, or Intruder in the Dusk," reprinted from *The New Yorker* in Dwight Macdonald's *Parodies*（New York, 1960）.

Ⅳ. 扭曲的镜像

1 关于爱斯基摩人和黑人，见埃利奥特（R. C. Elliott），*The Power of Satire*（Princeton, 1960）70–74。根据多拉德（J. Dollard），"The Dozens," *The American Imago* 1（1939）3–25（转引自埃利奥特先生著作），黑人辱骂最常见的形式是攻击对方的母亲：

　　你妈的屁股
　　就像车后座
　　挂在后背上
　　直垂后脚脖

所谓"骂娘"（the Dozens）这个说法，可能源自一首淫秽歌曲，其中歌手——数说了他与对方母亲之间的十二次性爱活动。

2 假如埃尔南德斯不曾希望给他的诗一个圆满的结尾，让那个南美牛仔纵马奔向远方，我想他们会真刀实枪地干起来：马丁·菲耶罗在其流浪生涯之初就和这个黑人的兄弟发生争吵而杀死了对方,而这个黑人一心想着报仇。(争吵见 *La Vuelta de Martin Fierro* 第 1 部第 7 章,决斗见第 2 部第 30 章。)沃尔特·欧文(Walter Owen)的译本 *The Gaucho Martin Fierro*(Oxford,1935)——我最早读的就是这个译本——有一个非常有趣的前言,其中有三页谈到当年"流行各地,人们用吉他作为武器"的对歌比赛。不过需要注意一点:他们只是比拼谁更机智,并不总是或必然沦为斗殴。

3 斗嘴需要的机智并不比注释 1 谈到的"骂娘"高明多少。Sarmentus 开言说:"我说你长得像野马。"而那个黑人则唱道:

你的出身孬,

这点我知道。

鳄鱼生的你,

奶妈是母驴。

关于贺拉斯的布伦迪西之旅,参见本书(边码)第 201-204 页。

4 据 *The Anglo-Latin Satiric Poets and Epigrammatists of the Twelfth Century*, ed. T. Wright(London, 1872)。它的标题来自(虽说不能令人信服)希腊语 "*archi-*"(领袖或地位高者,如 "archangel"、"archbishop")和 "*threnos*"(悲叹)。

5 于是,作者就像奥维德在《变形记》(8-788f)中描述"饥饿"的住处一样描述了不同实体的居所。该诗的风格乃至韵律都更接近奥维德,超过了其他拉丁诗人,例如 Psylli 的皮被称为 "飞蛇的毒牙咬不透的盾牌"(parma ueneniferi iaculis imperuia dentis),或者这样召唤酒神巴库斯 "以弗里吉亚装点着常春藤的祭坛而闻名的巴库斯"(Bacche corymbiferis Phrygiae spectabilis aris),再如有两行长短短格诗句不但与奥维德的诗体相同,而且用了纯奥维德式的字眼:"*uenenifer*"(《变形记》3.85)和 "*corymbifer*"(《岁时记》1.393)。该诗第 2 卷(Wright, p. 268)描写的一次狂欢纵饮开篇时说:

将领们就座后,戴着酒神冠的

七重酒碗的主人,英国的埃阿斯起身走向他们,

尤利西斯用类似的酒杯与他较量

Consedere duces, et Bacchi stante corona

surgit ad [h] os paterae dominus septemplicis Aiax

Anglicus, et calice similis contendit Vlixes

这段话戏仿了《变形记》第13卷中[希腊人]争夺阿喀琉斯盔甲的描写。它也让我们听到了我们饮酒无度的日耳曼祖先的大声呼号:
> 于是,他们拿着酒杯徘徊,用响亮的嗓音喊道"祝健康!"
> 一遍遍说着"祝健康!"
> Ergo uagante scypho distincto gutture "Wesheil!"
> ingeminant, "Wesheil!"

《极度悲伤的人》开篇说的"*Velificatur Athos*"即令人想到了朱文纳尔(10.174),此外还有许多化用他的地方。例如朱文纳尔对饮食无度者的攻击(5.94-96):
> 当喉咙发狂时,
> 鱼市的网会不停地洗劫整片临近的海域
> dum gula saeuit
> retibus adsiduis penitus scrutante macello
> proxima,

在《极度悲伤的人》中变成了(p.269):
> "啊,喉咙洗劫了整个世界!"
> "Ha, gula, quae mundum penitus scrutatur!"

6 Hor. *Ep.* 1.11.27.
7 莫尔在前言中说他的书"*festivus et salutaris*"(有趣并有益),显然他想到了贺拉斯对讽刺家所起作用的不同表述。
8 Rabelais, Fourth Book, c.2. 爱彼斯特蒙(Epistemon)为麦得莫塞岛带来一幅画像,再现了柏拉图的"理念"和伊壁鸠鲁的"原子"。
9 金斯利·艾米斯(Kingsley Amis)对"太空小说"这一现代幻想文学中的讽刺因素有一段风趣而敏锐的论述,见 *New Maps of Hell* (New York, i960) cc. 4 and 5。
10 Lucian, *Menippus* 21; 见于 R. Helm, *Lucian und Menipp* (Leipzig, 1906) c.1,尤其是37页注释5。
11 Lucian, *Icaromenippus*; Helm (quoted in n.10) c.3.
12 Ariosto, *Orlando Furioso* 34.73-85; Milton, *Paradise Lost* 3.444-497. 注意那些"低级"的、表示轻蔑的语词,它们显示出弥尔顿在此从史诗进入了讽刺:"胎儿和白痴"、"样子货"、"抹布"、"世界的后座"。弥尔顿在此明确反对阿里奥斯托的说法,声称世上一切虚荣最后都来到遥远的灵泊(Limbo)并在

那里栖居下来:
>在那银色的世界里,
>有近乎真实的居民,有超升的圣者,
>有介乎天使和人类之间的中性精灵。(3.459-462)

13 A. R. 贝林杰(A. R. Bellinger)指出(*YCS* 1 [1928] 1-40)卢奇安的讽刺接近于戏剧:他向听众大声朗读他的作品,明确区分了不同的说话人和场景的变换。

14 Rabelais, Second Book, c. 30.

15 "*Apocolocyntosis*"这个神秘的标题从未在塞内加的草稿或手稿中出现,而是称为"塞内加对克劳狄乌斯之死所开的玩笑"或"塞内加对克劳狄乌斯死后成神的讽刺"。该词仅见于历史学家狄奥·卡西乌斯(Dio Cassius)的著作(Book 61, epitome),在此这个词显然是指这部讽刺作品。它的含义相当清楚:它是对"死后成神"(apotheosis)的糟改,意为"变成傻瓜"。(1)官方宣布克劳狄乌斯死后成了神,但据这部讽刺作品,他其实被诸神拒斥并遭到了愚弄。(2)该作品多次将神和傻瓜并举,诸如"傻瓜皇帝",而尼禄也用一个表示"傻瓜"的希腊词语带双关地取笑克劳狄乌斯之死(Suetonius *Nero* 33.1)。(3)在当时的罗马俚语中,"*cucurbita*"意为"傻瓜"(Petronius 39),而和它对应的希腊语就是"κολοκύνθη"(据 Quintilian [1.5.57],"*Gurdus*"也有傻瓜的意思;现代法语中"*gourde*"同样表示"傻瓜")。因此,如果要为"*Apocolocyntosis*"选一个典型的俚俗英语表达,我们会说"*Dopification*"。不过,罗伯特·格雷福斯(Robert Graves)先生慧眼独具地指出该词意指"用药西瓜(colocynth)灭除",暗指克劳狄乌斯第一次被下毒未见效后下毒老手洛库斯塔(Lucusta)通过用药西瓜给他灌肠而结果了他的性命:"药西瓜"是一种泻药,药力强劲,大剂量使用足以致命。(后来先知的儿子们在 Gilgal 品尝到了它的滋味而大声喊道:"锅中有致死的毒物!"见 *II Kings* 4.38-41。)参见 V. P. and R. G. Wasson's *Mushrooms, Russia, and History*(New York, 1957)。这个解释自然有一定的道理,但却是不可能的:因为塞内加用这个标题就等于承认克劳狄乌斯被人谋杀,但在书中他被说成是正常死亡(尽管第 3-4 章谈到了他死后发生的一些事)。克劳狄乌斯的死和封神是在十月,而十二月就是农神节,这时一切常规都被颠覆,人们都去寻欢作乐。既然克劳狄乌斯在《变瓜记》第 8 章被称为"*Saturnalieius princeps*",既然整篇讽刺都以荒谬的对照和反转为基础,那么塞内加有可能

注 释

写作此文是为了在尼禄登基第一年的农神节庆典上朗诵而用。

16 Julian, *Symposium* g36a-b. 该作品现在广为人知的标题"The Caesars"并不见于作者手稿。尽管它在写作技巧上是一篇梅尼普斯式讽刺, 即糅合了诗歌和散文, 但是其中诗歌的成分几近于无。
17 Quevedo, *El Sueño de las Calaveras*: Júpiter estaba vestido de sí mismo.
18 Dante, *Inferno* 34.
19 Quevedo, *Las Zahurdas del Plutón* med., cf. Calaveras ad fin.
20 Voltaire, *Micromégas*, c. 4. 今人也有一部同样题材的讽刺喜剧, 即戈尔·维达尔 (Gore Vidal) 那部搞笑的 *Visit to a Small Planet*。
21 *The Singular Adventures of Baron Munchausen*, by Rudolph Raspe and others, ed. J. Carswell (New York, 1952), Introduction, xxvii–xxix.
22 Rabelais, Second Book, c. 32.
23 Rabelais, Second Book, c. 22; Second Book, c. 7.
24 卡克斯顿 (Caxton) 有一个很好的英译本, 即 D. B. Sanos 翻译的《列纳狐》(Cambridge, Mass., 1960)。
25 引自埃利斯 (F. S. Ellis) 的《列纳狐》诗体译本 (London, 1894) 第 28 章。
26 Chaucer, *Nun's Priest's Tale* 3312–3316. G. W. Regenos 曾将之译为英语五音步无韵对句 (*The Book of Daun Burnel the Ass*, Austin, Texas, 1959)。J. H. Mozley & R. R. Raymo 编订了拉丁文本, 并附有导言和注释 (*University of California English Studies* 18, Berkeley, Calif., 1960)。
27 关于这两首诗, 参见 F. J. E. Raby, *History of Secular Latin Poetry in the Middle Ages* (Oxford, 1934) 1.269–276 and 2.151–152。
28 阿普列乌斯的《变形记》和同题材的一部古希腊短篇 (后者被疑为卢奇乌斯作品, 被称作《卢奇乌斯或驴的故事》) 很可能都改编自帕特雷的卢奇乌斯 (Lucius of Patras) 创作的希腊故事 (已佚), 但是阿普列乌斯加进了大量的个体经验和想象。
29 阿普列乌斯自辩未用巫术的讲辞 *Apologia* or *De Magia* 是关于古代巫术的一份重要文献。巴特勒和欧文 (H. E. Butler and A. S. Owen) 有一个老旧但是仍然有用的版本 (Oxford, 1914), 亚当·阿卜特 (Adam Abt) 的研究著作 *Die Apologie des Apuleius von Madaura und die antike Zauberei* (Giessen, 1908) 很有价值。在他的讲辞中, 阿普列乌斯对于巫术和宗教的关系表述得相当含糊, 但在《变形记》中他清晰区分了二者。我们理解他渴望为自己辩白的心情，不过《变形记》看似是他较为成熟的作品。关于他后来对巫术的看法，参见马色林努（Marcellinus）写给圣奥古斯丁的信——他请奥古斯丁帮助他与异教徒辩论，后者说耶稣［创造］的奇迹并不如阿波洛尼乌斯（Apollonius）、阿普列乌斯等人的奇迹重要——以及奥古斯丁的回复：*CSEL* 44, ed. A. Goldbacher（Vienna, 1904）136. 1 and 138. 19。

30 Simia quam similis, turpissima bestia, nobis! 恩尼乌斯在他的一篇讽刺中如是说。（《残篇》23，见 Warmington, *Fragments of Old Latin I*, Cambridge, 1935）。

31 "Greatauk, due du Skull, ministre de la guerre"一语出现于该书第6卷第1章。Porpoisia 即 la Marsouinie，其居民是 les Marsouins，该词来自动物学，意为"丑陋的野兽"。有无可能法朗士当时想到的是德国人？

32 例如第6卷第11章中的这段话："共和政府变得俯首听命于大型的金融公司，军队仅用于保卫首都，舰队注定仅用来执行冶金学家的号令。"

33 Book 4, c. 3; and Book 8, "Les Temps Futurs: l'histoire sans fin."（未来的时间：没有终点的历史。）

34 "可能的不可能性甚于不可能的可能性。"（Aristotle, *Poetics* 1460a27）

35 引自巴黎《艺术》杂志（1961年）刊登的一篇文章。

36 他的《猴妻》也巧妙地讽刺了英国人的势利。因此，猩猩艾米莉也学会了行屈膝礼，并好奇自己是否会被介绍给宫廷——尤其是在她看到一个学会的论文之后："在英国，首相是王族公爵之下地位最高的人。"（第三章）

37 Hor. *Serm*. 1. 1. 24.

38 Butler, *Hudibras*, Part 1, Canto 1.139–142.

39 Swift, *Mr. Collins's Discourse of Free-Thinking*（1713）.

40 Swift, *Polite Conversation, The Third Dialogue*.

41 基斯林与海因策（Kiessling-Heinze）在他们的版本中即持此说；弗兰克尔（E. Fraenkel）在他笔触细腻的《贺拉斯》（Oxford, 1957）中亦持同样观点。

42 勒热（Lejay）在其校订的版本中指出了本诗第27-33行中蕴含的反差：一方面是麦凯纳斯、寇克乌斯·涅尔瓦（Cocceius Nerva）和丰提乌斯·卡皮托（Fonteius Capito），另一方面是"我"，"用黑色的药膏涂在我肿痛的眼上。"

43 贺拉斯对"包打听"的熟人的态度，见 *Serm*. 2. 6. 40-58。注意第37行：贺拉斯是在去往布伦迪西的途中新近成为麦凯纳斯的亲信的。

44 在英国，哥德史密斯（Oliver Goldsmith）袭用了这一观念，他笔下那位可爱的"世界公民"(1760—1762)就是一个中国人。

45 才华横溢的塔德乌什·泽林斯基(Tadeusz Zielinski)在 *Die Gliederung der altattischen Komddie*(1885)中首次揭示了阿里斯托芬喜剧的结构方式。

46 庞大固埃包含巴汝奇(例如在第 2 部第 10-13 章打官司的故事中)和修士约翰,但是不具有他们的缺点。

47 这些讽刺性的场景包括:伏尔泰《戆第德》第 11-12 章、沃的《一抔尘土》(*A Handful of Dust*, c. 6, "À côté de chez Todd")、《格列佛游记》"布罗卜丁奈格"部分第 5 章、朱文纳尔讽刺诗 6.425-433 以及斯威夫特的 *The Lady's Dressing-Room*。

48 这是一位认识斯特雷奇超过三十年的老朋友对他的独到研究:Clive Bell's *Old Friends*(New York, 1957)32.

49 欧·亨利深为同情向他提供 *The Gentle Grafter* 写作素材的那些人。他们是他在俄亥俄州哥伦布市感化院的狱友,这些人在他作为夜间医生巡防各个号间时向他讲述了这些故事。参见 pp. 139-142, *The Caliph of Bagdad,* by R. H. Davis and A. B. Maurice, New York, 1931。

50 不了解波斯语的读者肯定会错过的一个讽刺是:莫利阿给他笔下人物起的名字在不知情者看来没有问题,实则内含贬义:Mīrzá Ahmak(傻瓜医生)、Námard Khán(胆小鬼爵爷)、Mullá Nadan(可敬的无知者),见 E. G. Browne 为 *Hajji Baba* 撰写的导言,(the Limited Editions Club, New York, 1947)。歪曲荒诞的名字始终是讽刺的一个确切标志。在果戈理的《钦差大臣》中,警察局长名叫"Skvoznik-Dmukhanovsky",学监名叫"Hlopov",法官名叫"Lyapkin-Tyapkin",他们名字分别意为"膨胀的流氓"、"床上的臭虫"、"搞砸-偷窃"。此说采自 J. L. Seymour and G. R. Noyes in J. Gassner's *Treasury of the Theatre*, vol. 1(revised edition, New York, 1958)的译者注。

51 关于《萨蒂利卡》的创作意图,参见本书(边码)第 115 页。佩特洛尼乌斯使用了梅尼普斯式讽刺,但他心里想的是贺拉斯的讽刺(他崇拜贺拉斯,并在一首优雅的短诗 *Horatii curiosa felicitas* 中描述了他的风格)。这次宴会本身、解释每道菜来源的主人、坠落的天花板以及最后个人的落荒而逃,都是对贺拉斯 Serm. 2. 8 的大幅扩写;讽刺诗第 141 首描写的寻求遗产事件则是对贺拉斯同一讽刺主题(*Serm.* 2. 5. 84-88)的可怕改写。

52 我从奥·魏因赖希所著 *Römische Satiren*(Zürich, 1949)导论第 CII-CIII 页

获悉：汉诺威宫廷的贵族男女在 1702 年举办了特利马乔式的宴会，他们显然没有想到自己模仿了大众的做法；另外奥尔良公爵摄政时期，在圣克卢（St. Cloud）也发生了同样的事情；腓特烈大帝也写过一首诗体信赞扬他的厨师备办了比尼禄时代的盛宴还要精美的菜肴。法国学者杰罗米·卡尔科皮诺（Jérôme Carcopino）的 *Daily Life in Ancient Rome*（tr. by E. O. Lorimer, New Haven, Conn., 1940）大大依赖了佩特洛尼乌斯。如有一本部分取材于 Louis B. Mayer 或 Al Capone 家常亲切风格的《美国日常生活》(*Daily Life in the United States*)，这想来会引发人的兴趣。在《萨蒂利卡》中，Encolpius 及其友人逗乐的伪装经常被重点指出：首先是反讽——admiratione saturi（28. 6），nihil amplius interrogaui ne uideret numquam inter honestos cenasse（41. 5）；然后越来越直白——hominem tam putidum（54. 1），cum Ascyltos ... omnia sublatis manibus eluderet et usque ad lacrimas rideret（57. 1），Giton ... risum iam diu compressum ... effudit（58. 1），tot malorum finis（69. 6），pudet referre quae secuntur（70. 22），ibat res ad summam nauseam（78. 5）；最后是无法忍受的逃遁——tam plane quam ex incendio（78. 8）。

53 雷尼尔 10. 33-69 的灵感来自 Hor. *Serm*. 1. 9；他对学究的描写（115-241）来自卡波拉里的 *Del Pedante*，甚至在第 217 行亦步亦趋地抄袭了卡波拉里的笑话；而 290-317 这一段——包括将勒班陀（Lepanto）战役之后漂满船舰残骸的帕特雷（Patras）湾耸人听闻地比作一锅漂满死苍蝇的汤——来自卡波拉里的 *Soprala Corte*。后一首诗（*Sat*. 11）——他迷了路，住宿很糟，受到一位性格奔放的女士的愉快招待，其灵感部分来自佩特洛尼乌斯 *Sat*. 126-139 涉及 Polyaenos 和喀尔刻的场景（他事实上引用了第 229-242 行），部分则来自佩特洛尼乌斯 *Sat*. 6-8 中描写的那个相对不太醒醒的事件。

54 Waugh, *Vile Bodies*, c. 8.

55 Proust, *Du Côté de chez Swann*, Deuxième Partie.

56 在此这个女人给老公好生上了一课："mai ne'lor letti non si dorme" = Juvenal 6.268-269（但是薄伽丘接着用上好的意大利口语转述了其中一段）。"就是最三贞九烈的女人也宁可有一只眼而不要一个男人" = Juv. 6. 53-54。女人们逛妓院后疲惫而悻悻地（"stanche ma non sazie"）回来 = Juv. 6.115-132。她们不会嫁鸡随鸡嫁狗随狗，但是她们敢于直面丢人的冒险 = Juv. 6. 94-102。没有什么事比忍受一个有钱的老婆更难 = Juv. 6.460（这现在被认为是伪作，但在薄伽丘时代被视为真作）。她们知道印度人和西班牙人做什么，也知道尼罗河的源头在哪里（它孕育了一切）= Juv. 6.402-412。她们教给女儿如何掠夺她们的丈夫、如何从情人那里获取炽烈的情书 = Juv. 6.231-241。她们被抓现行也不会承认犯过 = Juv. 6.279-285，但有一处大胆的改动："non fu cosi: tu menti per la gola"（不是这样的：你因为喉咙而撒谎！）——其灵感无疑来自中世纪关于偷情女人的故事，如《十日谈》7.9。

57 Lucretius 4.1173-1184.
58 Juvenal 6.461-464, 471-473.
59 E. g., Tertullian, *On the Costume of Women*. 哈姆雷特的引语见 3. 1.151-152。
60 Boileau, *Sat.* 10.195-200.
61 Swift, *The Lady's Dressing-Room* 43-50。同一主题亦出现于斯威夫特的 *A Beautiful Young Nymph Going to Bed*；格列佛"布罗卜丁奈格"游记第 5 章；以及具有其典型踵事增华风格的 *Strephon and Chloe*，它说的是一个看似清凉无汗的女孩也一定会有人体排泄（作者使用 Strephon 和 Chloe 这两个理想性的牧歌人名属于戏仿式反讽）。
62 Swift, *The Legion Club* 219-230. 另一位 18 世纪讽刺作家格奥尔格·克里斯托夫·利希滕贝格（Georg Christoph Lichtenberg, 1742—1799）也极为赞赏霍加斯。他最后的几部作品之一 *Ausführliche Erklärung der Hogarthisehen Kupferstiehe*（1794）令歌德深感震惊而转向了古典。参见 C. Brinitzer, *A Reasonable Rebel*（tr. B. Smith, New York, 1960）181。

V. 结语

1 迪奥梅德（Diomede）对"satura"名称的起源做了古代最全面的分析，见凯尔（Keil）的 *Grammatici Latini* 485. 30-486. 16。奥·魏因赖希对食物和文类之间的关系做了机智而见闻广博的探讨，见 *Römische Satiren*（Zürich, 1949）x-xiv。
2 古希腊的萨堤尔剧（satyr-plays）以怪诞、传奇的方式处理神话主题，在三位竞争诗人提供的三部悲剧演出之后演出。它们也和讽刺没有任何关系。
3 描述这些舞台"saturae"演出情况的段落见 Livy 7. 2，一般认为它来自瓦罗。"satura"的另一个词源也应该提到，那就是伊特拉斯坎语"satir"，意为"言谈"（speech）。但我们只知道这一个词，并无其他证据说明二者之间的联系。

4 参见例如奈维乌斯对来自普勒尼斯特（Praeneste）和拉努维奥（Lanuvium）这两个城镇的人最爱吃食的"地方笑话"，以及他对塔兰敦（Tarentum）一带风骚女人所做的动人描写：E. H. Warmington, *Fragments of Old Latin II* (Cambridge, Mass., 1936) 80-81 & 98-101。

5 参见本书（边码）第250页，第2章注22。

6 Horace, *Sermones* 1. 1. 24.

7 Persius 1.119-123.

8 Juvenal 1. 30-39 and 63-72.

9 Juvenal 1. 81-87.

10 Juvenal 1.147-171.

11 当代一个聪明的作家帕梅拉·汉斯福德-约翰逊（Pamela Hansford-Johnson）曾经很坦率地说："讽刺就是出言无状（cheek）。"她的丈夫斯诺（C. P. Snow）在其 *Science and Government* 中赞同地引用了这句话。查尔斯爵士又补说了一句："它（讽刺）是那些对这个世界既不真正理解也无法应对裕如的人做出的报复。"对一个渴慕成功的人来说，发出这样的评论是很自然的，但是出自一个擅长讽刺的小说家之口就有些令人惊讶了。

12 麦克（M. Mack）有一篇短小有趣的文章："The Muse of Satire," in *Studies in the Literature of the Augustan Age*, ed. R. C. Boys (Ann Arbor, Michigan, 1952) 218-231。麦克先生在此挑战了许多评论家认为"讽刺传达了讽刺者本人的愤怒和仇恨"这一观点，认为我们最好将讽刺视为修辞的一个分支。他强调了蒲柏正式讽刺作品中说话人的所谓"虚构性"（fictionality）。他接着指出：我们认为在此听到了蒲柏本人的声音是错误的；我们在此听到的是一个"面具人物"（Persona）的声音，他有时代表一名理想的讽刺作家，有时是一个天真无邪的人（ingénu），有时是一名公共辩护人。在我看来，这为叙事讽刺作品（即便它们采取了自传形式）的读者提供了有用的警示：Encolpius 不是佩特洛尼乌斯，格列佛不是斯威夫特（尽管他们有时十分相似）。对于采用戏仿形式的讽刺作品来说，情况自是如此。独白型讽刺（在一定限度内）亦复如是。不过在我看来，要说绝大多数独白型讽刺（假如讽刺家在此肆无忌惮地表达了意见）中的虚构超过真实，将是一件很困难的事。因此，讽刺家经常讲述适用于他本人而非别人的事情：蒲柏在其讽刺作品的前言中公布了自己的住址（"TWIT'NAM"），描写了自己的外貌，提供了自己一些朋友和敌人的名字。同样，尽管讽刺和修辞一样确有所夸张、压制和扭曲，但它也像修辞一样被听众假定其中真实多于虚构,是真情实感的产物。被它的听众?是的,同时也被它的作者这样假定。在最伟大的讽刺作家中,有这么一位便将死亡视为对典型讽刺情绪折磨的最终治愈手段而对之表示欢迎,彼时"残忍无情的激愤"(如斯威夫特在其墓志铭中所说)将再不能撕扯他的心灵。

13 这一信息来自 J. M. 科恩(J. M. Cohen)新译拉伯雷《巨人传》(Penguin Books, 1955)的前言。
14 Dryden, preface, "To the Reader," *Absalom and Achitophel* (First Part).
15 Rabelais, First Book, cc. 13-15 and 21-23; the ideal prince's education, cc. 23-24.

简要书目

1. *Corpusculum Poesis Epieae Graecae Ludibundae:*（1）*Parodia et Archestratus*, ed. P. Brandt（Leipzig, 1888）；（2）*Sillographi*, ed. C. Wachsmuth（Leipzig, 1885^2）.
   一部精彩的希腊戏仿史诗作品集，信息密度极大而不好引用，但对专家来说价值无法估量。

2. J. W. Duff, *Roman Satire*（*Sather Classical Lectures* 12, Berkeley, Cal., 1936）.
   一部简短的、引人入胜的导论性著作。

3. R. C. Elliott, *The Power of Satire*（Princeton, 1960）.
   一部机敏但有时令人困惑的著作，将讽刺溯源直至原始民族的仪式而使之近乎实施巫术的咒语。其核心观点也许令人难以接受，但是作者很好地揭示了大多数讽刺性写作背后的暴力和战斗性。

4. J. Geffcken, "Studien zur griechischen Satire," *NJbb* 27（1911）393–411 and 469–493.
   一部关于希腊戏剧之外讽刺性写作的精彩论著；引用了大量罕见材料与富于启发的思想。

5. I. Jack, *Augustan Satire: Intention and Idiom in English Poetry 1660–1750*（Oxford, 1952）.
   细致地分析了诸如 *Hudibras, Absalom and Achitophel*、*The Rape of the Lock* 等伟大的诗歌作品，以及它们得以产生的文学和精神世界。

6. E. Johnson, *A Treasury of Satire*（New York, 1945）.
   一部精美的大型文选，其中收录了整体或部分是讽刺性作品的片段，附有精心撰写的导言，更多是欣赏性而非分析性。

7. U. Knoche, *Die römisehe Satire* (Gottingen, 1957^2).
   一位古典学专家冷静撰写的作品，谈到了几乎各项重要事实。

8. Dwight Macdonald, *Parodies: An Anthology from Chaucer to Beerbohm—and after* (New York, 1960).
   一部令人赞叹的英语戏仿作品集：大多数最出色的作品（卡尔弗利的 *The Cock and the Bull*、卡罗尔的胡言诗，并附有原作），许多不那么出名的杰作（普鲁斯特 *Pastiches et Mélanges* 的三篇文章，以及 W. B. 司各特写的一篇出色"小书评"），另外编者的附录也很好。

9. J. Peter, *Complaint and Satire in Early English Literature* (Oxford, 1956).
   看上去像是两本不同著作的合订本：一本讨论英国中世纪的讽刺，另一本主要关注马斯顿（Marston）和特纳（Tourneur）。不过它博学而精妙，对专家很有用。

10. J. Sutherland, *English Satire* (Cambridge, 1958).
    七篇短小的章节，勾勒了英国讽刺文学的历史：论 18 世纪部分甚好，几乎没有涉及现代讽刺，对诸如巴特勒和拜伦这样的重要作家谈得也不够。

11. C. E. Vulliamy, *The Anatomy of Satire* (London, 1950).
    本书（我不明智地袭用了它的标题）是关于讽刺文学引文出处和其他文学类型作品中讽刺片段的有用合集。大部分为英语作品，尽管有些是法语、希腊语和拉丁语作品。然而它对讽刺的界定很模糊，且大部分引文都太短而不足以说明讽刺的全部力量。

12. H. Walker, *English Satire and Satirists* (London, 1925).
    探讨英语讽刺文学史的最佳著作：全书共十三章，始于《极度悲伤的人》和《愚人之镜》，终章讨论巴特勒的《埃里汪》。全面、丰富而彻底，导论很有用，强调了讽刺精神的广泛体现，也强调了讽刺精神和喜剧精神的不同。

13. O. Weinreich, *Römische Satiren* (Zürich, 1949).
    一组具有代表性的选集，包括罗马讽刺家的作品，译成了流畅的德语散文和诗歌，注释很有用，并包括一篇长达百页、法国人所谓"营养充足的"导言。

14. H. Wolfe, *Notes on English Verse Satire* (London, 1929).
一部出色的、清晰的专题导论，对区分讽刺和讥诮一类问题尤其有用。另外包含了对一些今天被忽视的讽刺作家（如贝洛克和齐斯特顿 [Chesterton] ）的有用评论。

15. D. Worcester, *The Art of Satire* (Cambridge, Mass., 1940).
一部才华横溢但是结体散漫的著作，主要论述英语讽刺作品，不过也谈到了其他语言创作的一些讽刺作品。使用本书时不必认真核查细节，因为其中许多惊人的说法（特别是关于德国文学和罗马文学的说法）都很不正确，另外还有很多大而化之、无法自圆其说之处。不过作者对"高级"和"低级"戏谑（burlesque）做了很好的区分，并且他总体上将自己对研究课题的热情传达给了读者——对任何审美鉴赏类的著作来说这都是一项根本性的优点。

索 引

标为黑体的数字指向该词条的一项重要出处。括号内的数字意为，该词条并未真正出现在所示段落中。

所有数字为本书边码。

A

Abraham a Sancta Clara, 亚伯拉罕·阿·桑克塔·克拉拉, **48**, 76–77, 241, 254–55, 257

abuse, 谩骂, **38**, **152–54**, 201, 232–33, (253), 269, 270; in satire, 讽刺中的谩骂, 26, 211, 233

Abyssinia, 阿比西尼亚, 95–96, 204

Academy: French, 学园：法兰西学院, 102, 262; Plato's, 柏拉图学园, 30

Achaeans, 阿该亚人, 81

Achilles, 阿喀琉斯, 123, 258, 265, 267, 270

actors and acting, 演员和表演, 68, 93

Addison, Joseph, 约瑟夫·艾迪生, 107, 108, 138, 261

adventure, tales of, 冒险故事, 11, 37, 39, **113–15**, 150, 175–77, 181–83, **198–204**, 217–18

Aeneas, 埃涅阿斯, 7, 108, 267

Aeschylus, 埃斯库罗斯, 121, 157, 248, 257

Aesop, 伊索, 180, 252

Africa, 非洲, 181, 182, (189), 204, 261

Agitprop, "动宣", **62,** 64

Ajax, 埃阿斯, 270

Aladdin, 阿拉丁, 176

Alcibiades, 阿尔卡比亚德, 148

Alcmena, 阿尔克墨涅, 120–21

Alexander the Great, 亚历山大大帝, 31, 165, 166, 219

Alexandrines, 亚历山大诗行, 见"meter, 音步"

Alfred the Great, 阿尔弗雷德大帝, 85

allegories, 寓言, 160, 180

alliteration, 头韵, 135

Alvarez de Toledo y Pellicer, Gabriel, 阿尔瓦雷斯·德·托莱多, 108

Amadis de Gaula, 高尔的阿马狄斯, 114

Ambert, 昂贝尔, 239

amoebaean song, 对答歌, 153

Amour, 爱情, 103, 206, 另见"sex, 性"

Amphitryon, 安菲特律翁, 120

anagrams, 颠倒拼写, 97, 142, 260

anapaests, 抑抑扬格, 见"meter, 音步"

anarchism, 无政府主义, 184

Anchises, 安喀塞斯, 7

Anderson, Sherwood, 舍伍德·安德森, 269

anecdotes, 逸闻, 32, 34, 41, 46, 48

angels, 天使, 72-73, 85, 87, 133, 168

Angry Penguins,《愤怒的企鹅》, (101), 102

Animals, 动物: in fable, 寓言中的动物, 177-78; in satire, 讽刺中的动物, 39, 107-08, 177-90, 228, 261; 另见"ants, 蚂蚁", "apes, 猿", "bears, 熊", "birds, 鸟", "cats, 猫", "cattle, 牛", "cocks, 公鸡", "donkeys, 驴", "foxes, 狐狸", "frogs, 蛙", "gadflies, 牛虻", "hens, 母鸡", "horses, 马", "insects, 昆虫", "leeches, 水蛭", "lice, 虱子", "lions, 狮子", "mice, 老鼠", "owls, 猫头鹰", "penguins, 企鹅", "pigs, 猪", "rats, 鼠", "ravens, 乌鸦", "rhinoceroses, 犀牛", "sheep, 羊", "wasps, 马蜂", "wolves, 狼"

anthems, national, 国歌, 77, 91

anticlimax, 反高潮, 18, 92

Anti-Jacobin Review,《反雅各宾周报》, 133

Antioch, 安条克, 43-44

anti-romance, 反浪漫传奇, 115, 150-51

antithesis, 对偶、对照, 18, 130, 137, 172, (182-83), (227)

Antony, Mark, 马克·安东尼, 201-03, 253

ants, 蚂蚁, 177-78, 187

apes, 猿, 10, 90, 183, **189-90,** 212, 237, 273, 274

Apollo, 阿波罗, 103, 104, 112, 263

Apollonius of Tyana, 泰安那的阿波洛尼乌斯, 273

apophthegms, 格言隽语, 34

Apuleius, 阿普列乌斯, *Apologia or De Magia*, 273; *Metamorphoses*,《变形记》, 16, 113, **181-83,** (207), 209, 249, **273**

Arabia and the Arabs, 阿拉伯和阿拉伯人, 97, 118, 173, 251

Arabian Nights,《一千零一夜》, (175), (176), 251

Aramaic, 阿拉米文, 139

archaisms in satire, 讽刺中的古语, 37, 83

Archestratus of Gela, 格拉的阿切斯特乌斯, 251

Archilochus, 阿尔齐洛科斯, 38, 251

Architrenius (*The Man of Many Sorrows*),《极度悲伤的人》, **160-61,** 270-71, **280**

Archytas, 阿契塔, 160

Argentine literature, 阿根廷文学, 152, 270

Ariosto, Ludovico, 鲁多维科·阿里奥斯托: *Orlando Furioso*,《疯狂的奥兰多》, 112, 113, 115, 163, 261, (267), 271; satires, 讽刺作品, 47

Aristophanes, 阿里斯托芬: as a dramatist, 作为剧作家的阿里斯托芬, **26-29,** 153, 207, 248, 274; as a satirist,

索 引

作为讽刺诗人的阿里斯托芬, 3, **26–
29**, 41, 50, 120, 132, 137, 198, **207**,
241, 258; influence, 影响, **26–29**, 36,
122, 163, 248, 250-51; *Birds*,《鸟》, (28),
186; *Clouds*,《云》, 26, (28), 56, **197–98**;
Frogs,《蛙》, 14, (120), 127, 163, (210),
248, 250; *Knights*,《骑士》, 26, 153; *Lysistrata*,《吕西斯特拉忒》, (28); *Peace*,《和平》, 163, 209, 251; *Wasps*,《马蜂》, (28),
187, 248

Aristotle, 亚里士多德: Lyceum, 吕克昂学院, 30; *NicomacheanEthics*,《尼各马可伦理学》, (55, 56); *Poetics*,《诗学》, 13, 187, (233), (251), 258

Arthur's knights, 亚瑟王圆桌骑士, 115, (165)

Ascanius, 阿斯卡尼乌斯, 108

Aspasia, 阿斯帕霞, 137, 138

asses, 驴子, 见 "donkeys, 驴"

astrology, 占星学, **97–99**

Athena, 雅典娜, 83, (104), 259

Athenaeum, 雅典社, 199

Athenaeus, 阿忒那奥斯, 259

Athens and the Athenians, 雅典和雅典人: political and social life, 政治和社会生活, 15, 57, 137, 153, 187, 258, 259; art, literature, and philosophy, 艺术、文学和哲学, 40, 41, 42, 56; 另见 "comedy, 喜剧", "tragedy, 悲剧"

atomic bomb, 原子弹, (173), 184-85

Attila, 阿提拉, 23

Augustine, Saint, 圣奥古斯丁, 273

Augustus, 奥古斯都, 166, 167, 201

Aurora, 曙光女神, 111

Australia and the Australians, 澳大利亚与澳大利亚人, 101-02, 149

Austria and the Austrians, 奥地利与奥地利人, 48, 200

autobiographical narrative, 传记体叙事, 37, 50, 114, 218, 277

B

Bach, J. S., 约·塞·巴赫, 91

Bacon, Francis, 弗朗西斯·培根, 142

Balaam, 巴兰, 113

ballads, 谣曲, 132, 135, 229

baroque age, 巴洛克时代, 47-48, (112-13), 121, 129, (184), 199, 227-28, 230, 265

Bath, Wife of, 巴斯妇人, 见 "Chaucer, 乔叟"

Batrachomyomachia, 见 "*Battle of Frogs and Mice*,《蛙鼠之战》"

Battle of the Books, 圣书之战, 262-63

Battle of Frogs and Mice,《蛙鼠之战》, 16, 39, **80–83**, 89, 105-06, 107, 187, 255, **258**

beards, 胡须, 44, 95, 257

bears, 熊, 178

Beaumont, Francis, 弗朗西斯·博蒙, 121

Beerbohm, Max, 马克斯·比尔博姆, **77–78, 122–23, 145–46**

bees, 蜜蜂, 39, 187, 263

beggars, 乞丐, 16, (31), 33, 43, 124, 165, 243

Belgioioso, Prince Alberico di, 阿尔贝里科·迪·贝尔乔约索亲王, **266-67**

Belial, 彼列, 86, 236

Bell, Clive, 克莱夫·贝尔, 217, 274

Bellamy, Edward, 爱德华·贝拉米, 171

Belloc, Hilaire, 希莱尔·贝洛克, 281

Benchley, Robert, 罗伯特·本奇利, 177-78

Bennett, Arnold, 阿诺德·本尼特, 146

Bentley, Richard, 理查德·本特利, 263

Berman, Shelley, 谢力·波曼, 51

Bernard, Saint, 圣伯纳德, 46

Bernard of Morval, 莫瓦尔的伯纳德, *On the Contempt of the World*,《蔑视尘俗》44-45, 254

285 Berni, Francesco, 弗朗切斯科·贝尔尼, 47, 53, 115, 222

Bible, 圣经, 139, 140, 142, 217; parodied, 对圣经的戏仿, 132, 168, 257, 258; Old Testament, 旧约, 214, 217; II Kings, 列王记下, 272; Psalms, 诗篇, 88, 257; Proverbs, 箴言, 66, 177, 254; New Testament, 新约, 139; Gospels, 福音书, 159; Matthew, 马太福音, 168, 258; Luke, 路加福音, 72; Acts, 使徒行传, 31

Bildungsroman, 教育小说, 182

biography, 传记, **216-19**

Bion of Borysthenes, 波律斯铁涅司的比翁, 26, 30, 31-35, 40, 48, 51, 63, 240, 249, 254-55

birds, 鸟, 68, 108, (185), 186

bishops, 主教, 15, 54, 133, 138, 144, 180

blank verse, 素体诗, 见 "meter, 音步"

Bloomsbury, 布鲁姆斯伯里, 95, 195

Boccaccio, Giovanni, 乔万尼·薄伽丘: *Il Corbaccio*,《乌鸦》, **224, 226, 276**; *Fiammetta*,《菲亚美达》, 226

Boiardo, Matteo Maria, 马泰奥·马里亚·博亚尔多, *Orlando Innamorato*,《恋爱中的罗兰》, 115

Boileau, Nicolas, 尼古拉·布瓦洛, 16, 48, 61, 240, 263; *Art Poetique*,《诗艺》, 112; letters, 书信, 61; *Le Lutrin (The Lectern)*,《经台吟》, 108, 109, 262, 263-64; satires, 讽刺作品, 16, 222, 227, 262

Bologna, 博洛尼亚, 110-11

Boswell's *Life of Johnson*, 鲍斯威尔的《约翰逊博士传》, 143

bourgeois, 资产阶级, 187, (208)

Bowles, Paul, 保罗·伯尔斯, *Sheltering Sky*,《苍天为盖》, 151

Brady, Diamond Jim, 钻石大王吉姆·布雷迪, 222

Brahms, Johannes, 约翰内斯·勃拉姆斯, 90

Brant, Sebastian, 塞巴斯蒂安·勃兰特: *Alopekiomachia*, 261; *Ship of Fools*,《愚人船》, 48, 224, 228

Brecht, Bertold, 贝尔托特·布莱希特,

索　引

Dreigroschenoper (Three-Penny Opera),《三分钱歌剧》, 124

Brindisi, 布伦迪西, 153, 201-04

Britain and the British (social and historical), 英国和英国人（社会和历史意义上）, 6, 11, 12, 24, 83-88, 93, 94-97, 122, (138), 161, 171-72, 195, 204, 217, 219

Bromyard, John, 若望·伯迈亚, 46

Bronte, Charlotte, 夏洛蒂·勃朗特, (144)

Browning, Robert, 罗伯特·布朗宁, **54,** 55, 123, 135, 241, 255

Buckingham, George Villiers, Duke of, 白金汉公爵乔治·维利尔斯, Rehearsal,《彩排》, 121

Bumble, Mr., 班布尔先生, 158

Bunyan, John, 约翰·班扬, Pilgrim's Progress,《天路历程》, 142-43

burlesque, 低俗戏谑: defined, 定义, **103-07**; examples, 示例, 109-13, 116-17, 118-20, 120-21, 123-24, 264

Burnett, Frances Hodgson, 弗朗西斯·霍奇森·伯内特, 151

Burns, Robert, 罗伯特·彭斯, Holy Willie's Prayer,《威利长老的祈祷》, **71-72**, 76

Busche, Hermann von den, 赫尔曼·冯·登·布舍, 140

Butler, Samuel (1612-1680), 塞缪尔·巴特勒, Hudibras,《胡迪布拉斯》, (16), (104), (105), **107, 119-20,** 191, 279, 280

Butler, Samuel (1835-1902), 塞缪尔·巴特勒, Erewhon,《埃里汪》, **161,** 280

"Buttle, Myra,""迈拉·巴托", The Sweeniad,《斯威尼纪》, **125-28**

Byng, Admiral John, 海军上将约翰·宾, (12), 247

Bynner, Witter, 威特·宾纳, **100-01**

Byron, 拜伦, 48, 49, 134-35, 196, 201, 230, 240, 261, 280; Childe Harold,《恰尔德·哈罗尔德游记》, (135); Don Juan,《唐璜》, 113, 201, 204; English Bards and Scotch Reviewers,《英格兰诗人和苏格兰评论家》, 16, 48, 240; Hours of Idleness,《闲暇时光》, 48; Vision of Judgment,《审判的幻景》, 62, 80, **83-89,** 127, 259

Byzantine satire, 拜占庭讽刺作品, 257

C

Caesar, 恺撒, 见"Julius Caesar, 裘利乌斯·恺撒"

Calas, Jean, 让·卡拉斯, 23

California, 加利福尼亚, 149, 205

Caligula, 卡里古拉, 166

Callières, Francois de, 弗朗索瓦·德·卡利埃, 109, **262-64**

Callimachus, 卡利马库斯, 38, 40, 251, 261

Callot, Jacques, 雅克·卡洛, 200

Calverley, C. S., C. S. 卡尔弗利, 135, 268, 280

Calvinism, 加尔文主义, 71-72, 76

Campbell, O. J., O.J.坎贝尔, 265-66; Roy, 罗伊·坎贝尔, 49, 195, 241, 247

Candide, 憨第德, 见"Voltaire, 伏尔泰"

cannibalism, 吃人, 10, 20, **58-60**, 145, 204, 811, **212-13**

Canning, George, 乔治·坎宁, 268

canular, 法语中对恶作剧的称呼, 102

Capek, 恰佩克, Karel, 卡雷尔·恰佩克, *R.U.R.*,《万能机器人》, 187; and Joseph, *The Insect Comedy*, 与约瑟夫·恰佩克,《昆虫喜剧》, **187**

Capone, Al, 艾尔·卡彭, 275

Caporali, Cesare, 凯撒·卡波拉里, 222, 275-76

Carey, Henry, 亨利·凯利, *Chrononhotonthologos*, 121-22, 265

caricature, 漫画, 22, 69, 146, 158, 183, 190, 195, 260, **224-30**

Caroline, Queen, 卡洛琳王后, 122

Carroll, Lewis, 刘易斯·卡罗尔, 176, 280

cartoons, 连环画, 22, 169-70

Casaubon, Isaac, 伊萨克·卡索邦, 47

Casella, Alfredo, 阿尔弗雷多·卡塞拉, 90

Casti, Giovanni Battista, *Gli Animali Parlanti*, 乔万尼·巴蒂斯塔·卡斯蒂,《会说话的动物》, **261**

Catherine the Great, 卡特琳娜大帝, 204

Catiline, 喀提林, 253

Cato, 加图, 160

cats, 猫, 108, 178, 196

cattle, 牛, 36, 96, 180, 185, 231

Catullus, 卡图卢斯, 106, 132, 261, 266

Celine, Louis-Ferdinand, *Voyage au Bout de la Nuit*, 路易-斐迪南·塞利纳,《暗夜旅程》, 190

Cercidas, 科尔基达斯, 36, 40

Cervantes Saavedra, Miguel de, 米盖尔·德·塞万提斯·塞维德拉, 168, 240-41: Don *Quixote*,《堂吉诃德》, **106-07, 116-20**, 158, 173, 199-200, 207, 208, 210, 241-42: *Galatea*,《伽拉苔亚》, 117

Chaplin, Charlie, 查理·卓别林, 22

Chapman, George, 乔治·恰普曼, 123, 266

character-portrait, character-sketch, 人物素描, 39, 40-41, 46, 53, 111, 138, 220, **224-28**, 233, 277

Charles I, 查理一世, 85; II, 二世, 108

Chatterton, Thomas, 托马斯·查特顿, 85

Chaucer, Geoffrey, 杰弗里·乔叟, 42, 85, 232; *Canterbury Tales*,《坎特伯雷故事集》: *Knight's Tale*,《骑士的故事》(189); *Nun's Priest's Tale*,《女尼教士的故事》(179), 273; *Tale of Sir Thopas*,《托巴斯爵士的故事》, 132; *Wife of Bath's Prologue*,《巴斯妇人故事的引子》, 46-47, 53, 254

chefs, 大厨, 见"cooks, 厨子"

Chesterton, Gilbert Keith, 吉尔伯特·基

索　引

思·齐斯特顿, 281
choliambic, "跛腿抑扬格", 见 "meter 音步"
Chorism, "分离主义", 100
chorus, 歌队: in comedy and satire, 喜剧和讽刺剧中的歌队, **28-29**, 41, 122, 126, 153; in opera, 歌剧中的歌队, 124, 125; in tragedy, 悲剧歌队, 69-70, 132
Chrestien, Florent, 弗洛伦特·克雷斯蒂安, 269
Christianity, 基督教: doctrines and preachers, 基督教教义和传教士, **31, 44-47**, 168, 169, 227, 236, 249, 253, 254; growth and conflicts, 发展和冲突, 6, 43, **44**, 139, 167, 213-16; criticized, 对基督教的批判, 6-7, 42, 43, **71-72**, 127, 128, 167-68, 191, 205-06, **213-16**
Christmas, 圣诞节, 145-46
church, Christian, 基督教堂, (6), 44, 45-46, 71, 98, 108, 124, 128, 130, 139, 160, 169, 178, 179, 184, 191, 195, 205-06, 213-16, 267
Cicero, 西塞罗, 103, 137, 138, 253
Cicirrus, 奇奇卢斯, 153
Cid Campeador, El, 埃尔·希德·坎普多尔, 118
Cid Hamet Benengeli, 希德·哈梅特·贝内恩赫利, 118
Claudian, 克劳狄安, 42, (253)
Claudius, emperor, 罗马皇帝克劳狄乌斯一世, **165-67**, 251, **271-72**
Cleon, 克里昂, 26, 55, 153
Cloudcuckooland, "云中鹁鸪国", 186
Clough, Arthur Hugh, 亚瑟·休·克拉夫, 88
clowns, 小丑, 50, 67, 106, 112, 156, (201)
Cobbett, William, 威廉·科贝特, 142
cocks, 公鸡, (61), 120, 153, 178
Cole, Horace de Vere, 贺拉斯·德·维尔·科尔, 94-97
Coleridge, S. T., 塞·泰·科勒律治, 196
Collier, John, 约翰·柯里尔, *His Monkey Wife*,《猴妻》, 189-90, 274
colloquialism, 口语表达, (3), 18, 19, 20, 29, 32, 37, 41, 50, 51, 63, **103-05**, 233, 253, 272
comedy, 喜剧: humor and humorous writing generally, 总体意义上的幽默和幽默写作, 67, 144, 150, 178, 179; the dramatic genus, 作为戏剧之属类的喜剧, 104, 157, 179, 196-98, 207; a type of literatureallied to, but distinct from, satire, 作为某种与讽刺文学相关却又不同的文学样式, **150, 154-56, 196-98, 207**, 244, **248-49**, 255, 280; Greek Old Comedy, 希腊旧喜剧, **25-29**, 30, 41, 83, 153, 248, 252, 255, 258, 274, 另见 "Aristophanes, 阿里斯托芬"; Greek New Comedy, 希腊新喜剧, 30, 53, 113, 153, 232, 248, 另见 "Menander, 米南德"; Lucian's "comedies,"卢奇安的"喜

剧", 43; Roman comedy, 罗马喜剧, 53, 121, 232, 233

commedia dell' arte, 艺术喜剧, 232

Communist party, 共产党, 62, (172), 184, **185-86**

"complaint," "牢骚", 45, 254

Connolly, Cyril, parodying Huxley, 西里尔·康诺利, 戏仿赫胥黎, 269

Conrad, Joseph, 约瑟夫·康拉德, 74, 145, 205

Constantine, emperor, 皇帝康斯坦丁, 167-68

cooks and cookery, 厨子与厨艺, 53, 103, 275; insatire, 讽刺中的厨子与厨艺, 21, 59, 60, 111, 221, 230; 另见 "dinners, 宴席", "food, 食物"

Cooper, James Fenimore, 詹姆斯·费尼莫尔·库珀, 144

coqs-a-l'ane,《风马牛集》, 61

Corbeil, Gilles de, 科尔贝的吉勒斯, 46

Corneille, Pierre, 皮埃尔·高乃依, 263

couplets, 对句, 见 "meter, 音步"

Cowley, 考利, Abraham, 亚布拉罕·考利, 133; Malcolm, 马尔科姆·考利, 101

Cowper, William, 威廉·考珀, 85

crabs, 螃蟹, (81), 82, (83)

Crates, 克拉特斯, 36

Cratinus, 克拉提努斯, 248

Cruikshank, George, 乔治·克鲁克香克, 228

cryptography, 密码破译, 142

Cupid, 丘比特, 130, 182, 267

Cynics, 犬儒主义, **32, 33-34, 36**, 51, 111, 164, 165, 169, 185, 233, 250

Cyrus the Great, 居鲁士大帝, 165, 219

D

Dadaism, 达达主义, 192

Damon, S. Foster, 塞·福斯特·达蒙, 101

Dante, 但丁, 84, 86, 88-89, 103, 163, 164, 169, 212

Dark Ages, 黑暗时代, **5-6**, (12), 13, 29

Daumier, Honors, 奥诺雷·杜米埃, 228

dead, world of the, 亡者世界, 见 "Hades, 哈得斯", 及 "hell, 地狱"

Debussy, Claude, 克劳德·德彪西, 90, 176

decasyllables, 十音节诗行, 见 "meter, 音步"

"declamations," "慷慨演说", 253

Defoe, Daniel, 丹尼尔·笛福, *New Voyage Round the World*,《新环球航海记》, 150; *Robinson Crusoe*,《鲁滨逊漂流记》, 150

Demeter, 地母得墨忒耳, 153

democracy, 民主, 15, 125, 126, 137

Democritus, 德谟克利特, 244

Demosthenes, 德摩斯梯尼, 56, 138

Denham, Sir John, 约翰·德纳姆爵士, 18

descriptive satire, 描写性讽刺, **220-30**

索引

Despard, Col. Edward, 爱德华·德斯帕德上校, 60–61
devils, 恶魔, 45, 87, 148, 154, 168, 另见"Satan, 撒旦"
de Vries, Peter, 彼得·德·弗里斯, **147**
dialect, 辩证法, 32, 50, (51), 111, 153
dialectic process, 对话过程, 33, (56)
dialogue, 对话: dramatic, 戏剧对话, 27, **232–33**; philosophical, 哲学对话, 32, **33**, 56–57, 63, 249, 另见"Plato, 柏拉图"; political, 政治对话, 62–63; satiric, 讽刺对话, 26, 27, 43, 53, **62–65**, 164, (233), **252–53**, 256, 271
diamerdis, powder of, 灵丹妙药, 164
diatribe, 攻讦, **40**, 48, 51, 249, **250**, 以及第二章全章
Dickens, Charles, 查尔斯·狄更斯, 212; *Oliver Twist*,《雾都孤儿》, 158; *Our Mutual Friend*,《我们共同的朋友》, 222–23; *The Pickwick Papers*,《匹克威克外传》, **198–99**
didactic poetry, 教育诗, 36, 160, 252, 267; satirized and parodied, 对教育诗的讽刺和戏仿, **128–31**, 267
diminutives, 表小词, 103, 104
d'Indy, Vincent, 樊尚·丹第, 90
dinners in satire, 讽刺作品中的宴席, 21, 39, 49, 64–65, 204, **221–23**, **243**, 258–59, 另见"cooks, 厨子", "food, 食物"
Dio Cassius, 狄奥·卡西乌斯, 271
Dio Chrysostom, "金嘴"狄翁, 34

Diogenes, 第欧根尼, **33–34**, 36, 165
Dionysus, 狄奥尼索斯, 120, 163, 210, 250
display speech, 展示性演说, 53, 249
Disraeli, Benjamin, 本杰明·狄斯雷利, 125
doctors, 医生, 97, 197, 208, 209, 237, 241
doggerel, 打油诗体, 107, 132
dogs, 狗, 33, 39, 183–185, 229, 230
Dóhnanyi, Erno von, *Variations for Piano and Orchestra*, 埃尔诺·冯·多纳依,《钢琴与管弦变奏》, 82–83
Dominicans, 多明我会, 138, 139
Domitian, emperor, 罗马皇帝图密善, 42, 107
Donatus, 多纳图斯, 255
donkeys, 驴, (7), 31, (61), 106, 108, 113, 120, 179–80, 181, (182), 207, 209, 234
Donne, John, 约翰·邓恩, 47
Donnervetter, Ludwig, *All Is Everything*, 路德维希·多纳维特尔,《全部就是一切》, 74
"Dooley, Mr.,""杜利先生", 50
"Dozens, the,""骂娘", 152, 269
drama, 戏剧, 15, 33, 41, 47, 55, 103, 149, 156, 158, 255; drama satirized, 对戏剧的戏仿, 69–70, 106, **120–28**, 135; dramatic satire or satiric drama, 戏剧讽刺或讽刺剧 14, 157, 158–59, **186–88**, **197–98**, 232–33, 255; 另见 47
drawings, 绘画, 193, **228–30**

"Dreadnought,"H.M.S., 无畏号战舰, 95-97

Dreyfus case, 德雷福斯事件, 184

drum matches, 赛鼓, 152

Dryden, John, 约翰·德莱顿, 133, 241; on satire, 德莱顿论讽刺, 109, 241; *Absalom and Achitophel*,《押沙龙和阿齐托菲尔》, 108, 109, 279; *Alexander's Feast*,《亚历山大的宴席》, (133); *Amphitryon*,《安菲特律翁》, 121; dramas, 剧作, 265; *Mac Flecknoe*,《麦克·弗莱克诺》, 17, **108-09**; *Song for St. Cecilia's Day*,《圣塞西莉亚节之歌》, (133)

Duchamp, Marcel, 马塞尔·杜尚, 67-68

Dulness, the hypostatization, 愚神, 7, 104-05, 127, 262

Dunbar, William, 威廉·邓巴, 154

Dunn, Alan, 阿兰·邓恩, 169-70

Dunne, Finley Peter, 芬利·彼得·邓恩, 50

Durer, Albrecht, 阿尔布雷特·丢勒, 228

E

Ecbasis Captivi,《逃狱记》, **180**

Eiffel Tower, sold, 出售了的埃菲尔铁塔, 210

Eisenhower, Dwight D., 德怀特·艾森豪威尔, 52, **143**

Eldorado, 黄金国, 10, 11, 162

elegiac poetry, 哀歌, 15, (104), 106; 另见 "meter, 音步"

Eleusinian procession, 厄琉西斯游行, 153

Elijah, 以利亚, 109

Eliot, T.S., T.S. 艾略特, 102, **125-28**, 136; *AshWednesday*,《圣灰星期三》, 128; *Murder in the Cathedral*,《大教堂谋杀案》, 125, 126; *The Waste Land*,《荒原》, 126, (127), 128

Elisha, 以利沙, 109

Elizabeth, Queen, 伊丽莎白女王, 85

emperors, 皇帝, 见 "monarchs, 君主"

Encolpius, 恩科尔皮斯, 见 "Petronius, 佩特洛尼乌斯"

encomium, 赞颂文体, 53, (165), (204)

England and the English (social and historical), 英格兰和英格兰人（社会和历史意义上）, 19, 45-46, 49, **58-60**, 122, 126-27, 138, 159, 161, 171, 189, 193, 196, 204, 205, 228-30, 270, 274

Ennius, 恩尼乌斯: *Annals*,《编年纪》, 107; *Hedyphagetica*,《赫迪法哥提卡》, 39, 251; satires, 讽刺作品, 41, 53, **232-33**, 248, **252**, **255**, 273

epic, 史诗, 3, 15, 42, 103, 114, 160, 178, 258, 262; parodied: (a) burlesque 对史诗的戏仿：滑稽模仿, **103-07, 109-13**, 114, 135, 149, 178-79, 264, 265, 281; (b) mockheroic, 戏仿英雄体, 36, 39, **80-83, 103-07, 107-12**, 149, 251, 252, 253, **258-59**, 263-64, **265**, 279

Epictetus, 爱比克泰德, 34, 165

索　引

Epicurus, 伊壁鸠鲁, 271; Epicureans, 伊壁鸠鲁派, 30, 115, 226, 243
epideictic speech, 展示性演说, 53, 249
epigrams, the genus, 作为文类的箴言诗, 26, 104, 179, 253; in satire, 讽刺作品中的隽语, 167
Epistemon, 爱彼斯特蒙, 164, 165, 271
Epistulae Obscurorum Virorum (Letters of Obscure Men),《无名者信函》, **139–40, 141, 268–69**
Erasmus, 伊拉斯谟, 139; *Praise of Folly*,《愚人颂》, 16, 48, **53–54**, (247), 255
Eskimos, 爱斯基摩人, 152
ethnocentrism, 种族中心主义, 205
Etruscan, 伊特鲁里亚人, 277
Eulenspiegel, Till (Owlglass), 提尔·厄伦史皮格尔（提尔·奥格拉斯）, 208, (212)
Euphuism, 绮丽体, 141
Euripides, 欧里庇得斯, 26, 32, 120, 127, 132, 248, 263
Eutropius, 尤特罗庇乌斯, 42
excretion, 排泄物, 105, 111, 212, 227, 276
existentialism, 存在主义, 11
extravert satire, 外向型讽刺, 65

F

fables, 寓言, 32, 41, 46, 177–78, 179, 180, 252, 263
Fadiman, Clifton, 克利夫顿·费迪曼, **146–47**
Falstaff, 福斯塔夫, 107, 123, 210
Fame, 传闻女神, 105
farce, 闹剧, **154–56**, 231
farrago, 杂拌饲料, 231, 234
Fathers, Unmarried, 未婚父亲, 74
Faulkner, William, 威廉·福克纳, **147**, 151
Fescennine verses, "菲斯科尼亚诗章", 153
fessus, 疲惫, 103–04
Ficke, Arthur Davidson, 亚瑟·戴维森·菲克, 100–01
Fiction, 虚构, parodied, 对虚构作品的戏仿, **143–47**; 另见 "anecdotes, 逸闻", "fables, 寓言", "narrative satire, 叙事体讽刺", "novels, 小说", "stories, 故事"
Fielding, Henry, 亨利·菲尔丁: *Jonathan Wild the Great*,《大伟人江奈生·魏尔德传》, **218–19**; *Joseph Andrews*,《约瑟夫·安德鲁传》, 143–44; *Tom Jones*,《汤姆·琼斯》, 109; *Tom Thumb the Great*,《大拇指汤姆》, 121, 265
Flaubert, Gustave, *Bouvard et Pecuchet*, 古斯塔夫·福楼拜,《布瓦尔与佩库歇》, **191–93**
Fletcher, John, 约翰·弗莱彻, 121
flyting, "对骂", (26), **152–54**, (201), (232–33)
Folengo, Teofilo, 泰奥菲洛·福伦戈, 260; *Battle of Flies*,《苍蝇之战》,

107-08, 261

folklore, 民间传说, 32

folk-poetry, 民间诗歌, 99, 251, 258

Fontenelle, Bernard Le Bovier de, 贝纳尔·勒博维埃·德·丰特内勒, 170

food, 食物, and literature, 食物, 食物与文学, **231**, 233, 277; satirized, 对食物的讽刺, 34, 39, 53, 251-52, 271, 277; 另见 "cooks, 厨子", "dinners, 宴席" 289

fools, 傻瓜, 29, 34, 38-39, 48, **53-54**, 66, 122, 159, 164, 179-80, 200, 201, 210, 216, 224, **271-72**, 另见 "lunatics, 疯子"

Fools' Mirror (Speculum Stultorum),《愚人之镜》, **179-80**, 273

foxes, 狐狸, 56, 158, **178-79**, 180, 181, 188, 261

Fraenkel, E., E. 弗兰克尔, (203), 248, 274

France and the French (social and historical), 法国与法国人（社会和历史意义上）, 91, 102-03, 112-13, 125, 141, 159, **184**, 209, 210, 227, 228, 238-40, 262, 272, 275

France, Anatole, *Penguin Island*, 阿纳托尔·法朗士,《企鹅岛》, 113, **184-85**, 273

Franco, General Francisco, 弗朗西斯科·佛朗哥将军, 126

Franklin, Benjamin, 本杰明·富兰克林, (255)

Frederick the Great, 腓特烈大帝, 275

Frere, John Hookham, 约翰·胡卡姆·弗里尔, 268

friars, 修士, 46

Friend of Humanity and the Knife-Grinder, The,《人类之友和磨刀人》, 134, 268

frogs, 蛙, 见 "*Battle of Frogs and Mice*,《蛙鼠之战》"

G

gadflies, 牛虻, 122

Galileo, 伽利略, 172

Gargantua, 高康大, 见 "Rabelais, 拉伯雷"

Garth, Sir Samuel, 塞缪尔·加斯爵士, *The Dispensary*,《药房》, 107

Gavarni, 加瓦尔尼, 228

Gay, John, 约翰·盖伊, *Beggar's Opera*,《乞丐的歌剧》, 124, 266

Gazul, Clara, 克拉拉·加苏尔, 260

Genêt, Jean, 让·热内, 151

Genghis Khan, 成吉思汗, 23

George III, 乔治三世, 61, **84-88**, (89), 127, 268; George IV, 乔治四世, 122

Germany and the Germans (social and historical), 德国与德国人（社会和历史意义上）, 9, (61), 93-94, 96, 99, 138, 140, 182, 195, 200, (208), 270, 273, 275

giants, 巨人, 149-50, 159, 164, 209, 212, 258, (259), 207

Gibbon, Edward, *Decline and Fall of the*

索　引

Roman Empire, 爱德华·吉本,《罗马帝国衰亡史》, 7, **213-16**

Gibbons, Stella, *Cold Comfort Farm*, 斯黛拉·吉本思,《令人难以宽慰的农庄》, 269

Gilbert, W. S, and Sullivan, A., W. S. 吉尔伯特,以及安·苏利文, **124-25**, 196, (197), 266

Gilbert, Stuart, 斯图尔特·吉尔伯特, 264

Gillebertus, 吉勒贝图斯, 46

Gilles de Corbeil, 科尔贝的吉勒斯, 46

Gillray, James, 詹姆斯·吉尔雷, 228

Giraudoux, Jean, 让·季洛杜, 121

Glyn, Elinor, 埃莉诺·格林, 151

Gnostics, 诺斯替主义者, 214

God, 上帝, 23, (71-72), 85, 130, 135, 136, 157, 168, 169, 213, 214, 215

God Save the Queen,《天佑女王》, 77

gods, pagan or Olympian, 诸神、异教或奥林匹斯众神, 31, 36, 42, 53, 80, 83, 106, 107, 110-11, 120-21, 164, **166-67**, 181, 186, 211, 216, 231, 271-72

Goebbels, Paul Joseph, 保罗·约瑟夫·戈培尔, 216

Göering, Hermann, 赫尔曼·戈林, 23

Goethe, 歌德, 3, 276; *Faust*,《浮士德》, 90, 191, 200, 211

Gogol, Nikolai, 尼古莱·果戈理, 241; *Revizor* (*The Inspector-General*),《钦差大臣》, 209, 275

Goldsmith, Oliver, *A Citizen of the World*, 奥利弗·哥德斯密斯,《世界公民》, 274

"Goliards,""哥利亚"游吟书生, 46, 132, 228

Golias Against Marriage,《哥利亚抗婚》, 46

Goncharov, Ivan A., *Oblomov*, 伊万·贡恰洛夫,《奥勃洛莫夫》, (129), 267

Gordon, General Charles George, 查尔斯·乔治·戈登将军, 217

Gorgias, 高尔吉亚, 136

Gounod, Charles, 查尔斯·古诺, 90

Goya, Francisco, 弗朗西斯科·戈雅, 131

Graes, Ortwin von, 奥特温·冯·格雷斯, 139-40

the Grail, 圣杯, 115, 162

Grandville, Gerard, 杰拉德·格兰德维尔, 228

Grant, Duncan, 邓肯·格兰特, 95, 97

Gravel, Fern, *Oh Millersville!*, 弗恩·格拉威尔,《哦, 米勒斯维尔！》, 101

Graves, Robert, 罗伯特·格雷夫斯, 272

Greek language, 希腊语, 25, 42, 43, 95, 135, 139, 180, 255, 272

Greek people (social and historical), 希腊人（社会和历史意义上）, 25, 30-31, 37, 38, 43, **120-21**, 153, 166, 181, 216, 227, 253, 258, 259

Gretchaninov, Alexander, 亚历山大·格列恰尼诺夫, 259

Grimmelshausen, Hans Jakob von, *Der*

abenteuerliche Simplicissimus, 汉斯·雅各布·冯·格里梅尔斯豪森,《痴儿西木传》, 39, 200, 209

Grock, 格洛克, 67

Gropius, Walter, 瓦尔特·格罗皮乌斯, 195

Grundy, Mrs., 格伦迪夫人, 161

Guggenheim Museum, 古根海姆现代艺术博物馆, 170

H

Hades, land of the dead, 冥府, 死者之地, 21, 120, (163), 164-65, 212, 250; 另见"hell, 地狱"

Haggard, Rider, *King Solomon's Mines*, 瑞德·哈葛德,《所罗门王的宝藏》, 11

Haiti, 海地, 181

Hal, Prince, 哈尔王子, 210

Hall, Joseph, 约瑟夫·霍尔, 47

Handel, G. F., 乔·弗·韩德尔, 85

Hannibal, 汉尼拔, 96, 108

Hansford-Johnson, Pamela, on satire, 帕梅拉·汉斯福德-约翰逊, 论讽刺, 277

Hanswurst, 汉斯乌斯特, 48

Harte, Bret, *Condensed Novels*, 布莱特·哈特,《压缩小说》, **144-45**, 146

Hasek, Jaroslav, *The Good Soldier Schweik*, 雅罗斯拉夫·哈谢克,《好兵帅克》, 200, 209

Hastings, Warren, 沃伦·黑斯廷斯, 85

Hauteville, Jean de, *Architrenius*, 让·德·欧特维尔,《极度悲伤的人》, 160-61

heaven, 天堂, (7), 71, 84-85, 87, 88, 127, 163, 164, 165, 166, 167, 250

Hebrews, 希伯来: Hebrew language, 希伯来语, 138, 139; 另见"Jews, 犹太人"

Hector, 赫克托, 123, 265

Hegemon of Thasos, 萨索斯的赫格蒙, **258**, 259

Helen of Troy, 特洛伊的海伦, 110, 265

Heliodorus, 赫利奥多罗斯, 114

Hell, 地狱: the place of punishment, 作为接受惩罚之处, 45, 71, 87, 154, 166, (169), 212, (215), (236), 237; the abode of the dead, 作为死者的居所, 163, 166

Hemingway, Ernest, 欧内斯特·海明威: *For Whom the Bell Tolls*,《丧钟为谁而鸣》, 11; *Torrents of Spring*,《春潮》, 269

Henry, O., *The Gentle Grafter*, 欧·亨利,《善良的骗子》, 218, 274

hens, 母鸡, 185

Heraclitus, 赫拉克利特, 244

Herbert, A. P., *Perseverance*, A.P. 赫伯特,《坚韧》(125), **266**

Hercules, 海格力斯, 120, 121

heresy and heretics, 异端和异教徒, 44, 139, 170, 236-253

Hermes, 赫尔墨斯, 121

Hernandez, Jose, *Martin Fierro*, 何塞·埃

尔南德斯,《马丁·菲耶罗》, 152, **270**

Hesiod, 赫西俄德, 258

hexameters, 六步格, 见 "meter, 音步"

Hipponax, 希波纳克斯, 38, 155, 238, 251, 258

historical writing, 历史书写, 104, 117, 118, 166, 176, **213–16**, 253; 另见 "biography, 传记"

Hitler, 希特勒, 22, 61

hoaxes, 恶作剧, (91), **92–103**, 208, 209, 238–39, 260

Hobbes, Thomas, quoted, 对托马斯·霍布斯的征引, 6

Hogarth, William, 威廉·霍加斯, 85, 228, 276; "GinLane,""金酒巷", **228–30**

Home, Daniel Dunglas, 丹尼尔·邓格拉斯·霍姆, 54

Homer, 荷马, 32, 39, 103, 123, 251, 259; style and language, 风格和语言, 80–82, 95, 106, 252; *Iliad*,《伊利亚特》, 37, 39, 81, 123–24, 142, 234, 258, 259, 261; *Odyssey*,《奥德赛》, (10), 38, 109, 114, 163, 248, 250, 253, 259, 267; parodies of, 对荷马的戏仿, 32, 36, 39, **80–83**, 106, 108, 109, 114, **123–24**, 248, 250, 252, 253, 259, 263, 264, 265–66

homilies, 说教, 179, 180, 226; 另见 "sermon, 布道"

homosexuality, 同性恋, 49, 53

Horace, 贺拉斯, 3, 64–65, 180, **201–04**, 234, 235, 236, 240, 274, 275; on satire, 贺拉斯论讽刺, **24–26**, 29, 30, 35, 39–40, 47, 141, (191), **234**, 235, 236, 248, 250, 252, 271; *Epodes*,《长短句集》, 30, 38, 251, 264; lyrics("Odes"), 抒情诗("颂"), 30, 133, 134, 268; sermons (including both satires and letters), 谈话(包括讽刺作品和书信), 30, 35, **40, 250**, 251: *Letters*,《书信集》, 24, (25–26), 30, 35, 61, (161), (180); *Satires*,《讽刺集》, 24, 30, 35, 37, 39, 41, 45, 65, 180, 235, 236, 250, 275; individual satires, 单行讽刺作品: 1.1, 64, 234, **250,** 252; 1.2, 252; 1.3, 252; 1.4, (25), 248, 252; 1.5, 153, 201–04, 248, 253, 274; 1.6, 203, 252; 1.7, 253; 1.8, 253; 1.9, 203, (222), 253; 1.10, (24), 132, 248, 250, 252; 2.1, 252; 2.2, 252; 2.3, (30), 250, 252; 2.4, 53, 252; 2.5, 252, 253, 275; 2.6, (203), 252; 2.7, 65, 252; 2.8, 64–65, 221, 252, 253, 275

horses, 马, 36, 52, 159, **183,** 209, 270

Housman, A. E., 阿·爱·豪斯曼, **69–70**, 80

Hugo, Victor, 维克多·雨果, 48, (144)

Hulagu, 旭烈兀, 23

"humanists,""人文主义者", 139

humor, 幽默, 32; 另见 "comedy, 喜剧", "satire, 讽刺"

Hutten, Ulrich von, 乌尔里希·冯·胡腾, 140

Huxley, Aldous, 奥尔德斯·赫胥黎, 195, 269; *Ape and Essence*,《猿与本质》,

173; *Brave New World*,《美丽新世界》, 174; *Point Counter Point*,《针锋相对》, 196
Hymen, 许门, 130, 267
hymns, 赞美诗, 10, 72, 77, 91, 132

I

iambics, 抑扬格, 见"lampoon, 讥诮"及"meter, 音步"
Illyria, the poet of, "伊利里亚"诗人, 99-100, 260
imagery, 意象, 20, 69, 104, 119, 130, 133, 134, 153, 154, 249
Imagism, 意象派, 100
imitation distinguished from parody, 有别于戏仿的模仿, 68-69
improvisation, 即席创作, 27, 32, (35), 40, **41, 51**, 152, **232-33**, 242
incongruity, 反差、不一致, 13, 21, 42, 44, 55, 67, 150, 213, 229
Inquisition, Holy, 神圣宗教法庭, 10, 11, 99, 172
insects, 昆虫, 107-08, 175, **187**, 188, 209
introvert satire, 内向型讽刺, 65
invective distinguished from satire, 有别于讽刺的谩骂, 42, 44, 151, **155-56**, 250, 253, 254, 258
Ionesco, Eugene, *The Rhinoceros*, 欧仁·尤内斯库,《犀牛》, **188**
Iopas, 艾奥帕斯, 267
Ireland and the Irish, 爱尔兰与爱尔兰人,

15, **57-60**, 105, 110, 134, 159, 230
irony, 反讽, 15, 18, 41, 46, **55-61**, 129, 213-16, 241, 255; "dramatic irony," "戏剧反讽", 57, **255-56**
Islam, 伊斯兰, 205
Issoire, 伊苏瓦尔, 239
Italy and the Italians, 意大利与意大利人, 37, 51, 54, 110-11, 141, 231, 232-33

J

Jack, Ian, *Augustan Satire*, 伊安·杰克,《英国古典文学的讽刺》, 256, 279
Jack Pudding, 杰克·布丁, 48
Jager, Johann, 约翰·耶格尔, 140
James, Clifton, 克利夫顿·詹姆斯, 92-93, 94, 96; Henry, 亨利·詹姆斯, 145
Jaques, 杰奎斯, 47
Jarrell, Randall, *Pictures from an Institution*, 兰德尔·贾雷尔,《学院画像》, 196
Jefferson, Thomas, 托马斯·杰斐逊, **131**
Jensen, Oliver, 奥利弗·詹森, **143**
Jerome, Saint, 圣哲罗姆, 44, 61, 253-54
Jesus, 耶稣, 31, 46, 72, (160), 168, 169, 213, 215, (257), 273
Jews, 犹太人, 10, 34, 61, 72, 108, **138-39**, 205, 214
Jewsbury, Miss Anne, 安·朱丝伯里小姐, 79
Joan, Saint, 圣女贞德, 86, **112-13**
Johnson, Samuel, 塞缪尔·约翰逊,

14, 142, 143, 247; *Vanity of Human Wishes*,《浮华人心》, 262
Jonson, Ben, *Volpone*, 本·琼生,《福尔蓬奈》, 188, 213
Joyce, James, *Ulysses*, 詹姆斯·乔伊斯,《尤利西斯》, **109–10**, 240, 264, 267
Juan, Don, 唐璜, 210
Judas Iscariot, 加略人犹大, 169
Julian the Apostate, 背教者尤利安, 37, 43–44; on Christianity, 尤利安论基督教, 43, 168; *The Beard-Hater (Misopogon)*,《憎恨胡须者》, 43–44; *The Drinking-Party (Symposium)*,《会饮》, (37), **167–68**, 251, 272
Julius Caesar, 尤利乌斯·恺撒, 166, 167, 219
Jung, C. G., 卡·居·荣格, 121
"Junius," "朱尼厄斯", 61–62, 85, 87
Juno, 朱诺, 111, 112, 262
Jupiter, 朱庇特, 111, 168, 263
Juvenal, 朱文纳尔, 16, 37, **41–42**, **43**, 141, 160, 240–41, 250, 253; on satire, 朱文纳尔论讽刺, 15, 231, **234**, 235; individual satires, 单篇讽刺作品: 1: 15, 16, 48, 231, **234**, 252; 2: 252; 3: **3–5**, 12, 13, 16, 19–20, 21, 252, 253; 4: 42, 107, 252, **253**, 261; 5: 221, 241, 243, 252, 271; 6: (212), 224, 226–27, 252, 253; 7: 252; 8: 252, 267: 9: 53–252, 253; 10: 252, 262, 266, 271; 11: 243, 252; 12: 252; 13: 252; 14: (130), 252, 267; 15: 252, 253; 16: 252

K

Kennedy, 肯尼迪, John F., 约翰·菲·肯尼迪, 52; Walter, 沃尔特·肯尼迪, 154
kings, 国王, 见 "monarchs, 君主"
Kipling, Rudyard, 鲁德亚德·吉普林, 145–46
Knish, Anne, 安妮·尼什, 100–01
Knox, Ronald, *Essays in Satire*, 罗纳德·诺克斯,《讽刺随笔》, **142–43**
Koestler, Arthur, 亚瑟·库斯特勒, 172
Köpenick and its Captain, 克珀尼克及克珀尼克上尉, **93–94**, 96
Kreuger, Ivar, 伊瓦·克鲁格, 92

L

Labouchere, Henry, 亨利·拉布歇尔, 77, 257–58
Laforgue, Jules, 朱尔斯·拉福格, 136
Lamb, Charles, 查尔斯·兰姆, 191
lampoon, 讥诮, 26, 30, 61, **151–54**, **155–56**, 166, (238), 281
Langland, William, *Piers Plowman*, 威廉·兰格伦,《农夫皮尔斯》, 47, 254
Laocoon, 拉奥孔, **89–90**
lassus, 累, 103–04
Latin language, 拉丁语, classical, 古典时代的拉丁语, 24, 45, 95, **103–04**, 108, 139, 160, 181, 221, 231; post-classical, 后古典时代的拉丁语, 44, 45, 139,

140, 141, 160, 179, 180, 199

lectures, 讲演, 32, 33, 41

Lee, Charles, 查尔斯·李, 79

leeches, 水蛭, 122, 237

Leers,《斜视集》, 35–36, 37

Leibniz, Gottfried, 戈特弗里德·莱布尼茨, 8, 22–23, 207

Leporello, 莱波雷洛, 210

Le Roy, Pierre, 皮埃尔·勒罗伊, 269

Le Sage, Alain Rene, 阿兰·热内·勒萨日, *Gil Bias de Santillane*,《桑迪亚纳的吉尔·布拉斯》, 218

letters, 书信, poetic, 诗体书信, 61, 65, 256, 275; 另见 "Horace, 贺拉斯" 及 "Pope, 蒲柏"; prosaic, 散文体书信, 61–62, 139–40, 201, 205–06, 253

Letters of Obscure Men (Epistulae Obscurorum Virorum),《无名者信函》, **139–40**, 141

Lewis, 刘易斯, D. B. Wyndham, 多·贝·温德姆·刘易斯, *The Stuffed Owl*,《猫头鹰标本》, 79; Percy Wyndham, 珀西·温德姆·刘易斯, *The Apes of God*,《上帝之猿》, 195; *One-Way Song*,《单程曲》, 49–50

lice, 跳蚤, 237, 268

Lichtenberg, Georg Christoph, 格奥尔格·克里斯托夫·利希滕贝格, 276

Limbo, 灵泊之地, 21, (163), 164, 271

Lincoln, Abraham, *Gettysburg Address*, 亚伯拉罕·林肯,《葛底斯堡演说》, 143

Linklater, Eric, *Juan in America*, 埃里克·林克莱特,《唐璜游美国》, 204

lions, 狮子, 36, 178, 180, 261

Livy, 李维, 103, (232), 277

"local gags," "地方笑话", 233, 277

London, 伦敦, 19, 131, 176, 223, 229–30

Longfellow, Henry Wadsworth, 亨利·沃兹渥斯·朗费罗, 88

Louis, Saint, 路易·圣路易, 113; Louis XIV, 路易十四, 159, 184, (262), 263; Louis XVI, 路易十六, 131; Louis-Philippe, 路易·波拿巴, 228

Low, David, 戴维·洛, 22

Lowrey, Burling, *Twentieth-Century Parody*, 伯利·劳瑞,《二十世纪的戏仿》, 269

Lucian, 卢奇安, 35, 37, **42–43**, 107, 164, 240, 250, 251, 253, 255, 271; *Ignorant Book-Collector*,《无知的藏书家》, 43; *Lucius or Donkey*,《卢奇乌斯或驴子》, 273; *Nigrinus*,《尼格里努斯》, 43; *Paid Companions*,《雇佣伴侣》, 43; *Pictures*,《图画》, 253; *Professor of Oratory*,《修辞学教授》, 32; *True History*,《真实的故事》, 149, **176–77**

Lucilius, 卢基里乌斯, **24–29**, 30, 38, 41, 107, 180, 203, 233, 234, 241, **248–49**, 252

Lucius, 卢奇乌斯, (181), 182, 207; 另见 "Apuleius, *Metamorphoses*, 阿普列乌斯,《变形记》"; "Lucius of Patras, 佩

特雷的卢西乌斯" 273
Lucretius, 卢克莱修, 130, 267; as a satirist, 作为讽刺家的卢克莱修, 3, **226**
lunatics, 疯子, 39, (84–85), (89), 105, 116, 117, 119, 120, 159, **163**, 166, 200, 207, 208, 216, 217, 230, 237, 250, 255
Luther, Martin, 马丁·路德, 140
Lyceum, 吕克昂, 30
lyric poetry, 抒情诗: Greek, 希腊文抒情诗, 25, 36, 120, 132, 133; Latin, 拉丁文抒情诗, 30, 132, 133; other, 其他, 48, 100–01, 126, 127, **131–36**, 260
lyrical satire, including parodies of lyric poetry, 抒情诗体的讽刺, 包括对抒情诗的戏仿, 36, 45, **100–02**, 127, **131–36**, 199, 211, 261
Lysias, 吕西阿斯, 137

M

macaronic poetry, 多语种混杂的诗歌, 104, 107–08, 231, 260, 261
Macaulay, Thomas Babington, 托马斯·巴宾顿·麦考莱, 24, 261
McCarthy, Mary, *The Groves of Academe*, 玛丽·麦卡锡,《学园的树林》, 196
Macedonians, 马其顿人, 259
Mack, Maynard, 梅纳德·迈克, 277–78
MacLeish, Archibald, 阿奇波德·麦克利什, 136
McTwaddle, Dr. Mary, 玛丽·麦克特瓦多, 74
Madariaga, Salvador de, 萨尔瓦多·德·马达里亚加, 117
madmen, 疯人, 见"lunatics, 疯子"
Maecenas, 梅塞纳斯, 64, **201–03**, 221, 250, 274
magic, 魔法, 181, 182, 209, 273, 279
Maglanovitch, Hyacinthe, 海尔辛斯·马格拉诺维奇, 99–100, 260
Malherbe, François de, 弗朗索瓦·德·马勒布, 263
Malley, Ern, 厄恩·玛利, 101–02
Malory, Sir Thomas, 托马斯·马洛礼爵士, 116, 179
Man of Many Sorrows, The (Architrenius),《极度悲伤的人》, **160–61**, **270–71**, **280**
Manet, Édouard, 爱德华·马奈, 68
Maoris, 毛利人, 161
Map, Walter, 沃尔特·马普, 46, 254
maqama, 阿拉伯一种诗散结合的幽默哲学讨论形式, 251
Margites,《马吉特斯》, **38–39**, 178, 200, **251**
Marini, Giovan Battista, 乔凡·巴蒂斯塔·马里尼, 263
Marlborough, Duke of, 马尔伯勒公爵, 85
Marlowe, Christopher, 克里斯托弗·马洛, 123, 265
Marot, Clement, 克莱芒·马罗, 61
Marriage, 婚姻, satires on, 对婚姻的讽

刺，39, 46, 130, 224-27, 254; 另见
　"women, 妇女"
Marston, John, 约翰·马斯顿, 47, 280
Martians, 火星人, 170
Marx, Karl, 卡尔·马克思, 184
the Mass, 大众, 257
Matro, *Attic Dinner*, 马特罗,《阁楼宴席》, 252, 258-59
Maurois, Andre, *Voyage au Pays des Articoles*, 安德烈·莫罗亚,《阿提科勒人国土游记》, **161-62**
Maurras, Charles, 查尔斯·莫拉斯, 126
Mayakovsky, Vladimir, *Klop (The Bedbug)*, 弗拉基米尔·马雅可夫斯基,《臭虫》, **174-75**
Mayer, Louis B., 路易·梅耶, 275
Medamothy, "麦得莫塞", 162, 271
Megerle, Johann Ulrich = Abrahama a Sancta Clara, 约翰·乌利希·梅格勒 = 亚伯拉罕·阿·桑克塔·克拉拉
Melbourne, Viscount, 墨尔本勋爵, 142
Menander, 米南德, 198, 207
Mendès, Catulle, 卡图勒·孟德斯, 258
Menelaus, 墨涅劳斯, 123, 124, 265
Menippean form of satire, 梅尼普斯式讽刺作品, **36**, 37, (39), 141, 272, 275
Menippean Satire, The (SatyreMenippee),《梅尼普斯式讽刺》, **141**
Menippus, 梅尼普斯, 36, 37, 111, 163, 164, 165, 166, 167, 169, 233, 240, **250-51**, 252
Mephistopheles, 梅菲斯特, 211

Mercury, 墨丘利, 111, (121), 269
Mérimée, Prosper, 普罗斯佩·梅里美, 99-100, 260
Merlin, 梅林, 98-99
metaphor, 隐喻, 见 "imagery, 意象"
metaphysicotheologocosmolonigology, 形而上神学宇宙论痴呆学, 9, 另见 "optimism, 乐观主义"
meter, 音步, 29, 37, 103, 104, 248, 251, 270; individual types, 类型: Alexandrines, 亚历山大诗体, 113; anapaests, 抑抑扬格, 28, 134; blankverse, 无韵体, 123, 128, 130; *choliambic*, "跛腿抑扬格", 38; couplets, rhyming, 对句, 押韵, 122, 230; decasyllables (French), 十音节诗行（法）, 113, (264); elegiac couplets, 挽歌对句, 36, 179, 181, 261; (dactylic) hexameters, 六音步格, 36, 39, 44, 80, 84, 88, 112, 160, 251, 252, 270; heroic couplets, 英雄体, 107, 109; iambics, 抑扬格, **26**, 30, 36, **38**, 39, 86, 132, 251; octosyllables, 八音步体, 61, 104, (107), 112; *ottava rima*, 抑扬格五音步八行体, 86, (88); Sapphic stanza, 萨福诗体, 134, 268; *scazon*, "瘸子体", 38; Spenserian stanza, 斯宾塞式诗行, 135; trochees, 扬抑格, 28, 252
mice, 鼠, 见 "*Battle of Frogs and Mice*,《蛙鼠之战》"
Michael the archangel, 天使长米迦勒, 87, 88
Michelangelo, 米开朗琪罗, 90, 122

Mickiewicz, Adam, 亚当·密茨凯维奇, 100

Middle Ages, 中世纪, 44-47, 72-73, 114, 115, 116, 132, 160, 172, **178**, 179, 250, 254, 269, 280

Miller, Henry, 亨利·米勒, **50**, 255

millionaires, 亿万富翁, 4, 43, 52, 184, 195, 221

Milton, John, 约翰·弥尔顿, 49, 85, 86, 89, 140, 260; *Paradise Lost*,《失乐园》, 163-64, 271

mimicry, 模仿, 68-69, 77-78, 93, 155, 233

Minerva, 智慧女神密涅瓦, 130, 199, 另见"Athena, 雅典娜"

miracles, 奇迹, 31, 85, 87, 157, 164, 165, 184, 205, 207, 214, 215-16, 273

Mirbeau, Octave, *Le Jardin des Supplices*, 奥克塔夫·米尔博,《酷刑花园》, 151

misanthropy, 厌恶人类, **235-36**

misogyny, 厌女主义, 39, 46, 另见"women, 妇女"

missionaries, 传教士, **31-34**, 184

Mix, Miss, "乱来小姐", 144

mock-heroic, 戏仿英雄体, defined, 定义, 103-07; examples, 示例, 36, 39, **80-83**, 107-12, 118, 120, 121-23, 124-25, 219, 252, 353, 258-59, 263-64, 265, 279

Modena, 摩德纳, 110-11

Mohammed, 穆罕默德, 205

Moliére, 莫里哀, *Amphitryon*,《安菲特律翁》, 121; *Tartuffe*,《伪君子》, (157), 197

Moloch, 摩洛克, 86, 221

"Momism," "妈宝", 50

Momus, 摩墨斯（非难和嘲弄之神）, 104, 263

Mona Lisa, 蒙娜丽莎, 67

monarchs and monarchy, 君主与君主制, 5, 11, 31, 42, 77-78, **84**, 86-87, 94, 95-96, 108, 131, 142, 157, **165-68**, 176, 178, 179, 180, 210, 212, 216, 228, 240, 261, 272

money, satirized, 金钱, 对金钱的讽刺, 10, 11, 34, 36, 43, 46, (50), (53), 54, 64, 76-77, 212-13, 260-61; 另见 "millionaires, 亿万富翁"

monkeys, 猴, 见 "apes, 猿"

monks and monasticism, 修道士与修道制度, 54, 169, 180, 181, 257, 260, 269

monocles, 单片眼镜, 223-24

monologue, 独白: non-satirical, 非讽刺独白, 31-34, 36, 40, 44, 55, 146, 250, 253, 255; satirical, 讽刺独白, 5, **13-14**, 16, 35, 37, 39, **40-41**, **41-66**, 148, 224, 252-53, 254, 255, **277-78**

Montagu, Lady Mary Wortley, 玛丽·沃特利·蒙塔古夫人, 227-28

Montesquieu, Charles de, *Persian Letters*, 孟德斯鸠,《波斯人信札》, **205-06**

Montgomery, Gen. Bernard, 伯纳德·蒙哥马利将军, 93, 96

Moore, Tom, 汤姆·穆尔, 134

More, Thomas, 托马斯·莫尔, 247, 255; *Utopia*,《乌托邦》, 162

Morgan, Emanuel, 伊曼纽尔·摩根, 100-01
Morier, J. J., *The Adventures of Hajjl Baba*, 詹姆斯·莫利阿,《伊斯巴汉的哈吉巴巴》, 218, 274-75
Morris, 莫里斯, Besaleel, 贝萨莱尔·莫里斯, 17-18; William, 威廉·莫里斯, (135)
motion-pictures, 动画片, 156, 173
Muller, Charles, 查尔斯·穆勒, 90
Munchausen, Baron, 吹牛大王闵希豪森男爵, 见 "Raspe, 拉斯伯"
Murry, John Middleton, 约翰·米德尔顿·默里, 196
Muses, 缪斯, 103, 104, 133, (135), 244, 262
music, 音乐, 26, 67, 82-83, **90-92**, 101, 133, 152, 153, 161, 176, 187, 189, 208, 221, 259
Musonius, Rufus, 穆索尼乌斯·鲁富斯, 34
Mussolini, 墨索里尼, 23, 110
myths, 神话, 126, 130; Greek and Roman, 希腊罗马神话, 112, 120, 181, 140, 277

N

Naevius, Gnaeus, 格奈乌斯·奈维乌斯, 25, 233, 277
names, satiric, 具有讽刺性质的名字, 54, 80-81, 97, 99, 101, 105-06, 114, 125, 128, **140**, 184, 199, 221, 223, 234, 271, **274-75**, 276
Napoleon I, 拿破仑一世, 91, 178; Napoleon III, 拿破仑三世, 48
narrative satire, 叙事体讽刺, **9-12**, 13-14, (18), 37, 39, 80, 114, 116, **148-230**, 253, 277
Navy, Royal, 英国皇家海军, (12), **94-97**, 125, 138, (197)
Nazis, 纳粹, (9), (23), (61), 188
Negroes, 黑人, 152, 195, 269, 270
neologisms in satire, 讽刺中的新造词, 37, 104
Nero, 尼禄, 115, 165-67, 272, 275
Nerval, Girard de, 杰拉德·德·奈瓦尔, 100
New York World-Telegram,《纽约世界电讯》, 73-75, 257
New Zealand, 新西兰, 161, 173
Newhart, Bob, 鲍勃·纽哈特, 255
Newman, Ernest, 欧内斯特·纽曼, 259
newspapers, 报纸, 51, 171, 172
Nietzsche, Friedrich Wilhelm, 弗雷德里希·维尔海姆·尼采, 168
Nigel of Canterbury, *Speculum Stultorum*, 坎特伯雷的奈杰尔,《愚人之镜》, 179-80
night-clubs, 夜总会, 51-52
Nightingale, Florence, 弗洛伦斯·南丁格尔, 216-17
Nivard of Ghent, *Ysengrim*, 根特的尼瓦尔德,《伊森格里姆》, 180-81
nobility and gentry, 贵族与绅士, 34, 54,

106, 129-31, 138, 178, 189, 193, 208, 212, 241, 243, 266, 275
"novelette,""中篇小说", 193
novels, 长篇小说, 49, 50, 109-10, **143-47**, 149-51, **156-58, 188-90, 190-96, 198-200, 204-05**, 206, 222-24, **269**, 277

O

Oblomov, by I. Goncharov,《奥勃洛莫夫》, 伊·冈察洛夫著, 129, 267
obscenity, 下流语, as an element of satire, 作为讽刺元素的下流语, 15, 18, 20, 26, 27, 29, 41, 50, 51, 110, 212, 232, 233, 242, 249, 256; in other genera, 其他文类中的下流语, 32, 34, 102, 153, 201, 242, 269
observer, satirical, 讽刺的观察者, 47, 50, 115, (123-24), 198, 200, 203, 204, 205, 218
Octavian (later Augustus), 屋大维（日后的奥古斯都）, 201-03
octosyllables, 八音节体, 见"meter, 音步"
Odysseus, 奥德修斯, 10, 38, 114, 163, 250; 另见"Ulysses, 尤利西斯"
Offenbach, Jacques, 雅克·奥芬巴赫, 125
Oldham, John, 约翰·奥尔德姆, 48
Olympians, 奥林匹斯神, 见"gods, 诸神"
opera, 歌剧: comic, 滑稽歌剧, 26; romantic, 浪漫歌剧, 100; tragic, 悲剧歌剧, 82; parodic, 戏仿式歌剧, **124-25**
optimism, 乐观主义, (8), 10, 22-23, 171, 207-236, 237, (243); 另见"metaphysicotheologocosmolonigology, 形而上神学宇宙论痴呆学"
oratory, 演说: in general, 一般意义上的演说, 33, 44, 102, 103, 141, 240, 273; Greek, 希腊演说, 15, 25, 53, 57, 104, 114, 137, 141; Latin, 拉丁语演说, 104, 141, 165, 167; parodied, 对演说的戏仿, 15, 53, **75-76, 137-38**, 141-42, 143, 267; 关于"pulpit oratory, 经台演讲", 见"sermons, 布道"
Origen, 奥利金, 191
Orpheus, 俄耳甫斯, 125; Orphism, 俄耳甫斯秘仪, 169
Orwell, George, 乔治·奥威尔, 240; *Animal Farm*,《动物庄园》, **185-86**; *Nineteen Eighty-Four*,《一九八四》, **171-73**
Osric, 奥斯里克, 158
ottava rima, 抑扬格五音步八行体, 见"meter, 音步"
Otway, Thomas, 托马斯·奥特威, 265
Ovid, 奥维德, 179, 270; *Art of Love*,《爱的艺术》, 128-29, 252; *Metamorphoses*,《变形记》, 140, 160, (182), 269, 270
Owl, Stuffed,《猫头鹰标本》, 79
Owlglass, Till, (Eulenspiegel), 提尔·奥格拉斯（提尔·厄伦史皮格尔）, 208, (212)

owls, 猫头鹰, 17, 79

Owst, G. R., *Literature and Pulpit in Medieval England*, G. R. 奥斯特,《英国中世纪的文学与讲坛》, 45-46, 254

Oxford, 牛津, 193-95, 240; 17th Earl of, 第 17 代牛津伯爵, 142

oxymoron, 悖论修辞, 227

P

Pachmann, Vladimir de, 弗拉基米尔·德·帕赫曼, 67

pagans, 异教徒, 6, 44, 72, 165, **167-68**, **213-16**, 236, 273

painting, 绘画, 20, 67-68, 120, 131, 161, (227), 242, 271

Pallas Athena, 帕拉斯·雅典娜, 104

Pan, 潘神, 104

Pandarus, 潘达洛斯, 22, 123

Pangloss, 潘格洛斯, 见 "Voltaire, 伏尔泰"

Pantagruel, 庞大固埃, **210-11**, 另见 "Rabelais, 拉伯雷"

Panurge, 巴汝奇, **210-11**, 另见 "Rabelais, 拉伯雷"

papists, 天主教徒, 见 "Roman Catholics, 罗马天主教徒"

parabasis, 出位前行, **28-29**

parables of Jesus, 耶稣的寓言, 72

paradox, in satire, 讽刺中的悖论, 17, 18, 40, 51, 53, 167, 172, 242, 249, 266

parasites, 寄生虫, 53, 252, 255, (259)

Parini, Giuseppe, *Il Giorno (TheDay)*, 朱塞佩·帕里尼,《日子》, **129-31**, 241, 266-67

Paris, 巴黎, city and university, 城市巴黎及巴黎大学, 16, 102, 108, 160, 171, 180, 223, (238), 239; prince, 特洛伊王子帕里斯, 112, 123, 124, 265

Parnassus, 帕那索斯山, 112, 263

parody, 戏仿: defined, 定义, **69**; generally, 一般意义上的戏仿, 258, 269, 279-280; in satire, 讽刺中的戏仿, **6-7**, **13-15**, 18, 29, 39, 40, 46, 49, 51, **67-147**, 166, 167, 169, 241, 248, **256-69**; inallied forms, 相关形式中的戏仿, 32, 48, 160, **256-57**, parodic satire, 戏仿式讽刺, **6-7, 13-15**, 29, 46, 53, **67-147**, 148, 149, 169, 231, 240, 242, 252, **253, 256-69**, 276, 277

paronomasia, 谐音双关, 见 "puns, 双关语" 及 "word-play, 文字游戏"

παρρησία, 坦率, 34

Parthenon, 帕台农神殿, (83), 259

parties, horrible, 可怕的聚会, **219-20, 221-24**

Partridge, John, 约翰·帕特里奇, **98-99**, 260

Pascal, Blaise, 布莱士·帕斯卡, 175

Passerat, Jean, 让·帕斯拉特, 269

pastoral literature, 牧歌文学, 135, 153-54, 207, 276

Patroclus, 帕特罗克洛斯, 123

patrons and patronage, 恩主与恩惠, 64,

(201-04), 221, 243
Paul, Saint, 圣保罗, 31, 249
Peacock, Thomas Love, 托马斯·洛夫·皮科克, 16, 195-96, 198; *Melincourt*,《猩猩爵士》, **189**
Pegasus, 飞马帕加索斯, 133
Pegler, Westbrook, 威斯布鲁克·佩格勒, **73-75**
Pellinore, Sir, 佩利诺爵士, 116
Peloponnesians, 伯罗奔尼撒人, 259
penguins, 企鹅, 184
Perceval, Spencer, 斯宾塞·珀西瓦尔, 85
Pericles, 伯里克利, 137
Perrault, Charles, *Le Siecle de Louis le Grand*, 夏尔·佩罗,《路易大帝的世纪》262
Persia and the Persians, 波斯与波斯人, 31, 205-06, 218, 259, 274-75
Persius, 佩尔西乌斯, 41, 234, 248, **252-53**
persona of the satirist, 讽刺作者的人格面具, 277-78
pessimism, 悲观主义, 171, 185, (235), 236, 237, 243
Petain, Marshal, 贝当元帅, 126
Peter, 彼得, Saint, 圣彼得, 88; Peter the Great, 彼得大帝, 159
Petrarch, 彼得拉克, 89
Petronius, 佩特洛尼乌斯, 3, 241; *Satyrica*,《萨蒂利卡》: name, 名称, 232, **264**; purpose, 意旨, 115; character, 人物, 14, 37, **114-15**, 209, **212-13**, **221-22**,
253, 275, 277
Pfefferkorn, Johann, 约翰·普费弗科恩, 139
Pharisees, 法利赛人, 72
Phemius, 斐弥俄斯, 267
Philips, John, *The Splendid Shilling*, 约翰·菲利普斯,《铿亮的先令》, (104), 260-61
Phillips, Stephen, 斯蒂文·菲利普斯, 123
Philo, 斐洛, 34
philosophy, 哲学, general, 一般意义上的哲学, 8-9, 30-31, 174, 179, 183, 244, 250, 251; Greek, 希腊哲学, 30-37, 40, 43, 44, 63, 215, 233, 236, 250; medieval, 中世纪哲学, 73; 另见 "individual philosophers and schools, 个别哲学家与学派"
phlyakes, "胡闹", 120
"photography", satiric, 讽刺写真, 3, 190, 200, 203, 222
picaresque stories, 流浪汉小说, 114, 199, 200, **217-19**
Picasso, Pablo, 巴伯罗·毕加索, 68
Piers Plowman,《农夫皮尔斯》, 47, 254
Pigres of Halicarnassus, 哈利卡拉索斯的皮格瑞斯, 258
pigs, 猪, 39-59, 116, 122, 185, 226, 264, 268
Pindar, 品达, 133, (135), 263, 268
"Peter Pindar" (John Wolcot), "彼得·品达"（约翰·沃尔科特）, 135, 268
Piosistratus, Sextus Amarcius Gallus, 塞

克图斯·阿马修斯·伽卢斯·皮奥西斯特拉图, 45
Pistol, 皮斯托, 107, 123
Pithou, Pierre, 皮埃尔·皮图, 141, 269
Piwonka, M. Puelma, M. 佩尔玛·皮旺卡, 248, 250, 251, 256
Plato, 柏拉图, 15, 30, 33, 56, 63, 65, 136, 160, 169, 271; *Apology or Defence of Socrates*,《苏格拉底的申辩》, 40; *Gorgias*,《高尔吉亚》, 56-57, 136; *Menexenus*,《美涅克塞努》, 15, 57, **136-38**; *Phaedrus*,《斐德若》, 137; *Protagoras*,《普罗塔戈拉》, 136; *Republic*,《理想国》, 164; *Symposium*,《会饮》, (179)
Plautus, 普劳图斯, 121, 233
plays, 戏, 见"drama, 戏剧"
Plutarch, 普鲁塔克, 219
polemic, 论战, 43, 44, 56
politics as a theme for satire, 作为讽刺主题的政治, 24, 26, 27, 42, 51-52, 73-75, 75-76, 77, 80, 107, 108, 191, 199, 201-04, 219, 261, 267, 268
Pompey, Sextus, 小庞贝, (201), 202
Popes and the Papacy, 教皇与教皇权, 102, 111, 139, 140, 141, 165, 206
Pope, Alexander, 亚历山大·蒲柏, 3, 15, 48, 61, 109, 130-31, 240, 277, 278; *Dunciad*,《群愚史诗》, **6-7**, 12-13, 17-18, (104), 105, 109, 127, 128, 262; *Epilogue to the Satires*,《讽刺诗集后记》, 63-64; Homer, 荷马, 109, 262; letters in verse, 诗体书信, 61, 256; *Moral Essays*,《道德论》, 256; *Prologue to the Satires*,《讽刺诗集前言》, (138), 278; *Rape of the Lock*,《夺发记》, (104), (106), 109, 130, 231, 262, 267, 279
porpoises, 鼠海豚, 184, 273
portraits, 写生, 69, 111, 131, 220
Poseidon, 波塞冬, 114
Pound, Ezra, 埃兹拉·庞德, 79, 102, 136
practical jokes, 恶作剧, 见"hoaxes, 恶作剧"
prayers, 祈祷, **71-72**, 76-77, 163
preaching, 说教, 见"sermons, 布道"
Priapus, 普里阿普斯, 114
priests, 神父, 12, 46, 54, 102, 108, 117, 126, 140, 166, (179), 206, 208, 212, 228, 249
princes, 君王, 见"monarchs, 君主"
Prisoner's Exit (Ecbasis Captivi),《逃狱记》, **180**
Prodicus, 普洛狄科, 136
Progress, Inevitable, 必然的进步, 见"metaphysicotheologocosinolonigology, 形而上神学宇宙论痴呆学"
Prometheus, 普罗米修斯, 130
prose, non-fictional, parodied, 对非虚构散文的戏仿, 136-43
prostitutes, 妓女, 31, 32, 96, 116, 121, 124, (193), 249, 269
Protagoras, 普罗塔戈拉, 136

索 引

Protestants, 新教徒, 108, 141, 240
Protocols of the Elders of Zion,《锡安长老会纪要》, 92
Proust, Marcel, 马塞尔·普鲁斯特, 182, 223-24, 280
proverbs, 谚语, 48, 76, 177
Psyche, 普赛克, 182
pterodactyls, 翼指龙, 92
puella, 小女孩, 104
Pulci, Luigi, *Morgante*, 路易吉·浦尔契,《摩尔干提》, 264
pulpit oratory, 经台演讲, 见 "sermons, 布道"
Punch and Judy,《潘趣和朱迪》, 48
puns, 谐音双关, 32, 46, 48, 120, 167, 259, 272; 另见 "word-play, 文字游戏"
puppets, 木偶, 48, 241
purgatory, 炼狱, 163, 226
Puritans, 清教徒, 119
Pushkin, Alexander, 亚历山大·普希金, 100

Q

Quevedo y Villegas, Francisco Gómez de, 克维多, *Visions*,《幻视》, 86, **168-69**, 212, 241, 259
Quintilian, 昆体良, 140
Quixote, 吉诃德, 见 "Cervantes, 塞万提斯"
quotations, 引用, 32, 257; in satire, 讽刺中的引用, 16, 42, 43, 45, 62, **104**, 130, 160, 226

R

Rabelais, Francois, 弗朗索瓦·拉伯雷, 3, 47, 50, 97, 115, 119, 133, 176-77, 208, 212, **239-40, 241**, 281; Almanac, 历书, 97; *Gargantua*,《高康大传》148, (212), **239-40**, 243; *Pantagruel*,《庞大固埃传》, 97, 148, 162, 164-5, 168, 169, 176, **210-11**; *Prognostification*,《预言》, 97-98
Racine, Jean, 让·拉辛, 235, 263
Ralph, *James*, 拉尔夫,《詹姆斯》, 17-18
Ranke, Leopold, 利奥波德·朗克, 99-100
Rapin, Nicolas, 尼古拉斯·拉平, 269
Raspe, Rudolph, *Baron Munchausen*, 鲁道尔夫·拉斯伯,《吹牛大王历险记》, 158, **175-76**
rats, 老鼠, 122
Ravel, Maurice, 莫里斯·拉威尔, 90
ravens, 乌鸦, 185, 188
Read, Herbert, 赫伯特·里德, 102
Reboux, Paul, 保罗·雷布, 90
Reed, Henry, 亨利·里德, 136
Reformation, 宗教改革, 140
Régnier, Mathurin, 马蒂兰·雷尼尔, 47, 222, 275-76
religion, 宗教, 8, 273; Greek, 希腊宗教, 31, 36, 42; satirized, 对宗教的讽刺, 36, 42, 70-72, 76-77, 80, **138-41**,

148, 173, 190, 271-72
Renaissance, 文艺复兴, 47, 114, 115, 132-33, 138, 184, 222, 224, 228
Reuchlin, Johann, 约翰·罗伊希林, 139-40
revue, 轻舞歌剧, 232
Reynard the Fox,《列那狐》, 158, **178-79**, 183, (212), 261
rhapsodists, 歌师, 258
rhetoric, 修辞, 32, 104, 114, 116-17, 141, 277-78
rhinoceroses, 犀牛, 188
rhymes, burlesque, 滑稽押韵, 104
Richard I, 理查一世, 85
Richardson, Samuel, *Pamela*, 塞缪尔·理查森,《帕米拉》, 143
Rinaldo, 里纳尔多, 267
Robeson, Paul, 保罗·罗伯逊, 195
Rochester Philharmonic Orchestra, 罗切斯特爱乐乐团, 91
rococo, 洛可可, 130
Romains, Jules, 儒勒·罗曼, 102, **239**; *Knock*,《诺克医生》, 209; *The Pals(Les Copains)*,《伙伴》, 102-03, **238-39**
Roman Catholics, 罗马天主教徒, (6), 7, (42), 58, 98, 126, 128, 141, 169, 205-06, 240
romance, romantic fiction, 浪漫传奇, 11, 14, 103, 109, **113-20**, 150-51, (156), 157, 190, 193, 198, 200, 201, 242
Romance of the Rose,《玫瑰传奇》, 47
Rome and the Romans (social and historical), 罗马与罗马人（社会和历史意义上）, 4-5, 6-7, 15, 20, 34, 42, 43, 96, 107, 108, 141, **167**, 201-03, 211, 214, 216, **221-22**, 232, 234
Romulus, 罗穆罗斯, 108, 166
Roosevelt, Eleanor, 埃莉诺·罗斯福, 74-75
Roppel, Earl, 艾尔·洛普尔, 101
Rose, W. S., *Court of Beasts*, W. S. 罗斯,《野兽法庭》, 261
Round Table, Knights of the, 圆桌骑士, 115, 165
Rowlandson, Thomas, 托马斯·罗兰森, 228
Royal Society, 英国皇家协会, 159
Rufinus, 鲁菲努斯, 42
Ruskin, John, *Aratra Pentelici*, 约翰·罗斯金,《建筑与绘画》, 19-20
Russell, Lillian, 莉莲·罗素, 222
Russia and the Russians, 俄罗斯与俄罗斯人, 91, 159, **174-75**, 185, 204

S

Sade, Marquis de, 萨德侯爵, 151
Sahl, Mort, 莫特·萨尔, 51-52, 255
salt = wit, 盐 = 机智, 26, 30, 34, 249
Sancho Panza, 桑丘·潘萨, 见"Cervantes, 塞万提斯"
Sapphic stanza, 萨福诗体, 见"meter, 音步"
sarcasm, 讥讽, 41, 57

索 引

Satan, 撒旦 , 85, 86, 87, 89, 99, (169)
satir,［伊特鲁里亚语］言辞 , 277
SATIRE, 讽刺: *name*, 名称 , 180, **231–33**, 276–77
   definitions, 定义 , 5, **14–22**, 45, **47, 150**, 163, 182, 231, 233, 237–38
   neighbors, 讽刺的邻近文类 , 26, **151–56**, 197
   the satiric emotion, 讽刺的情感 , **12–13, 21–23**, 68–69, 112, **150**, 172, 188, 193, 208, 210, 216, **235–38, 278**
   subjects, 主题 , 3, 5, 8, **16–18, 22–23**, 40–41, 51, 65, 159–60, **209–10**, 234, 242
   patterns or forms, 模式或形式 , **13–14**: *monologue*, 独白 , 5, 13, 40–41, 148, 224, 及第二章; *parody*, 戏仿 , 7, 14, 148, 及第三章; *narrative and drama*, 叙事和戏剧 , 13–14, 116, **148, 156–58**, 以及第四章
   characteristics, 特征: *critical spirit*, 批判精神 , 17, 20, 25, 26, 29, 35–36, 48, 50–52, 55, 64, 65, 89, 97, 176, 252; *desire to shock*, 引起惊异的欲望 , 5, 18, 20–21, 41, 51, 65, 168, **211–12**; *distortion*, 扭曲变形 , 5, 123, **156–58**, 159, 190–91, 196–97, 198, 228; *humor*, 幽默 , 5, 12, 15, 18, 21, 30, 35, 40, 47, 110, 192, 212–13, 228, **233–34**, 242; *improvisatorial tone*, 即席创作的语气 , 27, **40–41**, 48, 51, 233, 242;

informality, looseness of form, 非正式性，形式的松散 , 3, 5, 10–11, 27, 29, 35, 40, 51, 180, 201, **206–08**, 233; *interest in personalities*, 对个人的兴趣 , 3, 16, 26, 29, 40, 195–96; *photographic clarity*, 写真般清晰 , 3, 45, 200, 203, 222; *realism*, 现实主义 , 3, 5, 16, **18–20**, 42–43, 123; *topicality*, 时事性 , 4, 5, **16–18**, 26, 40, 42, 51; *variety*, 多样性 , **18**, 24, 40, 44, 61, 62, 201, 231, 233, 237–38, 254; *special vocabulary*, 特殊语汇 , 3, 17, **18**, 19, 20, 28, 29, 41, 51, **103–05**, 113, 119, 242, 271; *wit*, 机智 , 35, 40, 48, 61, 123, 254; 另见 "abuse, 辱骂", "anecdotes, 掌故", "animals, 动物", "caricature, 讽刺漫画", "colloquialism, 口语体", "dialogue, 对话", "fables, 寓言", "incongruity, 反差、不一致", "irony, 反讽", "names, 名字", "obscenity, 下流用语", "paradox, 悖论", "puns, 谐音双关", "word-play, 文字游戏"

SATIRE, ROMAN, 罗马讽刺作品: **24–30, 35, 39–40**, 41–42, 45, 51, 53, 107, 113–15, 165–67, 181–83, 232–33, 234, **248–56**, 261, 264, 271–77, 279–80; 另见各具体讽刺作家

SATIRICAL WRITING, GREEK, 希腊讽刺作品 : **25, 26–39**, 42–44, 107, 120– 298

21, 132, 136-38, 163, 164, 167-68, 176-77, 178, 186-87, 233, **248-55**, 258-59, 271, 272, 274, 279; 另见各具体讽刺作家

SATIRISTS, 讽刺家: motives, 动机, 17, **26-27**, **146**, **155-56**, 158, 167, 212, 218, **234-38**, **238-43**, 264, 277-78; difficulties, 困难与危险, 15, 16-18, 42, 51, 55, 138, **234-35**

satura, "杂拌", 即讽刺, 18, 40, 153, (180), 207, **231**, **232**, **233**, 237, 256, **276-77**

Saturn, 萨图恩: god, 农神, 111; planet, 土星, 170, 223; Saturnalia, 农神节, 65, 167, **272**

Satyre Menippee,《梅尼普斯式讽刺》, **141**, **269**

satyr-play, 羊人剧, 258, 277

satyrs, 萨提尔, 41, 231-32, 264, (277)

Sausage-Seller, 卖香肠者, 153

Scarron, Paul, *Virgile Travesti*, 保罗·斯卡龙,《乔装的维吉尔》, **112**, 119

scazon, "瘸子体", 见 "meter, 音步"

Sceptics, 怀疑论者, 36, 51

scholasticism, 经院哲学, 72-73

Schönberg, Arnold, *Three Satires*, 阿诺尔德·勋伯格,《三首讽刺混声合唱曲》, **91**

Schubert, 舒伯特, 268

Schweik, The Good Soldier, by Jaroslav Hasek (1883-1923),《好兵帅克》, 雅洛斯拉夫·哈谢克（1883-1923）著, 200, 209

Scotland and the Scots, 苏格兰与苏格兰人, 71-72, 152, 154, 196, 223, 240

Scriblerus Club, "涂鸦社", 73, 121

sculpture, 雕塑, 6, 12-13, 19, 20, 161, 228; parodied, 对雕塑作品的戏仿, 89-90, 102

Sebastian, Saint, 圣塞巴斯蒂安, 90

self-parody, 自我戏仿, 78-79, 85, 133, 258

Semitic languages, 闪米特语系, 221, 251

Semonides, 西蒙尼德, 39, 226

Seneca, 塞内加, 34, 165-67, 263; *Apocolocyntosis or Pumpkinification of Claudius*,《克劳狄乌斯变瓜记》, 16, 37, **165-67**, 251, 253, 255, **271-72**

Serbia, 塞尔维亚, 100

sermones,《谈话录》, 40, 45, 46, 256; 另见 "Horace, 贺拉斯"

sermons, 布道, 41, 44, **45-46**, 48, **102**, 213, (228), 249, 254

servants, 仆人, 10, 24, 129, 143-44, 198, 210; 另见 "slaves, 奴隶"

Settle, Elkanah, 以利加拿·赛特尔, 7, 13

sex, 性, 37, 60, 112-13, 114-15, 173, 174, 181, 184, 204, 206, 248, 269

Shadwell, Thomas, 托马斯·沙德维尔, 17, 108-09

Shakespeare, 莎士比亚, 3, 28, 47, 49, 85, 103, 122, 123, 142, 147, 157, 174, 197; *All's Well*,《终成眷属》, 197; *As You*

Like It,《皆大欢喜》, 47; *Coriolanus*,
《科里奥兰纳斯》, (189), 266; *Hamlet*,
《哈姆雷特》, 17, 57, 124, 158, 227;
Henry IV,《亨利四世》, (107), 123,
(210); *Measure for Measure*,《一报还
一报》, 266; *Othello*,《奥赛罗》22;
Richard III,《理查三世》, 52–53;
Romeo and Juliet,《罗密欧与朱丽叶》,
(123), 265; Sonnets, 十四行诗, 266;
Timon of Athens,《雅典的泰门》, 57,
266; *Troilus and Cressida*,《特洛伊罗斯
与克瑞西达》, 14, 22, **123–24**, 265–
66; *Twelfth Night*,《第十二夜》, 197

Shaw, Bernard, 萧伯纳, 174; *Arms and the Man*,《武器和人》, (157); *The Doctor's Dilemma*,《医生的两难选择》, 197

sheep, 羊, 79, 185

Shelley, 雪莱, **49**, 196; *Oedipus Tyrannus*,《俄狄浦斯王》, 122; *Prometheus Unbound*,《解放了的普罗米修斯》, 122

shepherds, 牧羊人, 153, 207

Simplicissimus, 痴儿西木, 见"Grimmelshausen, 格里梅尔斯豪森"

Sindbad the Sailor, 水手辛巴达, 175, 176

Sitwell, 西特韦尔, Edith, 伊迪丝·西特韦尔, 90; family, 西特韦尔家族, 195

Skelton, John, 约翰·斯盖尔顿, **47**

slang, 俚语, 见"colloquialism, 口语体"

slaves, 奴隶, 12, 22, 31, 36, 65, 166, (182),
203, 221, 240

Slavs, 斯拉夫人, 11, 100

Smith, 史密斯, Horace and James, *Rejected Addresses*, 贺拉斯·史密斯与詹姆斯·史密斯,《被拒的征文》, (14), **134–35, 141–42**, 247; Sydney, 悉尼·史密斯, 24; William Henry, 威廉·亨利·史密斯, 125

Snow, C. P., on satire, 查·珀·斯诺, 论讽刺, 277

Socrates, 苏格拉底, 26, 33, 40, 41, **55–57, 63**, 137–38, 148, 179, **197–98, 236**, 249

soldiers of fortune, 雇佣兵, 38, 53, 157, 175, 200; boastful soldier, "吹牛士兵", 175

song, 歌曲, 101, 211, 259; combats in, 斗歌, **152–54**, 269–70

sonnets, 十四行诗, 79–80

sophists, 智者, 30, 33, 136, 181, 249

Sophocles, 索福克勒斯, 235, 257, 263

Southey, Robert, 罗伯特·骚塞, **84–89**, 134, 196, 268

space fiction, 宇航科幻小说, 163, 271

Spain and the Spaniards, 西班牙与西班牙人, 86, 118, 141, 168, 189, 217

Spectra hoax,《光谱》恶作剧, **100–01**

Speculum. Stultorum,《愚人之镜》, **179–80**, 280

Spenser, 斯宾塞, 89, 119; Spenserian stanza, 299 斯宾塞式诗行, 见"meter, 音步"

spider and bee, 蜘蛛和蜜蜂, 263

σπουδογέλοιοί, 对严肃的事情开玩笑的人, 36, **233-34**, 250

Squire, J. C., 斯奎尔, 247

Stalin, 斯大林, 23, 185

Standard Speech to the United Nations Organization,《致联合国的标准发言》, **75-76**

Statius, 斯塔提乌斯, 107, 253, 261, 263

Steinberg, Saul, 索尔·斯坦伯格, 147

Stephen, 斯蒂芬, Adrian, 阿德里安·斯蒂芬, 95-96; J. K, J. K. 斯蒂芬, 79-80; Virginia, 弗吉尼亚·斯蒂芬, 95-97

Stilicho, 斯提利科, 42

Stoics, 斯多亚派, 30, 41, 165, 168, 250

Stone Age, 石器时代, 151, (177), 183

stories, short, 短篇小说, 122, 145, 146, **208**

Strachey, 斯特拉奇, Giles Lytton, 吉尔斯·里顿·斯特拉奇, 49; *Eminent Victorians*,《维多利亚时代名人传》, 216-17; *Queen Victoria*,《维多利亚女王传》, 49

Stranitzky, Joseph, 约瑟夫·施特拉尼茨基, 48

Stratocles, 斯特拉托克勒斯, 259

Strauss, Richard, 理查德·斯特劳斯 82, 208

Stravinsky, Igor, 伊戈尔·斯特拉文斯基, 90

Stuffed Owl, The,《猫头鹰标本》, 79

Sullivan, 苏利文, 见 "Gilbert 吉尔伯特"

supernatural intervention, 超自然力量的介入, 80, 83, 104-05, 126, 130, 157

"Sweeney," "斯威尼", 126, 127

Swift, Jonathan, 乔纳森·斯威夫特, 3, 22, 50, 109, 131, 133, 138, **159-60**, 185, 227, 235, 240, **267**, **278**; *Accomplishment of the First of Mr. Bickerstaff's Predictions*,《比克斯塔夫先生第一条应验的预言》, 98; *Battle of the Books*,《书籍之战》, 109, 263; *Beautiful Young Nymph Going to Bed*,《美丽的少女准备就寝》, 276; *Cantata*,《康塔塔》133; *Mr. Collins's Discourse against Free-Thinking*,《柯林斯先生反对自由思想的演说》, (191); *Complete Collection of Genteel and Ingenious Conversation*,《文雅机趣交谈全编》, **191-92**; *Descriptionof a City Shower*,《一场城市阵雨的描述》267; *Elegy on Partridge*,《悼念帕特里奇先生》99; *Gulliver's Travels*,《格列佛游记》, 15, **149-50**, 158, **159-60**, 174, 176, 185, 207, 208, 277; *Lilliput*,《利立浦特》, 131, 149, 159, 170, 207, 209, (212), 261, 267; *Brobdingnag*,《布罗卜丁奈格》, 138, 149-50, 159, 207, 209, (212), 267, 276; *Laputa*,《勒皮他》, 149, 159, 207, 267; *Houyhnhnms*,《慧骃国》, 149, **183**, 207, 209, 267; *Intended Speech against Peace*,《反对和平的演讲拟稿》267; *Lady's Dressing-Room*,《闺房》, (212), 227; *Legion Club*,《军团

俱乐部》, (105), 230; *Modest Proposal*,
《一个小小的建议》, **57-61**; *On Poetry*,
《论诗歌》, (104); Pindaricpoems, 品
达风格的诗歌, 133; *Predictions ...
by Bickerstaff*,《比克斯塔夫的预言》98,
99; *Proposal for Correcting the English
Language*,《修正英语语言的提案》,
(22), 247; *Strephon and Chloe*,《史蒂芬与
克洛伊》, 276; *Vindication of Bickerstaff*,
《比克斯塔夫的声辩》, 99; *Windsor
Prophecy*,《温莎预言》, 267
Swinburne, Algernon Charles, 阿尔加侬·
查尔斯·斯温伯恩, 135-36
swindles, 欺骗, 92, 209-10, 233
sylphs, 精灵希尔芙, 104
Symposium,《会饮》, by Julian, 尤利安所
著《会饮》, 167-68; by Plato, 柏拉图
所著《会饮》, (179)

T

Tacitus, 塔西佗, 216
Talmud,《塔木德》, 138
Tassoni, Alessandro, 亚历山德罗·塔索
尼, 241; *La Secchia Rapita (Rape of
the Bucket)*,《争桶纪》, 106, 109, **110-
12**, 264
Tchaikovsky, Peter, 彼得·柴可夫斯基,
90, **91-92**
Teles, 特莱斯, 249
television, 电视机, 172, 232
"telling the truth in a jest,""笑着说出真

相" 47, 141, 19, 234, 235
Tennyson, Alfred, 阿尔弗雷德·丁尼
生, 123; *In Memoriam*,《悼念》, 142;
Locksley Hall,《洛克斯里庄园》, 190;
Vivien,《薇薇安》, (99)
Terence, *Phormio*, 泰伦斯,《福尔米欧》,
255
Tertullian, 德尔图良, 44, 191, 276
Thelema, Abbey of, 德廉美修道院, 243
Theocritus, 忒奥克里托斯, 153-54
Thersites, 忒尔希特斯, 39, **123-24**, 251
Thessaly, 色萨利, 181
Thirlwall, Connop, 康诺普·瑟尔沃尔,
255
Thomas Aquinas, Saint, 圣托马斯·阿奎
那, 73
Three-Penny Opera,《三分钱歌剧》, 见
"Brecht, 布莱希特"
Thucydides, 修昔底德, 137
Tiberius, emperor, 罗马皇帝提比略, 216
Timon, 泰门, of Athens, 雅典的泰门, 见
"Shakespeare, 莎士比亚"; of Phlius,
费留斯的泰门, 36-37
Tiresias, 忒瑞西阿斯, 163, 252
Tithonus, 提托诺斯, 111
Titian, 提香, 90
totalitarianism, 极权主义, 171-73, 188,
199
Tourneur, Cyril, 西里尔·图尔纳, 280
tragedy, 悲剧, 3, 13, (15), 23, 42, 157, 300
169, 179, 197, **235**, **236**, 244; Greek,
希腊悲剧, 13, 27, **69-70**, 80, (104),

120, 258, 277; Roman, 罗马悲剧, (104)
Trajan, emperor, 罗马皇帝图拉真, 240
translation, 翻译, 69, 109, 123, 173
travel, tales of, 旅行故事, **149-50, 159-62, 175-77**
Tree, Herbert Beerbohm, 赫伯特·比尔博姆·特里, 123
Trimalchio, the name, 特里马乔（人名）, 221; 另见 "Petronius, 佩特洛尼乌斯"
triumphal procession, 凯旋仪式, 211
trochees, 扬抑格, 见 "meter, 音步"
Troy and the Trojans, 特洛伊与特洛伊人, 81, 112, 123, 265
Troy, Hugh, 休·特洛伊, 92
Tyler, Wat, 瓦特·泰勒, 86

U

Ulysses, 尤利西斯, 252, 270; 另见 "Joyce, 乔伊斯" 及 "Odysseus, 奥德修斯"
underworld, 地下世界, 见 "Hades, 冥府" 及 "hell, 地狱"
United Nations Organization, 联合国组织, 75-76
United States of America (social and historical), 美利坚合众国（社会和历史意义上）, 50-52, 100-01, 126, 152, (173), (174), 175, 204, 205, 232, 256, 275; American satirists, 美国讽刺家, **50-52, 100-01, 196,** 372
Utopia, 乌托邦, 162

V

Valjean, Jean, 冉阿让, 144
Varro, M. Terentius, M. 特伦提乌斯·瓦罗, **37**, (232), 252, 253, 277
vases, Greek, 希腊陶瓶, 120-21
vaudeville, 综艺表演, 232
Vauquelin de la Fresnaye, Jean, 让·沃盖林·德·拉·弗里斯纳耶, 47
Vega Carpio, Lope Felix de, 洛普·德·维加, 108, 261, 263
Velazquez, Diego, 迭戈·委拉斯凯兹, 68
Venus, 维纳斯, 160, 254
Vercingetorix, 维钦托利, 102
Vergil, 维吉尔, 84, 86, 95, **103-04**, 201, 202; *Aeneid*,《埃涅阿斯纪》, 104, (108), 112, 132; individual books, 单行作品：1: 108, 261, 262, (267); 2: 260, 267; 4: 95, (105); 6: 7, 260; 7: 108, 262; 9: 260, 267; *Bucolics*,《牧歌》, 132, 153-4, 202; *Catalepton*,《琐事》, (132), 268; *Georgics*,《农事诗》, 129, 260, 264, 267
Verus Caesar, 维鲁斯·凯撒, 253
Victoria, Queen, 维多利亚女王, 49, **77-78**, 142, 217, 257-58
Vidal, Gore, 戈尔·维达尔, *Visit to a Small Planet*,《拜访小行星》, 272
Villiers de l'Isle-Adam, Philippe-Auguste-Mathias, 维利耶·德·利尔-亚当,

116

Vinci, Leonardo da, 莱昂纳多·达·芬奇, (67), 228

Vinciguerra, Antonio, 安东尼奥·文齐盖拉, 47

Voigt, Wilhelm, 威廉·沃格特, **93-94**, (96)

Voltaire, 伏尔泰, 3, 73, 217; *Candide*,《戆第德》, **8-12**, 14, **20-21**, 22-23, 39, 113, 158, 162, 163, 193, 200, 207, 209, 212; *L'Ingenu*,《天真汉》, 200; *Micromegas*,《米克罗梅加斯》, **170**; *La Pucelle (Maid of Orleans)*,《奥尔良少女》, **112-13**; *Treatise on Toleration*,《论宽容》, 23

voodoo, 伏都教, 181

Vorticism, 旋涡主义, 100

vulgarisms, 低级词汇, 37, **103-04**, 116

Vulgate,《通俗拉丁文本圣经》, 139

W

Walpole, Sir Robert, 罗伯特·沃尔玻爵士, 219

Walter Map, 沃尔特·马普, 46, 254

Walter of Chatillon, 查蒂隆的沃尔特, 46

Walton, William, 威廉·沃尔顿, 90

war satirized, 对战争的讽刺, 39, **83**, 102, 103, 105-06, 107-08, **110-12**, 200, 239-40, 243-255, 259

Washington, George, 乔治·华盛顿, 85, 255

wasps, 马蜂, 28, 187

Watts, Isaac, 以撒·华滋, 72

Waugh, Evelyn, 伊夫林·沃, 240; *Black Mischief*,《黑色恶作剧》, **204**, 212; *Decline and Fall*,《衰落与瓦解》, 158, **193-95**; *A Handful of Dust*,《一抔尘土》, (212); *The Loved One*,《至爱》, **204-05**; *Scott-King's Modern Europe*,《司各特-金的现代欧洲》, **199**; *VileBodies*,《罪恶的皮囊》, 223

Webb, Sidney, 西德尼·韦伯, 174

Weill, Kurt, 库尔特·魏尔, 124

Weinreich, O., *Römische Satiren*, O. 魏因赖希,《罗马讽刺》, 253, 275, 277, 280

Wells, H. G., H. G. 威尔斯, *The First Men in the Moon*,《月球上最早的人类》, 163; *The Sleeper Awakes*,《入睡者醒来》, 171, 174; *The Time Machine*,《时光机器》, 171

Welsted, Leonard, 莱纳德·韦尔斯特德, 17-18

Whigs, 辉格党, 24, 98

Whitman, Walt, 瓦尔特·惠特曼, 115

Wife of Bath, 巴斯妇人, 见"Chaucer, 乔叟"

Wild, Jonathan, 江奈生·魏尔德, 218-19

Wilhelm II, 威廉二世, 94

Wilkes, John, 约翰·威尔克斯, 85, 87

Williams, Vaughan, 沃恩·威廉姆斯, 187

Wilson, Edmund, 埃德蒙·威尔逊, 136

301

wit, 才智, 48, 270; 另见 "satire, 讽刺"

Wittgenstein, Ludwig, 路德维希·维特根斯坦, 31

Wolcot, John ("Peter Pindar"), 约翰·沃尔科特 ("彼得·品达"), 135, 268

Wolfe, Thomas, 托马斯·沃尔夫, **146-47**

wolves, 狼, 17, 178, 180. 181, 237

women satirized, 对妇女的讽刺, 39, 45, 46, **189-90, 224, 226-28**, 235

Woolf, Virginia, 弗吉尼亚·伍尔夫, 96

word-play, 文字游戏, 40, 46

Wordsworth, William, 威廉·华兹华斯, 49, **78-80**

World Home Economics and Children's Aptitude and Recreation Foundation, 全球国家经济与儿童能力和娱乐基金会, 74

Wotton, William, 威廉·沃顿, 263

Wyatt, Sir Thomas, 托马斯·怀亚特爵士, 47

Wylie, Philip, *Generation of Vipers*, 菲利普·威利, 《蛇蝎一代》, 50-51

X

Xanthias, 克桑提阿斯, 210

Xenophanes, 塞诺芬尼, 35-36, 37

Xerxes, 薛西斯, 258, 259

Y

Yalta, 雅尔塔, 51-52

Yiddish, 意第绪语, 51

Young, Edward, 爱德华·杨格, 48

Ysengrim, 《伊森格里姆》, 180-81

Z

Zeus, 宙斯, 42, 83, 120-21

译后记

春秋时孔子论诗，曰"诗可以兴，可以观，可以群，可以怨"（《论语·阳货》）。所谓"怨"，孔安国注"怨刺上政"；"怨"同"美刺"之"刺"，《离骚》《史记》之类皆是也。隋季时人王通自谓其《续诗》"可以讽，可以达，可以荡"云云（《中说·王道篇》）；所谓"讽"，阮逸注"讽时政"，即"刺上政"之意。明末黄宗羲论诗，曰"怨亦不必专指上政，后世哀伤、挽歌、谴谪、讽谕皆是也"（《汪扶景诗序》）；如是则"怨"含"讽"义，古之"怨诗"，即今之讽刺文学。

钱钟书先生曾专文探讨"诗可以怨"之说，并在最后一段现身说法：

> 我开头说，"诗可以怨"是中国古代的一种文学主张。在信口开河的过程里，我牵上了西洋近代。这是很自然的事。我们讲西洋，讲近代，也不知不觉会远及中国，上溯古代。人文科学的各个对象彼此系连，交互映发，不但跨越国界，衔接时代，而且贯串着不同的学科。由于人类生命和智力的严峻局限，我们为方便起见，只能把研究领域圈得愈来愈窄，把专门学科分得愈来愈细。此外没有办法。所以，成为某一学问的专家，虽在主观上是得意的事，而在客观上是

不得已的事。(《诗可以怨》)

先生此言，可与其"隐于针锋粟颗，放而成山河大地，亦行文之佳致乐事"(《管锥编·列子张湛注·周穆王》)之说相互发明。然而"知难行易"，甚至"谈何容易"(对此钱氏亦有感时抚事、寄意遥深的探讨，此不具论)。即以本书作者吉尔伯特·海厄特为例：学问广大渊深如海厄特——其学问的广大渊深，我们在《古典传统：希腊-罗马对西方文学的影响》(王晨译，北京联合出版公司，2015年初版)一书中已经有所领略——在探讨"讽刺"问题时，似亦未能达到"讲西洋，讲近代，也不知不觉会远及中国，上溯古代"的格局和境界。

不过我想这主要不是由于能力不足，而是来自意识(确切说是比较-对话的意识)的缺失。吉尔伯特·海厄特是西方古典学学者，而西方古典学是所谓"西学"的根本与核心所在；在西方中心主义的照临之下，中国文化只是一种可有可无的背景和边缘存在。《古典传统》中文版第二篇序言的作者郑重其事地提醒中国读者：

> 海厄特说："就我们大部分的思想和精神活动而言，我们是罗马人的孙辈，是希腊人的重孙。"如果当今的中国人意识到现代汉语有多少元素来自古希腊和罗马的概念("德先生"和"赛先生"只是其中一个例子)，那么是不是也要问一句："我们是罗马人的孙辈吗？"

译后记

他的答案不言自明。当然,这是一名西方学者的主观见解。一名西方学者这样想也许是自然的——这是他的权利,甚至是他(也是你我或任何人)作为历史性存在者的"ἀνάγκη";然而,如果一名中国学者也这样思考问题的话,那就未免可笑而复可悲了。

在《讽刺的解剖》一书中,海厄特完全将讽刺作为一种西方文学和文化现象来处理。如其所说,"讽刺"(satire)一词源自拉丁语"satura",本义为"杂拌";或认为它来自古希腊"羊人剧"(σατυρικόν),其实毫无关系。讽刺作家以嬉笑怒骂的方式讲述真理,或出于热爱而意在警示和治疗,或心存厌恶而意在"伤害、惩罚和毁灭"。

在本书主体部分(第二至四章),作者对讽刺文学的类型展开了论述。他将讽刺分为独白、戏仿和叙事三种主要类型。首先是**独白**型讽刺(包括其书信形式):贺拉斯是现存拉丁文学中的第一位讽刺独白作家,他视卢基里乌斯(Lucilius)为自己的先行者,并将讽刺的历史溯源到雅典的旧喜剧(Old Comedy)和比翁(Bion)"拌了黑盐的谈话"。其次是**戏仿**(parody)。戏仿分为形式上的戏仿(对形式的戏仿)和实质性的戏仿(对内容的戏仿),又可分为戏仿英雄体和低俗戏谑两种类型,涉及史诗、传奇、戏剧、教育诗、抒情诗、散文(包括虚构性作品和非虚构性作品)等文学形式。讽刺的第三种类型是讽刺**叙事**,它或是对此间世界的漫画式扭曲变形,或是涉及此间世界之外的异域时空,如天外来客、未来景象、奇境旅行之类;这不仅限于文学或文字叙事,历史、传记乃至讽刺漫画等等亦可算在此类。

海厄特最后谈到了讽刺作家的动机问题。在他看来，作家写作讽刺作品或是为了发泄私愤，或是因为感到自卑或不公，或是希望革除邪恶和愚昧，或是意欲创造某种美学范式，或是因为某种理想主义。这就是说，诗可以怨，亦可以兴——甚至是诗正因其可以"怨"而可以"兴"。无论如何，讽刺作家向人们习以为常的生活秩序——这不仅构成了政治正确的游戏规则（乃至潜规则），也导致了麻木不仁的存在或在世经验的"沉沦"——中投进了一个不同的声音：主旋律之外的异质杂音，甚至是危险的反调"恶声"。

例如柏拉图即作如是想，并因此力主流放"诗人"，以保证城邦生活的纯一。对此，他的学生亚里士多德明确表示反对：

> 一个城邦，执意趋向划一而达到某种程度时，将不再成为一个城邦；或者虽然没有达到归于消亡的程度，还奄奄一息地弥留为一个城邦，实际上已经变为一个劣等而失去本来意义的城邦：这就像在音乐上和声夷落而成单调，节奏压平到只剩单拍了。（《政治学》1263b）

所谓"和实生物，同则不继"，统一来自——而且也只能来自——内在的差异或差异的内在生成。如果说文学代表了另一个世界（heterocosm）和自我的他异存在，从而对自我封闭的"此间世界"构成了差异性的反讽、批判和消解，那么讽刺——巴赫金所谓"图性引语"（对一元独白的戏仿）、美国"新批评"所谓"反讽"（意义的间离与紧张）——正代言了文学的这一根本精神与存在理由。就此而言，讽刺不仅是一种文学类型（如海厄特所说，它虽然"不是最重要的文学类型"，却是"最富创造力和挑战性、最值得铭记的文学形式之一"），更是一种内在于人类存在史、同时为之提供超越可能的人文精神和文化现象。"一个健康的社会不应该只有一种声音"，诚哉斯言。

是为后记。

北京大学比较文学与比较文化研究所研究生毛士奇同学翻译了全书索引。另外，本书旁征博引，特别是注释部分涉及英、法、德、意、拉丁等多种语言；笔者在翻译过程中得到中国政法大学讲师郭逸豪博士、《古典传统》的译者王晨先生、北京第二外国语学院欧洲学院邱寅晨教授、慕尼黑大学德语系博士生曹旸同学和云南大学哲学系王志宏教授的大力帮助。在此我向他们表示诚挚的感谢！

最后特别致谢本书责编孙祎萌女士。编辑既是翻译的第一"读者"，同时也是翻译的最后"作者"：她细针密缝的"后期制作"，使译文更加熨帖合身。"岂有文章惊海内"（何况是为他人作嫁的翻译），"漫劳车马驻江干"——我想不会是"漫劳"，至少希望不是。是与不是，就请读者来评判吧：归根结底，本书的命运将取决于你们的评判。Valete！

2020 年 2 月 7 日写于回龙观瑞旗家园寓所

图书在版编目(CIP)数据

讽刺的解剖/(美)吉尔伯特·海厄特著;张沛译.—北京:商务印书馆,2021(2022.7重印)
(文学与思想译丛)
ISBN 978-7-100-19454-9

Ⅰ.①讽… Ⅱ.①吉… ②张… Ⅲ.①讽刺文学—文学研究 Ⅳ.①I0

中国版本图书馆CIP数据核字(2021)第025963号

权利保留,侵权必究。

文学与思想译丛
讽刺的解剖
〔美〕吉尔伯特·海厄特 著
张 沛 译

商 务 印 书 馆 出 版
(北京王府井大街36号 邮政编码100710)
商 务 印 书 馆 发 行
北京市十月印刷有限公司印刷
ISBN 978-7-100-19454-9

2021年10月第1版 开本 880×1230 1/32
2022年7月北京第2次印刷 印张 12

定价:85.00元